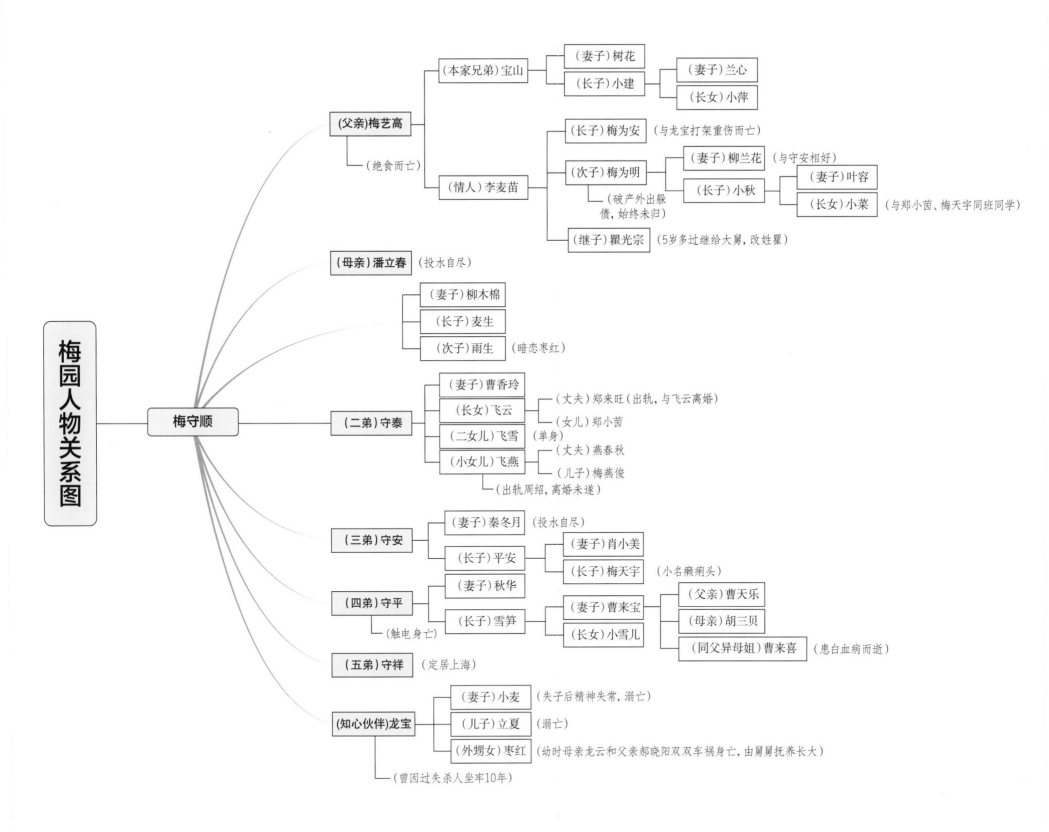

梅园人物关系图

梅守顺

(父亲)梅艺高 (绝食而亡)
- **(本家兄弟)宝山**
  - **(妻子)树花**
  - **(长子)小建**
    - **(妻子)兰心**
    - **(长女)小萍**
- **(情人)李麦苗**
  - **(长子)梅为安** (与龙宝打架重伤而亡)
  - **(次子)梅为明** (破产外出躲债,始终未归)
    - **(妻子)柳兰花** (与守安相好)
    - **(长子)小秋**
      - **(妻子)叶容**
      - **(长女)小菜** (与郑小茵、梅天宇同班同学)
  - **(继子)瞿光宗** (5岁多过继给大舅,改姓瞿)

(母亲)潘立春 (投水自尽)
- **(妻子)柳木棉**
- **(长子)麦生**
- **(次子)雨生** (暗恋枣红)

(二弟)守泰
- **(妻子)曹香玲**
- **(长女)飞云**
  - **(丈夫)郑来旺** (出轨,与飞云离婚)
  - **(女儿)郑小茵**
- **(二女儿)飞雪** (单身)
- **(小女儿)飞燕** (出轨周绍,离婚未遂)
  - **(丈夫)燕春秋**
  - **(儿子)梅燕俊**

(三弟)守安
- **(妻子)秦冬月** (投水自尽)
- **(长子)平安**
  - **(妻子)肖小美**
  - **(长子)梅天宇** (小名癞痢头)

(四弟)守平 (触电身亡)
- **(妻子)秋华**
- **(长子)雪笋**
  - **(妻子)曹来宝**
    - **(父亲)曹天乐**
    - **(母亲)胡三贝**
    - **(同父异母姐)曹来喜** (患白血病而逝)
  - **(长女)小雪儿**

(五弟)守祥 (定居上海)

(知心伙伴)龙宝 (曾因过失杀人坐牢10年)
- **(妻子)小麦** (失子后精神失常,溺亡)
- **(儿子)立夏** (溺亡)
- **(外甥女)枣红** (幼时母亲龙云和父亲郝晓阳双双车祸身亡,由舅舅抚养长大)

梅园烟火

璩静斋 ◎ 著

中国文史出版社

图书在版编目（CIP）数据

梅园烟火／璩静斋著．-- 北京：中国文史出版社，
2023.3

ISBN 978 - 7 - 5205 - 4022 - 3

Ⅰ. ①梅… Ⅱ. ①璩… Ⅲ. ①长篇小说 - 中国 - 当代
Ⅳ. ①I247. 5

中国国家版本馆 CIP 数据核字（2023）第 023647 号

责任编辑：程　凤
封面书法：柯春海

出版发行：中国文史出版社
社　　址：北京市海淀区西八里庄路 69 号院　　邮编：100142
电　　话：010 - 81136606　81136602　81136603（发行部）
传　　真：010 - 81136655
印　　装：北京温林源印刷有限公司
经　　销：全国新华书店
开　　本：1/16
印　　张：23　彩插 2P
字　　数：320 千字
版　　次：2023 年 5 月北京第 1 版
印　　次：2023 年 5 月第 1 次印刷
定　　价：68. 00 元

目　录

1

一朵花儿开

第一章　祭　奠

　　一片刺眼的白光，无声无息地横扫过来，令人头晕目眩。紧接着又是一阵带着檀香味的西风，刮得地上那些绿中泛黄的槐树叶漫天飞舞，旁边的断垣残壁"呜呜"呜响。一只黑色的大鸟掠过蓝得发幽的天空，发出"去也，去也"的嘶鸣，那鸣叫在空旷的原野上久久回响……

　　梅守顺一时发蒙，不知道自己究竟在什么地方，他隐约觉得有一阵熟悉的气息扑面，四下张望，却又什么也没有，只听见不远处有水流声。他原本以为那是桃花甸的山泉沿山崖向下流淌，或是连接清水湾的某条小溪在石洞中潺潺湲湲。等他循声走过去一看，发现是一座从没见过的人字形山体，山上开满各种颜色鲜艳的野花，山下有一帘飞瀑。有点奇怪，那瀑布飞到半山腰，似乎遭到什么神秘力量的拦阻，自行断流。断流处的最下方有一个小山洞，仅容一个人侧身而过。

　　守顺怀揣好奇，小心翼翼地进入洞中。眼前俨然是一个神奇的异度空间：洞很大，四围钟乳石、石柱和石笋林立，洞中间有一泓半月状的泉流，泉水呈蓝绿色，如同镶嵌于地洞的一块耀眼的蓝宝石。此时，金色的阳光透过洞顶的狭长缝隙泻下来，置身于洞中，有如在缥缈的仙境一般。

　　蓦然间，从泉流中传来一阵啜泣声，声音虽是低低的，但守顺还是听得真切，暗自吃了一惊。他使劲搓搓脸，揉揉眼，等他再抬头定睛一看，泉流上方出现了一张熠熠闪光的板床，真是见鬼了！那上面竟然坐着一位村姑，看上去年轻秀气——梳着两条乌黑的麻花辫，穿着花布褂。她浑身湿漉漉的，正在那里哭得伤心。守顺心

1

下很是诧异，这是什么地方？她为什么在这里哭泣？没等他开口询问，一道乳白色的柔光闪过，那村姑竟然变成一个中年妇女——麻花辫不见了，齐耳短发。他的心口骤然悸动起来：这不是他的母亲潘立春吗？

"娘，您，您怎么在这里？"守顺颤抖着声音问。

潘立春仿佛没有听见，兀自在哭，样貌又悄然变得很年轻。

"您不认识我了？我是您大儿守顺。"守顺带着哭腔大声说。

"我不认识你！"女人声音细若蚊蝇。但那分明还是他熟悉的声音，"没有一个人关心我！这个世界都抛弃我了！我在这里孤苦伶仃的，没有吃的，没有喝的，想吃个热馒头喝碗稀粥，都没有……"

那哭诉声越来越大，震人耳膜，震得整个山洞都在发抖，那些钟乳石、石笋和石柱纷纷坍塌，蓝绿色的泉水渐渐变得乌黑，洞顶的阳光也黯然失色，"轰隆"一声巨响，整个洞顶倾压下来……

守顺拼命挣扎，声嘶力竭地呼喊：娘！娘！

……

恍恍惚惚，守顺周身汗津津的，眼前似乎什么都没有。他揉揉惺忪的眼，窗外是灰白的曙色，这才意识到自己不过是做了一场梦。以前他不管做什么梦，只要一醒来，梦就变得七零八落，但这个怪诞的梦他却是从头到尾都记得清清楚楚。他也知道，梦都是假的，梦中那些奇怪的情景可以不必去追究，但母亲潘立春的哭诉却让他怅然很久，那似乎并不虚假，母亲曾经告诉过他，她年轻的时候，有些日子的确是缺吃少喝，饿得双腿发软，两眼发黑，不只是她一个人挨饿，是很多人都在挨饿……

守顺在床沿闷闷地坐了片刻，走到堂屋，倒了杯隔夜的开水，喝了几口。堂屋后身的隔房里传来父亲梅艺高的鼾声。昨夜老爷子折腾到很晚才睡，估计一时半会儿还醒不来。一年前，老爷子上桃花甸不慎跌了一跤，脊椎神经严重受损，导致高位瘫痪，大小便失禁，也是够折腾人的。

守顺叹了口气，上了趟厕所，进厨房，烧了壶开水，往玻璃杯里倒了一满杯，其余的都灌在热水瓶里。他将昨晚的剩饭菜加热了一下，呼噜呼噜全吃掉了。老伴柳木棉昨天去了柳园娘家，要到下午才回。他又喂猪喂鸡鸭，收拾了一下厨房，将各间屋都打扫一遍，扛着锄头去附近的地头忙活了一阵。

守顺回到家。梅艺高已醒来，有点含混地叫："顺，顺，饿！"守顺应声，给父亲倒了一小杯热水，兑了点凉白开。梅艺高不喝，冷着脸，说："饿，饿！"

守顺不作声，拿起二弟守泰前几日送来的速溶燕麦片，撕了两包，倒在专用的海碗里，用开水冲调了一下，一口一口地喂父亲吃。父亲瞅着他，说："鸡蛋！"

守顺垂着眼说："中午再吃鸡蛋。"他按捺住性子，喂父亲吃完燕麦片，又闷声不响地将父亲臭烘烘的裤子换掉，拿到外面的水塘去搓洗了一番，晾在院外的竹竿上。

明晃晃的日头还没越过屋后的枣树，守顺掩上门，去村口二弟守泰家经营的"利民便利店"。

这家便利店二十年前就已开张，最初是民生小学校长胡三畏以未婚妻曹晚霞的名义开的。几年后，胡三畏调到城关实验小学，将家口都带到县城，便利店由他的丈母娘打理了一段时间，便转手盘给了守泰经营。

这个店的招牌是当初胡三畏请一位书法精湛的老先生写的，守泰非常喜欢那遒劲有力的字体。一年后他家在便利店原址的基础上建成两层小洋楼——楼上住人，楼下开店，请人重新制作店招牌，便沿用老先生写的"利民便利店"五个字，将它们放大加粗，做成一个矩形的红色灯箱，悬挂在大门上方。守顺觉得那灯箱实在大气亮眼，每每进店前，他都会不由自主地看它一眼。

守泰和妻子香玲去城里进货了。眼下守店的是他们的小女儿飞燕，正低头玩手机游戏，玩得挺入迷的，大伯进店，她都没有在意。

守顺平素见不得姑娘小伙子不管不顾地捧着手机，捧那玩意

3

儿，能当饭吃？飞燕这丫头，是三个姊妹中最孬的一个，念书时忙着跟班上的男娃子拉拉扯扯，高中勉勉强强毕业，被她爸花钱送到那种民办的大专学校混了个文凭，那也不过是一张废纸罢了！没有真本事，又不愿下苦功夫钻研，到哪里都混不开！在外面折腾了两年多，挣的钱养不活自己，还得家里寄钱倒贴她。这还不算，在网上跟人乱聊，搞什么网恋，差点被一个黑心的中年男人假扮的"英俊小伙子"骗到魔窟里去了！尝到生活的酸辣滋味，灰头土脸地归家，说再也不想出去了，在家混日子才是最安逸的——每天晚上可以抱着手机自在地玩到夜深，次日可以睡到日上三竿，也仅仅在父母忙碌时坐一下柜台，整个人看上去，那清高闲逸的姿态就像个城里富豪人家的大小姐。

守顺盯着飞燕玩得沉醉的样子，皱皱眉，清咳着敲了敲柜台。飞燕这才漫不经心地问了一句："要什么？"目光依然舔在手机上。守顺瓮声瓮气地说："飞燕，你主要是开店呢，还是玩手机？你爸妈坐店，可不像你这样！"

飞燕这才抬起头，见是大伯，有点尴尬地甩甩披肩发，笑笑说："不好意思，大伯。"大伯守顺的目光深邃带寒光，令人有点发怵。飞燕打小就有点惧他。记得小时候她在家撒泼耍赖，在地上打滚扫垃圾，家里人都拿她没招，碰巧大伯过来，虎着脸说，本来一个齐整的小姑娘怎么成了一个泼皮狗了？想找打是不是啊？说着还作势将衣袖向上捋了捋。父母也在一旁怂恿大伯收拾收拾这个不听话的小东西。飞燕一见那架势，不敢再闹，赶紧灰溜溜地爬起来，从此以后见大伯就躲。眼下赶巧大伯上门，自己玩手机怠慢了他，可不是好玩的事。飞燕狠狠心暂搁下手机，赔着笑脸，"大伯要不要喝茶？"起身要去给守顺倒茶。守顺一扬手，表示不喝。飞燕有意讨好卖乖的样子让他不喜。

飞燕依然赔笑说："大伯，您要点什么吗？"

守顺没答话，进了店后身的披屋。披屋里码放着五花八门的祭奠用品，有十根成捆的檀香柱、香烛，不同种类的黄表纸、冥钞、金银元宝等等。这些东西，看上去那么煞有其事，尤其是冥钞，印得跟人民币差不多的模样，正面印的是玉皇大帝画像，反面印的是"冥通银行"字样，上面还有玉皇大帝的钤印，注明"冥通银行发行"。冥钞的面额一般以万为单位，数百万、数千万，甚至上亿的都有。

守顺将冥钞扒拉着瞅了瞅，目光又落在旁边小塑料筐里，筐里放着一捆捆卡片。他随手拿起一捆，从中抽了一张，竟是"冥通银行信用卡"，这可真是紧跟时代发展呢！想当年上坟哪有什么冥通银行信用卡？现在商家赚钱可真是无孔不入。守顺其实并不信这些东西，人一旦离开阳世，进阎罗殿入了阴间，最终都化成一抔黄土，怎么还能享用这些什么冥钞冥卡？那不过是生意人哄人花钱的伎俩罢了！只是他想起昨晚做的梦，老母亲哭诉说自己穷得要死，想吃个热馒头都没钱，他就很难过。好久都没有梦见母亲了，虽然是个虚幻的梦，但他还是有些上心。他得给老母亲送些纸钱，好让自己寄托念想，方才心安。

他看了看几种黄表纸，挑了看上去质地较细腻、纹理较清晰的一种，从中提了一捆，又拿了一沓面额为一亿的冥钞，还拿了几张"冥通银行信用卡"，将这些都摆到飞燕面前，"算算，多少（钱）？"

飞燕笑了，"大伯，您真会挑东西呢，您挑的都是上好的货。"顺手将东西都装进一个透明塑料袋里。

"算算钱。"守顺说。

"大伯拿点东西，还算什么钱嘛。"飞燕依然笑。

"哎呀，你这孩子，不要搞客套。我跟你爸是亲兄弟，老古话说，亲兄弟，明算账。大伯拿东西，怎么不算钱？你以后还要不要大伯在你家买东西？"

飞燕见大伯板了脸，笑说："大伯，这样吧，我不太晓得这些东西的价钱，回头等我爸回来再说行不行？"

守顺皱眉说："你坐店，不晓得东西是什么价钱，你怎么卖货？你这不是开玩笑吗！你别老指望你爸你妈，你也老大不小了，得学着独当一面了！"扫了一眼旁边柜架上挂着的微信收款二维码，他还不太习惯用这种东西，便从兜里掏出一张大人图，扔在柜台上，"打电话给你爸，问问价钱！"

飞燕心里嘀咕，大伯也真够古板的！她倒没有给她爸打电话，而是从柜台下抽出一个蓝皮笔记本，翻找到祭奠用品的单价，拿电子计算器算了一下，报了总价，找了零钱。

守顺将零钱揣进内衣衣兜，拿起塑料袋，走出店门。飞燕追出来，递上一个打火机，说大伯您带上这个。守顺摆摆手，说带了。飞燕哦一声，一只手不由自主地从兜里掏出手机，随口客套说："大伯您慢走。"

守顺出店门没多会儿，就见三弟守安过来，问："守安，这是去哪里？"

守安朝便利店指了指，叹气说："唉，我家那个小混账，我做的饭他不吃，非得要吃什么方便面！"

"守安啊，不是大哥说你，你家那个瘌痢头，你做爷爷的也得给他一点厉害瞧瞧！不能这么纵着！你做的饭他不吃，你就随他去！他要是饿了，你再看他吃不吃！"

"唉！大哥你也晓得，他那叫呱妈多事，说我饿着她儿子呢！谁跟她去吵死啊？"守安唉声叹气。儿媳妇肖小美什么样，他也就懒得在意了，他最头疼的是孙子瘌痢头，"这个小猴头真是个淘气鬼！小小年纪，别的没学会，吃喝玩乐的本事倒是天天见风长！昨晚还提出来要新手机，说他班上谁谁都有新手机，他怎么就没有？他就不跟别人比成绩！上回考试班上倒数第三，他还好意思跟我要手机，真是没有一点指望了！"

守顺也跟着三弟一起叹气。三弟守安的家事他是了解的，自从肖小美进了他家的门，家里就少了祥和，弟妹秦冬月不堪被吵，竟一走了之，可是苦了三弟！说起来，守安跟守泰是双胞胎，比守泰晚几分钟出世，这双胞胎兄弟长得一点不一样，日子也是过得大不相同，守泰过得还是比较安逸的，守安的日子可就是满地碎鸡毛了！

守顺安慰守安几句，说别的都不重要，身体最重要。要多保重自己的身体。身体要是不行，其他什么的都别说了，都不行。

守安说，大哥说的也是。唉，生活就是这么个样子，也没有什么可多想的。想多了也没用！

目送三弟微微佝偻着高大瘦削的身子走进便利店，守顺心里很不是滋味，想着等哪天有空将他叫过来一起吃顿热饭，喝点小酒，好好劝慰劝慰他。

守顺走到村东的小拱桥，迎面碰见以前的老邻居柳兰花的孙女小菜，背着书包，慢腾腾地踩着小步，忍不住说："小菜，这么晚还没到学校？还不走快点呢，要是迟到了会被罚站的吧？"

小菜咬咬嘴唇，微垂着嘴角，步子稍微加快了点。她早上稍微晚了点，被奶奶柳兰花一顿斥责：小讨债鬼，都这么大了，还是那么不懂事！她心里不服气，跟她同龄的郑小茵和瘌痢头梅天宇他们比起来，她其实已经很懂事了，至少她会自己洗衣服，会做饭菜。郑小茵和梅天宇他们在家里什么事都不干，衣来伸手，饭来张口，跟小姐、少爷一样。奶奶竟然还老拿他们来跟自己比，真是让她又气恼又伤心。

守顺扭头看看小女孩磨磨蹭蹭的身影，暗自摇头，这小丫头脾气有点古怪，成天闷着张小脸，见人也不怎么说话，仿佛跟谁都有隔年的怨仇。柳兰花也真是不容易啊，一个人带着孙女熬日子，还有那不招人待见的李麦苗也跟她一起过活，实在不容易。

守顺刚下小拱桥，柳兰花的婆婆李麦苗就摇摇摆摆地迎面而来，身后跟着一条摇着尾巴的黑狗。

在梅园这个只有五十余户的自然小村庄，李麦苗也可以说是一个另类的老妇人，梅园人私底下给她起个外号，叫"老美女"。在乡间妇女中，她是属于那种"身在乡下，心向城镇"的女人，爱扮俏。年轻时自然也是好花一朵，如今虽已年过八旬，她的爱美心丝毫不减，每天不在自己脸上做点文章绝不出门，非得要在那褶子纵横的脸上抹一层香粉，外人看上去呢，像风干的老橘皮上结了些许盐霜。那原本白森森的头发在镇上的理发店里染过，成黄不黄、黑

7

不黑的那种，稀拉的头发被精心地扭成两条细细的小辫子，辫梢还被缠上了紫红色的绒花，刘海也被轻烫过，呈波浪状。

她的身体也比很多同龄人硬朗，依然眼不花嗓门大，一见守顺，就操起铜锣腔："守顺，你这是去干啥呢？"

守顺面无表情，只抬了抬下巴，朝前方努了努嘴，算是回应。

李麦苗走到近前，瞅着他手中的透明塑料袋，"哟，买这么多黄表纸和冥钞呢，这么早就提前上腊坟了？"

守顺头似点非点，兀自从李麦苗身旁走过。

李麦苗见守顺要理不理的样子，很觉没趣，冲后面的黑狗嚷道："你这个闷头闷脑的小畜生！早上吃了那么多猪油拌饭，还没力气？走那么慢！路上有多少只蚂蚁都被你踩死了！"

黑狗听主人这一叫嚷，以为发生什么事，停下不走了，摇尾耸鼻，瞅着女主人。

"你这个小聋耳的，没听见老娘说话？！连个热屁都不放？"李麦苗又骂起来。

黑狗依然站在那里，一脸无辜地瞅着女主人。李麦苗一边骂骂咧咧，一边从地上捡起一块小石子，朝黑狗砸过去。黑狗更是吓得不轻，赶紧撒腿躲到一旁，还朝主人汪汪两声，样子很是委屈，不明白女主人为什么突然发怒砸它。

守顺忍不住回头瞪李麦苗一眼。李麦苗冲他一歪脖子，恶声恶气地说："你瞪老娘干吗？又没说你！"

守顺有些恼火，真想斥她：嘴巴能不能放干净一点？都这么大年纪了，也要懂得自重！但他终究还是忍住了。他知道，只要他一张口回敬，准得招来李麦苗拍掌破口大骂：你这个小狗崽子！我比你那死鬼娘还要大几个月，你就这么没大没小地跟老娘说话？！

守顺摇摇头，暗自骂道，一个地道老泼皮货！真不晓得阎王爷为什么不将这种老贱人收走！因为昨晚梦见母亲，越发讨厌这个曾给母亲带来巨大伤害的老贱人。他不再理会李麦苗，加快步子朝前走，上了一条小山道，往庄西边的龙山去。

龙山属于大别山东南山脉的一条支脉，是由几座大小不同的山岭连缀而成，因状如卧龙而得其名。一条名为清水湾的大沙河绕龙山的山脚蜿蜒东去。晴天无风的日子，那清凌凌的水面倒映着两岸的廊桥、树木、屋宇，远看上去，宛如一帧温婉清丽的水彩画。

进龙山的路，原本有好多条，尤其是前些年梅园人靠山吃山的岁月，通往龙山的每一条路都被踏得光溜溜的。路旁也有野心勃勃的杂草拼着命侵袭袭路盘，无奈它们刚冒头，就被人们毫不留情地刈掉。不知从哪一天开始，梅园人不愿意再窝在穷乡僻壤，纷纷坐火车北上或南下，像一群山鹰，刺溜进城市里扒生活去了，留守梅园的多半是一些老弱病残者。由于很少有人再去龙山，原先那些光溜溜的路渐渐被疯长的荒草吞噬掉。曾经有个定居城市多年的读书人回乡探亲，在草莽丛生中找不到记忆中的路，不禁慨叹说，地上原本有路，走的人少了，也渐渐没了路啊！

守顺却能在丛生的草莽中找到路。时值深冬，不可一世的草莽也到了衰季，大都枯了，萎了。他踏着离披的衰草，一步一步地往上走。

翻过第一座山岭，前面是一片油松林，一阵冷风袭过来，守顺打了个冷战，继续往林里去。过了这片油松林，又是一座山岭。这个山岭有个引人遐想的名字，叫桃花甸。桃花甸东西延绵有十来里，是远近有名的坟岗。

站在梅园村口远望桃花甸，桃花甸俨如一只匍匐的青色巨龟，所以梅园人又称它"青龟背"。曾经在梅园一带流传过这样一种说法，说桃花甸这周边方圆百里啊，往古时代是座原始大山林，山深林青，云缭雾绕的，各类鸟兽肆意游走，哦，好像还有恐龙那种大家伙，有脖子长得像蛇颈子的，也有嘴巴像麻鸭嘴那样扁平的，还有头顶长有龙角的，总之是奇形怪状的。某一日，大地突然剧烈地哆嗦起来，"轰隆"一声惊天动地的巨响，这座大山瞬间坍塌，被铲为光秃秃的平地。没过一天，电闪雷鸣，暴雨如注，这平地水淋淋地又起了一次"拱"，拱出了一只周身冒着热气的赤褐色大乌龟。这只大乌龟起先还昂昂脑袋，等雨后天空现了廊桥般的彩虹，它那昂着的脑袋竟雕塑般地给定住了，仿佛受了孙猴子的定身术，它就那么一动不动地昂头趴在那里，一趴就趴到现在。后来这个蛮荒之地渐渐长了翠绿葱茏的树木，有了百啭千声的鸟鸣，有了榛榛狉狉的兽影，再渐渐地有了嘈杂喧闹的人声，出现了依依袅袅的炊烟。若干年后，山上出现了成片成片的桃林，每到阳春时节，满山都飘溢着沁人心脾的淡淡雅香，那片片粉红的桃花远看上去，如同天庭仙女轻撒的胭脂云，亮人眼眸。"桃花甸"之名大概据此而来。后来在兵荒马乱的时期，人烟渐渐稀少，桃林也渐渐零落，竟至变成荒山坟地。

守顺觉得桃花甸那些浸染着岁月味道的诸多传说很有兴味。如今，桃花甸虽难觅桃花，但它内涵依然不浅。平素守顺没事的时候，喜欢远眺它那形似千年老龟的地形，他尤其对"龟"背上那棵状如虬龙盘卧的百年古槐感兴趣。还有那时常在桃花甸上空盘桓的一群白鸟——呼啦啦的像一片白闪闪的丝绵，也令他浮想联翩，他总觉得那些白鸟是有来头的，或许就是长眠在桃花甸的那些魂灵的化身。

守顺上了桃花甸，在一座坟茔前停了下来，将塑料袋放在坟前，嘴里念叨起来：娘，大儿守顺看您来了。您昨晚给我托了那么长的一个梦，我晓得，您一定是想我了，我也很想娘啊。您是不是也怨我不常来看您？唉，乱七八糟的事情太多啊！还是娘您看得开，早早自个儿歇息了，什么事也不用操心。

他念叨着从帆布包里拿出砍柴刀，将坟茔四围的光秃秃的灌木丛和枯萎的杂草砍掉；又从旁边的低洼处弄来一些泥土，培到母亲的坟头上；从塑料袋里拿出黄表纸和冥钞，掏出裤兜里的打火机，先卷起几张黄表纸点燃，纸很快就蹿起火苗。他不时地往火苗上添加黄表纸和冥钞，又念叨说，娘啊，您对我哭得伤心，哭说您没钱用，您怎么会没钱用呢？清明和七月半我们都给您烧了很多钱，您都花完了吗？难不成您那边东西也涨价得厉害？还是您还像以前那样喜欢接济别人呢？……

念叨间，他的两眼开始有些发涩。一不留神，母亲走掉居然有四十年了！守顺每每想起母亲的死，就心生哀痛与怨恨。

母亲的坟墓没有立墓碑。当初母亲下葬前，他作为长子，哽咽着问父亲，要不要给妈立个碑？父亲吼道，她自己寻的死，立什么碑？他忍忍眼泪，没再搭腔。在母亲的整个葬礼上，他都没有跟父亲说话。之后好多天，面对父亲，他都是沉默以对。直到今天，他依然有点怨恨父亲。父亲梅艺高但凡对母亲有一点良心，母亲都不会走绝途。

打守顺记事起，父亲对母亲每每总是一种嫌弃的样子，嫌母亲这也不行，那也不会，拙手拙脚，笨头笨脑，做的饭菜跟猪食一样，纳鞋底像纳草垫，见人跟缩头乌龟一般……更令母亲难堪的是，他还不时将她跟李麦苗比，说你看看人家李麦苗，利嘴一张，好手一双，干什么都像样，那饭菜做出来要色相有色相，要味儿有味儿；那鞋底纳出来跟绣花一样针脚精细。更有甚者，他竟然还嫌弃母亲生的儿子都比不过人家李麦苗生的儿子有出息！

守顺如今想起这些事，就气不打一处来，说的真不是人话！我们兄弟几个有出息没出息，也都是你梅艺高的种！你做父亲的，没有本事教育儿子，你还好意思指摘我母亲！但那时年纪小，他跟弟弟们是不敢顶撞父亲的，父亲就跟阎王爷一样，进了家门总是挂着张黑脸，对他们兄弟五个也都没什么好声好气，常常当着母亲的面，贬损他们个个都长得跟歪瓜裂枣一样，说自己这辈子倒霉运，招来一帮无用的小子，怎么就不能给他招来个伶俐的闺女？他们见了父亲，就如同小仓鼠见了硕猫一般，尽量避着，实在避不过，也多半贴着墙根走。

父亲在外人面前可是成天笑眯眯的，尤其是见了李麦苗，就跟见了多年的老相好一样，事实上，他们之间的关系也非同寻常，外界也早有风言风语，母亲耳朵也不聋，听在耳里，凉在心里。

母亲也不是弱角色，对父亲也是一副闷冷的态度，她是暗地里跟他较劲。她每天做好饭，也只喊守顺和弟弟们来吃，至于梅艺高，他爱吃不吃，她不管，她眼里就只当没他这个人。他的衣服，她随意丢到洗衣盆里，揉一揉，在水塘里涮一涮，绝不会像以前那样洗得用心。实在生气不已，她也拒绝洗他的衣服。守顺懂事，默不作声地将父亲的脏衣服捡起来，背着父母拿到池塘边悄悄地洗干净，守顺不想父母闹得太僵。

母亲跟李麦苗是公开较着劲的。李麦苗每到镇上，必定要从他们家后院旁经过。有好几次母亲瞟见李麦苗过来，有意站在后院墙根骂：你这个不知好歹的畜生！你不在自家槽盆里好好吃食，非要耍性子跑到别人家的槽盆里偷吃，你有脸没脸?! 小心人家将你给阉掉！母亲边高声骂，边拿木棍噼里啪啦地狠敲猪食槽。猪圈里的两头小猪不明就里，以为女主人是吆喝它们出来吃食，起身跳脚，拱着铁栅栏，又招来母亲更激烈的骂声。

那时父亲要是在家，必定要恶狠狠斥责母亲；但母亲是不还口的，只要她一还口，会遭到父亲的拳头伺候。她一个身形瘦弱的女人，跟男人比拳头，肯定是要吃大亏的。母亲深谙这一点，总是趁父亲不在的时候，伺机骂给李麦苗听，敲打敲打这个狐媚的女人！李麦苗也不是吃素的主子，总是找机会在父亲面前发泄发泄自己对母亲的怨气，自然会导致父母的关系更加紧张。

之前总听人说"好男不跟女斗"，搁在母亲那里，变成了"好女不跟男斗"了。无论跟父亲的关系怎么紧张，母亲总习惯以闷冷来对抗父亲。然而，母亲的闷冷也是有限度的。她终于在某一天彻底爆发了。

守顺永远都不会忘记，那年初夏的一个晴朗无比的日子，天空蓝得洁净，不掺一点杂质，阳光也很晶亮热烈。印象中，那天是礼拜天，他带着几个弟弟在离家一两里之外的清水湾钓鱼。鱼钩是村东头的好伙伴龙宝帮着制作的，鱼饵是肥蚯蚓——早晨在屋后灌木丛旁阴潮的洼地挖的，装了满满一玻璃瓶。这些蚯蚓对鱼儿很有吸引力，守顺钓上来不少鱼，扔到小背篓里。四弟守平和小弟守祥在一旁看大哥钓鱼，二弟守泰和三弟守安在比较远一点的水边玩打水漂。守顺看看时间也差不多了，准备打道回府。他收拾钓竿，提起小背篓，让守平去喊守泰和守安一同回家。半道上，碰见龙宝，龙宝满脸惶然地说："不得了！守顺，你妈跟为明妈打起来了！"

守顺一听头皮发麻，母亲是很少跟人打架的，她平素也总是嘱咐他们兄弟五个不要跟人干架，干架不是什么好事情，弄不好两败俱伤。如今她怎么跟为明妈李麦苗干起架来了？据龙宝急切的描述，他妈跟为明妈从小坡一直撕扯，两人滚下菜地，接着打。龙宝说得直吁吁，"从来没见过你妈这样打架哦！"

守顺没好气地说："肯定是将我妈招惹气到了，要不然我妈怎么会跟她打？"

"为明妈怎么气你妈了？"龙宝想问个究竟。

"不说了不说了！"守顺有点烦躁，"大人的事情，我哪里晓得？"他催促四个弟弟快点回家。他有些纠结，到家要不要帮一下自己的妈妈？

守顺心神不宁地到家门口。不远处的菜地边围了一圈人，传来母亲的哭嚷声，还夹杂着父亲的吼叫声："你他妈的还有没有脸?！你成天就疑神疑鬼的！人家是寡妇，你欺负人家做什么?！"

"什么时候成了我欺负人家了?！这些年我净被欺负！是寡妇就到处卖骚？"

"你再污蔑人家，我就揍死你！"

"哼哼，好笑！你梅艺高要揍死我？你来揍啊揍啊！我受够你了！我现在不想再忍了！"

……

守顺沮丧透顶。龙宝不是说母亲跟李麦苗打架的吗？怎么又变成了母亲和父亲吵架了？他有点惧怕父亲，不敢上前劝架。弟弟们更是有些怯懦，躲得远远的。

那天父亲像头暴怒的公狮子，将母亲暴打了一顿，要不是周围的邻居竭力从中拉劝，父亲肯定会将母亲打残。

事后，村里人私下议论，那个李麦苗真不是东西，明明就是个到处招蜂引蝶的风流货，男人在世时她就不太规矩，男人一走她就更无顾忌了，窝在梅园也不改嫁，跟梅艺高没那事？谁信呢？她还觉得自己有脸呢，说什么不想活了，说她本是个清清白白的寡妇，

13

却被人平白无故地糟蹋名声，她还有什么活头！这话说给不知底细的人听听也就罢了，说给我们听，不觉得臊得慌吗？潘立春也是好性子，忍了这么多年，这回也是委实气不过，才撕破脸皮，将她跟梅艺高的事抖搂出来。

父亲梅艺高觉得母亲将他的颜面丢尽，跟母亲彻底决裂，干脆在外面晃荡，甚至半公开地去找李麦苗。

母亲遭遇父亲的打骂之后，在床上躺了整整两天才起床，像往常一样操持家务，仿佛什么事也没发生。

大概过了一个礼拜，凌晨时分，守顺正睡得迷迷糊糊，梦也做得零零碎碎，大致内容都是母亲发飙吵架的事。冷不丁，墙上的老挂钟响起，闷声闷气地敲了四下。守顺似醒非醒，恍然间，听母亲在喊：起来吃饭！起先以为是做梦，猛然清醒过来，见床头有个人影，定睛一看，真的是母亲。守顺有些纳闷，又不是农忙时节，为什么母亲这么早就拽他和弟弟们起来吃饭？他和弟弟们想继续睡觉，并不想那么早起床。

母亲喊了两声，不见儿子们回应，索性掀开床帐，将五个儿子逐一赶下床来。"你们赶紧吃饭，今天妈要出远门。"母亲语调出奇的平静。

进了厨房，守顺掀开灶台中间的中锅锅盖，一满锅香喷喷的白米饭！平素早餐母亲都是熬稀粥的，她总嘀咕家里的粮食不够吃，得省着点。可是眼下她不但舍得煮上满锅大米饭，而且还做了一大盆蒜炒腊肉、一满盘韭菜炒鸡蛋和一海碗素炒青菜薹。这分明是来客时母亲才会做的菜肴！守顺有点不解，四个弟弟倒是欢呼雀跃。大家都闷头扒饭吃菜，母亲吃得也很用心。很快，锅里的米饭吃个精光，连锅巴都被铲得一干二净，饭桌上的菜也都风卷残云般地一扫而光。

"都吃好了？"母亲揩了一下自己的眼睛。

"嗯嗯，吃好了，妈。"守泰一个劲地点头。守平紧跟着说："真好吃，妈。"

"今天的饭菜实在是太好吃了！"守祥说，"要是每天都有这么好的饭菜吃就好啦!"守安白了守祥一眼,"想得倒美!"

"你们都要听大哥的话,要好好念书,多多干活,以后肯定都能吃上好吃的饭菜。"母亲目光移向一旁闷声不吭气的守顺,"妈妈说的话你都记住了?"

守顺迟疑了一下,微微颔首。他觉得母亲今天的言行有点怪怪的,但又说不出怪在哪里。

母亲吩咐守泰和守安,"小泰,小安,吃完饭,你们俩将锅灶收拾一下,喂猪吃食。以后家里的事你们要多帮哥哥,不要跟哥哥弟弟闹矛盾。"转向四儿子守平和小儿子守祥,"小平,小祥,你们俩年纪小,干不了重活,就帮家里扫扫地,擦擦桌子,添添灶火。要多听三个哥哥的话。"最后才正眼看守顺,"小顺,你是老大,也已经知事懂理,以后家里的很多事还要靠你帮着维持,小泰、小安、小平和小祥还都不大懂事,你当大哥的,要多照顾他们,也要多开导他们。"

守顺实在有些狐疑,斗胆问:"妈,您要去哪里?"

"妈要去太外婆那里。"

哦,太外婆家?守顺更是有点茫然。之前从来没有听母亲说过太外婆,母亲怎么突然说起太外婆了?"太外婆在哪里?"他当时还忍不住问。

"这个你就不要问了。"母亲语气有点冷漠。守顺不敢再多话。事后多少年,听树花堂姊说过,他的太外婆当年也是因为跟太外公吵架怄气投的水,他当时怎么一点都不晓得呢?真是傻到家了!

母亲走进卧房,坐在那个老旧的梳妆台前,开始对着缺了一角的菱花镜梳妆。她已年过不惑,头发开始夹杂着些许的霜丝。守顺印象中,以前母亲是很少打扮自己的,至多每天晨起,将自己的头发绾在脑后,弄成一个发髻。她也不擦面霜,实际上,她也没有什么面霜可擦。面霜是要花钱的,她舍不得买,宁可省下来,到集镇上赶集时给孩子们买点零嘴。她的衣服总是那么几件,哪怕洗得发白,她都照样穿上身。跟那个成天将自己打扮得花枝招展的李麦苗比起来,她的确土得掉渣。

东天曙色微露，穿着干净衣裤的母亲出了门，没有跟守顺他们打招呼。守顺还是隐隐有点不安，跟在母亲后面。母亲回过头，很生气，"不要跟着我！你也有那么大了，晓得该干什么不该干什么。妈对你很放心。你一定要带好几个弟弟。"

"妈，"守顺小心翼翼地说，"妈什么时候能回来？"

"妈出去转转。就算不上太外婆那里，也会回趟潘庄。"母亲摸摸守顺的头，"小顺，你是个好孩子，听妈妈的话，你现在回去，看看几个弟弟在干什么，不要弄出什么事。"

守顺很顺从地转身回家。他相信母亲会回潘庄的，虽然外公外婆都不在了，但还有两个舅舅和几个外甥，他们对母亲都很不错。母亲回娘家，多少也能散散心。

多少年后，守顺一想起跟母亲分别的情景，就有点懊悔，当时怎么不绷紧弦？当时应该跟着母亲，哪怕悄悄地尾随也好，也不至于发生那样的悲剧！

母亲潘立春那天走后再也没有回来。第二天傍晚，有人在清水湾的河汊口发现了她的遗体。

在母亲出殡那天，潘庄的大舅和小舅带着一帮至亲气势汹汹地上门兴师问罪。两个舅舅也不喜欢父亲，他们曾经听说父亲殴打母亲，气愤不已，准备上门来替母亲修理修理父亲。守顺也巴望舅舅们能狠狠揍父亲一顿，将他揍趴下，他以后就不敢再对母亲动手了！但两个舅舅还没进家门，就被母亲硬硬地哭劝回去了。母亲骨子里还是想顾全这个家，梅艺高就是一摊烂泥，也还是她五个儿子的父亲。她也曾经一度想过跟梅艺高一刀两断，但她实在放心不下五个未成年的儿子。

对于母亲的死，父亲梅艺高并没有感到有多愧疚。在母亲娘家至亲到来之时，蓬头垢面的父亲也一点不惧，在母亲的灵柩前又是哭又是嚷的：你寻死害我，做什么?! 人长嘴除了吃喝，不就是用来说话的？说话大点声，不也正常？逢上不顺心的事情，发点牢骚不能发？你骂我，我骂你，不也正常？哪家夫妻过日子一点不吵嘴？吵点小嘴，不也正常？也就吵几句嘴，你就这么没度量？你这

16

样不惜身，跑去寻死！你成心让我没了婆娘不打紧，你成心让我担负不善待你的恶名，我也受了！关键是你让我五个儿子没了亲娘，天底下做婆娘的有千千万，有多少像你这样？跟老公吵几句嘴，赌气就赌气，怎么能拿命来赌？！现在你将你自己的命赌掉了，引着你娘家人来闹我，是嫌这个家没坏够是吧？！你是想我给你陪葬是吧？！好！我给你陪葬！

梅艺高像个老娘们一样哭嚷一阵，当着众人的面，就撒腿朝清水湾的方向奔。这下可将大家镇住了，这个好面子的大男人显然是受了大刺激，什么事都干得出来！即便是场面上做样子吓唬吓唬潘庄人，那要死要活的决绝样子还是够吓人的。周围的人赶紧上前拽的拽，拖的拖，将疯子一般的梅艺高拉回来。梅艺高还不情不愿，在那里自个儿跌摔，哭闹，仿佛受了天大的冤屈。大家也都摇头叹息，还真没见过这样的，一个大男人怎么像个小媳妇一样，作弄这么一套？实在是有损男人的颜面，真是掉底色掉到底了，怕是连《西游记》里的孙猴子也泼赖不过他！孙猴子耍泼，唐僧念几句紧箍咒，他也就打几个滚儿消停了，搁在梅艺高这里，怕是不灵！

在整个事件中，守顺记忆最深刻的莫过于本家叔爷宝山对父亲梅艺高的当众责问。梅艺高还在地上跌摔，闹个不休时，梅宝山出现了。他刚从邻县岳西山里为生产队采木材回来，听说潘立春寻了死，梅艺高也在寻死觅活的，吓了一大跳，连水都没顾得上喝一口，就大步出门，赶到乱哄哄的现场。他扒拉着人群，到了梅艺高跟前，瞪眼说，兄弟，你这是何苦呢？！一个男子汉大丈夫，该能上能下！你现在当着这么多人的面又跌又摔的，想干吗？啊？你到底想干吗？！你平素对潘立春要是好一点，她会寻死？她寻死了，你也跟着寻死？！你说你有意思吗？！你还有五个儿子，你有没有为他们着想？！

梅宝山人高马大，有一种自娘胎带来的威严气质，在梅园也算得上一个能人，说话办事都很利索，性子又耿直，大凡他看不惯的人事，他就当面予以指摘，丝毫不给对方情面。庄里人大都在乎他。梅艺高跟宝山虽为同龄人，平素在骨子里还是有点敬服宝山。

17

宝山这一露面，这一绷着脸质问，让梅艺高无地自容，不再跌摔了，只是抱着脑袋哭泣。宝山又冷着眼说，你一个男子汉，家里的顶梁柱，祸事既然已经来了，你哭泣有什么用?! 你哭泣，事情就能哭过去?! 梅艺高渐渐停止哭泣，抬手揩揩眼睛，从地上爬起来，开始请托庄里人帮着他一起料理丧事。

守顺始终对母亲匆促离世耿耿于怀，他总觉得母亲寻死太不值当，父亲靠不住，不还有他和四个弟弟吗? 五个儿子都不能成为她的靠山吗? 她一走，家基本上就破碎了，父亲对他们兄弟五个也不大过问，只顾着自己，白天混混日子，夜里出去打打野食，烦躁了，还对他们兄弟吼一吼，甚至拳脚相加。他作为长子，受了母亲临走时的再三嘱托，承担起照顾四个弟弟的重任。有时候，忙碌到夜深，躺到木板床上，望着窗外静谧如银的月光，想起睡在地底下的孤零零的母亲，想起自己无法预测的未来，感觉自己像是漂在大海上的一叶浮萍，深陷漫漫无边的幽暗，心里不由得升腾起一阵茫然与恐惧。他对母亲也有点幽怨：您不管不顾地将我们兄弟五个抛弃，是不是有些不负责任? 这个家现在主要靠我来支撑。唉，父亲，这个长得牛高马大的男人，已经将自己弄成半废的人了!

时光是消怨解愁的药剂，多少个白日黑夜伴随着风雨霜雪，虽难熬，但好歹也都熬过去了，如今年过花甲的守顺也懒得再去和父亲计较，对母亲更是幽怨全无，更多的是思念与喟叹。

母亲坟前燃烧的黄表纸和冥钞逐渐变成灰白色的灰烬，守顺揉揉眼，说娘啊，照理讲，烧过黄表纸和冥钞之后，紧跟着应该放放响鞭，吓吓那些跟您争抢纸钱的小鬼们。今天我就不放响鞭了，我主要是来看看您，给您送些钱。等年关麦生和雨生他们都回来，再来给您上腊祭，还要给您烧很多纸钱，让您在那边有花不完的票子，香喷喷的米饭和三牲也是断然少不了的，还有酒，以往您过年高兴的时候，也还是能喝几口酒的。八月中秋，雨生托雪笋给我捎回两瓶好酒，到时候，我斟上一壶给您喝，让您过过瘾。您大概想问雨生现在可成了家? 还没呢。他也二十七了，是该找个

18

婆娘了……

在母亲坟墓的下方是四弟守平的墓，守顺也给守平烧了一些黄表纸和冥钞，嘴里念叨：守平啊，你也是个没有福气的人，当初你四十岁的生日还没过，就遭遇意外的横祸！那天要是不下大暴雨，要是电线杆上的电线没有拖在地上，要是地上没有积水，要是你绕道不蹚那一处浑水，你是不是就没事了？你是不是现在也能和我一起给娘上上坟？你不晓得你那么一走，秋华孤儿寡母熬日子有多难，好在你家大儿雪笋争气，吃苦耐劳，挑起整个家的重担，如今日子过得也很不错。守平啊，你在那边，是不是天天能跟娘在一起？你们那边是不是过得安逸？唉，想一想人这一生，是好是歹，最终都是要归入黄土的。不管怎么样，归了黄土就算永远安逸了！

守顺对着无言的坟茔絮絮叨叨，黄表纸和冥钞都烧得差不多了。守顺还是守在一旁，拿小树棍拢了拢尚有火星的灰烬。这个腊冬晴日居多，天气干燥多风，山上四处都是枯草败叶，如果火星不灭，被风稍微一搅和，容易引起火灾。前几年腊冬，就有人家上坟，焚烧纸钱，没等纸钱全部烧完就离开，结果那带着火星的黄表纸碎片被风卷到旁边的茅草丛中，茅草燃点比较低，很快茅草丛就被引燃。在风的助力下，火势迅速蔓延，呼啦啦形成一片火海，将半个天空给映得通红，那场面很是吓人。后来各村组织村民救火，上面的消防队也火速赶来，经过大家奋力灭火，好不容易才将火势控制、灭掉，但大半个山头已烧成焦秃了。腊月黄天的，本来大家都喜气洋洋地忙着准备过大年，上坟的人偏偏不慎弄出这么大的火灾，也的确令人扫兴，确实是个莫大的教训。那之后，每到清明、七月半、腊祭，镇政府就有小中巴车架着小喇叭下乡，沿着大马路一路喊话，号召大家要自觉破除一些祭奠的陈规陋习，不要随意焚烧冥钞香烛，燃放鞭炮，要环保祭奠，文明祭奠，谨防山林火灾和安全事故的发生，对于那些造成严重安全事故的有关当事人，要依法追究其法律责任！光喇叭宣传还不够，镇政府还印制"文明祭奠倡议书"发放给各家各户。每个村还设专门的巡视员到山上巡视。

对于土生土长的乡间人，多少年祭祖奠亲，都是焚香烧纸，燃烛炸鞭，突然让大家都丢掉这个老传统，改成去镇上的鲜花店买上一两束花，或者仅仅在坟前洒一洒酒水，大家脑筋还一时拐不过弯来，上坟依然坚持焚烧冥钞和相关祭品，不过比以前变得更小心翼翼了，有些人还随身携带水桶和喷壶上山，一旦发现烧纸燃炮势头不对，随时喷水控火。

黄表纸和冥钞彻底化为灰烬，不见丝毫火星，守顺这才站起身。四围不见一个人影，蓦然从旁边的枯草丛中蹿出一只灰黑色的野兔，离弦之箭一样飞速逃离。守顺盯着那小东西蹿逃的身影，看着它在前面绕过那个号称"万人洞"的大洞穴，蹿到洞穴旁边的殇兵墓一侧，便没了影踪，他的心里涌出一股难言的复杂感受。

第二章　无　常

守顺对桃花甸的殇兵墓和万人洞有着深刻的记忆。

守顺爷爷福生在世的时候，总是时常提及殇兵墓。守顺听爷爷说，桃花甸原先无坟无墓，绿树蓊郁，野花烂漫，禽鸟小兽出没，是庄里孩童们玩耍的好去处。自从民国二十七年（1938 年）初夏川军某营在这一带抗击东洋小鬼子，这地方就开始有了坟茔。

据爷爷福生回忆，那时桃花甸那些素净净的野栀子花兀自开放，满山飘溢着淡淡的花香。四处传言小鬼子要来搞祸害，人心惶惶，梅园周边的曹庄、胡庄等几个村庄里的一些人胆小怕事，索性卷起细软往更深的山里躲避，当时叫"跑反"。梅园人不跑，他们更多相信"生死由天命"，但必要的防范还是会做的，守顺那德高望重的老爷爷德仁首先想到的就是那鲜为人知的万人洞，那可是个藏人的绝好去处。

万人洞是桃花甸一个天然的洞穴，是德仁年少时上山追野兔无意中发现的。洞口呈半圆形，比较狭窄，仅容一个成年人侧身而过，它掩藏在茂密的荆棘丛下，一般人根本看不出来。德仁发现这个洞口，异常好奇，想进洞探个究竟，便瞒着父母，悄悄地回家拿来马灯，扒开洞口，小心翼翼地进入洞中，没想到里面竟非常宽敞，也比较干爽。他一直朝前走，越走感觉越陡，走到洞的尽头，才发现是峭壁，下面是清凌凌的清水湾。他兴奋地回到家，将自己的发现告诉父母，父母惊奇地互相对视了一下，他们还是第一次听说有这么一个洞穴。或许也有老一辈人知道，只是不说而已。他们叫儿子不要对外声张，说这肯定是老天对梅园人的恩典，一旦兵荒马乱，也让梅园人有个比较隐秘的藏身地。

须发银白的德仁始终惦记父母的忠告，眼下小鬼子要来祸害大家，外庄人"跑反"，他就准备领着梅园人带上一些生活必需品去藏万人洞。就在这个节骨眼上，川军有一支营队开拔过来，带给大家的安抚也算是正当其时。德仁尤其激动不已，大家暂时不用藏洞了！他带领全庄人夹道欢迎川军救星，组织大家殷勤地为他们腾房让屋，烧茶送水，送米送面。川地的青年汉子，穿单衣，着过膝的短裤，打绑腿，穿草鞋，身背斗笠大刀，腰缚手榴弹，手握"老套筒"，行装虽然简陋，但个个有气概，发誓定要痛歼东洋鬼子。

令人万分痛惜，一开战，小鬼子的枪炮似乎长着妖眼，草鞋汉子们明明是雄赳赳冲着出去的，回来却血肉模糊地躺在担架上，还有不少倒下回不来的。阻击战打得异常惨烈。小鬼子也惧怕山里有更大埋伏，一阵阵密集炮轰之后，掉头撤走了。

桃花甸被炸得面目全非，横七竖八地倒在血泊中的勇士们，不是缺胳膊就是断腿，惨不忍睹！庄里人无不哀叹落泪，原来那样活蹦乱跳的精壮汉子，说没了就没了！还被残害得不成人样！年少的孩子不顾大人们阻拦，偷偷跑到桃花甸看究竟，结果看到的是血糊糊的骇人场景，吓得直哭。守顺的老爷爷更是老泪纵横，哽咽说，老天，老天！太不长眼！

阵亡者很多，一时找不到那么多副棺木收殓，庄里人在守顺老爷爷的带领下，挖了一个大墓坑，设法弄来一堆上好的杉木板拼成巨型棺木，将勇士们合葬。人们在隆起的坟茔前洒一洒薄酒，烧一烧冥钞，炸一炸响鞭。想着这些可敬的异乡人赴黄泉连个哭丧的人都没有，庄里的妇人们纷纷趴在坟旁扯着嗓子号哭一番，神情哀戚，如丧考妣，在场的人无不清泪斑斑。

川兵们殉难后的七七四十九天，梅园人像对待逝去的亲人一样，设供祭奠。满七日那天，特意请来当地有名的土道师做道场，在殇兵墓前烧纸人纸马，念度脱经文，祈愿他们的亡魂能够顺利地进入阴曹地府。

说来也怪，那之后，桃花甸上空经常盘旋着一些白闪闪的鸟影。庄里人都说那大概是川兵幻化的魂灵。梅园人年年清明祭祖，腊底上祖坟，都不忘烧一些纸钱，放一挂万响鞭，祭一祭这些流落在桃花甸的无名殇魂。

自从川军殇兵在桃花甸入土为安，桃花甸的地理位置便为大家所倍加关注。据乡里一位有名望的风水先生说，桃花甸"前照后靠"，面水枕山，是块难得的风水宝地。此后，周边只要有人走掉，都会被送到桃花甸来。大饥荒时期，饿殍随处可见，几乎每个村庄都有，甚至有人家绝户，桃花甸的新坟陡然增加。梅园例外，所有人奇迹般地熬下来。外庄人风传，梅园人许是受川兵的阴魂保佑的。梅园人听了，觉得有点意味，彼此笑一笑。他们可是懂得人活着，最要紧的是要解决肚皮问题，手中有点粮，心里才不慌啊。那年秋收伊始，梅园人干了件隐秘又稳妥的事——在万人洞藏了点五谷杂粮，他们就是靠着这点五谷杂粮，外加上山挖点野菜熬粥填肚，才度过那些难熬的日子。

当年领着大伙藏粮的是守顺爷爷福生，他始终对此事讳莫如深，从不对外宣扬，连守顺父亲梅艺高都不了解内情。当时守顺爷爷跟庄里的户主们一起私下议事的时候，少年老成的梅艺高被父亲支使到外面望风。梅艺高好奇，忍不住贴着门缝听屋里大人的谈论，无奈大人们都是压低声音在说话，听不真切。守顺爷爷许是对孙子守顺的偏爱与信任，一个月色溶溶的夏夜，同守顺一起在后院纳凉谈往事，提起万人洞，说起当年藏粮的详情，一再嘱咐孙子要对外保密，任何时候都不能将这事泄露出去。当年大家也都视之为生死攸关的抉择，聚集在昏暗的煤油灯下，发毒誓要一辈子严守这个秘密。做人要讲究信义啊。但是，若干年后，还是有人忍不住说出实情，当年要不是当生产队长的福生机警，领着大伙儿藏粮，桃花甸肯定要多出不少坟头。这事让守顺爷爷福生有点闷闷不乐：怎么就有人管不住嘴，不守信约呢？

后来守顺才知道，泄露秘密的人是爷爷的一个老伙计的孙子。小伙子从自己爷爷那里得知藏粮的起始经过，非常感佩当年守顺爷爷有见识，果敢，觉得这事不应该被尘封。他还特意上门跟守顺爷爷交流自己的看法。守顺爷爷对此却是一脸淡然，说那不是我一个人的主意，那是大伙儿的主意，只是我先提出来罢了。……细伢子，还是不要声张的好啊。

守顺酷肖爷爷，不但面相、身段长得像，连说话的腔调、走路的姿势也都神似，梅园一些高辈老人曾说守顺跟爷爷简直是一个模子刻出来的，隔代稳妥妥的遗传啊。有人私下议论守顺父亲艺高没有遗传父辈的良好秉性，就跟集镇上二流子无异，成日游手好闲，不干正经事。龙宝爷爷在世的时候，从不掩饰对艺高的嫌恶。有一次在酒桌上，提及守顺母亲潘立春的死，老爷子就忍不住当面数落艺高：你这个小子，你对立春怎么那样没有良心？她就算没有功劳，也有苦劳，为你辛辛苦苦地生养五个桩头一样结实的儿子，你竟然身在福中不知福！真是枉当了福生的儿子！你哪里像福生的亲生儿子！你父亲对你母亲那可是百般地爱护，从来都不舍得你母亲受半点委屈，可惜你母亲福分太浅，早早患上肺痨亡故了。你是被你爷爷奶奶惯坏的！你父亲是个孝子，对你爷爷奶奶惯孙子也不便说什么……

梅艺高酒喝得有点高，趁着酒意，一脸不屑地哼哼鼻子：外场上都说是我的儿子，哪一个长得像我？龙宝爷爷的脸顿时就黑了下来，手中的酒盅往桌上重重一搁，怒说，幸好都不像你！要是都像你这样文不文，武不武的，心中不装别人，总装着自己的几斤几两，都像你这副德行，你们这个家就完败了！

守顺内心也非常嫌恶父亲梅艺高。从小到大，父亲对他都没什么好脸色，特别是每当外人说守顺和守安长得真像爷爷，梅艺高脸上就阴云密布，背地里没少为这事跟母亲闹别扭，骂母亲贱货，说你他妈的给我戴什么帽子？！你只当老子不晓得？！母亲说，你晓得什么？有本事你就当着大家的面说出来，别在那里阴阳怪气的！父亲恨恨地说，家丑！家丑能外扬吗？！母亲气得浑身直哆嗦，却又拿父亲没办法。

守顺爷爷福生对儿子艺高也很失望，在父母过世，儿子成家之后，就一个人独居。他看淡世间诸事，心态平和，岁月在他那里，似乎也不愿停留；即便他已迈过九十岁年槛，依然眉眼清朗，白发间还夹杂着些许黑发，走起路来，也毫无龙钟之态。当年他偶尔跟他年逾花甲的儿子艺高站在一起，看上去像一对亲兄弟。有人问他保养秘诀，他就不以为然地笑笑说，什么秘诀？每天粗茶淡饭，歇息安睡，哪有什么秘诀？人家又追问，听说您老人家总喜欢说，人活着，要有念想。能说说您的念想吗？他又笑笑说，念那些睡在桃花甸的人，想自己什么时候睡桃花甸，坦荡一生，又不留后悔。

和守顺爷爷福生一起共过事的老伙计们陆陆续续都走掉了，跟川地的汉子们，还有他的太爷爷太奶奶等至亲一起长眠在桃花甸。曾有相当长的时间，只要无风无雨，守顺爷爷总会不由自主地背着手去桃花甸转悠。守顺猜想，爷爷慢行在那些无言的青冢坟茔间，心中大概在不时默念：你们在那边怎么样？都好吧？

守顺原本以为爷爷能够长命百岁，万万没有想到会出意外！在爷爷即将过九十二岁生日的头一天，也就是冬至那天，爷爷要亲自上桃花甸给自己的爷爷奶奶与父母腊祭。看着步履稳健，精神矍铄的爷爷，守顺觉得老天实在眷顾爷爷，或许是老天要将奶奶早早被折损的阳寿加给爷爷。快要到祖坟山的时候，爷爷一边走，一边扭头招呼后面的小辈们快点跟上，没留神脚下草丛窝藏着的石头，话还没说完，被磕绊了一下，摔倒了，后脑勺重重地磕到旁边的另一块石头上。跟在爷爷后面的守顺吓坏了，赶紧上前将爷爷搀扶起来，急切地问，爷爷，要不要紧啊？查看爷爷后脑勺隆起一个大包，还好，没有出血。爷爷摸摸自己的后脑勺，摆手说，没大碍的。大概是我平时孝敬不够，祖宗们要小罚我一下。说话明显少了精神。守顺意识到爷爷摔得很严重，说爷爷，您到底要不要紧？还是去看看大夫保险一点。爷爷不耐烦了，说都上山了，冬至祭祖怎么能停？赶紧摆祭品。我歇歇就好。

守顺心神不安地将外褂脱下来，叠了两叠铺在枯草丛上，搀扶着爷爷坐下。他招呼守泰和守安等人赶紧焚烧香纸、冥钞和纸扎的楼房、车马，越快越好。没等放鞭炮，爷爷已经坐不住了，瘫倒在地。守顺带着哭腔说，坏事了坏事了！

等大家七手八脚地将爷爷抬到镇医院，请求大夫赶紧抢救。大夫看了爷爷一眼，唉声叹气，说只能试试了。挂上点滴。开始药水还能在输液管中缓缓地流一流，渐渐地，药水根本就不流了。大夫翻翻老人的眼皮，面色凝重，摇头说，瞳孔已经扩散了，唉，怕是不行了。守顺号啕大哭，怎么就不行了?! 非要往县医院转，半途上爷爷就过去了!

爷爷离世太过匆促，连一句遗言都没来得及留下。守顺始终都不相信爷爷就那么走了，总觉得爷爷不过是去亲戚家串门。此后，他对冬至祭祖有一种抵触心理，冬至祭祖竟然祭走了爷爷，这是他多年一个难解的心结，他再也没有在冬至日祭过祖。

生死实在无常啊! 守顺一再摇头，唏嘘不已。

冬日的阳光被寒风裹挟着，令人倍感寒意。该回去了。守顺沿着来时的路，在众多坟茔中穿行。走到半途，无意间看见一个熟悉的身影走向西边的那片坟茔，龙宝? 再定睛细看，没错，的确是龙宝，今日是小麦的生日，龙宝一定是来祭奠小麦还有他们的儿子立夏的。

一念起龙宝的遭遇，守顺就不由得对自己这个从小一起玩到大的伙伴深感同情。昨天四弟妹秋华和堂婶树花还在跟他聊龙宝，在整个梅园，要说命运最不顺的，大概就是龙宝。

树花叹息龙宝这辈子命实在不好，十一岁没了娘，十五岁死了老子，幸好还有姐姐龙云和姐夫郝晓阳能着点靠。龙云作为姐姐，待亲弟弟好，是没得说的。最值得一说的是小郝人厚道，龙云嫁过去好多年都不开怀生育，小郝也没有半句闲话，一味待她好，待小舅子也像待自己的亲弟弟，带着小舅子一起做篾活，学开车。龙宝也还争气，在姐姐姐夫的帮衬下，也盖了像样的房子，娶了胡庄的小麦做老婆。小麦人长得标致，又贤惠，养的儿子立夏也很机灵，照说龙宝也算有了点福气吧? 可是老天对龙宝就是不长眼，不让他的好日子长久啊! 唉，要说我们这乡里，人跟人闹别扭吵个嘴打个架，也不是稀罕事。轮到他龙宝跟人打架，就稀罕出事了!

秋华接过堂婶树花的话茬说，照我看呀，龙宝也是被逼到那个份上了，要不然他也不会夺过梅为安手中的菜刀，跟梅为安拼死的。梅为安这狗日的也是太欺负人了！他不就是仗着他大伯梅国兴戴着顶村支书的帽子嘛！他才敢趁人家龙宝不在家欺负小麦，还将人家龙宝家门前的路给堵着不让走，这就是到皇帝娘娘那里去说，也说不过去的嘛！梅国兴还纵着他侄子！出事后上面派人下来搞调查，庄里有的人就生怕树叶打破了头，当闷声菩萨，不敢讲真话。李麦苗明明晓得自家儿子的坏德行，信口编排一些假话，诬枉龙宝，简直就是乌肠子乌心！好在宝山叔敢讲真话，李麦苗和梅国兴还为这事恨宝山叔。我也不怕，上面调查的人问到我，我也跟他们实话实讲！守顺大哥你当时也很仗义，也是照实际说。我敬佩大哥是条汉子！

守顺长叹一声说，人在做，天在看。人总得要摸着自己的良心说话。要不然，那还配叫人吗？只是有一点也不能回避，那就是梅为安死了，这是最要命的！

树花说，谁叫梅为安先动的手？他下手也是往死里下的！龙宝不还手，难道就等着被他弄死？老太太眼不花耳不聋的，说话中气十足，根本看不出她已经是跨过八十二岁年槛的人。

秋华点头，说龙宝也是没办法，这叫什么？这叫那个什么正当防卫。

守顺依然叹气，说正当防卫过了头，弄出人命来了。这就非常糟糕了！现在再回看起来，这种祸事本应该避免。问题是人一到那种情境下，都不管不顾了，这也是最要命的！两个人动起手来，都像打红了眼的牯牛，梅为安将龙宝砍伤了，龙宝将梅为安砍走了。打架素来是糟糕透顶的事，对任何一方都没有好处，互相受伤害。梅为安从此以后，就从这个阳间消失了，龙宝在班房里蹲了十年！看看一个人一生有多少个十年？不管怎么说，龙宝大半辈子算是毁掉了！

树花说，出了这祸事，也苦坏了龙云。她为弟弟难过，也舍不得小麦和立夏吃苦，想将娘儿俩接到她家过活；但好强的小麦不愿意，龙云只好隔三岔五地送吃的喝的回来。仗着大姑子的帮衬，小麦娘儿俩日用吃穿也还不愁；但就是这样的日子也没能维持，立夏和小麦先后出了事，龙云整个人都瘦得脱形了。清明、腊底她一回家上坟，就哭得昏天黑地的。我也可怜这孩子，总是想法子劝她一定要想开，熬几年，龙宝就能回来，龙宝日后还得倚仗你这个亲姐姐啊。

好不容易熬到龙宝刑满释放，龙云和郝晓阳将龙宝直接接到家里，都竭力安抚，不敢告诉他小麦和立夏的事。龙宝始终惦记小麦母子，说小麦怎么不带着立夏来看我？她是不是变心了？龙云暗哑着声音，说龙宝，小麦带着立夏走了，家里的房子，那年发洪涝，也给冲坏了，你就在姐姐这里待着吧。姐夫郝晓阳也一再劝他留下来一起过日子。龙宝不甘心，要去找小麦和立夏。龙云和郝晓阳都劝他不要再找了，日子都是要往前过的。龙宝哭着说，她就是走，也应该将立夏留给我！姐姐哽咽不已，说龙宝你不要再找了，立夏让她带走就带走了，你就听姐姐一句劝，好不好？龙宝见姐姐难过的样子，也就没再坚持。第二天一大早，他还是悄悄地离开姐姐家，打算先回家看看，再到小麦娘家胡庄打听打听。

龙宝回到梅园，看到自己的家残破得不成样子，三间瓦房已经倒掉两间，郁闷难耐。他无意间听见秋华和树花在草垛后小声议论小麦和立夏的事，说这事还是要瞒着龙宝呢，之前龙云在庄里打过招呼，龙宝回来要是问起来，就说小麦带孩子走了。龙宝听出她们话里有话，就上前拽住她们，一再追问他家的小麦和立夏都怎么了。两人知道终究瞒不住龙宝，只好告诉他实情：立夏在他走后的第三年盛夏下水塘洗澡淹死了。小麦受不了这个重大的打击，精神失常，那年冬天也跌落池塘死了。

真是晴天炸雷轰响！龙宝发出比狼嚎还颤人心房的凄厉叫声，嘴里喷出几口乌黑的血，倒地不省人事。树花和秋华吓坏了，赶紧呼喊，不得了，不得了！龙宝不行了！喊来守顺和守安等人，大家慌忙找来竹榻，铺上褥子，将昏迷的龙宝抬往医院抢救。等龙宝脱离危险，姐姐龙云又将他接到家里悉心调养，竭力开导抚慰，让他慢慢缓过神来。

如今只要一提起这件事，树花和秋华都有点后悔当时告诉龙宝实情。守顺说，瞒也不是办法，瞒得了初一，瞒不过十五。他总会晓得的。秋华说，他一下子哪里接受得了哇！树花吁叹，好在当时龙宝抢救过来了，万一龙宝有个好歹，我和秋华这一辈子心里都不安畅啊。

关于立夏和小麦的死，守顺后来还从别处听到不少传言，说立夏很有可能是被梅为安家里的人害掉的。立夏洗澡那天，有人看见梅为安的弟弟梅为明也在水塘洗澡。立夏水性好，按说是不会轻易淹坏的，池塘也就那么大，不是有人暗地里做手脚，孩子怎么会出事？梅为明听到传言，愤怒地拿着大锤子，站在村口吼说，老子这辈子再怎么张狂，也从来不做伤天害理的事！谁要再在背后嚼舌根泼老子脏水，老子不将他家的铁锅砸个窟窿，老子就不姓梅！梅为明发飙后，庄里没人再敢谈论立夏的死因。也有人表示质疑这种说法，池塘虽算不上怎么深，但深的地方也有那么两三处，以往干旱年池塘干涸，庄里人为方便取水饮用，在塘中间挖了两三个一米多深的方井。难不成孩子不小心掉进方井里了？孩子水性再好，万一脚抽筋，掉进方井里去了，那也是小命难保的。

立夏不幸夭折对小麦是毁灭性的打击，她经受不住失子的严重刺激，又哭又笑，到处乱跑，嚷着要去找她的立夏，她还要带立夏去找她的龙宝。小麦后来被娘家人送到精神病院治疗了两个多月，出院时小麦恢复了以前的沉默寡言。她在胡庄娘家过了一段相对平静的日子。一天，小麦蹲在池塘边的青石板上默默寂寂地洗衣服，碰见胡庄一个外号"二百五"的婶娘提水刷马桶。二百五觉得小麦孤单可怜，也是出于好心安慰小麦，说小麦呀，人一辈子难免遭点灾受点难的，你看我们家那个八十八岁的老姑婆啊，她八岁没了娘，九岁给人家当童养媳，二十岁我那死鬼姑爹就撇下她钻到黄土地里去了，可怜姑婆拖着两个幼小的儿子过日子，不到一年，她那大儿子得急病死了。我姑婆那时候苦哇，可她带着小儿子还是熬过来了。小麦呀，你也要学会熬啊！小儿没了，日后再生一个，你家龙宝虽然蹲着班房，总是要回来的。你要是实在不想等，找个男人再嫁，也没人说你的……

小麦听得两眼发直，不知道自己是怎么洗完衣服，怎么回的家。她坐在桂花飘香的小院里，痴痴地盯着老猫和小猫崽一起嬉戏，小猫崽不时地滚到老猫怀里"喵呜喵呜"地叫着撒娇。小麦身子发着颤，她恍然间看见她的立夏笑闹着向她奔过来，滚到她的怀里，像小猫那样撒着娇。她失声叫，立夏啊我的立夏！爆发出撕心裂肺的哭号。此后，小麦的神志就再也没有恢复正常，成天蓬头垢面，抱着个小马扎四下找她的立夏。据说小麦是在一个月黑风高的夜里跌落池塘的。实际上，也没有人真的在黑夜看见小麦跌落池塘，那不过是大家的一种猜测罢了。

龙宝始终没再续弦，他心里放不下小麦和立夏，心情郁闷时，就上桃花甸看看地底下沉睡的母子，想着自己有朝一日也要睡到土里，跟他们娘儿俩就团圆了。

眼下龙宝在小麦和立夏的坟前燃香烧纸，守顺没有上前打扰，而是在路旁的一个衰草覆盖的麻石条上坐了下来，等龙宝祭奠结束，才起身走过去跟龙宝打招呼。两个人结伴走在通往村口的碎石小道上，边走边聊。

"龙宝，最近几天都没见你，你这又出去忙了？都快到年关了，也该歇歇了。"

"唉，我那老舅最近突发心脏病住院，我那两个老表都在外忙得很，一时赶不回来，他们就跟我商量，让我先帮着他们照顾几天，等他们处理好手头的事就回来。"

"这人老了，病了，服侍的事也是个问题。"

"我们也往老里奔了。等哪天动弹不得了，就只有窝在家里封门等死了。"

"你不要这么丧气啊，龙宝，你还有枣红。我上次到镇上章涛涛那里取麦生寄来的快递，跟章涛涛聊了聊，聊到你家枣红，——他跟枣红和雨生念小学时同过学，他说枣红隔三岔五就网购东西给

30

你，你老不去取，他托我将那些东西捎带给你，结果你还老大不高兴。说句老实话，你家枣红真是个孝顺的孩子。"

"这孩子孝顺是孝顺。她给我买这买那的，心里确实装着我这个舅舅，但东西买得再多，也不抵她回家看我两眼，跟我说说话，让我心里开豁啊。"

"她那是工作特殊，你也说过她身上沾满晦气，她肯定不想将晦气带回家，怕对你不好。"

"我劝她换个事头，工资低点就低点，至少是光亮亮的吧？唉，她总不听。说多了，还有点嫌烦。"

"枣红那工作倒也没什么太较劲的，她自己情愿做的，你又何必管太多呢？现在的年轻人比不得我们年轻时，大人们说什么听什么；现在的年轻人一个个都有自己的主意，根本都不听你的。你说你操心有什么用？"

"你说的倒也是实际情况。但她现在干那差事，连对象都不好找。我这心里就不是个滋味，我就想我姐姐姐夫，要是他们俩都还活得好好的，我也不用操这份心，过了这个年槛，她就二十七了，再稍微耗一耗，奔三十岁了！"

"我家雨生不也二十七了吗？我也为他的事着急，可是有什么用？他自己不急，我们急也是白搭。"

"男孩子年龄大点，没大碍，大不了找个年纪轻的姑娘，可女孩子不行，俗话说，男到三十不为老，女到三十半老人，再找人哪里好找？我这腌臜一辈子，就守着这么一个外甥女，就巴望着她好端端地长大，找个好人家，过上舒适的日子。唉，看现在这光景，怕是没什么指望了！我实在对不住我九泉之下的姐姐姐夫！"

"龙宝啊，你也不要这样自怨。一代管一代，这么多年，你做舅舅的，也是尽心尽力地将枣红抚育长大，我们谁都看在眼里，你已经很对得住你的姐姐姐夫了。孩子已经成年，很多事情是她自己拿主意，她今后的路也是她自己去走，这点你要看清楚，你没有办法包办她的所有事情。你不要过度焦心。说心里话，到了我们这个年纪，管不了孩子们的事，最主要的是要将我们自己管好，管好我们的身体，尽量少生病，没病没灾，就算有一天要走，如果像我爷爷那样没有床债，那也算是一辈子修来的福分。"

"你爷爷的确是个有福分的人。"龙宝慨叹，"我们恐怕就没有那样的福分了。"

"我爷爷心态好，这一点谁都比不了。要是换成别人，恐怕早被我父亲给气出病了。咱俩都是本家兄弟，我说话也就不顾忌，我那父亲，地道的一个游手好闲的无赖，——我这做儿子的不应该这么背后说自己的父亲。但是他说的话，做的事，都让人觉得他不像一个正常人！龙宝，说真的，他实在太出格，他竟怀疑我娘跟我爷爷有瓜葛，怀疑我们兄弟五个不是他亲生的！你说他还是人吗?!以前听庄里的一些高辈老人说，我爷爷跟他自己的爷爷大模样也是很像。照我父亲的那套想法，我爷爷的爷爷跟我奶奶是不是也有瓜葛了？但我爷爷的爷爷在我奶奶没过门就病逝了，这怎么解释？这只能说明我们这个家族隔代遗传就是很明显。你说我父亲是不是胡说八道？说起这些事，就让人心里满是疙瘩，都不想搭理他。"

"你父亲是什么样的人，大家也都清楚。你这也是说说而已，他现在瘫痪在床，你们几个兄弟还不照常将他照顾得熨熨帖帖的?"

"有什么办法呢？谁叫我们是他的儿子？我娘在世，他疑神疑鬼的，现在他倒说得明明白白，我们都是他的亲生儿子，一点也不含糊了。"

"要是他再疑神疑鬼的，谁还服侍他呢？其实你父亲脑子一点不糊涂。"

"倒是老三恨心大，一直记着这事。老爷子刚开始瘫痪，我们商量着怎么服侍他，老三明确说了，他以前不是说我不是他亲生的吗？他将我娘给逼死了，我凭什么要服侍他？我们怎么劝也不行。"

"你们兄弟几个，就数老三守安脾气最倔。"

"唉，怎么说呢，我们兄弟几个，也数守安家境最糟，弟妹也不在了，儿媳妇又不贤惠，动不动就吵吵闹闹，孙子也不争气，守安烦得不行。他始终不肯原谅老爷子，不愿服侍，我们也就随他去了。"

"你们兄弟间，还是比较仗义的。有的人家，为服侍老人，斤斤计较，弟兄之间吵得不可开交。"

"那样真是一点意思也没有！"

说话间，龙宝的手机响了，显示是枣红的号码，龙宝按了接听键，说："我这边都还好。你自己多注意身体。……你守顺叔都带给我了，以后不要再在网上买东西了，舅舅什么都不缺。……"龙宝边走边接电话，眉头始终是紧锁着的。

守顺有意放慢脚步，心中也不松快，他总也希望经历过多次跌撞的龙宝晚年能舒心一些，唉，看样子，枣红的事让龙宝心中总拧着个疙瘩。他没有办法劝说枣红工作方面的事，枣红个人婚姻方面的事，他也使不上劲。他平素也帮着龙宝为枣红留着心，看来看去，出去打工的小伙子几乎没有合适的，这周遭留乡的小伙子屈指可数，合适的也少。

前段时间他倒是注意到老伴木棉娘家有一个小伙子，回乡跟本族的叔爷筹办养猪场，人看上去勤快，也厚道，便侧面地跟小伙子聊了聊。小伙子对枣红的工作也表示理解，看过枣红的照片，也有意跟枣红交往。守顺回来跟龙宝一说，龙宝也有点高兴。没想到龙宝在电话里跟枣红一提，将小伙子的照片发给枣红，枣红二话不说就拒绝了，说不合适。

龙宝说，是你守顺叔介绍的，好歹知根知底，你就给守顺叔一个面子，抽空去见一见，就算眼下没时间见面，先跟人家微信聊一聊，也是不碍事的嘛。枣红依然不愿意，不想见面，连微信号都不愿意给，说折腾来折腾去，也不行，只能浪费时间。

龙宝有点气恼，说你快二十七了，不小了，你老这么耗着自己，总不是个事。说到激动处，龙宝都有点哽咽了，说枣红，我是你舅舅，不是你爸爸。我说话你总不当回事。要是你爸妈还在，我也不需要管这份闲事。你这样，我怎么对得住你爸妈！电话那边的枣红轻轻啜泣，不再言语。

从那之后，枣红的婚事就成了不能轻易触碰的敏感话题，龙宝不好再对枣红唠叨，守顺也不好再为枣红四处物色男孩子了。

第三章　龙　宝

梅园人都说龙宝一生最不幸，枣红是龙宝不幸生活中的一点亮色。

时间往前倒推三十多年，龙宝出狱之后，得知妻儿早已遭遇不测，精神几近崩溃，被姐姐龙云和姐夫郝晓阳接到家里休养。

龙宝在姐姐家休养了一年多，才慢慢地恢复了点元气。姐姐和姐夫每天忙忙碌碌，还要照顾他，他觉得老待在姐姐家也不是长久之计，便提出要回梅园。

龙云说："你就在姐姐这里住不行吗？"姐夫也很诚恳地说："龙宝，你在哪里都是过日子，姐夫这边好歹还有一些活儿，你就跟姐夫一起干，好不好？"

龙宝摇头，目光落在姐姐家门前的那棵树冠如巨伞的大枣树上，状如浅黄色小蝴蝶的枣花簌簌下落。

龙宝依稀记得，这棵枣树树苗当年还是自己的老爷爷培育的。老爷爷是个育苗好手。他还曾经跟龙宝讲过枣树的育苗方法：筛挑优良枣树种子，专挑有饱满枣仁的枣核，拿出枣仁，搁在温水中浸泡一天一夜，将它们捞出来放在竹筐里，在上面蒙盖一层湿布，每天往上面喷洒三四次温水，三天后大部分种子能发芽，隔天就可播种。老爷爷还告诉他，育苗的地要先下足底肥，耕深耙细，整成一条小沟，大概深十公分，行与行之间的距离大约在六七十公分，小沟灌上适量的水，等水都渗到土里，将发芽的种子点播下去，每棵之间距离保持在二十公分左右，每个穴坑放上三四颗种子，用细土将沟覆盖平好，培成一个龟背状的小土堆，过四五天，平去土堆。一个礼拜左右，就能看见枣树幼苗拱出地面。枣树苗长到第三年，就可以移栽。姐姐家门前的这棵枣树就是当年春季老爷爷帮着移栽的。在移栽前，老爷爷让姐姐龙云将枣树苗的主根部分剪去一两公分，并修剪了一下根系，展开枣树苗的根系，栽种到家门前的沃土里，将土轻轻拍实后浇水，这棵小苗成活了，而且长得不错。老爷爷说这枣树至少要长六七年，才能挂果，让姐姐不要着急，就让它慢慢长，长到一定时候，自然能开花结果的。等这棵枣树开花结果，老爷爷也不在人世了。

想起老爷爷，想起梅园那倾圮的屋舍，那屋舍后是一片小枣树林，那些枣树都是老爷爷当年培育栽种的，现在大概也是枣花扑簌簌地在掉落……龙宝满脑子都晃悠着过往的情景，转向姐姐和姐夫说："我还是要回去，梅园是我的根。"

龙云沉默片刻，朝龙宝点点头。她跟龙宝是同母异父的姐弟，她八岁时生父病逝，母亲带着她改嫁到梅园，跟着继父改姓梅，继父视她如己出，她对梅园的家有着极其深厚的感情。梅园是龙宝的根，也是她龙云的根。龙云看了丈夫晓阳一眼。晓阳明白她的心思，不等她开口，便说："龙宝，你要回梅园，我和你姐也都不再拦你，只是那房子现在肯定没法住。这样吧，我们也跟你一起回去，将房子重新修一修。"

龙云夫妇跟着龙宝一起回到梅园，在守顺、守泰等亲邻的帮助下，将倒塌的房子重修，将房前屋后的杂乱物品整理整理，等一切安置妥当，房后的枣树林的花儿基本上全掉落了，枝头开始挂上一串串嫩绿嫩绿的小枣子。龙宝的生活也渐渐变得正常。

到了枣子红透成熟，年近不惑的龙云发现自己意外有喜，激动不已。晓阳更是觉得老天眷顾自己，他原本是一个孤儿，全靠本家小叔叔抚养成人，又幸遇龙云这样外表秀丽、内心温良的贤妻。虽然她多年不育，但他不在意，趁年纪不大多攒点养老的钱，真到老了动不得的时候，手头有积蓄，本家侄子侄女也是能指靠的。他原打算就这样两个人一起过下去，没料到自己在四十岁这年还能圆当父亲的梦。为了让龙云安心保胎，晓阳承包了家里所有内内外外的事，龙云每天只需要开开心心地吃喝玩乐。小家庭充满了无限希望与乐趣。

十个月后，龙云生下一个粉妆玉砌的女婴，取名枣红。中年得女，龙云和晓阳都觉得这是老天馈赠的金贵宝贝，倍加怜爱。龙宝也为姐姐姐夫感到欣慰。

门前的桃李开开落落，落落开开，一晃就是两载，小枣红由一个棒槌长的粉嘟嘟的婴孩长成一个跟小矮桌齐高的小女娃，眉清目秀，聪明机灵。龙宝很喜欢小外甥女，有空就带些好吃的零食去看小枣红。小枣红跟舅舅也很亲热，舅舅要回梅园，她缠着舅舅，也要跟舅舅到梅园来。龙云拗不过宝贝女儿，也不太放心龙宝带孩子，就带着小枣红到梅园住几天。

那时梅园有不少跟小枣红同龄的小娃娃，枣红喜欢跟他们玩耍，尤其跟守顺家的小娃娃雨生合得来。小娃娃们一起过家家时，小枣红和雨生总是煞有其事地当爸爸和妈妈，拿树叶和沙土做饭菜，招呼其他小娃娃来吃"饭"，还找来断勺子、碎碗片之类的东西当作商品，开起"杂货店"。龙宝在一旁饶有兴趣地看着，觉得枣红和雨生这两个小娃娃很有意思。

眼见着日子过得越来越顺，老天似乎见不得他们过得舒心，有意来找事。那年清明节前夕，郝晓阳拿出多年的积蓄，新买了一辆客货两用车，平素给一家塑料吹塑厂跑货运，顺便沿途带几个顾客。那天他要送一批货到岳西，龙云要去看潜山的表舅，晓阳顺道带上她。小枣红就暂时让龙宝照顾一下。万万没想到他们的车在途中被一辆失控的大卡车碰上，晓阳当场就不行了，龙云重伤，送到医院，也没能抢救过来。龙宝得此噩耗，顿感天塌地陷，脚软眼黑，一下子就瘫倒在地。不远处玩耍的枣红见了舅舅这个样子，吓坏了，跌撞着冲过来，跪在龙宝身旁，抓着龙宝的手摇晃着哭喊：舅舅！舅舅！骇人的哭喊将附近的守顺给惊到了，赶紧跑过来，扶起龙宝，掐他的人中。不多会儿，龙宝渐渐缓过气来，睁开眼，看着哭得泪涟涟的小枣红，更是悲从中来，一把搂过小外甥女，哽咽着说，小枣红……苦命的……小枣红……不要哭，还有舅舅！说着说着，忍不住号啕大哭：苦命的……姐姐姐夫啊……日子刚好一

36

点！……这下怎么好？……

龙宝痛哭一场，擦擦眼泪，将小枣红托付给守顺和木棉夫妇临时照顾一下，他翻越桃花甸，到两里开外的郝庄，同姐夫家族的至亲一起料理姐姐姐夫的后事。乡间的丧葬仪式繁杂，姐姐姐夫都是壮年突遇意外凶灾而殁，以土道师的话来说，阴煞气太重，小娃娃要回避。即便土道师不提醒，龙宝也不想带小枣红参加丧葬。小孩子虽年幼，但眼睛亮，如果让她看见疼爱她的爸爸妈妈被装进长长的黑匣子里，埋到坑里，垒成土包，她以后再也见不到他们了，想想孩子心里的阴影该有多大？她会每天生活在郁郁寡欢中，童年的阴影会伴随她一辈子的！

守顺和木棉也都理解龙宝的想法，他们应允将小枣红照顾好，让龙宝放心。庄里其他人也都一再劝慰龙宝要节哀，宝山叔说得尤其语重心长：龙宝啊，你这个孩子，唉，也太不容易了！你不管怎么样，日子都是要往前过的，你自己可要多多保重！你这个舅舅是小枣红今后最大的靠山啊，你一定要多保重！

龙宝颔首，忍住泪，转身去看在小院中玩耍的小枣红，摸摸小枣红的头，让小枣红跟雨生哥哥一起好好玩，说舅舅要出去办事，办完事很快就回来。小枣红听话哦。小枣红仰起小脸，说："舅舅，你什么时候回来呀？带我回家，好不好？我要爸爸妈妈。妈妈说要给我买小发卡子，爸爸说要给我带玩具娃娃。"龙宝眼里蓄满泪，忙转脸，揩去泪，竭力平复心情，冲小枣红点头，说小枣红乖。

小枣红眼巴巴地看着舅舅转身离去的背影，愣了愣，大声说："舅舅，你说话要算数哟，你回来就带我回家。"龙宝不敢回头，只是冲小枣红扬扬手，眼泪再也忍不住了。

木棉见势拿来一袋米糖，哄小枣红，"来，小枣红，吃糖好不好？"

麦生和雨生站在一旁，目光落在米糖上。小枣红看了他们一眼，又看一眼木棉，小声说："哥哥也吃。"木棉亲亲她的小脸，"小枣红好乖。你就跟哥哥一起吃。"

小枣红从袋里拿出一块米糖，递给麦生。麦生将米糖递给雨生，小枣红却嘟嘟小嘴，将雨生手中的米糖拿回来，还给了麦生。雨生一脸无辜，马上垂下了嘴角。小枣红又从袋里拿出一块米糖，递给雨生，"给你的糖。"雨生的嘴角这才上扬起来。守顺和木棉一旁看着，有点感慨，这么小的人，分得这么清楚，给谁的就是谁的。给麦生的雨生就不能拿，有脑子。

　　白天的日头容易打发，毕竟是年幼的孩子，跟小伙伴玩着玩着，也能暂时忘掉不开心的事，但到了晚上，小枣红还是想起爸爸妈妈和舅舅，开始哭哭啼啼的，要找爸爸妈妈，要找舅舅。三四岁的小姑娘哭得哀戚，守顺和木棉也很难过，轮番来哄劝小枣红，都不太灵，小枣红依然嘤嘤哭个不停。还是麦生和雨生有办法，投小枣红的喜好，索性在床上开起"杂货店"，哄着小枣红当售货员，他们摆出平素玩的小泥狗、小木车、纸船、小铃铛等小玩意儿，木棉也找来小手帕、小螺帽、勺子、筷子之类的物件摆上，全家人都假装来小枣红这里买东西，货都卖缺了。小枣红得到一些钢镚，也有点开心，睡觉前，将这些钢镚包在一个小布包里，拍拍小布包，说回家给爸爸妈妈买糖吃。

　　小枣红乖巧的念叨又惹得守顺和木棉一阵伤感。将小枣红哄睡着了，夫妇两人还在小声嗟叹命运真是太无常了，要是没这祸事，一家三口，该多好啊。小枣红聪明伶俐的，这么小没了娘老子，真是可怜！就算龙宝贴心抚养，总不能代替她的娘老子的。现在孩子小，还能哄哄骗骗的，等稍微大了，再哄骗恐怕就不灵了，总见不到娘和老子的面，也是不行的。两人唏嘘不已，很晚才入睡。

　　龙宝处理完车祸的善后事宜，将姐姐姐夫丧葬入土，面容憔悴地回到梅园，已经是七八天之后的事。小枣红一见舅舅，就不高兴地嘟囔："舅舅你怎么才回来？你不是说很快就会回来的吗？"

　　龙宝抱起小枣红，编话说："舅舅路上碰到一伙强盗，他们将舅舅给抓到山寨里去了，舅舅偷偷跑回来了。"

　　小枣红信以为真，有些惊骇地瞪大眼睛，"那强盗没有打舅舅吧？"她之前倒是听爸爸讲过强盗抢劫打人被大侠制伏的故事，不等舅舅回答，她又接着追问："有没有大侠来救舅舅？"突然发现舅舅眼睛有点红肿，轻轻摸摸舅舅的眼皮，"舅舅，你的眼睛是不是强盗打的？"

龙宝继续编话说："舅舅晚上趁强盗睡着了，逃跑，没有睡好觉，熬夜熬的。"

"没有大侠来救舅舅吗？"

"没有。"

"那舅舅好厉害啊。"小枣红蓦然又想起爸爸妈妈，"舅舅什么时候带我回家？我好想爸爸妈妈。"见舅舅愣着没有说话，小枣红摇摇舅舅的头，"舅舅！我想回家！"

龙宝鼻子酸涩得不行，忍住不掉泪，"枣红好孩子，爸爸妈妈到很远的地方去了，要很长时间才能回来。"

小枣红带着哭腔说："不行嘛！他们为什么要很长时间才回来？"

"我也不晓得。"龙宝带着哭腔，"我也不想他们到很远的地方。"

看到舅舅流泪，小枣红慢慢止住了哭泣，"舅舅不哭，爸爸妈妈是不是打强盗去了？"

龙宝忙跟着点头，"嗯嗯，应该是的。"

"舅舅，我们不哭了。他们打强盗肯定有大侠帮他们！"小枣红捏捏小拳头。

小枣红在舅舅家待了下来。白天大部分时间她都在庄子里跟麦生和雨生等一些小伙伴玩耍。大人们都跟各自的孩子打过招呼，要处处顾着小枣红，有好吃的都送给小枣红吃，小枣红跟他们玩得很开心。龙宝有时太忙，庄里人也都帮着他照顾小枣红。到了晚上，龙宝再忙再累，也要编故事讲给小枣红听，编的自然是小枣红最喜欢听的打强盗的故事，自然还要迎合她的心理，在故事中穿插她的爸爸妈妈勇敢地同强盗周旋打斗的桥段，让小枣红安静地入睡。

就这样一天又一天，一年又一年，小枣红也渐渐长大，开始懂事了，父母始终没有回来，她开始怀疑舅舅在骗自己，她的爸爸妈妈绝不是去打什么强盗，那都是舅舅骗小孩子的鬼话。她很想知道爸爸妈妈到底去了哪里，问舅舅，舅舅总是支支吾吾，小枣红生气了，跟舅舅闹起别扭，成天绷着张小脸，不跟舅舅说话，也不愿意吃饭。

龙宝不知道该怎么同小枣红说她父母的事，跟守顺说起小枣红闹情绪。守顺说，也不能老瞒着孩子，瞒是瞒不住的。老是让孩子心里悬着想法，也不合适。还是找个合适的时间，委婉地跟小枣红说一说。

龙宝还是不敢贸然将真相告诉小枣红，怕孩子接受不了，他依然哄着小枣红。但小枣红不是当年那个三四岁的小细娃，随口编一个谎就能将她稳住，小枣红已经是背着小书包上学堂的一年级小学生了，周围的同学对她的影响实在太大。他们有的她也应该有，吃的喝的穿的用的，舅舅都会满足她，甚至比别的同学还要好，比如她穿的新衣服是班上最漂亮的，别的同学多半是过年才有新衣服穿，而她在逢年过节，过生日，舅舅都会给她买新衣服，还给她买布娃娃。其中有一个粉红色的布娃娃还有黑丝线编成的小辫辫，看上去乌黑发亮，摸上去柔软润滑，她喜欢得不得了。她最不满意舅舅不能给她召回爸爸妈妈。自她记事起，爸爸妈妈就没再露面。班上的同学聊各自的爸爸聊得火热，有的说我爸爸在外要赚好多钱，要给我买好多好吃的东西；有的说我爸爸每次回家都要给我带小玩具；有的说我爸爸每周都要给我打电话，问我喜欢什么样的书，他要买了寄给我……也有些同学聊各自的妈妈聊得口角生风，有的炫耀自己妈妈会编好看的千层辫，有的炫耀自己妈妈唱歌跟百灵鸟一样好听，有的炫耀自己妈妈会做花裙子……

枣红夹在他们中间，不知道说什么，她很是局促不安。有一次，跟她同桌的牛铃子见她不吭声，说："枣红，你说说你爸爸妈妈呗。"

枣红小声说："我爸爸妈妈到很远的地方去了，他们还没有回来。"

"你爸爸妈妈去了什么地方啊？"

枣红答不上来，只好老老实实地说："我也不晓得。"

"不会吧？你怎么都不晓得呢？"牛铃子一个劲刨问。

"我就是不晓得。"枣红沮丧得快要哭了。

一旁的申涛涛瞅着她，"你骗人吧？爸爸妈妈到哪里都不晓得？怎么可能呢？我就晓得我爸爸妈妈去了哪里，他们去云南那边卖鞋了。"

枣红闷着脸，翻了申涛涛一个白眼。出于好心，坐在后排的雨生对申涛涛解释说："枣红住在她舅舅家。"

申涛涛一听，马上不屑地说："你怎么不回家啊？你住在你舅舅家算什么呢？你爸爸妈妈肯定不要你了！"

枣红一下子蒙在那里，脸涨得通红，两眼含泪，瞪着申涛涛，也有点不满地扫了雨生一眼，一句话都说不出来。男生的嘲笑戳中了她的痛处，别人都有爸爸妈妈，就是出去打工，过年也会回来的。而她这么多年了，连爸爸妈妈的影子都没有见过，问舅舅他们到底去什么地方了，什么时候才能回来？舅舅总是说他们会回来的，她耐心等待，等到现在，依然没有见到他们的身影。

那天下午放学，小枣红一回家，就直接扎进房间，关上门，在里面伤心地哭泣，任凭舅舅怎么叫门都不开。

龙宝六神无主，又急又气，"小枣红！你怎么啦？谁欺负你了？出来跟舅舅说说，舅舅找他们去！"

终于从房间里爆出一声哭嚷："我要爸爸妈妈！"那哭诉伤心欲绝，"他们是不是不要我了？他们为什么不要我？"

"小枣红，你将门打开，舅舅跟你说你爸爸妈妈的事，好不好？"龙宝好说歹说，小枣红才抽噎着开了房门，泪流满面，抽抽搭搭地说："舅舅，我爸爸妈妈他们到底怎么了？舅舅不要再骗我了！"

龙宝拿毛巾替小枣红揩揩泪，"小枣红，是舅舅不好，舅舅以后再也不骗小枣红了。等哪天舅舅有空，就带你去找你的爸爸妈妈。但小枣红能不能答应舅舅一个条件：见了爸爸妈妈尽量不要哭，实在忍不住就哭一场，以后就不要再哭了，好不好？"小枣红抽噎着点点头。

这之后，龙宝有意跟小枣红谈一些有关生死的话题，先从花儿说起：小枣红，你晓得花儿是怎么来的吧？它是由一个小小的花籽发芽来的，花籽发芽长成小花苗，再渐渐长大，长出花骨朵儿。花骨朵儿长到一定时候，开出漂亮的花。再过一段时间，花就开始凋谢，落入泥土里，花儿的一生就结束了，也就是它死去了。一个人就像花儿一样，由一个小小的娃娃，长成一个大人，开始很年轻，渐渐变老，老了还有可能得病，最后会死去，像花儿一样凋落。舅舅说的这是正常的情况下，有的时候，也会发生意外，比如刚才舅舅说的花儿，在它刚刚开出漂亮的花朵时，突然刮起一阵狂风，将装花儿的花盆给掀到高空，花盆从高空中坠落，那盆里的花儿必定被摔坏了，摔死了。可惜不可惜？

小枣红听得直吁吁，说："花儿会好起来吗？"

"没有好起来。花儿慢慢干瘪了，最终就被埋到泥土里。"

小枣红样子有些怅然，"怎么突然起那么大的风呢？"

"花儿不晓得会有那么大的风啊，所以这种意外花儿也没有办法躲避。"

"花儿真倒霉！"小枣红惋惜不已，想了想，"舅舅，人是不是也有可能遇到这种倒霉的事？"

"嗯，不过这种可能很小。我们平时还是要注意安全。"

小枣红像个小大人一样点点头，没再说话。

龙宝决定清明节带小枣红去看姐姐姐夫。

以往清明日大都是斜风飒飒，细雨飘飞，天地灰蒙蒙一片，但那天例外，碧空丽日，惠风和畅，草木葱鲜，鸟雀欢鸣，难得的响晴。之前接连几日都是阴雨连绵，室内弥漫一股潮潮的湿气，龙宝可要好好利用这个难得的晴日晒晒衣被。一大早他就做好早餐，见枣红还没睡醒，就将菜搁在热气腾腾的锅盖上，为了饭菜能保温，上面再扣上一个大的圆形竹篾饭罩。他开始将家里的床上用品和一些脏衣服拿到大澡盆里加洗衣粉浸泡，搓洗，拿到附近的池塘漂洗干净，回到家门前晾晒。

太阳刚在澄明的东天露头，龙宝家门前那用竹枝、秫秸与荆条混扎的篱笆上一溜开地晒上了被子、床单与枕套，旁边的晒衣架上也挂满了衣物，譬如大人穿的褐色棉衣棉裤、毛衣、套头衫，小女孩穿的红棉袄、黑色保暖裤、棉裙之类。

龙宝在池塘边洗衣物的时候，小枣红起了床，她习惯性地叫声舅舅，没有得到回应，便出了小院，在门口张望了一下，没见舅舅的人影，有点着急，扯着嗓子喊：舅舅！舅舅！

"唉！"池塘那边传来舅舅的应声，"舅舅快洗完了！一会儿就回家了！"枣红大声说：好！这才放心地上了趟茅厕，回到自己的小房间，自个儿站在小木桌子前，对着小方镜梳小辫。以前她的小辫都是舅舅帮着梳的，上小学后，她就不让舅舅帮她梳了，说老师在班上讲，自己的事要自己做！她将黑油油的头发梳了又梳，想梳成同学牛铃子那样的小麻花辫，在小辫梢上箍上带花的橡皮筋，在左右两边的头发上各别了一个粉红色的蝴蝶发卡，再将一个水红色的头圈戴在头顶，对着镜子，左照照又照照，不太满意，又将小辫子拆开重弄。舅舅在外屋说："枣红吃早饭了。"

枣红应了一声，说："舅舅，我在扎小辫呢。"舅舅进来了，看见枣红正在往头发上别粉红色蝴蝶发卡，便说："枣红，上次舅舅给你买的那个紫色发卡呢？那个也好看。"枣红说："我喜欢蝴蝶的。"舅舅哦一声，"枣红就戴自己喜欢的，也好。要舅舅帮你扎吗？"枣红摇摇头说："不要。我要自己扎。"反复弄了两三遍，终于满意了，这才走出自己的小房间，和舅舅一起吃早餐。

早餐主食是红薯稀饭，龙宝给自己盛了一大海碗，又拿枣红专用的小号陶瓷碗盛了一份，从锅里捞出一个熟鸡蛋，放在冷水里搁了搁，去壳，放在枣红的瓷碗里。每天早晨，他都要给小枣红煮一个鸡蛋，鸡蛋是自家养的鸡下的，营养自然是不必说的。每当枣红注意到只有自己碗里有鸡蛋，就问："舅舅的鸡蛋呢？"他会笑笑说，大人不用吃鸡蛋。但小孩子一定要吃，有助于长个子。

早餐还备了两个菜：一碗咸萝卜条和一盘清炒四季小白菜，吃起来也还合胃口。尤其是四季小白菜，枣红非常喜欢吃。最初这种四季小白菜是木棉送过来的，枣红说太好吃了。看着外甥女吃得开心，龙宝就萌生自己种四季小白菜的念头，跟木棉讨教怎么个种法。木棉告诉他大致的方法，他觉得也很简单。种之前他先将菜地平整好，在平整过程中，往地里多加一些灶膛里弄出来的草木灰，均匀往地里浇一些粪水，这样一次性地上足肥料，再将小白菜种子撒在潮潮的地里，上面盖上薄薄一层土。接下来，往地里稍微浇点水，要不了多久，小白菜苗就从土里冒出来，再追加一两次肥料，大概让小白菜长上三个多礼拜，就可以摘下来吃了，鲜嫩得很，洗干净加点猪油快火清炒，非常入口。不等这批四季小白菜吃完，龙宝又再接着种一批，就不发愁没有青菜吃了。

枣红吃饭很慢，一小口一小口地吃，吃一口要嚼上老大会儿，真正是做到了细嚼慢咽。龙宝是急性子，吃饭也是风卷残云般的迅捷。他吃完，到后院喂鸡喂猪。

猪是家禽家畜中最不讲究卫生的一个，弄得猪圈里臭气熏天的，实在是脏得不忍直视。龙宝皱皱眉，换上旧大褂，穿上橡胶靴，拿来小铁锨，将猪圈里的脏污物给清理到粪坑里。又出后院，往菜地里浇了些肥水。

龙宝回到堂屋，见枣红的早餐还剩半碗，觉得外甥女这个习惯实在需要改一改，红薯稀饭还需要那样嚼吗？吸溜吸溜喝一喝就下肚了，这么慢性子，日后要是在外面跟别人一起吃大锅饭，那还不要饿肚子？他总记得年少时跟宝山叔出去做集体工，中午吃那种大桶饭，吃得快的能抢盛第二碗饭，吃得慢的就没有吃第二碗的份，幸好宝山叔有经验，迅速扒完饭菜，抢盛了第二碗，分了一半饭给他，让他好歹能吃饱肚子。他将自己的这番经历编成精短的小故事，讲给枣红听，借机催促说："枣红，稍微吃快点好不好？端起碗，呼噜呼噜几下，就喝掉啦。"停顿了一下，"舅舅带你，去看看你爸爸妈妈。"

"哦，好！"枣红有点兴奋，顺从地端起碗喝完稀饭，将小白菜也都吃掉了。龙宝说："枣红很棒的！以后就这样吃饭，不磨蹭，不就很棒么?"枣红乖巧地嗯嗯着。

"我要将我画的画给爸爸妈妈看。"说话间,枣红已经跑回自己的小房间,找出自己画的几幅画,内容大致相似:一个小女孩,跟爸爸妈妈出去玩耍。第一张是一家三口在枣树底下唱歌;第二张是爸爸妈妈甩着长绳索,小女孩笑着站在绳索中间蹦跳;第三张是小女孩在阳光照耀下的山坡上追蝴蝶,爸爸妈妈在一旁看着笑。

龙宝两眼禁不住湿润了,要是姐姐姐夫活着,他们该是多么欣慰!如今他们静静地长眠在桃花甸西侧的一个小山坳里,他们始终活在小枣红守候的童话般的世界里。而这个童话他又无法一直让小枣红守住,他不得不将残酷的事实真相告诉小枣红。

在去桃花甸的路上,枣红开心不已,不停地跟龙宝说话:"舅舅,你说我爸爸妈妈见了我会怎么样?"

"枣红,要是你爸爸妈妈睡着了,你会吵他们吗?"

"嗯,将他们喊醒不行吗?"

"他们睡得很沉的,喊不醒你就不要喊,可以吗?"

枣红脸上的笑容渐渐消失了,一脸惶惑,"大白天的,他们为什么要睡得很沉?"

"哦,他们实在太累了。"

"他们做什么事太累了?"

"这个我也不晓得了。"

"舅舅!"枣红严肃起来,"你是不是又在骗人?"

"舅舅,没有骗你。"龙宝突然哽咽起来,边走边擦眼睛。

"舅舅,你怎么了?"枣红追上来,"舅舅,你为什么哭了?"

"舅舅也想见你爸爸妈妈。"老这样跟小枣红兜圈子,也不是办法。龙宝心一横,还是要侧面地跟枣红说一说。他摸摸枣红的头,问:"枣红,你在舅舅家开心不开心?"

"嗯,开心。但我还是很想爸爸妈妈。"

"舅舅晓得枣红想爸爸妈妈。枣红,你晓得舅舅想不想外婆外公,也就是舅舅的爸爸妈妈吗?"

“舅舅肯定也想自己的爸爸妈妈。”

“想是想，但没有用啊。他们已经跑到很遥远的地方去了，只留下一座小坟包在桃花甸，我想他们的时候，就去看一看他们的坟包。”

一年级的小学生还是有点敏感的，枣红睁大眼睛问：“舅舅，是不是我的爸爸妈妈也跑到遥远的地方去了？”

“是的。”

“他们也只留下坟包？”

龙宝重重地点头，“想他们的时候，就去看一看，好不好？”

枣红愣愣地站住了，哭丧着脸说：“舅舅！不好！”

“枣红，舅舅也晓得这样不好，但没有更好的办法啊。”

枣红伤心地哭起来。等她哭得差不多了，龙宝说：“枣红，我们现在上桃花甸看看他们睡着的地方，我们心里有什么话，说出来，他们还是能听得见的。”

枣红没再搭理舅舅，泪水涟涟地跟着舅舅上桃花甸，在一座有墓碑的坟茔前停下来。墓碑正中从左往右竖排用黑色字体写着“梅龙云”“郝晓阳”，右偏下方写的是立碑日期：公元一九九二年晚春月，左下角为红色字体写的立碑人：愚弟梅龙宝率外甥女郝枣红叩立。

墓碑上的大部分字枣红都认得，枣红哭起来，以前舅舅总是骗她说爸爸妈妈到很远的地方去了，原来他们俩就睡在桃花甸，舅舅也从来不带她到这里来！枣红越哭越伤心，哭得撕心裂肺的，哭爸爸哭妈妈：你们出来，你们出来！我要见你们！

龙宝跪在墓碑前，哽咽着说，姐姐姐夫，我还是将枣红带来了，你们看看她长高了，也懂事了。我一辈子就守着她一个人，我会将她带好，带大。你们就放心好了……

枣红哭累了，可怜巴巴地看着墓碑，不停地抽噎。龙宝平复心绪，一旁不停地给她擦眼泪，不断抚慰：枣红，不哭了啊。我昨晚梦见你爸爸妈妈了，他们说他们晓得小枣红很想念他们的，他们也很想念小枣红，只是他们没有办法出来。……不管他说什么，枣红

46

都是一声不吭，直到跟着舅舅回到梅园，也是一句话不说，小脸上笼罩着与她的年岁极不相称的阴郁神情。她一进门，就跑进她的小房间，扑到床上，将头蒙到被子里哭起来。龙宝怎么哄都没有用，他想孩子肯定也饿了，做两三盘她爱吃的菜，兴许能让她高兴一点。

龙宝下厨房，淘米煮饭。他从塑料桶里捞出两条黄鳝，是前两天在与池塘搭界的田埂的黄鳝洞里掏的。他将黄鳝宰杀，去除内脏，过水，洗净，切段，又拿了一块腊肉切成薄片，也过了一下水，然后切姜片，拍碎蒜头，食材准备就绪，拿一个平底大号盘，将黄鳝连同姜蒜放在盘底，上面平摊腊肉片，锅里放适量冷水，上蒸格蒸煮。接下来他又炒了一盘四季小白菜，做了一碗豆花鸡蛋羹。大约二十分钟，估计黄鳝蒸得差不多了，掀开锅盖，往盘里撒上细葱花，淋浇热油，一盘香喷喷的腊肉蒸黄鳝就出锅了。他将饭菜都端到桌上，喊枣红来吃饭，说舅舅给你做了好吃的呢。

枣红没有反应。龙宝走进小房间，看见外甥女趴在床上一动不动，心一紧，赶紧上前试试鼻息，呼吸正常，心这才落了下来，孩子大概哭累了，睡着了。他鼻子酸酸的，给孩子盖上被子。退出来，将桌上的饭菜端回厨房放在热锅里保温，等枣红醒来再吃。

龙宝坐在门口的小马扎上，点了根烟，若有所思地抽起来。他原本是打算戒烟的，心里总不开豁，还是抽几口烟解解闷。看着门前绿意盎然的枣树，龙宝想起姐姐来，如果姐姐和姐夫还活着，他们家门前也有这样一棵生机勃勃的枣树，枝条上绿枣嫩芽黄亮可人，过段时间，枣叶顶端会长出细米般的花苞，等到一定时候，满树都是浅黄色蝴蝶样的花儿，养眼得很，花期过后，满树便会挂上如绿豆般的小青枣，枣儿渐渐长大，成熟变红。姐姐总说枣是好东西，枣红得好看，有福气，所以她给女儿取名枣红。姐姐也很爱吃枣，说枣补气，对身体好，常言道："一日吃仨枣，终生不显老。"每到枣熟时节，她和姐夫将枣打下来，除了送一些给邻里亲戚，余下的她都想办法储藏起来，将一部分鲜枣晒干，另一部分做成蜜饯。龙宝曾经给姐姐打过下手，也学会枣蜜饯的大致做法，说起来也简单，先将大枣清洗干净，放到铁锅水煮，加入的水不能太多，也不能太少，让枣刚好浮起来就可以了。姐姐说，如果想枣软点的话，不妨多加点水；如果想吃稍微有嚼劲的枣，那就略略少放点水。煮的时候，要大火，等水开后再改为文火慢熬；熬的时候，用锅铲子适当翻一翻，等水大致都收干了，就将灶膛里的火熄掉，往锅里加入红糖，搅拌搅拌，凉一凉，枣蜜饯就做好了。等枣蜜饯冷却之后，出锅，装在干净的玻璃瓶或罐里密封，可以吃很长时间。姐姐还提醒龙宝做蜜饯时，红糖可不能放太多，枣本身就是甜的，糖放多了，枣饯子太甜腻，会齁喉咙的，吃起来就有些不舒服了。龙宝也会做枣蜜饯，只是怎么做都感觉没有姐姐做的好吃。好在枣红还是比较喜欢吃他做的蜜饯。

人走了，没有人气，姐姐家的房子和房子里的物件也都成了没有灵气的死物，门前枣树也显得寂寥。前两年又赶上当地政府修大马路，规划中的马路正好穿过姐姐的家门，姐夫本家的叔叔跟龙宝也通了个气，说这房子要拆，枣树要砍，政府象征性地给点补贴。龙宝也默然接受，还有什么可说的呢？姐姐和姐夫都已作了古，遗孤也不会再回到那个地方，昔日那些东西也都变得可有可无了。如今龙宝想起来依然满心酸涩，他梅龙宝从小到大，似乎没有多少舒心日子。但不论怎么说，日子是好是歹，总还是要往前过的。

龙宝瞅着门前的枣树，一根烟抽了不到三分之一，瞧见不远处出现一个身影，正往他这边走来，他马上起身进屋，关上大门，进了后院。

来的是李麦苗那老太婆。龙宝成心不想见她。上月中旬她特意上门来给他说亲，说的是她娘家的侄女云英。

云英的男人去年得急病没了，一个寡妇拖着一个小男孩，日子也实在不好过。李麦苗成天为侄女操着心，盯上了龙宝，跟侄女说龙宝勤快，样样能干。侄女云英其实早就听说过梅龙宝，当年表哥梅为安不就是跟梅龙宝打架重伤而死的吗？那时姑姑可是恨死了梅龙宝，巴不得梅龙宝马上被政府拉出去枪毙了，替她儿子偿命。如今姑姑怎么不恨梅龙宝了？还要将自己说给他做老婆？开始李麦苗在云英面前提梅龙宝，云英还以为姑姑是老糊涂，开玩笑；后来姑姑一再提龙宝，云英也就忍不住说了自己的疑虑。李麦苗一声叹息，唉，云英啊，那都是过去老皇历了！姑姑这上了年纪，身子老了，脑子还不老，这事越想越不是那么回事啊。这是咱们家里人关起门来说话，姑姑跟你摸着心窝说，当年你表哥也不好，是他先欺负龙宝家的小麦的，这事没得假。龙宝有气，找他吵，也不过分，他自己脾气火暴，对人家先动手，动手动动拳头也就不说，你说你这个短命死的拿菜刀干什么！唉，也是家门不幸啊！你说你拿菜刀，你要是将龙宝砍死了，你能跑得掉吗?！别看平素龙宝是个老实人，老实人给惹毛躁了，他也会跟你拼命啊！龙宝将菜刀夺了过去，要了你这个短命死的小命！这么多年，我一想起这事，就很难过。这事从头到尾，都是你表哥在作，在作啊！将自己小命给作掉了！你再看看人家龙宝，本来也是好端端的一个家，也给拆得七零八落的！他们家跟我们家一样，大概都是祖上做了不少对不起老天的事，老天来在后代身上实施报应！姑姑人是老了，越老越想，这心里就越明了，人一辈子还是不能做坏事！

李麦苗巴心巴意地想撮合侄女云英跟龙宝一起合伙过日子。起先她自己不好出面，就游说小儿媳妇柳兰花帮着去找龙宝说说，毕竟平素柳兰花跟龙宝处得还可以。柳兰花很不看好这事，又不好直接泼婆婆冷水，硬着头皮找了个机会，跟龙宝侧面地提了提：龙宝，这么多年，你一个人家里家外地操持，也委实不容易，是不是也得考虑找个伴进门，帮帮你，日后也好有个依靠？龙宝直摇头，说一个人习惯了，一个人清静，苦是苦点，累是累点，好歹没那么多事。柳兰花将龙宝的这些话传给李麦苗，说人家龙宝不想找人。李麦苗说，为什么不想找人？柳兰花说，人家不想找就不想找，我一个外人刨问人家，有什么意思呢？李麦苗就觉得小儿媳妇敷衍她。柳兰花说，我还是劝你老人家省了这份闲心的好。这是根本不可能的事！她心里犯嘀咕，老太婆也真是昏头，当年龙宝跟你儿子干架，将你儿子的命都给干掉了，你现在还跳上跳下地为他说亲？

人家不怀疑你安的什么心吗？人家不掂量掂量？

李麦苗就是李麦苗，做事从来不藏不掖，过往的那些恩怨都不提了，这事她还是要直接跟龙宝说说。龙宝也是龙宝，经历了这么多年狂风暴雨的无情抽打，也将一切看透了，夜深人静时，他也在反思自己当年背负的这个命案，也有几分懊悔，他当时也是丧失理智了，要是头脑清醒一点的话，他下手肯定要轻一点，教训梅为安一顿也就罢了，他骨子里并没有想要梅为安的命。当梅为安白发苍苍的母亲不计前嫌，主动跟他打招呼，他要是再甩脸色似乎也不近人情，自然也是以礼相待了。只是他起先并不晓得她是来说亲的。她一开口说帮他成个家，他还是有点诧异，很快平复了情绪，说："婶娘，也难为您为我操心。我这个人命硬，克父克母，克妻克子，克掉姐姐姐夫。我命里就该孤身一人，等枣红长大成人，她也是要离开的，才能保住平安。"

李麦苗听完，很不以为然，"龙宝，不是婶娘说你，你这话说得差了！各人有各人的命，怎么都是你给克掉的？照你这说法，当年你父母生病是你给弄的？你家小麦和立夏也都是自己不小心倒的霉，你姐姐和你姐夫是那不长眼的卡车给带走的！在这个人世，你看有谁能免得了生灾害病？人死其实很简单，弄不好两腿一伸，人就过去了。活着，可不是件简单的事！你看他们将你一个人丢下，所有担子都落在你一个人头上，你姐姐姐夫更简单，撒手一走，小枣红就全靠你了。说得好听，枣红是你将来的依靠，说得不好听，枣红现在就成了你的生活负累。"

龙宝不太愿意听她讲这些，就找个借口抽身走掉了，李麦苗冲他的背影说，龙宝，这事你还是要掂量掂量，改日婶娘再跟你说。

改日她将侄女云英叫过来，有意带着云英在龙宝家门前晃悠，让龙宝见见云英本人。龙宝倒是觉得云英眉清目秀的，也还有两分好感，但好感归好感，这事不会成。他心里总还装着小麦，他也不能让枣红受半点委屈。他孤身一人，能做到对枣红百般的好。要是再弄个外人进门，还带着个小男孩，一个屋檐下，他就不能光关注枣红，那一对母子他是不是也不能冷落？冷落了，那日子必定过不顺溜，过不顺溜的日子他宁可不要。

龙宝想李麦苗今日来，八成还是来劝说他成家的事。他骨子里一点都不愿意跟她多说话。她在整个梅园风评不太好，大家都说李麦苗的脑子跟别人的脑子不一样，她从来不在乎外人对她的看法。当年她跟守顺父亲梅艺高拉拉扯扯，搞那种见不得人的事，庄里人背后都指指戳戳，她也不放在心上，有时别人的差评传到她耳里，她还会厚颜回敬几句：老娘是个死男人的寡妇，你们欺负我一个寡妇有味没味？她跟龙宝主动和好，一些庄里人也私下议论，说当年李麦苗对龙宝那个恨劲，现在怎么不记恨了？和好保不准就是假的！她葫芦里到底想要卖什么药？她保不准是要使什么坏。这种话传到李麦苗那里，她也不以为意，嘴巴长在别人那里，他们想怎么说就怎么说，她又不能堵他们的嘴！

龙宝坐在后院葡萄架下，传来敲门声，伴随着李麦苗响锣般的声音：龙宝，龙宝在家吧？他迟疑着没有应声。那门还在敲，敲醒了枣红。枣红见舅舅没在，哭喊起来：舅舅！舅舅！门外敲门声更响了，"枣红吗？你开开门，我带你找你舅舅。"

龙宝赶紧进屋，抚慰枣红："枣红，舅舅在呢。你饿了吧？吃饭好不好？"

李麦苗听屋里龙宝说话，有点不满，"龙宝你不是在家吗？刚才喊你那么多遍，你怎么都不应声？"

龙宝只好打开门，让李麦苗进屋坐，"婶娘，刚才到后院外做事去了。"他进厨房将饭菜端到桌上，招呼枣红来吃。

李麦苗说："哟，你们这饭吃得也够晚的啊。"见枣红闷闷着不动筷子，"枣红这是怎么啦？跟舅舅闹别扭了么？"

枣红眼里噙着泪，不吭声。龙宝叹叹气。

李麦苗说："龙宝，你看你一个人带枣红，总不是个事。婶娘也是为你着想，当家理事找个帮手，总还是不差的。云英你也见到了，模样好，性子也好，她那孩子也很听话，一过来，也将你当亲爹处。"

枣红年纪虽小，但心明眼亮，她还是能听懂大概，泪汪汪地看看李麦苗，又看看舅舅，小嘴抿得紧紧的，很显然，她是老大不痛快的。

龙宝说："婶娘，也难得您这么关心我。只是这事您就不要再提了，我带枣红过得很好的。"他摸摸枣红的头，将菜盘往枣红面前推了推，又拿起筷子给外甥女夹了几段黄鳝，"这个好吃呢，枣红赶紧吃饭，等吃完饭，舅舅带你去清水湾钓鱼，将雨生他们也一起叫上，好不好？"枣红望了李麦苗一眼，拿起了筷子。

"这孩子也够娇惯的呢。"李麦苗头一摇，"孩子还是不要太惯的好。都上一年级了，饭菜还要哄着吃吗？"又叹叹气说，"龙宝，婶娘说话向来直来直去，你这样可不是好法子，你不是她的爹娘，你是她舅舅，你这是善心抚养外甥女，你也很尽心尽力，只是你也要想着该过过自己的日子，你自己的日子原本不是这样的。"

龙宝脸色阴沉下来，不再搭话，开始埋头扒自己的饭。枣红瞟瞟舅舅，也开始默默地吃饭。李麦苗瞅瞅舅甥二人，很感无趣，也就起身离去，临走时咕哝一句，都说是什么命！命都是自己造的！没过几天她回娘家，跟侄女云英发牢骚说，云英啦，也真是姑姑犯贱，实在是多事了，那个梅龙宝也就那个尿样，他也只配单身！云英笑说，姑姑，我早就说过不合适，您非要操那份心嘛。李麦苗发完牢骚，也渐渐不将这事搁在心上，见了龙宝，也跟没事一样，连龙宝自己都有些诧异，觉得这李麦苗跟当年那个李麦苗不是一个人！

第四章　情　义

　　枣红自从知道自己父母早已过世之后，神情阴郁，不苟言笑。直到念小学四年级，她的情绪才略有好转。当时新来一位年轻的老师，叫邹骏，教四年级语文，兼任班主任。邹老师身材修长，长相俊朗，非常善于跟孩子们打交道，上课也不像别的老师那样死板，班上的孩子都很喜欢他。

　　邹老师注意到郝枣红跟别的孩子不一样，成天闷闷不乐的，便对枣红格外关注，经常在课间找枣红谈心，上课也不时请枣红回答问题。每次课前他都会私下跟枣红通气，事先将提问的问题告知枣红，好让枣红做好准备。课上枣红回答完问题之后，邹老师非常高兴地带头鼓掌，夸奖郝枣红同学真棒！全班同学的掌声是很能感染人的，枣红渐渐有了点笑容。

　　邹老师对班上的每一位同学都很关心，经常在课余时间带孩子们开展各种有趣的活动，比如玩丢沙包，接力唱歌，玩跳绳，做各种益智游戏。枣红最喜欢"脑筋急转弯"，每次邹老师出脑筋急转弯的题，枣红都积极抢答。她印象最深刻的是邹老师第一次开完班会之后，宣布要做智力游戏，问同学们有没有兴趣，大家不假思索地说，有兴趣！旋即有不少同学问，智力游戏做什么？

　　邹老师神情有点惊讶，环视着全班同学说，智力游戏没听说过？孩子们纷纷摇头。枣红知道智力游戏，舅舅曾经给她买过一本智力游戏的书，她看着就迷上了，那本书都被她翻得毛了边，只是眼下她不动声色。

　　邹老师说："大家不知道智力游戏做什么，没有关系。现在老师就带大家玩玩这个游戏。"他出了第一个问题：什么样的蛋打不碎，煮不熟，更不能吃？大家猜猜好不好？

枣红脱口说："零蛋。"

邹老师鼓掌说："对的。就是零蛋！大家注意一下咯，我们平时要好好学习，这样考试就不会得零蛋。零蛋可不是什么好蛋啊，大家说是不是啊？我们要争取得一担挑的两个蛋。大家猜猜，是什么？"

枣红小声说："100。"同桌曹来喜用胳膊肘碰碰枣红，说："枣红大点声。"枣红扭捏了一下。曹来喜大声说："我和郝枣红都猜是100！"枣红微低着头哑然失笑。

邹老师朝枣红和来喜竖起大拇指，"对对！100。大家要是考试能得这两个蛋，那就非常非常厉害啦。好啦，再来听下一道题：用什么拖地最干净？"

"抹布！"曹来喜抢着说。申涛涛不甘落后，大声说："水洗！"

邹老师笑笑，"很好，很积极！还有谁说说看？"邹老师目光落在枣红身上。枣红说："用劲？"

"对的，用劲，或者说用力。拖地不用劲，自然拖不干净嘛。"

那天玩了十个智力游戏，孩子们都很开心。枣红回家意犹未尽，吃晚饭时，还将邹老师说的智力游戏一一说给龙宝听，要舅舅猜一猜，结果龙宝只猜中了三个。枣红很得意，说："我猜中了九个！"

龙宝说："还是我们枣红聪明！舅舅脑子实在笨哟。"

枣红嘻嘻笑着说："我们班上还有一个都没有猜中的！舅舅比他们还要聪明一点嘛。我同桌曹来喜也很棒，她也猜中了九个。"

"曹来喜？以前怎么没听你说过你有这个同学呢？"

"她本来应该上五年级的，因为她上学期老生病，所以就休学留级了，跟我同桌。我很喜欢她。她带什么好吃的，都要给我吃。舅舅，我是不是也要带点什么吃的给她？"

"嗯，你是应该也带点吃的，要不然老吃人家的东西，不太好。"

"带什么吃的好呢？"

"她喜欢吃什么？"

"她带的都是她妈妈做的，像麻切、米糖、山芋角。"

"这些舅舅不太会做。要不舅舅给你钱，你去店里买点饼干什么的，行不行？"

"还是带舅舅自己做的比较好嘛。"

龙宝想了又想，一拍大腿，说："炒蚕豆好不好？舅舅加点盐、八角、花椒一起炒蚕豆，一定很好吃。"

"好。"枣红眉眼都带上了笑。

吃过晚饭，枣红主动刷碗，催促舅舅炒蚕豆。龙宝从储藏柜里拿出一袋干蚕豆，倒在一个干净的搪瓷盆里，加入清水浸泡。枣红一旁看了，有点不解，"舅舅，为什么要用水泡啊？"

"蚕豆太干了，泡一天泡软了，将蚕豆泡平整了，炒着才好吃呢。"

"哦，今晚炒不了，要到明天才能炒了？"

"大体是这样的。别着急嘛。你要是非得现在炒，炒得难吃，人家来喜不喜欢吃，那舅舅是不是白忙活了？你也会不高兴的，是不是？"枣红不再催促了。

翌日下午，龙宝看干蚕豆泡得表皮饱满，将泡好的蚕豆沥干水分，拿剪刀将每个蚕豆剪开一个小口，加入八角、花椒、盐与蚕豆一起炒，放少许清水，焖煮一会儿，待水分基本吸收，再用文火不停翻炒，防止煳锅，炒到蚕豆发出噼噼啪啪的响声，散发出豆香味，这就表明蚕豆熟透了，龙宝便将灶火关掉。考虑到锅里的温度比较高，他又将蚕豆翻炒了几下，等锅温下降，蚕豆凉得微温，他拣了一个放进嘴里嚼了嚼，又酥又脆，味道可口。

正好枣红放学回来，尝了尝舅舅炒的蚕豆，很开心，"舅舅，真好吃！"

龙宝也很高兴，"你喜欢吃就好，你那个同学来喜应该也很喜欢。"

"那是肯定的嘛。"

"你就多带点给她吃。"

第二天早上上学，枣红就带了一袋炒蚕豆到学校，送给来喜。来喜很爱吃，问枣红："是买的吗？"

"我舅舅做的。"枣红有点自豪。

"你舅舅可真棒，跟我妈妈做的一样好吃！"

来喜跟枣红之间关系也越来越亲密，两个人渐渐无话不说。来喜有时说起她妈妈的好，枣红就有些难过，说我妈妈要是在就好了。来喜说，你妈妈怎么不在了？枣红眼睛有点红了，说我妈妈和爸爸在我幼小的时候出车祸了。来喜说，其实我现在的妈妈不是我自己的妈妈。枣红揉揉眼睛，有些不解地看着来喜。来喜告诉枣红，她现在的妈妈其实是她的小姨妈。她从来没有见过自己的亲生母亲，只从小姨妈的相册上看到过一个跟姨妈长得很像的年轻女子。

细说起来，来喜的亲生母亲二宝患有先天性心脏病，本来不宜生孩子，二宝偏偏做梦都想有自己的亲生骨肉，冒险怀孕，家里人都劝她放弃这个孩子，但她死活不肯，说不做妈妈，她一辈子就是白活。千辛万苦地怀胎九个来月，二宝心脏病复发，当即送医院急救，好歹将她从鬼门关拉了回来，剖宫产手术侥幸成功，胎儿也比较正常，她激动万分，给孩子取名来喜。没有想到，两天后她心脏病突然加重，抢救无效，撒手西去，留下嗷嗷待哺的幼婴来喜。一家人都陷入难以遏制的悲痛。二宝妹妹三贝平素跟姐姐感情深厚，哭得昏天黑地。姐夫曹天乐抱着襁褓中的婴儿在一旁发呆，泪水顺着脸颊无声地流淌。当初他第一眼见到二宝，就喜欢上这个皮肤白皙的秀丽女子，千方百计地要娶她。二宝说，我有心脏病。他说没关系，有病我们好好治一治。结婚后，考虑二宝的身体状况，他做好不要孩子的打算，但终究拗不过二宝。如今孩子有了，二宝却没了，他不知道这日子该怎么过下去。襁褓里的女儿因为饥饿，不停地哭闹，那哭声不似那些健壮的婴儿清脆响亮，而是像患病的小猫崽一样有气无力。临时买来的婴儿奶粉质量不过关，小来喜喝了拉稀。天乐的母亲忍着泪，拿瓦罐熬米汤，试着喂养小来喜，毕竟是刚出生的婴儿，米汤也喝不了，依然拉稀拉得厉害。天乐惧怕二宝拿性命换来的小生命也活不长久。

当曹天乐正陷入难以言说的悲伤中，脸上挂泪的小姨子三贝走到他的跟前，从他怀里抱过孩子，走向庄西的小米家。小米是她关系不错的初中同学，去年嫁到曹庄，一个月前刚生完孩子，目下刚给婴孩喂过奶水，将婴孩放到摇篮里，轻轻地推着摇篮，嘴里哼着小曲，将婴孩哄睡着了。三贝抱着襁褓中的小来喜出现在门口，脸上的泪痕依稀可见。小米一句话没说，倒了杯茶水放在桌上，示意三贝坐下喝茶。她抱过小来喜，坐在桌旁，撩起胸前的衣服，将乳头塞到小来喜嘴里，小来喜马上不哼唧了，安静地吃奶。三贝眼泪忍不住流了下来。

小米叹叹气，开了口，说已经这样了，难过也没有用，现在最要紧的是想办法将二宝姐姐的宝宝喂养好。我的奶水不是很多，可能不够两个宝宝喝。西头的凤玉奶水比较多，她的婆婆成天挖空心思地弄各种发奶的东西给她吃，吃得她胸脯成天胀鼓鼓的，等下午咱们去找她帮帮忙。

小米带着三贝抱着小来喜出现在凤玉面前，凤玉也没说二话，将刚奶过的儿子塞给婆婆，给小来喜喂奶，让小来喜吃了个饱。

打那之后，凤玉和小米就充当小来喜的乳母。每天上午，三贝就抱着小来喜找小米，下午和晚饭后找凤玉。这种喂养一直持续了大半年，小来喜吃着两个乳母的奶水，长得白白嫩嫩的。曹家老太太为了感谢小米和凤玉，时不时地给她们送鸡蛋，每个月给她们各送一只母鸡或者送几斤猪肉，天乐也抢着帮她们两家干农活。

自从姐姐二宝走后，三贝就在曹家住了下来，专心带小来喜。她的父母亲也没有说什么，都默许了三贝的决定。但曹天乐没有同意，他不想耽搁小姨子的终身大事。

三贝说："你一个人带着来喜，不容易，要是给来喜找个后妈，后妈要是待来喜不好，我姐姐九泉之下不会瞑目的。"

曹天乐说："我不会给来喜找什么后妈的。"

三贝坚定地摇头，"孩子没有妈不行。你一个大男人，当爹又当妈？肯定也当不好！来喜跟着你受罪，我舍不得，我姐姐九泉之下不会安心的。再说，我迟早也是要嫁人的，我嫁给谁都是嫁，嫁一个不知根底的人，要是待我不好，还不如不嫁。你跟我姐姐这几年，巴心巴意地待我姐姐好，是我姐姐命薄，不受享。就冲这点，你这个人还是值得托付的。你们曹家这边的人，都普遍重情义，人缘也都不错，大家相处起来，也都和睦。"

曹天乐嗫嚅起来，"我命不好，不能连累你。"

三贝有点激动，"你怎么命不好？我姐本来就有心脏病，你没有嫌弃，这几年，我姐姐过得比在娘家还开心，你对我姐姐百般地体贴，不让她做任何重活，不让她有丝毫的劳累。要说命，也是我姐命不好，她生来有病，估摸着是我妈怀她的时候生病吃了药落下的病症，她能在生年遇见你这样一个厚道的人，本是她的福分，可是她命薄，她守不住这份福分。"三贝说着说着，两眼泪汪汪起来。

任凭三贝怎么说，曹天乐都没有松口，说三贝，我是从心里感激你，这些天，也多亏你帮着照顾小来喜，也亏得有小米和凤玉她们帮忙，小来喜也长得不错，现在也已经快十个月了，能吃点蛋黄糊，喝点稠米汤，接下来我和她奶奶也能将她带好。我晓得你要留在这里，是放心不下小来喜，这点，你尽管放心好了，我是无论如何都会将小来喜养好。你还是该找人家就要去找人家，一点都不能耽误。

三贝没有回应，依然留在曹家。曹天乐没有办法，也不好老催她走，只好私下托小米帮着劝劝三贝。小米懂得三贝的心思，说："天乐，你真以为三贝完全是为小来喜？你真看不出来三贝是真喜欢你？"

曹天乐摇头，"我有什么值得她喜欢的？我怎么着也是个鳏夫，她一个黄花大姑娘，我怎么能让她填房？那不是耽误她？"

小米笑着皱眉，"天乐兄弟，怎么说你好呢，你这脑子可真是有点榆木疙瘩了！三贝喜欢你，也舍不得小来喜，她愿意留下来跟你一起过日子，就这么简单，你弄那么复杂干吗？"

"总觉得那样不好。"曹天乐吞吐着说。

"哎呀，行了行了，在别人那里是求之不得的好事，到了你这里，难道就成了烫手的山芋不成？三贝性情、为人你也不是不晓得，心地好，你跟她在一起，也是天大的造化，你还推托干什么？"小米觉得曹天乐真是个榆木脑袋，话都说到这个份上，他还那样望东瞅西地左右摇摆，也就不想再说了。她倒是想着回头好好劝劝三贝，曹天乐要老是这种态度，三贝也就不必那样坚持，又不是嫁不出去，别将自己弄贱了！

曹家老太太倒是很高兴，虽然三贝跟二宝比起来，性情稍微刚烈一点，但也是个软心肠，而且身体又好，办事又利索。像天乐这样拖着孩子的二婚头想在外头再找人，十有八九也只能找那种二婚头配对，就算是没结过婚的，也多半是手脚不麻利或是身体上有点什么缺陷的，想找个相貌端正又伶俐的黄花闺女，那可真是白日里做美梦！如今三贝肯委屈自己接替姐姐下嫁天乐，那也是祖坟上冒青烟，八辈子修来的好事。可是天乐这个笨瓜还推三推四，真是精神有毛病哪。老太太私下里怨怼儿子有眼无珠，白长着脑袋瓜子，又百般地讨三贝的好，一再渲染：小来喜这苦命宝贝到底还是有福，得姨妈贴心的疼，姨妈比亲妈还要亲，天乐那个笨瓜带不好孩子，我这把骨头也老了，说不定哪天过去就过去了，小来喜指靠不了我这个没用的奶奶，小来喜能指靠的也只有比亲妈还要亲的姨妈。又说自己儿子笨是有些笨，也委实厚道，实在是不想委屈三贝你啊。

三贝笑了笑，说委屈我什么呢？小米也劝三贝还是要替自己打算打算，这样下去对自己不好。三贝也只是笑笑，在曹家继续待了下去。这样一待就是一年半。这期间外界不知情的人也传点难听的风凉话，有的说曹天乐在老婆在世时就跟小姨子拉拉扯扯，两个人关系就不是一般的姐夫跟小姨子的关系；有的说一个黄花大姑娘赖在姐夫家里不走，委实有点名堂，八成是嫁不出去，才逮着模样长得好、心肠也好的姐夫不撒手；有的说要照顾外甥女，带回家照顾不就行了？想要给自己姐夫填房，那不是犯贱吗？

话虽没长脚却跑得比什么都快，一传就传到三贝父母的耳里，自己一清二白的女儿被别人胡乱非议，他们很是气恼，特意到曹家，严肃地对三贝说，我们胡家姑娘向来做人很清白，外面人怎么议论你，你大概也听说了，你在曹家算怎么回事？你还是赶紧回家去！

三贝不愿意回家，说要回家我早回了。父母也拿女儿没有办法，就跟曹天乐交涉。三贝父亲说："外面都在传你跟三贝的事，其实你们什么事也没有。你们这样耗着，也不像话。你就说句心里话，你是单纯地觉得委屈三贝呢，还是觉得三贝跟你不合适？"

天乐说："我就是觉得委屈三贝了，三贝原本可以找更好的人，我这个人，命不好，要不然二宝也不会走，我不想再拖累三贝。"

三贝母亲叹气说："你不要再说委屈不委屈，三贝自己不觉得委屈，你还说什么？"

曹家老太太将自己儿子狠狠地一顿数落，说天乐笨瓜，硬是在这桩好事上纠缠。后来两家父母一合计，索性为他们俩办了场简易婚礼，小姨子嫁姐夫，也一时成为当地一个新闻。一年半后，三贝有了自己的亲生女来宝，对来喜的疼爱却有增无减。大凡有什么好吃的，有好玩的，总是先尽着来喜，来喜吃够了，玩够了，才轮到妹妹来宝，甚至有时三贝还将来宝给疏忽了。有时天乐看不过去，说三贝不要太溺爱来喜，过于溺爱等于变相害孩子，三贝这才有所收敛。

尽管受着三贝的百般娇惯，来喜倒没有被惯坏。她稍微长大一些，略懂事理，天乐就有意识地跟她讲亲生妈妈二宝和姨妈三贝的事，要不是姨妈千方百计地捧养，来喜你可能都活不下来，孩子啊，以后一定要念着姨妈的好啊。

来喜听得泪眼婆娑，心中油然生发对姨妈的敬意。跟枣红聊妈妈的时候，来喜满怀自豪地说自己的姨妈比亲妈妈还要好，以前她所在的三班有好几个同学都是亲生妈妈，却经常挨打受骂，还不如她的妈妈呢！惹得枣红想起自己睡在桃花甸的妈妈，眼里噙着泪。来喜见枣红伤心的样子，有些纳闷，说："枣红你怎么了？"

枣红抽着鼻子，"我想我妈妈了。"

来喜说："你舅舅为什么不给你再找个妈妈？"

枣红茫然地摇摇头。

来喜想了想，突然眼睛一亮，"你当我妈妈的孩子，是不是也行？"

枣红看着来喜，"那怎么能行？"

来喜说："应该行。我们那里的小米婶娘和凤玉婶娘就认我做了干女儿，你做我妈妈的干女儿，一定也行。我回家问我妈。"

枣红以为来喜不过是开开玩笑，不想第二天早上一到校，来喜就兴奋地告诉枣红："我妈妈同意你做她的干女儿了。"枣红睁大眼睛问："真的吗？"

"真的。我跟我妈说了你的情况，我妈就同意了。我妈昨晚还特意给你缝了一个小布袋，让我带给你。"说着来喜从书包里拿出一个粉红色的小布袋，递给枣红。枣红看着上面用黑丝线绣着"枣红好好学习"，开心地笑了，"你妈真好！"

那天放学回到家，枣红跟舅舅说起来喜妈妈收自己做女儿的事，还拿出绣字的小布袋给舅舅看。龙宝连连夸赞布袋绣得好。他早就听说过曹庄曹天乐跟小姨子胡三贝的事，也听说三贝是个难得的贤惠的女子，她待姐姐的女儿比自己的亲生女儿还要亲，如今又善待枣红，龙宝对三贝很是感激。枣红没有兄弟姊妹，实在太孤单了，跟来喜有姊妹缘分，也是难得的好事。他决定择个吉日再带枣红去登门正式认个亲，将想法跟枣红一说，枣红自然非常高兴，到学校又将舅舅的想法告诉来喜，来喜呢，自然一回家就迫不及待地告诉妈妈：枣红舅舅想带枣红来上门认妈妈爸爸当干妈干爹。三贝一听，哦，要这么正式？同天乐一合计，既然人家龙宝带枣红上门，那就得要按礼节来，好好款待。

两家也没搞得太复杂，都是实在人，就定了八月中秋办结亲仪式。龙宝替枣红准备送给干妈干爹的礼物，其中有红布匹和牛皮腰带，红布匹寓示干妈干爹日子过得顺顺利利，红红火火；腰带寓示两个人相伴相依，永不分离；此外还带了糖烟酒，寓示生活像糖一样甜蜜，长长久久。

三贝和天乐也给枣红备了一些礼物，比如衣袜鞋帽、一海碗白花花的大米和不锈钢勺子，寓示枣红日后衣食无忧，此外，还给枣红包了一个小红包，88.88元，要发不离八，寓意将来前途无量，长命百岁。

三贝还特意做了一大桌子荤素搭配的菜肴招待龙宝和枣红，特意邀请来喜的干妈小米和凤玉一同过来作陪。

此后，枣红与来喜就以姐妹相称，不过，在学校里，当着一些老师和同学的面，枣红还有点不好意思，但来喜不在乎，喊枣红妹妹。最初，雨生和申涛涛他们都有些好奇，咦，郝枣红什么时候成了你的妹妹了？来喜斜着眼说，我妹就是我妹，你们管得着吗？牛铃子平素跟枣红关系也还不错，私下悄悄地问枣红，你怎么一下子成了曹来喜的妹妹了？枣红不知从哪里开始说起，干脆一笑了之。来喜有点不得劲，搞什么神秘嘛，有什么不能说的呢？

曹庄离梅园很近，也就隔着一条狭长的坡地和一片田字形的小果园。有空的时候，来喜喜欢约枣红去小果园里玩。小果园有桃、李、杏、梨之类的果树。一转眼，便是第二年春天，这些果树纷纷争先恐后地开起养眼的花。

来喜和枣红对杏花最感兴趣。她们细心观察杏花的模样和花色，觉得杏花的模样跟梅花和桃花很像，花色比较有意思，说它白吧，又不是真的白，说它红吧，又不像真红。她们注意到，在杏花含苞时，它的颜色是玫红色的，展眼望去，整棵杏树上满是玫红色的小花苞，很艳丽。不过，当花朵逐渐舒展开时，花的颜色反倒会越来越浅；当它快凋谢时，它的颜色褪成纯白色了。

她们还将她们观察杏花颜色变化的经过写成小作文，拿给邹老师看。邹老师表扬她们善于观察，说善于观察事物，有利于积累作文素材。邹老师还提到宋代大文豪苏东坡也很善于观察事物，比如苏东坡也曾经认真观察过杏花从花开到花谢整个过程中颜色的变化，写出这样的两句诗：杏子梢头香蕾破，淡红褪白胭脂涴。你们知道这两句什么意思吗？来喜和枣红都摇头说不知道，这两句话从来没听过。

邹老师拿起笔，在来喜的作文本上将这两句诗写下来，并给她们一一解释：杏子梢头，就是指杏树的枝头；香蕾是指散发着香气的花苞，破就是绽放的意思。"杏子梢头香蕾破"这一句，意思就是说杏树的枝头花苞渐渐绽放。第二句中的"淡红褪白"，是说淡红渐渐褪成白色；"胭脂浼"，是说像被胭脂浸染过，浼，这个字你们没有学过，念 wò，浸染的意思。明白了吗？枣红和来喜都说明白了。

邹老师鼓励郝枣红同学和曹来喜同学平素多阅读，多观察，多思考，多练练笔，说你们每天要坚持写写日记，写日记是非常好的一种练笔方式。

枣红抿嘴笑着和来喜对视了一下，彼此点点头。她们约定每天写一篇日记，每周写一篇周记，还互相交换着看，她们之间没有秘密。比如都很喜欢邹老师，在日记里文绉绉地说邹老师的好话。枣红说邹老师就像暗夜里的灯塔，照亮了自己前行的道路。来喜觉得邹老师就像果园里辛勤可爱的园丁，将我们当花朵一样浇灌。只是好景不长，她们很快就换了一个班主任。

邹老师在民生小学只待了一学年，就被调到县城王牌小学——城关实验小学任教。这在民生小学大概是第一遭。一般来说，新来的老师怎么着也要待上三五年，从偏僻的乡村小学一举就调进县城王牌小学，那可不是简单的事。别说是调入县城小学，就是调入镇头号小学——镇中心小学，都不容易，除非私下走旁门。

关于邹老师调走的原因，一个流传很广的版本是邹老师被相亲相走了。龙宝有点好奇，碰到民生小学的老校工老胡，问起邹老师相亲的事，相什么亲呢？老胡一脸艳羡，说小邹老师长得一表人才，又有很厚的书底子，那次被抽到县里培训学习了几天，被县教委主任一眼就瞅中了哟，得知小邹还没有女朋友，就将自己的侄女介绍给小邹，听说主任那侄女比小邹还大三岁，哎，大三岁就大三岁呗，"女大三，抱金砖"，反正也不是什么坏事。这后面的操作不就顺理成章了吗？小邹成了县教委主任的未来侄女婿，教委主任还不顺势将他调到城关实验小学任教？你看看，这事就这么简单！我那外侄子在镇小学待了快八年，年年都想调到城关实验小学，到现在都没调成。龙宝说怎么没调成？老胡眼半睁半闭说，怎么讲呢？也够他不走运的，香也是烧得够厚，可惜是烧错了人，他最初找的是教委副主任，没有想到那教委副主任跟城关实验小学的校长面和心不和，都说县官不如现管，你想想，这事能成吗？

龙宝心下很不自在，自从邹老师调走，枣红和来喜就变得有点闷闷不乐，接任班主任工作的是教语文的管老师，一个说起话来喜欢带刺的中年大妈，班上只要有哪位同学不顺她的眼，她就要当众数落一番。

新学期开学还没到一个月，那天下午一放学，枣红就是哭着鼻子进门的。龙宝耐着性子抚慰，询问原因，她才抽抽搭搭地说管老师又在班上骂人了，骂得很难听：都是爹生的娘养的，怎么一个个都不争气?! 龙宝说，这是骂大家的吧？枣红说，她骂的时候是盯着我的！本来上语文课，她自己有事，让大家先自习，结果很多同学说话，她一进教室就大发脾气，骂人！龙宝说，上课说话就是不对的嘛，老师自然就要批评几句啰。枣红一撇嘴，说老师不来上课，是不是也不对？邹老师可不像她那样动不动就骂人！她骂过大家，就开始批评我：郝枣红！你是一班之长，老师不在教室的时候，你就应该履行班长职责！你今天就严重失职了，所以老师要严厉批评你！如果下次再出现这样的事，老师要撤你的职了！枣红越说越委屈，"班上一些男生很讨厌，让他们不要说话，他们不听，说我拿着鸡毛当令箭，跟个管家婆似的！舅舅，我不想当这个班长了。"

龙宝说："你是真的不想当吗？"

枣红点头说："真不想当！太烦人了！管老师要求我当班长，各科成绩要保持第一，还要管好班上的纪律，还有，要求我组织各小组组长督促那些后进生，将成绩弄上去！说在全镇统测中至少要拿前三名！"

龙宝微微点点头，说："那这样是有点烦心。你跟管老师说说呗，你就说你能力有限，这个班长，你胜任不了，请老师考虑其他更好的同学。枣红，以后遇到像这样的事呢，尽量不要生气，要想着怎么去解决问题。"

枣红抿嘴，郁郁不乐地说，"要是邹老师还在就好了！大家都这么说。这个管老师上课老是照着课本念，课下就让我们抄写这个抄写那个，抄写不工整的，罚抄！罚抄还不工整的，双倍罚抄！上次申涛涛就被罚了，罚得申涛涛不愿意上学了，还是他爸爸拿着大棍子将他撵到学校的。申涛涛挺可怜的！"

"要是申涛涛抄工整了不就没事了吗？申涛涛这孩子也是的，按老师要求做不就行了？"

"那个申涛涛脾气真犟，他就不听老师的，他说那东西他都记住了，为什么还要抄？舅舅，你不晓得，那作业抄得真是没意思的！我也是懒得抄，没办法，我怕挨骂！"

"哦，老师说的还是要听的，挨骂是很不舒服的。"

"申涛涛不怕老师骂，但怕他爸，那次他爸举着大棍子将他撵到学校，吼着说，你这个兔崽子！你以后再不给我好好上学，我就将你带到工地上干活去！之前听来喜说，申涛涛在暑假时，就已经被他爸带到工地上搬了好几天砖头，晓得工地上干活的滋味，他之后倒是乖了不少。"

"说真的，枣红啊，说起读书和干活，舅舅其实最羡慕你了，你现在可以一门心思地念书，念完小学，可以念初中；念完初中，可以念高中；念完高中，考大学，那真是很牛哟。"龙宝觉得自己实在有点絮叨了，没办法，为了哄枣红，他还得要继续絮叨："舅舅那时候可就不行了，念完高小，初中一年都没有念完，就没有书念了！"

"舅舅为什么没有书念？"

"那时候学校都不上课。哪里念书去？"

"为什么学校不上课呢？"

"唉，说了你也不懂的，那时候是政治挂帅。"

"什么是政治挂帅?"

"就是天天搞运动。"

"搞什么运动?"

龙宝突然意识到跟枣红说自己年少时经历的那些人事是不合适的,因为那些人事有很多是无法以一个正常人的思维来理解的,更何况面对枣红这样一个对世事懵懂的十来岁孩子,自己更是无法跟她讲清那些尘封已久的事,他便虚晃一枪,说:"舅舅其实也只是跟你说着玩玩的。你要问什么运动?你们学校不也开什么运动会吗?就是类似那种的运动嘛。"

枣红挑挑眉,很不乐意,"舅舅,你又诳人了!"

龙宝笑笑,"枣红怎么那么容易生气呢?怎么老说舅舅诳人呢?舅舅诳人得到什么好处了?"稍作停顿,有意转移话题,"你以前总说你们那个邹老师厉害,舅舅念小学五年级的语文老师王老师比邹老师要厉害很多倍。"

枣红愣了愣,不服气,"不可能比邹老师厉害!舅舅又开始编话了!"

"舅舅可没有对枣红编话,王老师叫王福侃,是当时民生小学最年轻的帅老师,也最有才气。回头等舅舅将我们当时的合影照找出来给你看,你就晓得舅舅不是编话了。还有,这个王老师跟雨生爸爸还沾亲带故,是雨生的远房舅公。枣红听舅舅说啊,看跟你以前的那个邹老师比一比,王老师是不是很厉害?"

"王老师怎么厉害啊?"

"这个王老师呢,跟邹老师一样,也很喜欢文学,会写诗词。"

"邹老师也会写诗,还会写散文!"

"嗯嗯,这一点两人算扯平了。王老师还会画画,二胡拉得也好听,口才也非常好。"

"邹老师口才也好,他还会吹口琴!"

"邹老师也不错。王老师呢,上课可真是绝了,比如讲课文,他不看课本,能一边讲,一边用粉笔将课文的核心内容变成速写画,形象生动,一下子就能记住。"龙宝有意顿住了,"这个,你们邹老师也这样吗?"

枣红咕噜了一句:"嗯,这个邹老师倒没有。"

"王老师还非常乐意当一个孩子王,带我们玩耍。比如天气热的时候,他常常在午间或放学后,带班上的一些学生去学校附近的清水湾游泳;秋季,满山遍野一片金黄,他带大家到桃花甸观赏红叶;冬天白雪皑皑,他带大家玩打雪仗,堆雪人,大家玩得可开心了!"

"我们邹老师也会带我们这样玩。"枣红突然想起什么,"舅舅,那你们王老师后来还教你们吗?是不是像邹老师一样也被调走了?"

龙宝略略迟疑了一下,"是的。这点跟你们邹老师一样的。"

枣红有点如释重负的样子,"舅舅,我要做作业去了。"

"哦,好好。你做作业,舅舅做晚饭去了。"

龙宝下厨房,手上忙活着做晚饭,脑子里却依然晃悠着王福侃老师的事,这也是潜藏在他记忆中最深刻,也最不能理解的事:当年教他五年级的语文老师王福侃怎么会对班上的女生耍起了流氓?据说王老师耍流氓的证据很"确凿",就是时常在课余以带学生亲近大自然拓宽视野之名,对女学生图谋不轨。龙宝始终记得,当时班上男生和女生始终在一起,王老师哪有机会对女学生耍流氓啊?

他记得很清楚,那年五月十八日,星期三,头两节语文课,上课铃声响了,王老师还没有进班。这可是头一遭的事!平素每次上课王老师都提前进教室,带着大家课前热热身,有时出几个谜语给大家猜,有时发动大家做文字接龙游戏。不见王老师身影,让龙宝心神不宁,因为这天是他生日,王老师许诺要送他一幅速写像。刚开学的时候,王老师就在班上宣布:所有同学过生日,他都会送一幅速写。当时将大家给乐坏了。要知道,这可是莫大的荣耀啊!

上课铃已经响了快一刻钟了,依然没有见到王老师现身,教室里一片骚动,大家都在纷纷猜测王老师为什么没来,是不是王老师出什么意外了?

就在大家议论纷纷之际，教导主任甄怀仁出现在教室门口，很威严地扫视着全班学生，说你们这两节课自习。将班长叫出来，要求班长负责管理班上的纪律！如果谁在教室里捣乱，就直接提到教室外面罚站！随后他将三个女生叫走了，之后陆陆续续叫走另外几个女生。第二天，整个校园就传出一个令人无比震惊的消息：教师王福侃涉嫌强奸、猥亵女学生十一名，被公安抓走了！

关于这个事件的详情，包括龙宝在内的很多人都无从得知，只是后来零星听到一些消息，王老师被判刑十年！但王老师始终不服，出狱之后，他一直向人诉说他是被诬陷的，周围人也都相信他不会干那种罪孽。民生小学的一些老师私下说，就是那个教导主任甄怀仁搞的鬼！这个家伙是个笑面虎，骨子里阴坏得很，靠着溜须拍马当上了"社教工作组"的教导主任。甄怀仁书底子浅薄，不会写诗填词，琴棋书画样样不会，上课死板，课堂上一片沉寂，如今来了王福侃这样一个多才多艺的语文老师，那岂不成了他的潜在威胁？他必定变着法子将王福侃这个眼中钉除掉。唉，可惜了！一个风华正茂有才学的年轻人，就这样被轻易毁掉了！

王老师出狱后，为还自己一个清白，从此踏上了几十年漫漫的申诉之路。年前龙宝还在跟守顺聊起王老师。守顺说他老表舅现在状况不太好，年过七旬的人，成天满脑子装着的都是他那个冤屈，念叨自己的清白问题。我们都劝他：大家都晓得你是被人陷害的，你自己问心无愧就行了。老天看得清清楚楚，这么多年了，你也该放一放了。老表舅一再摇头，老眼里还有泪光，说不还给我一个清白，我死不瞑目啊！唉，想起来也真让人难过！老表舅二十三岁那年出的事，坐了十年班房，大好的青春都荒废掉了，等他回来，一切都变了样！三十三岁了，没有公职，只能在家干农活，他又不愿见人，干活也总躲着村里的人。其实大家都晓得他的为人，都很同情他。村支书也是他的本家叔叔，特意抚慰他，让他到他们的村小代课，当民办教师，也让他有点寄托。之前一直暗地里喜欢他的一个女学生主动找他，村支书也在其中再三撮合，两人组建了家庭，先后生了一个女儿和两个儿子，日子虽过得清贫，好歹也还算安定。是他自己过不了这个坎，一辈子都深陷在这个坎里。他总是说，要没有这个飞来的冤屈，我和我的家庭绝对不是现在这样，我自己不会腌臜一辈子！我的家境也不会清贫，我的孩子们也不至于没有条件接受良好的教育，我意难平！意难平！唉，怎么说呢？老表舅再怎么意难平，也是既定的事实了。有什么办法呢？

龙宝也唏嘘半天，说本来就是冤案，为什么老人家申诉，就这么难呢？

守顺深深地叹气说，踢皮球，踢来踢去的！以前老表舅尝试着跟举报他"强奸"的两个女学生写信，问她们当年为什么捏造事实，举报老师？很快，就收到两个女学生的回信。一个女生在信中表示：她根本就不晓得老师当年为何被抓改造十年，"如果老师蒙受十年牢狱之灾是因为'强奸'了我，这真是十分荒谬，更是天大的冤枉！我愿意到法院为您做证！"另一个女生在信中诚恳地向老表舅道歉，说实在对不起老师您！她回忆当时那个教导主任和另一个人问她：你们语文老师有没有对你动手脚？她当时没听明白，小声问：什么手脚？教导主任瞪她一眼，说你这是装糊涂！你说有没有？她说没有，被教导主任大声呵斥："其他人都交代了！你还不老实？！你再不老实，连你也要一起带走！"她很害怕，材料上龙飞凤舞地写了些什么，她也没看清，教导主任让她在材料下方按个红手印，就让她走了。她没有想到她这稀里糊涂地一按手印，让老师蒙受了不白之冤。她真是非常非常内疚！恳请老师能够原谅！需要的话，她一定要到法庭上为老师做证。两位女学生的回信让老表舅吃惊不小："被害人"竟然不晓得自己是被害人！他完全被莫名扣上罪名！他也感到丝丝欣慰，以为这两封信可以作为他无罪的证据，结果递交到法院，法院里的人摇摇头说，这个不行，你们这属于串供嘛。

龙宝眉头紧皱，说这都是什么事啊！王老师还不被气死了！

守顺说，唉！气有什么用？我老表舅气过之后，继续写申诉信，也不晓得写了多少封，寄到法院，没有任何结果。老表舅有点心灰意冷，亲自跑到省法院，法院不接受他的申诉材料，也不愿意听他做任何陈述，也不给任何理由，就是一个态度：年头太久了，复杂，不便受理。老表舅悲愤不已，说法院当年判决，仅仅凭借三份工作组写的调查报告，没有任何证据，就草率地给我王福侃定罪，制造天大冤案！我耗费一生的心力，来证明自己无罪！如今我成了快入土的人了，来恳求你们还我一个清白，这个要求过分吗?!当时是我陪着他去的，见他气得浑身发抖，真有点害怕他气得心脏病复发，求法院里的人先安抚安抚。那人大概也怕他出事，就哄着他说，老先生，您也别太激动，确实年头太久，这事回头我们再议一议，好不好？那次老表舅回来，病了好几天。后来他的老同学老鲍得知他艰难的申诉经历，给他介绍了一位好心的记者，将他的遭遇写了出来，在省级电视台有关栏目上做了报道，这总算公开曝了光，省台的有关负责人当时也表示会高度重视此事。

龙宝说，这回应该解决了吧？

守顺一脸凝然地说，怎么说呢？又经历了一番波折，相信最终还是会解决的吧？

两个人唏嘘一番。龙宝说，哪天等方便的时候，我想跟你去看看王老师。这么多年了，也不晓得他还记不记得我。

守顺说，估计不记得你了。老表舅脑子有点不灵光了，有时也犯迷糊。你想想，这么多年，他始终纠结他所受的冤屈，精神都大受影响了！我老表舅说他年轻时相信"命在自己"，但现在他不再相信了，他相信命是捏在别人手里的。他的命比烂泥塘边的衰草还要贱，别人随时随地都能一脚将他踩进泥塘里，一点痕迹都不给留！

龙宝满脑子都想着王老师这些年的不幸遭际，思摸着命的问题，不免又想起自己这些年的诸多不顺，心下难过，竟也犯了愣怔，也没在意菜锅都快烧干了，直到枣红进厨房，闻到焦味，说舅舅，菜烧焦了！他才惊觉起来，赶紧拿铁火钳拢起灶膛里的柴火灰覆盖火苗，起身掀开锅盖添水翻炒，将那些焦得严重的菜叶挑出来扔进泔水桶里。瞥见枣红手中拿着一本软面抄站在一旁，问："枣红作业写完了吗？"

"我现在只差日记没写了。"枣红翻开软面抄，"舅舅，这是邹老师刚来的时候送给我的，班上每位同学他都送了一本，我刚刚从柜子里找出来的，我准备用它来写日记。"软面抄上还有邹老师一行亲笔字：祝郝枣红同学生活愉快，学习不断进步！

龙宝看了看软面抄，"好。你们邹老师对你们真不错！字也写得好看！"

"班上有人说邹老师还会回来的，不晓得是不是真的？要是能回来就好了！"

"嗯，邹老师要能回来，当然好啦。"龙宝说，"枣红，饭菜差不多都好了，你要不先吃饭，再写日记？"

"我还是先写日记。"枣红回自己的小房间去了。龙宝看着外甥女的背影，小姑娘长高了，看上去快像个小大人了。

又过了一年多光景，枣红上初一了，她的个子又蹿出一大截，原本平塌塌的胸脯也开始有隆起的迹象，晚上睡觉也开始插门闩了，跟舅舅似乎有点隔阂，也不像以前那样什么话都跟舅舅说。龙宝也了解一点女孩子青春期的事，心里隐隐有点不安。他也想不出什么好的办法，自然又想起姐姐来，要是姐姐还活着，他根本就不用操这份心，也轮不到他来操这个心。

思来想去，他想到枣红的干妈三贝，想着哪天有空去趟曹庄，跟三贝说说，让三贝帮着开导开导枣红。又想到木棉，木棉住得近，她要能帮忙，那是最好不过的。

眼下守顺家做围墙，龙宝原先也做过一段时间砖瓦活，主动过去帮守顺和和水泥浆，垒垒砖。木棉做了丰盛的中餐招待龙宝。大家边吃边聊，自然也就聊到枣红。木棉夸说："眼见着枣红这孩子都快长成大姑娘了，长得跟她妈妈一个样子，很标致的。"龙宝叹气说："女孩子大了，心思也比以前多了，我这个当舅舅的也不晓得怎么教育了。"

"你该说的还是要说的。不能因为孩子大了，不好管你就不管了。"守顺说得比较严肃。

木棉还是比较理解龙宝的苦衷，白了守顺一眼，"你说得倒是轻巧呢。像枣红这样的女孩子，跟我们家麦生和雨生可不一样！对麦生和雨生，你管我管，怎么管都没得说，但枣红的娘老子不在，单是舅舅带大，她到青春期的一些事情，做舅舅的可是不太好说的。"又转向龙宝，"龙宝，这事呢，你也不要着急，慢慢来。"拿起公筷，夹了两块红烧肉放在龙宝碗里，龙宝推辞，说嫂嫂不要客气。

　　木棉顺手往守顺碗里也添了两块肉。又说起枣红，"枣红大了，想法也多了。女孩子的心思，你做舅舅的估计都是不知晓的。"

　　龙宝说："木棉嫂子说的就是了。枣红的一些事，恐怕还要麻烦嫂子帮我说说，关照关照。"

　　木棉说："龙宝也不用那么客气。这还不是一句话的事吗？我们也是从小看着枣红一天天长大，对这孩子也是很有感情的。"

　　那天聊过之后，木棉特意花了两三个晚上的空闲时间做了一双棉布鞋，送给枣红。龙宝一旁道谢，说："难为木棉嫂子了，你这大忙的，还抽空给我们枣红做鞋。"木棉说："都是自家人，不说客套话呢。你要有事，你就先去忙。我跟枣红说说话。"

　　龙宝会意，招呼枣红说："枣红，你给木棉婶娘倒茶喝，舅舅出去办点事。"其实他也没什么要办的事，木棉要跟枣红聊些女儿家的事，他不方便在场，顺势出去到田间地头转一转，也有好几天没去转了，也想看看上次种的菜长得怎么样。

　　枣红等舅舅一走，有点不好意思，说："婶娘，我有鞋。"

　　木棉说："婶娘晓得你也有，这是婶娘的心意嘛。你出门穿球鞋，放学回来穿布鞋，舒舒脚也好。"

　　枣红这才收下鞋，说："婶娘费心了。"

　　木棉笑笑说："也不费心，我晚上有空，一边看电视一边纳纳鞋底，现成的鞋帮子，做起来也顺手。"感慨说，"这日子过得可真是快，你看你，来的时候那么小，个子还够不到那小矮桌子，这不留神，一转眼就长这么大了，快成大姑娘了。"

　　枣红点头说："是的，我也感觉这日子过得快，混一下，我就念初中了。"

木棉说:"我到你这么大的时候,还有烦心事呢。枣红应该也有的,每个女孩子都会有。"

枣红狐疑地看看木棉,"婶娘说的是什么烦心事?"

木棉说:"就是每个月来大姨妈,枣红估计不晓得的吧。"

枣红轻轻地一笑。这个大姨妈她懂,是她知心姐妹来喜告诉她的。说起来还是临近小学毕业考试的时候,一次放学,她准备和来喜一起走,但来喜就是不肯,一直等到班上的同学都走得差不多了,她才收拾书包起身回家,走的时候有意将书包贴住臀部。枣红觉得来喜有点反常,随后发现来喜臀部有血迹,有点惊骇地说,你怎么受伤流血了?来喜脸腾地就红了,小声说:"这不是受伤,这是月经,我上个月就已经来过一次了。我妈妈说我成人了,她给我买了卫生巾,要我每次用这个,不能坐在澡盆里洗澡,也不能吃生冷的东西,如果不注意,很容易得痛经,就是月经来的时候,肚子痛,可难受了!我妈妈说我姑姑就是因为不注意,得了痛经,后来还是我妈妈带她看中医,喝了一个疗程的中药汤,才好了。我这次月经比我预料的早来两天,我没有带卫生巾,下次一定要提前备好,太别扭了。女孩子只要一成年,就有这东西,你也会很快有的。"

枣红有点闷闷不乐,"我可不喜欢有这东西。"来喜说:"这跟你喜欢不喜欢没关系,它都是要有的。我妈妈说,女子要是没有月经,以后是不能生养娃的。我妈妈叫它大姨妈。"

枣红十分好奇,"为什么叫大姨妈?"来喜说:"我也不明白为什么叫大姨妈,而不叫大舅舅或者外婆之类。"此时有人往她们这边来了,来喜让枣红跟在她背后走,替她挡住臀部的秘密。

三个多月之后,果然如来喜所说,枣红也来大姨妈了,她上课期间,明显感觉下身有一股热乎乎的东西在渗出,马上意识到什么,一下课,就赶紧将来喜拉到僻静处,附耳问她怎么办。来喜正好书包里还藏着一小包卫生巾,她妈妈特意要她带的,以作备用。来喜将枣红带到厕所,教她怎么用卫生巾,告诉她不能吃冷的辣的东西。晚上睡觉的时候，最好在身下垫一块深色大毛巾或深色旧床单，以防止月经血弄脏了床单。

放学后，来喜陪枣红到学校附近的便利店买卫生巾，坐店的是校长胡三畏的丈母娘。她冲脸上稚气未脱的枣红笑笑说，小姑娘自己用吗？枣红红了脸，没答话。来喜大方地说，我和我妹妹都用。来三包。

眼下枣红在婶娘木棉面前，因为害羞，也还是表现为不知情的样子，说不晓得为什么叫大姨妈。

木棉笑说："这个大姨妈可是有由来的。古代有个书生喜欢一个女孩子，这个女孩子从小就被大姨妈抚养，你不晓得，古代人是比较古板的，大姨妈对这个女孩子也管得紧，书生和女孩子见面，都要事先避开女孩子的大姨妈，大姨妈就成了他要回避的人。等到后来书生娶了这个女孩子，结婚那天，女孩子偏巧来了月经，不好意思开口跟书生说，就说大姨妈来了，书生也明白女孩子的意思，也就没再打扰女孩子。后来有人就将月经俗称为大姨妈。"

枣红听完，说："还有这样的故事啊。"

木棉说："女孩子到一定年龄，都会来大姨妈的。婶娘像枣红这么大的时候，大姨妈就来了，第一次也不晓得是怎么回事，还挺害怕的。跟我妈妈说，我妈妈还挺高兴，说我成大人了，以后就不能像以前那样任性了，说什么话要想着说，不能抢着说，做什么事也要想着做，不能胡乱蛮干。我当时还挺不开心的，说我不想成大人。我妈妈就说我怎么那样傻呢？"木棉说着说着笑起来。

枣红也笑了，"婶娘来大姨妈，也用卫生巾吗？"

木棉说："我们那时候用的是卫生带，也叫月经带。我用的都是我妈自己缝制的。"

枣红饶有兴趣，"还会自己做？"

木棉说："是啊，那时候家里穷，好些东西都是自家缝的。我家有三个女孩，我妈妈就给我们姊妹仨每人缝了两个，她将一大块软棉布和棉花放在滚开的盐水里煮，拿到清水塘里漂洗漂洗，再在太阳底下晒干，将棉布剪裁成六个长条状，每条宽约莫六公分，长约莫一尺二寸，在每条布的中间贴上一块橡胶皮，在橡胶皮上面垫上一层薄棉花，再在棉花上铺上两层软布，周边细针密线地缝制，两头留有小孔便于系带子。这样的卫生带用过洗洗，晒干再接着用。不像现在普遍用卫生巾，用过一次就扔掉了，其实也是有些费钱的。"

枣红说："卫生巾还是比较卫生一些的。"

木棉看着枣红，笑笑点头，"应该也是。卫生带晒的时候还要注意一点，要悬挂起来晒，弄不好脏虫子爬过，那就不干净了。枣红晓得卫生巾用着卫生，也是什么时候用过的吧？"

枣红脸有点红了，点点头，"是用过几回。"

"哦，枣红很棒的，不用别人教，就晓得怎么用。"

"来喜告诉我的。"

"来喜？曹庄你的干姐姐吗？"

"嗯，是的。也是我的同学。"一提起来喜，枣红两眼就放着光，"我们俩关系最好。她比我大一岁，我有不懂的就问来喜姐姐。"

"你有这么个好姐妹，好同学，那真不错！"木棉原以为跟枣红说女儿家的事，直接说不太好，拐弯抹角地说了一通，原来枣红早晓得怎么回事了，她也省心了，龙宝根本就是多虑了，女孩子之间说什么都没有什么顾忌。

木棉又跟枣红拉了几句家常，临走前关照枣红，"枣红以后要有什么事，也可以跟婶娘说，婶娘也能帮帮你。"

"好，谢谢婶娘。"枣红嘴上虽这么说，但内心还是不愿意麻烦木棉婶娘，总觉得跟婶娘有点隔阂。她有些心事也不想跟舅舅说，只愿意跟来喜说。她觉得来喜性情稳重，她们之间说过的事，如果她要来喜不要跟别人说，来喜绝对会让它烂在自己的肚子里，连自己的妈妈都不会说。枣红将来喜看成自己最值得信赖的人。来喜也是如此，她有什么知心话也只跟枣红说，枣红也同样会为她保守秘密。

让枣红有些郁闷的是，自从上了初中，她和来喜就分开了，不在同一所中学。枣红所在的初中离家有点儿远，平常日在校住宿，节假日回家。她和来喜不能像以前那样天天见面，只能在放假时相约着见见。平素双休日，她们也还要帮家里干点家务活，即便约着见面，在一起时间也多半不长。来喜说等中秋节一定好好玩玩。

中秋节一到，来喜就约枣红到她家，母亲三贝和父亲天乐也邀请龙宝跟枣红一起过来，两家人一起过中秋热闹热闹。来喜和枣红本意不想跟大人们一起，大人们关注的话题同她们的兴趣点总属于两条平行线，所以一吃完中饭，枣红和来喜就携着手一起去小果园玩。两个人聊了些私密话。来喜主动爆料：班上有男生给她塞字条，约她出去玩。

枣红说："你答应了？"

来喜有些不屑，"那男生长得跟武大郎似的。好笑得很，他说我长得很像嫦娥。好像他见过嫦娥似的！"

"有点癞蛤蟆想吃天鹅肉！"

两人站在一棵杏树下，杏树枝丫上有只漂亮的小麻雀，来喜跳着脚逗小麻雀。小麻雀一见她，就慌里慌张地飞走了。

枣红笑说："看你看你，将人家给吓跑了！"

来喜歪着头问："你呢？"

"我，我什么呢？"枣红猜出来喜想问什么，却佯装听不懂她的话。

"嘿，你也挺能装的嘛。有男生给你递字条么？"

枣红的脸红了一下，"有。"

来喜嘻嘻一笑，"字条上写什么了？"

"嗯，写的都不是我喜欢的话。"

"说来听听嘛。"

"什么'你真漂亮'！——哼，这不是胡扯么？我漂亮什么？"

"嘻嘻，你本来就漂亮嘛！还有说什么的？"

"那个家伙还挺肉麻的！开始我没理他，后来他又递字条，说'不知为什么，我一见你，心就怦怦直跳'！还将'怦'写成'磕碰'的'碰'，真差劲！"

"这个有点意思嘛。"

"还有一个家伙更离谱，要我晚自习跟他去小树林，他做梦都想跟我单独说说话。"枣红叹息着摇头，"挺烦人的！我都不晓得他长什么模样！就感觉故意将我当猴耍！"

来喜也有点嗤之以鼻，"这个真是有点小毛病！人家跟你都不熟，凭什么要大晚上跟你去小树林，你要起坏心怎么办？"

"他觉得自己多聪明似的，将别人当傻瓜！其实他就是蠢家伙！"

"要是我跟你在一起上学，我就陪你一起去会会这个家伙；或者我站在附近保护你，他要有什么坏心眼，我就对他不客气！"

"要是你能跟我一起上学就好了！"

"嗯，你们学校的老师怎么样？有没有邹老师那样的老师？"

"目前还一个都没有碰到。"

"唉，那就一般般了！"

"感觉上课上着没什么劲。老师大都是照本宣科，听着听着就想睡觉。"

"连你这样爱好学习的学生都这样，那其他同学是不是更不想听课了？"

"差不多就是这样。"

"你班上的同学跟你关系怎么样？"

"也一般般，都是各干各的事。我也不想跟别人说话。"枣红又说起民生小学四年级的快乐时光，因为有邹老师，那一年大概是这么多年来最充实愉快的一年。来喜由衷地赞同，那样让人愉快的学习时光大概不会再有了！

唉！枣红叹叹气。

更让枣红难过的是，和来喜在一起愉快闲聊的机会越来越少，来喜初一也只上了一学期，又生病了，听说是白血病中最顽固的一种，难治。她和舅舅去医院看望来喜。病房原先有另外两个病人，一个头天出院，放弃治疗，回家休养；另一个上午刚刚送进手术室，吉凶未卜。四人间的病房只有来喜和父母，家中的妹妹来宝和一切家务就托外公外婆帮着照料。来喜说想跟枣红单独说说话，大人们互相看看，都出去了，在病房外的走廊小声说话。

来喜有点开心，说："枣红，等病好了，我就去上学。"她的声音有点虚弱，但兴致比较高，说跟枣红约定初中毕业，一起去县城看望邹老师。

枣红嗯嗯着应声。其实她听人说过，邹老师已不是以前那个邹老师了。他的那个老婆很厉害，不喜欢他跟女性来往，连女学生都不欢迎。枣红心想，去县城恐怕连邹老师的面都见不到，到时候灰头土脸地回家，也没什么意思。但看到躺在病床上的来喜眼神充满渴望，她不忍心泼凉水，附在来喜耳边，紧紧握着她的手，说："好，你好好养病，等病好了，你想去哪里，我陪你一起去。"

来喜点点头，闭上眼睛，看上去很疲乏。枣红轻轻摩挲着来喜骨瘦如柴的手，注视着来喜苍白的脸，鼻子很酸涩。

来喜睁了眼，见枣红有些出神，问："你日记还在继续写吗？"

枣红迟疑了一下，说："还在写。"

来喜黯然神伤，"我的已快有一个月都没有写了。"

枣红抚慰说："没关系，等你病好了再写。我的日记也都送给你，怎么样？"

来喜笑一笑，"你的日记还是你自己留着。我看一看就好了。"

有护士进来，大人们都陆续跟进来了。护士要给来喜输液，来喜脸一下子就绷起来了，眼神瞬间变得黯淡。枣红站在病床旁边，看着来喜痛苦的表情，心里很难受，要是来喜没病多好！

探看的时间有严格限制，准备离开时，枣红俯下身，轻轻抱了抱来喜的头，说你好好治病，回头有空我再来看你。来喜点头，眼里有泪光。

枣红和舅舅龙宝从病房出来，干妈三贝和干爸天乐都出来送他们，龙宝安慰他们，说来喜很快会好起来的。三贝两眼一红，眼泪就下来了。来喜在身后喊妈妈，她赶紧抹抹眼泪，说你们慢走，我就不送了。她转身回了病房。

天乐送龙宝和枣红到医院门口，天乐满脸哀戚，说真不晓得这孩子怎么这样背运，摊上这种毛病。大夫说现在找配型也很难。龙宝说不要着急，总是能找到的。天乐深深叹气，就怕时间不等人。

龙宝看了看满脸忧伤的枣红，说枣红，你到前面公交站等舅舅，舅舅跟干爸说几句话，很快就来。枣红不情愿地挪步朝公交站走去。不知道舅舅跟干爸说什么，还要避着她。她隐隐感觉来喜的病非常严重，她非常害怕来喜会突然走掉。

快要上公交车时，枣红忍不住问舅舅："舅舅，来喜的病能好吗？"

龙宝说："应该能好的。"

枣红说："什么时候能好起来？"

龙宝摇头，"你干爸说，要是能找到合适的配型，应该会好转的。"

"配型是什么？"枣红的眼里似有亮光在闪，"我有吗？能不能配？"

"这个你肯定配不上，估计只有她亲生妈妈最适合配。"

"她亲生妈妈不是不在了吗？那怎么办？"

"现在到处在找，希望能找到。就是侥幸能找到，也要花费很多钱。"

晚上，枣红躺在床上，翻来覆去睡不着，辗转反侧到凌晨两点多，迷迷糊糊起来……

枣红来到病房，见到戴着氧气罩的来喜，忍不住泪流满面。干妈三贝带着一位面容和蔼的老大夫来了，老大夫给来喜把脉，开药方。来喜吃了药，渐渐有所好转，能够在枣红的搀扶下，到户外晒晒太阳。来喜说她想到小果园看看花儿都开了没有。枣红说好。她们准备出发，来喜突然瘫倒在地，枣红吓得赶紧叫大夫急救，才将来喜救醒。大夫一再嘱咐来喜不要轻易出去活动。

就在来喜十分沮丧之际，来喜的亲生妈妈二宝飘然而至，她跟来喜配型吻合，来喜配型成功，病很快就好了。她们一同来到小果园，果园里正值桃李妖娆，梨杏芬芳，凤舞蝶飞，枣红只觉心旷神怡，拉着来喜又跳又蹦，头顶上，太阳像被什么东西驱使着，在快速地移动，不多时，就西斜了。来喜的妈妈二宝在她们不远处站着，她面向绚烂的夕阳，身姿婀娜，此时，响起天籁般的乐音，来喜怔怔地看着母亲雕塑般的身影沐浴在晚霞中，那原本红艳的晚霞渐渐变紫，进而变黑，真正成了如墨残阳，她猛地挣脱枣红的手，朝自己的亲生妈妈二宝跑去，紧紧地抱住二宝。二宝万般怜爱地抚摸着她的头，说这些年真难为你小姨妈了，她待你比她亲生的还要贴心，我原本不想带你走，但不带你走，你会遭受病魔无休止的折磨，与其看着你成天生活在苦痛中，还不如早点将你带走，让你得到解脱。孩子啊，每个人最终都要离开这个尘世，只是迟早的问题。

　　来喜回过头，冲枣红扬扬手，随她的母亲翩然而去。枣红忙追上去，大喊：来喜！来喜！！来喜和她的母亲一瞬间就没了影踪，她们身后的果树花也在一瞬间枯萎，凋零，留下了一片落红与惨白……

　　龙宝做好早饭，喊枣红来吃，半晌也没有回应，龙宝心里也有些落落寡欢，这孩子越大越难交流了，不晓得哪里又不爽快了。他也不想再等她出来一起吃饭。她也快成大姑娘了，照理也该做做家务，也该知晓这些年舅舅的不易。以前她小，一味地顾及她的情绪，唉，老这样下去，也不太合适。在舅舅跟前，耍耍小脾气，舅舅是不会往心里去的，但日后你总还是要出嫁的，当别人家的儿媳妇，要再这样，必定会出现矛盾，毕竟隔层肚皮隔层山，不是血脉至亲，谁能担待你呢？龙宝寻思着找个适当的时机，还是要说说枣红。等枣红从房间里出来，龙宝见她有点失魂落魄的样子，又于心不忍，还是忍不住问枣红哪里不舒服了？枣红幽幽地说："舅舅，我梦见来喜被她亲生妈妈带走了。"

　　龙宝愣了一下，"哦，原来是做了梦。日里想的，晚上就梦见，你是太上心了。照我的做梦经验，梦往往都是反着的。你梦见她被她妈妈带走，事实上，她就躺在病床上。"

"舅舅，来喜会不会真的走掉？"

"应该不会吧。现在医学这么发达。只要好好治，很多病都能治好的。真希望来喜也能很快好起来。"

"舅舅，来喜的病不好治啊！"

"枣红啊，有的事，像生灾害病这种事，每个人都免不了的，还是要想开一点。"

枣红还是有点想不开，为什么别人都好好的，偏偏她的好朋友就生病了，而且生的还是很难治的病？

一年后，来喜真的走了，枣红曾经做的那个梦到底成了现实，她感觉整个世界都变了样，将自己关在房间两天都没出来。龙宝担心这个孩子会闷出什么病来，任何劝说都没有用。枣红不仅哭来喜，还哭自己早已逝去的父母亲。她甚至隐隐有一种不祥的预感，大凡喜欢她的人和她喜欢的人似乎都没有什么福气。十五六岁的枣红从此更加郁郁寡欢。

外甥女的情绪变化，让龙宝有些担忧。唯一让他有点欣慰的是枣红学习成绩始终很好，在班上总能保持前三名的位次，中考如他所愿考上县一中，他也期望枣红能考上理想的大学，将来有一份薪水不低的体面工作，找一个合意的男孩，婆家人对她也都好，他也就对得住地底下的姐姐姐夫，了结他多年的心愿。然而事总与愿违，枣红高考前三天患上严重的病毒感冒，还伴随腹泻，龙宝急得心火都上来了，满嘴水疱，他火急火燎地将枣红送到医院看急诊，打点滴治疗，两天才有所好转。龙宝十分沮丧，劝说外甥女明年复读一年算了，枣红倒表现得很平静，说舅舅，还是考一下吧，考上什么学校就是什么学校。

龙宝没想到一向喜欢纠结的外甥女如此看得开，感觉孩子似乎瞬间长大了。他连连点头说，这样也好，如果感觉身体允许，那就先试试考考，考什么是什么，大不了再复读一年，来年断然不会差的。

高考成绩发榜，枣红考得不理想，但也上了本科线。老师们都劝枣红再复读一年，今年因为身体原因，没有发挥出应有的水平。

龙宝也很赞同老师们的意见。枣红不愿意再复读，咕噜着说，我觉得自己是个倒霉的人，明年弄不好还有可能遇到别的倒霉的事。

龙宝说："你这孩子也真是的，怎么老是往坏处想呢？都像你这样想，那什么事都成不了。"

碰巧守顺过来找龙宝说事，感叹说："龙宝啊，你家枣红念书争气，要不是因为生病，肯定能考上一个响当当的名牌大学。"不由自主地提起小儿子雨生，"你看我家那小子，跟枣红同年上的学，念书念的什么东西！考的一锅煳饼，二三百分！我说你也是吃大米饭长大的，怎么就一点不争气呢！"守顺一想到雨生高考的事，心里就老大不畅。出门走在路上，也不愿意同人搭话，怕人家会关切地询问雨生高考结果。他多半有意绕开人多的主路，走僻静少人的田间小道。不过，他有什么烦恼，在龙宝跟前，倒是一股脑儿地要说说。

龙宝见守顺满肚子火气，忙说："你也消消气。现在三百六十行，行行出状元。雨生是没有好好下劲，他脑瓜子还是很灵活的，只要他肯下功夫，也不愁一碗饭吃的。"

"唉，话是这么说，但抠泥田家庭出身，不念书又有什么好的出路啊？除了在家卖背筋骨，在外费力打工，还能有什么好的出路？"

龙宝颔首微叹说："念书也的确是我们庄户家孩子的最好出路，只是孩子一时懵懂，不下劲，也只能想别的办法了。要不让他复读一年？好好大干一年，明年再考，也是个法子呢。"

"让他复读他还不愿意复读，你说说这小子，不愿意复读，怕吃苦！"

一直在旁默默倾听的枣红忍不住插话了："叔，雨生可能怕复读不一定能考上呢。"

龙宝嗯嗯着附和："大概雨生怕复读考不上，也的确是的，高考这种事，也保不准会出点岔子。你呢，也别跟孩子较劲了，雨生机灵，日后断不会差的。"话说到这里，龙宝瞥见枣红下意识地撇撇嘴，立马意识到，枣红不想复读的事他也就不好再劝，又不甘心，私下跟她的干妈三贝和干爸天乐沟通，让他们帮着劝劝枣红。

自从来喜病逝之后，三贝和天乐很是消沉了一段时间，一看见枣红，就想起他们的宝贝女儿，免不了一阵伤感落泪。近年他们才慢慢地走出失女之痛，对枣红，他们还是像以前那样关心，也希望枣红复读一年，来年一定能考上更好的大学。

枣红安静地听完他们讲复读的好处，幽幽地说："我也不是不想复读，我总有一种感觉，明年要是复读，依然会遇上倒霉的事。我本身就是一个倒霉的人。"她最近老梦见来喜，来喜说复读不好，说自己和枣红都是很倒霉的人。

枣红很相信自己的梦，但梦见来喜的事她不想说，说了怕干妈和干爸伤心。她每次见到干妈三贝，三贝都要提起来喜，说要是来喜还在多好，你们姊妹俩也好有个照应。说着说着，就抹起眼泪。

她也不想跟舅舅说做梦的事，舅舅向来是不相信梦的，说梦都是假的，都是彻头彻尾骗人的把戏。他年轻时还梦见自己考上大学呢，在城市里工作，住着漂亮的楼房，实际上呢，什么都不是！就是一个成天将头埋在田地里苦干的老农民！每天看着太阳升起，就扛着锄头出去干活，干到太阳落山，就背着铁家伙进家门。舅舅还会乘势鼓励枣红要好好念书，考到城市里念大学，以后就在城市里工作，那舅舅就了结一个小小的心愿。

龙宝一听枣红说自己倒霉，就有些烦躁，很无奈地冲三贝和天乐摇头，"你们听，她老是这样胡乱地想，事情都没做，就给自己定死了。这孩子什么时候变得这样前怕狼后怕虎的？"

三贝见枣红眼里含着泪，便冲龙宝使眼色，示意他少说两句批评的话，"枣红，我和你舅舅、你干爸都不过是提提建议。你自己的事还是你自己拿主意呢。"

"枣红啊，复读确实也是一条不错的路子。虽然在高中多念了一年，但上一个好大学，好歹站的地儿高啊，这对你日后不是很有好处么？"干爸天乐也一个劲地劝枣红在高三再复读一年。但枣红依然坚持自己的想法。大家也都无可奈何，这孩子性格执拗，不听任何人的劝。

83

让龙宝和三贝他们没有料到，枣红竟然选择读中南地区的一个大学专科学校，读殡葬专业，毕业出来就在殡仪馆工作，成天在那种阴气重的地方上班，人能好得了吗？为这事，三贝和天乐很是想不通，觉得枣红这孩子莫不是精神有点错乱了？龙宝很是生气，报什么专业不好?! 报个医学院，日后当个医护人员，以后有个三病两痛的，进医院看病也能图个便利；报个师范专业，日后教孩子读书，能多栽种桃李，也是个体面的差事。这个丫头倒好，偏要报什么殡葬专业，日后成天在鬼门关晃荡?! 龙宝越想越伤感，丫头大了，一点不体谅他这个舅舅的苦心。自从姐姐姐夫离世后，这么多年，辛辛苦苦将她拉扯大了，总指望她能有个令人满意的亮堂前程，也好让她九泉之下的父母安息。如今她却鬼迷心窍要走这条独木桥！

龙宝实在烦闷，就找守顺倾诉倾诉。其时守顺刚给稻田放上水，跟龙宝坐在田头说话。守顺说，龙宝啊，孩子大了不由舅，她的路你能代她走吗？代替不了的。再说各有各的命，人人都有自己要念的经，她的经你也不能替她念。所以呢，你也就别想太多，也别老将这事搁在心底。说实在的，这么多年，你的心思都在她身上，你就没有顾过你自己，你也得好好顾顾你自己了！守顺嘴上这样劝慰龙宝，内心也觉得枣红这孩子也真是的，不让她舅舅省心，当初高考填报志愿，背着舅舅填什么殡葬专业，工作倒不说吧，个人的事可是费了劲了，也不晓得她到底要怎么样，不谈对象，也不成家，就打算一个人过一辈子，孤身终老？这委实不是一个正常人的思路。

第五章　守　顺

那天守顺劝慰了龙宝一番，不知怎么的，心境也不太好。他家的稻田地势比较高，他站在田埂上，环视了一下梅园人家的屋舍，自家那四开间的房子夹在那些屋舍当中，实在有些寒碜。

他家的房子还是多年前盖的，平顶红砖白墙，两层楼房的框架，只盖了第一层。守顺每每想到自己这个不上台面的旧房子，心里就有些空落。庄里有儿有女的人，稍有些出息的人，家里都盖上了二层小楼，前院垒起花坛，屋后圈起菜圃或果园，论起外在的看相，虽不能跟大城市那有钱人居住的独栋别墅比上下，但比舒适，绝对不亚于那种独栋别墅，乡下的小洋楼亲自然，接地气。多年前他就心心念念盖楼的事，始终巴望着能有两层属于自己的敞亮楼房。他心里也总有股不服气，他梅守顺，脑子也绝不比谁笨，论勤快，在梅园庄稼汉中也是数一数二的，他怎么就不能实现盖楼梦想呢？再说，面子上好歹也好看一些，他的老脸也有地方搁。他最羡慕老二守泰家的那个四开间两层漂亮小楼，还带着大院子，他家也要有这样的二层楼，哪怕小一点，三开间呢，他也就一百二十个知足。

在城里定居的大儿子麦生和儿媳妇小葛不支持父亲盖小楼。他一家三口一年到头也不过在腊底才回来一趟，过个大年，待上两三天就走。梅园的这个家对他们来说，就跟住旅店一样，哦，不，还比不上住旅店舒服，旅店还有电暖气什么的，家里只有炭火炉子供暖，整个屋里都弥漫着令人窒息的炭火味。守顺心里也很清楚，土生土长的大儿子尚且在家待不习惯，城里出生的大儿媳妇和孙子更是待不习惯了，他们能回来过大年也是给足他和柳木棉的面子。大儿子大儿媳妇都当他们的面直说了：在山旮旯里盖小洋楼给谁住呢？您二老两个人能需要多大的地方住？房子多了，空荡荡的也没有人气；何况山里的房子再大再好，也没有任何升值空间。大儿子大儿媳妇甚至还暗示父亲，手头若有积蓄，不妨支持他们在城里弄房子，城里多置一套房产，就等于攒下不动产，租出去赚房租补贴家用，不也相当于每月有固定的收入？大儿子大儿媳妇这态度，让守顺心下有点不乐，他将盖房的希望寄托在小儿子雨生身上。

雨生念书远没有哥哥麦生用功，死不下劲，自然跟大学是无缘的。雨生后来跟着堂哥雪笋学了门木工手艺，目前在京城一家名为"祥龙家具厂"的厂子里上班。许是感觉待在城里远比在老家有奔头，雨生也渐渐萌生在城里买房的念头。在刚出去打工的头三年，每到年关回家过年，他将自己所挣的钱都上交给父亲。从第四年开始，雨生就想自己攒私房钱，每年回家买点年货，除夕吃年夜饭，给父母每人千元红包作为压岁钱，除此之外，他再也没有多掏一分钱出来。

守顺心下有点空落落的，他怕小儿子攒不住钱，总思忖着盘盘小儿子这几年腰包攒了多少底子。过年的时候忍着没说，怕说了小儿子不愉快，弄不好引发柳木棉聒噪，那更不值当。等到正月初三柳木棉回娘家看老舅，守顺将老父亲梅艺高吃喝拉撒的事安顿之后，稍微清闲一点，坐在雨生对面，聊起挣钱的事，问起雨生这一年到头能余多少钱呢？

雨生猜到父亲的心思，说："爸，钱也是余了一些，但是老板怕我们结了工钱不在他那里干了，将我们工资暂时都压在他那里，等开年后再发。"其实，老板是不多见的慷慨人，不但从不拖欠手下员工的工资，而且过年还给每个人发了一个666块的红包，说是六六六——祝愿大家新年都过得溜溜溜！老板慷慨，员工也都干劲十足，乐意待在这个家具厂里，别家的厂子年年招工，这个厂子的员工队伍很稳定。

守顺终究是老实人，也不多掂量小儿子是在诳自己，语重心长地开导小儿子，"只要钱余着就好。等工资发了，留点票子零花，其余的你都打到卡里，手头没有闲钱，也不会想着乱花，这样自然就变得节俭了，钱才能攒得下。"雨生刷着手机，嘴里嗯嗯应着。

"想你这几年自己攒钱，一定也攒了不少钱吧？家里的这个房子最好能给整一下，加个二层，装个修，也就好看了。"守顺还是将自己心中的念想说了出来。

雨生笑笑，"爸，等我有足够的余钱再考虑嘛。"

守顺瞅瞅小儿子，这分明是在敷衍自己，也就不想再说了。起身，出了门，去田间转了转，碰到龙宝，两个人坐在田埂上聊了一会儿闲话。回到家，已是十一点，问雨生："中午想吃点什么？"

雨生说："爸，今天中午我来弄饭菜。"

守顺倒是乐得清闲，"好，那就让你来弄一下。"

雨生向来对吃喝比较讲究，他嘴上说是犒劳犒劳老爸，实际上是他自己想吃合口味的饭菜。父亲弄的饭菜基本都是煮熟了事，根本不讲究什么口味。他打开冰箱，将他妈冻在冰箱里的鲜鱼鲜鸡拿出来，泡在凉水里解冻，准备做午餐的食材。

守顺见了忙制止，"这是你妈留着迎客的。你还是别动吧。免得她回来骂人。咱们就来一大盘香芹大蒜炒腊肉，再蒸一碗鸡蛋羹，这就已经很不错了！"雨生眉毛提了提，"爸，咱们在家吃点东西，妈妈不至于骂吧？"

"你又不是不晓得你妈那脾气，一天不骂人嘴巴就痒得慌！"

"就是妈回来骂，也由着她骂，只当没听见不就完了？"雨生从凉水里捞起两条筷子一般长的翘嘴鱼，在水龙头下冲洗干净，放在砧板上，拿菜刀在鱼背上划了两个浅浅的十字，搁在鱼形的长瓷盘中，拿酱油和姜、蒜腌上，等腌了一刻钟左右，就准备热油下锅。

守顺见小儿子将鱼收拾成这般光景，也就没再说什么了。倒是雨生觉得父亲在母亲跟前实在憋屈，忍不住开导说："爸，您也活了这么大岁数了，以后想吃什么就尽管吃，想喝什么就尽管喝，人活着，连吃喝这点小事都做不了主，那活着是不是太那个了？"

守顺没接小儿子的话茬，心下却有强烈的共鸣，跟老婆子这么多年，真是有些窝囊。年轻时不跟她计较，是想着已有了家小，孩子都跟蝌蚪一样小，吵吵闹闹对孩子实在不好。自己也确实没大能耐，家里太穷了，找个婆娘相当不容易啊。当初自己三十三岁还打着光棍，好不容易有人给他介绍柳木棉，也耳闻她外界风评有点不好，甚至有人直说她在娘家未出阁时就跟人拉拉扯扯，不是个规矩姑娘，他权衡权衡也都默认了，只要她结婚以后愿意跟他安心地过日子，之前的一切都不重要，年轻时冒冒失失犯点过失，也要谅解，没有必要老纠缠人家过去的那些陈芝麻烂谷子。结婚之后，她虽然没说过散伙之类的丧气话，但稍不顺心就对他骂骂咧咧的，他俨然就成了她的下饭菜，她爱骂就骂，骂他成为一种习惯。连庄里的一些同龄伙计都觉得他太软性了，婆娘这么嚣张也都是他给惯出来的，当真成金凤凰要上大树顶头做巢了？说得他觉得自己很没面子，他怎么着都是一个男子汉，就任由着她欺负？

记忆犹新，那天庄里一位高辈老人过七十岁大寿，午间摆酒宴，他应邀前去祝寿，跟龙宝、守泰他们同席，好久都没这么开心地一起喝酒聊天，不觉多喝了几杯酒，聊到下午三点左右才回家。一进门，柳木棉就劈头盖脸地骂开了："死猪！你不是说吃过饭就回来的吗?！怎么说话跟放屁一样！"闻见男人满身酒气，更是火冒三丈，"喝那么多猫尿干什么？想壮胆上山打老虎?！没出息的烂货！进了山准被老虎吃掉!……"

守顺头有点晕，也任凭她骂，就进卧房倒在床上，想歇息一下。他刚躺下，柳木棉跟个母豹子一样，将他身上的被子呼啦一下掀到一旁，使劲拽他起床，"吃饱了喝足了就在床上挺尸?！你这个好吃懒做的废物!"守顺直觉热血上涌到脑门顶，使劲甩开柳木棉的手。柳木棉很愤怒，再次来拽，守顺忍无可忍，甩手给了柳木棉一拳，这一拳可是彻底燃爆了火药桶，柳木棉跳脚号叫："这日子过不下去了，过不下去了！梅守顺你这个千刀剐的！你还敢动手打我?！你这个混账过日子过腻烦了是不是?！……"庄里人平素也见惯了这两口子吵架，开始也来劝劝，劝不好，时间长了，也懒得再劝。都说夫妻吵架，床头吵架床尾和，夫妻之间没有隔夜仇。眼下这两个人在家里闹得天翻地覆的，左邻右舍也最多伸头劝两句：不要再吵了，有话好好说不行吗？

逢上柳木棉这样的婆娘，有话没法跟她好好说！守顺本想好好收拾她一顿，给她一点厉害瞧瞧，省得她三天两头地吵。没有想到这个娘们摆出一副鱼死网破的架势，将柴房里的干柴抱了一大摞堆在堂屋。他开始还气恨恨地冷眼看她弄什么幺蛾子，看得眼累了，也就懒得再理她，到小院里抽抽烟解解闷。一根烟抽了没几口，堂屋传来大儿子麦生的哭叫声："妈，你要做什么?!"他闻见一股烟熏味，浑身一激灵，冲进堂屋一看，柳木棉已经将干柴点着了火，将他们当初结婚时盖的红棉被褥抱到堂屋，要往柴火上扔。麦生死死拽住她的腿，小儿子雨生也跑进堂屋来，哭叫着拽妈妈的腿，妈妈不要啊不要！

守顺冲上前，一把夺过柳木棉怀里的被子，说你不要胡来！急火火地从厨房提来一桶水，将柴火泼灭了。

七岁多的大儿子麦生似乎一下子懂了事，从洗脸架上拽来湿毛巾，给他妈擦泪，又从兜里掏出一颗牛奶糖，塞到妈妈手里，"妈妈不要哭，这是二叔给我的，我留一颗给妈妈吃。"柳木棉又是一阵暴哭。那牛奶糖滚到地上，旁边的雨生见了，咂咂小嘴，将牛奶糖捡起来，要剥了外纸往自己嘴里塞，麦生将糖一把抢过来，重新塞到妈妈手里。雨生愣了愣，仰着脖子哭起来。柳木棉抹了一把泪眼，将牛奶糖给了雨生，雨生马上止了哭。麦生一旁瞪着眼，又腰指着雨生说，好吃！柳木棉摸摸麦生的头，一把将麦生抱在怀里，泪水禁不住流下来。雨生马上跑过来，也贴在妈妈身上。柳木棉搂住两个孩子，又哭起来。

那情景让守顺看了满心难受。看样子，这娘们是神经质，惹毛了，她真不想好好过日子，两个年幼的孩子怎么办？那之后，无论柳木棉再怎么吵，守顺都一律隐忍，他想他和柳木棉要是钢锹对铁耙，硬对硬，两个人的关系总是弄得那么僵，日子也没法过，他也就奉行不动口不动手的原则，实在烦了，就外出转一转。

若干年后，大儿子麦生顺利升学就业，娶了城里的儿媳妇。大

89

儿媳妇不知怎么知道了公公婆婆之间的事，开玩笑说，妈妈不简单，家暴只要发生过一次，就会有第二次、第三次。她弄出这样一出，制止了家暴。不过爸爸处理家庭争吵的手段更高明，冷暴力对抗热暴力，也很管用，也显现出爸爸有涵养。梅麦生也跟爸爸学上这一套，我发脾气，他就对我实行冷暴力，我觉得也没什么意思，以后还是尽量好好说话。

大儿媳妇的话守顺听在心里，也有感慨，想想也真是的哟。自己是个好汉，不跟婆娘一般见识，她是钢锤，他就是棉花，钢锤锤在棉花上，能发出多大声响？他很看好大儿子麦生，顶真的一个聪明主子，很会跟人相处。小儿子雨生呢？在为人处世这一点上，也不亚于哥哥。雨生早在念初中时就发现对付他妈最管用的招数，就是对她的谩骂不理不睬，最终也弄得她自感没有意思，自然就闭嘴了！

守顺越来越看好小儿子雨生，跟雨生在一起委实放松，也让他潜意识地觉得小儿子今后就是自己的腰板。

眼下这会儿，雨生在厨房里捋袖子干得很来劲，鱼腌制的空当，他开始做啤酒烧鸡。守顺喝过不少啤酒，可从来没有吃过什么啤酒烧鸡，这啤酒跟鸡一起做，能做出什么味道来？他饶有兴趣地在一旁当下手，他的刀工比雨生好，负责切菜。他将鸡剁成比较均匀的块块，老姜切成薄片，大葱切成碎末。

守顺很快将食材准备好。雨生的烹饪正式开始，他将铁锅用水刷洗了一下，往锅里添加适量的水，打开煤气灶，大火烧水，很快水就开了，雨生将鸡块放在水里焯了焯，等水面上出现密集的浮沫，将它撇掉，拿漏勺从开水中捞出鸡块，搁到一个干净的碗里，沥干水分。同时将铁锅里的水倒在一个瓷盆里，将铁锅刷洗干净，往锅里放少许油，待油稍微加热后，放入姜片、八角和桂皮，加两个干朝天椒炒一炒。再放入鸡块，煸炒至略略出油，放入适量生抽和碎冰糖，快速翻炒，炒至鸡块上色，倒入小罐啤酒，开大火烧，将浸没鸡块的啤酒烧开后，改成中火，盖上锅盖，继续焖烧，直至汤汁大致收干，起锅，撒入葱花，香喷喷的啤酒烧鸡就可以装盘了。

守顺吸吸鼻子，啧啧说："这烧鸡闻起来真香啊！"

"爸，您尝一尝。"雨生顺手拿筷子夹了一块鸡肉，努着嘴吹了吹上面的热气，送到父亲嘴边。守顺不习惯尝菜，说："待一会儿吃饭再吃。"

"您尝尝嘛，尝尝什么味道。"雨生硬是将鸡块塞到父亲的嘴里，"味道绝对好，让您吃了还想吃。"

守顺嚼了嚼，"嗯嗯，好吃好吃！"

雨生又夹起一块，"您再来一块。"

守顺微笑着摆摆手，"不吃了，等一会儿咱们一起吃不迟。"他看了一眼儿子事先腌制的鱼，"这鱼你怎么做？红烧？"

"准备做干煎翘嘴鱼。"

"怎么干煎？"

雨生笑笑，"简单得很呢。"他将锅烧热，放入少许菜籽油，晃了几下油锅，然后又将油倒出来，又加了适量菜籽油。守顺平素做菜没有这么做过，不理解儿子为什么来这波操作，"你这倒油又加油，不是啰唆吗？"

"爸，这您也不懂啊？锅的四周都沾上热油，再放冷油，这样煎的时候鱼皮就不粘锅了。"边说边将两条鱼轻放到锅里，开始油煎鱼。守顺点点头，这倒也不复杂，跟儿子还真是能学到一招。

雨生将鱼的一面煎黄后，翻到另一面接着煎，直到将鱼的两面都煎到微黄，将事先切成细丝状的葱、姜、蒜、青椒以及适量的花椒、料酒放入锅中，加一点生抽和醋，略略翻炒，使作料均匀，最后放大半勺豆豉酱调味。

儿子麻利地做干煎鱼，守顺一旁笑微微地站着看，心里也有几分舒坦，这小子真不孬！出门在外舞得开，在家做事也不赖，比自己强多了。

厨房里的喷香弥漫到隔房里，老爷子梅艺高一醒来，就闻见诱人的香味，不由自主地咂咂嘴，开始喊："顺，顺！"

守顺闻声进隔房，"父，肚子是不是饿了？"

老爷子耸耸鼻子，"香，我要吃。"

"等一下，我去弄。"

守顺刚转身去厨房，老爷子等不及，又叫："顺，我，要吃！"

守顺弄了大半碗饭，准备夹鸡块。雨生说："爸，稍等一下，我来炒个青菜。"

"你爷爷等不及了，要吃呢。"

"光吃鱼和鸡不行，等我炒个青菜。"

"你听听，你爷爷又在叫了。"

"哎呀，爷爷真是老小孩。"雨生摇摇头，"爸，您这样，先给他少弄点，吃两块鸡，青菜是一定要吃的。"

守顺端了饭碗去隔房喂老爷子吃，老爷子喜欢吃孙子做的啤酒烧鸡，吃了好几块，没吃够，还要吃。守顺只好说："父，这个鸡没有了，给您弄点鱼肉和青菜吃啊。"

老爷子倒也没再要吃鸡，等吃了儿子剔了刺的鱼肉，也喜欢上了，吃了还要吃。守顺说："这个鱼只有这么一点，您还是多吃青菜，青菜滑肠子，省得您便秘，大便拉不出来也难受是不是？"哄着老爷子吃了一些青菜，等老爷子吃饱了，打起哈欠，看样子要午睡了。他掩上门到堂屋，安心地跟雨生一起吃午饭。

老婆子回娘家去了，守顺身边也少了聒噪。一杯小酒下肚，他感觉有几分惬意，又跟小儿子聊起节俭的话题，"勤为摇钱树，俭是聚宝盆。老古话说得真是一点不差。挣再多的钱，不想着节俭，大手大脚地海着花，口袋就成了漏斗，再多的钱进了口袋，也都兜不住，全漏掉了，到头来只能是个穷光蛋。"

雨生点头，表示赞同父亲的话。守顺脸色微醺，话也是越说越多："咱们这周边，你张眼看看，梅为明就是个鲜活例子！当年到处都传他一年赚了百万，你要晓得，那年月，别说是百万，就是一万就够让人眼热的了哟，号称'万元户'。人一有了钱，那整个面貌都不一样了，整个精气神都上来了。那时梅为明不管走到哪里，都受人追捧，梅老板梅老板地殷勤叫着，那真是风光啊！可是，后来呢？他到处撒钱，请客是家常便饭，一请就是请到城里的高档饭馆里吃，吃吃喝喝不打紧，可吃的都是花花绿绿的票子啊！一顿客请下来，都要消费超过上千的票子。家里的房子明明在当时也是很好的，两层精装修的小洋楼嘛，那时候庄里的小洋楼也是凤毛麟角，可他偏偏作劲，一横心给扒掉，盖上三层小洋楼，房子周围又箍上一个大院子，中央弄上一个大花坛，花坛里的花都是名贵的，漂亮得不得了，看得人两眼迷乱，我是一种花也叫不上名字。他那一家人吃穿也很讲究，年轻的儿媳妇叶容就不用说了，穿得同城里人一样光鲜。单说那柳兰花，隔三岔五就是上下一身新，两耳还戴上了金灿灿的耳环，腕上套着晶莹剔透的玉镯子，脖子上挂着粗粗的金项链，有时换成白盈盈的珍珠串。你妈当时就眼热得不得了，回家就动不动骂我无能。我说心里话，我无能，但我不乱来。你再看看现在，梅为明是什么光景了？当初他依仗自己做生意能挣几个钱，腰包鼓胀了就开始四处显摆，胡乱花费，钱这东西是经不住挥霍的，再说生意场就是战场，胜败也是常有的事，梅为明生意经营败落了，欠了一屁股债，四处躲债，这么多年连个人影都不见，他人还在不在人世，都不好说，这年月，意外随时都会发生！"

守顺一口气说了一堆话，有些畅快，又呷了一口酒，看小儿子一手举着筷子，一手在滑手机，有点快快不快，"你爸说半天话，等于白说，你只顾玩你的手机呢！"

雨生这才抬头，笑笑说："爸，您说什么我都在听着呢，耳朵听您说话，眼睛看手机，不耽误嘛。您不是说为明叔的事么？"

"你听了没想法？"

"怎么说呢？为明叔弄成那个样子，关键还在于他生意做惨了，要是生意不惨，消费大手大脚一些，倒没什么可说的。"

"他要是跟他家里人都节俭一些的话，也不至于那么败落。他原先那房子盖了没几年，好歹也是个像样的小楼房，好端端的，非要扒掉盖新楼，你晓得他那新楼连那个大院子一共花多少票子吗？听说花了二百万！那年月二百万不是小数目！什么东西都挑最贵的买，有那个必要吗？不把钱当钱用，花起来跟开闸淌水一样，有多少钱经得住这么淌呢？要是把钱真当钱用，他就是生意做坏了，手头有一些积蓄，好歹也能顶一顶吧？还还债务，也不至于跟个丧家狗一样四处流浪，不敢归家。"

"爸，不管怎么说，光想着节俭，也不行，也不会发财。我们厂的刘老板说了，一个人不能光想着怎么怎么节俭，节俭过度，就成了守财奴，人一旦成了守财奴，生活就了无兴味。想一想，人活着的目的究竟是什么？是守财呢，还是要让自己切切实实过得舒心？一个人一辈子光守着财，自己舍不得吃舍不得喝舍不得穿舍不得用，也见不得家里人花销，恨不得家里人都跟着自己勒紧裤腰带过紧巴巴的日子，留下的钱都干吗呢？也带不进棺材里是不是？钱不花不用，是不是就成了一堆废纸？爸，你有没有听过这样一个故事？要是没听过，我来说给你听听。"

守顺摆摆手，"准是你胡编的，还是不要说的好。"

"爸，还真不是我胡编的，是我们刘老板上次年关放假前请大家吃饭的时候，在饭桌上说的。"

"嘿，那肯定是你们刘老板哄你们开心，说着助助兴的吧！"

"爸别这样说，我们刘老板说的是他本家上辈的一位老叔爷的真实经历，说得有名有姓的，他说真人真事，主要是想给我们受启发用的。"

"哦，那你就说来听听。"守顺一下子来了兴头，将酒盅往小儿子那边推了推，示意小儿子给自己添点酒。

"刘老板这个老叔爷在他们当地不一般，是个有名的富商，他家经营染坊、油作坊，还开了一个大当铺，您想想，他们多有钱？"

"嗯，肯定有上千万资产，算实打实的大户。"

"刘家老叔爷可是出了名的小气鬼，倒不是对别人小气，而是对自己和家里人都很小气，小气到什么地步呢？他们家每天三餐吃的米面和食用油，老叔爷亲自用量筒和油勺量着下锅，不允许浪费一粒粮食和一滴油；哪怕大年三十过除夕，年夜饭也都是抠斤抠两，不允许多吃。平常一家人穿的衣服，家里用的被子褥子之类，也都是不轻易换新的。那老叔爷自己用的裤腰带，说出来，爸您可

94

能都不信，他用的是一截细麻绳！"

"哦，那可是太算计了！"

"您说这个刘叔爷这么节俭到家，他家里的钱财是不是应该越积累越多？"

"那还用说吗？肯定越来越有钱嘛。"

"新中国成立前，他们家确实有钱，当时他们家的确在银行存了几张存折，合起来有一千万。"

"乖乖，一千万啦！要是我，恐怕八辈子加起来也赚不了那么多啊！"

"这一千万确实是笔大数目。等到了新中国成立后，不是弄公私合营吗？他们家的染坊、油坊和当铺都被上面收买了，改成了国营。他们的存折还在，这存折叔爷当宝贝一样收藏着，舍不得取，舍不得花。几年后，这老叔爷过世了，临终前打着手势一再嘱咐家里人，不到万不得已，不能轻易动那存折，家里人也都遵从老爷子的遗愿，反正家里的日子也还是能过得去，那钱总还是在那里，他们家属于隐形的富豪人家。这样又过了三十年，老叔爷的孙子得了重病，急需用钱，家里人这才将存折拿出来，到银行取钱。爸您猜怎么着？"雨生卖了个关子。

"银行不就给他们取了吗？"

"取是能取，但银行里的人告诉他们，这存折只能兑取一千。"

"天哪，一千万的存折，怎么变成了一千？难不成这银行还要从中昧走人家九百九十九万九千？那也太那个不像话了吧！"

"爸，您不晓得，他们这家人也一点不晓得，这些存折都是新中国成立前的老存折，您明白吗？听刘老板说，新中国成立前使用的是旧币制。"

"什么旧币制？第一次听说。"

"我也是第一次听刘老板说，这旧币制，也就是第一套人民币，一直到新中国成立开始的头几年仍然使用这套旧币制。后来上面还发了个公告，这个公告说什么呢？说以前的旧币可以兑取本金，也就是说，存折上是多少钱，拿到银行去兑取，银行就按存折上的金额兑给你，但是如果错过这个机会，就再也不能按原有的钱兑回了。刘老板的老叔爷家里人不晓得有这么个规定，自然也就错过兑换的机会了。公告发过之后，又过了两年，第二套人民币出来了，从那以后实行的是新币制，我们现在一直在用的就是这个新币制第二套人民币。当时有规定，旧币一万元只能兑换新币一元。爸，您想想，刘家人拿之前的旧存折到银行按照新规定兑钱，不就是严重缩水了吗？您现在听明白了吧？"

守顺颔颔首，"唉，怎么说呢？当时他们要是晓得那个公告，也就能兑取千万本金了。到头来，简直是浓浓的血浆一下就化成了稀稀的水啊！天大的划不来啊！"

"所以您老讲要节俭节俭，我为什么不太赞同？原因就在这里。您想，像刘老板本家的这个老叔爷，本来一家人应该从头到尾都能过上非常舒适、非常安逸的日子，偏想不开，要节俭，而且是要过分地节俭，当那个守财奴，结果呢，一点都没有享受，攒的钱最终跟废纸一样！您觉得有没有那个必要？"

守顺摇摇头，"说是这么说，太抠门了不好，像梅为明那样乱花钱也不行。"

"爸说的这点我也赞同。就是呢，该吃喝的要吃好喝好，该穿用的就穿用，但是也不要铺张浪费就是了。"

守顺点点头，笑笑，"你小子年岁不大，倒像个明白人。"

"爸，我这算不得明白人，我们刘老板那真是个明白人。跟在他后面做事，经常听他讲一些人事，感觉自己都跟着长大了，脑子都变开通不少。"雨生将鸡块放到嘴里，"爸，这鸡味道不错的，您多吃点。"嚼了两下，"我看您以后也得歇着点，不要将自己弄得太辛苦了。您想想，人一辈子也就那么几十年，再怎么长寿，也不过百岁吧？辛辛苦苦做牛做马，到头来也就那么一回事，该享福的也还是要享点福的。"

守顺盯着自己的小儿子，"你说得倒是好听，我现在就歇着？光顾着自己吃喝玩乐？就守着这一层四间小房子？你哥那边成家立业也都弄得不错，我不用操心，你的个人问题还没有解决，咱们这乡下娶门亲，可不是一句话的事！上回你表哥办喜事，从定亲到结婚，婚房配家具、彩礼、婚宴等等开销，算起来花了百来万！"

"爸，那是表哥自己不大成器，自己结个婚，全倚仗着自己的娘和老子，要是没有娘和老子帮衬，婚就结不成了？这里跟您说，我内心里还真瞧不上。我的事您和妈都不要操心的。"

"你还挺牛的呢！就凭你在刘老板的家具厂当个小木工，自己个人的事都不用娘老子操心了？"

"我说过不用您和妈操心，您二老就不要操心嘛。"

"你一年能挣多少票子？有这么大的底气？"

"哎呀，爸，怎么跟您说才好呢！底气不底气的，就不要说，我的事我自己能管。"雨生见父亲满脸不悦，端起小酒盅，"爸，我陪您将这杯喝干。"

守顺闷着脸，端起杯子，喝了两口，也不说话。

"爸，我晓得您和妈也是为我着想。我的意思是什么呢？我的意思是不希望您和妈那么累。您看您，我不想让您为我操心，您应该高兴才是。现在一些年轻人自己不想办法挣钱养活自己，净蹲在家里啃老，现在还能仰仗着爹妈，爹妈总有一天会走掉的，到那时候，再啃谁去？人是越闲越懒，越懒越不想动。等爹妈都不在了，自己也给闲废掉了！说实在的，我是瞧不起这种人！"

守顺脸色和缓许多，不住地点头，"这话你爸爱听。你也还别说，跟周边的一些年轻人比，你和你哥都还算励志。你少时不懂事，没有好好念书，成人了开始晓得事理了，凭自己双手挣饭吃，也还是不差的。"他很认真地看着自己的小儿子，"雨生，你变得越来越开通了，越来越有雪笋的样儿了。"

守顺真真切切地感觉小儿子雨生这几年在外面打工，变得跟以前不一样了。

以前雨生可是令人头痛的顽劣小子，在学堂念书，隔三岔五地惹事，不是课下跟同学打架，就是上课跟老师抬杠，念书也是念得一塌糊涂，高考成绩稀烂。他气得几天没跟小儿子说话。柳木棉更是气得直接拿一个大扫帚将小儿子撵出家门，骂声震天：你这个不争气的货！你还有脸进门！你看看你给我念的什么狗屁的书?！你怎么不学学你二叔家的飞雪姐？她高考怎么就一下子考上名牌大学？她大学念完还直接考上了研究生！你怎么不学学你哥？当初你哥念书还跳了两级，高考也是一考就考个重点！你也是一个娘生的一个爹养的，你怎么就不能给你娘老子挣点面子?！

雨生垂头丧气，像个小瘪三一样，在外流浪了两天，晚上就到关系要好的同学家蹭着住住。想想这样也不是办法，就觍着脸去城里找哥哥麦生。

在弟弟没有到来之前，麦生就已经了解了弟弟的高考成绩。父亲给他打了电话，说雨生被你妈撵走了，他八成会去你那儿，你给我好好说说他！

麦生在车站接了弟弟，开始也没说什么，直接带弟弟在车站旁边的小饭馆吃了点午饭。小饭馆人来人往，兄弟俩相对无言，各自吃饭。出了小饭馆，麦生径自在前面走，雨生心神不定地跟在后面，哥哥什么话都不说，冷漠的样子让他心里很不得劲。直至走到一个小公园门口，哥哥进去了，雨生止了步，说我还是回去吧！麦生憋在心里的火气终于爆发了，碍于场合，他的声音是有意压低的："你回哪里去?！你今天来我这儿想干什么？你为什么不说说?！"

雨生这才吞吞吐吐地开了口，想跟哥哥商量自己怎么办。麦生又是一顿数落："我跟你说过多少次了，咱们这种家庭，除了念书，就没有好的出路，你不听，你成天就混日子！现在到了这步田地，还能怎么办？现在有两条路：一是继续复读，明年再考大学；二是学一门手艺，出去打工，先养活自己再说！"

雨生对复读很是发怵，他清楚自己的底子，别说复读一年，就是复读两年三年，考上好一点的大学也没有把握，因为他骨子里实在厌烦念书。学手艺他也不太乐意，那是个苦差事，不知猴年马月有出头之日。雨生其实想上那种民办大学，他刚嗫嚅着说出口，立马就被麦生彻底否定："别做梦，那种大学不设门槛，就算成绩考得稀烂，只要你愿意交学费去读，它都照收不误，一年下来，学杂费、生活费等各种费用加起来要好几万。就你这个样子，在那种学校里，基本上也学不到什么东西，相当于拿大把的票子换回一张纸文凭，有什么用？浪费钱不说，还浪费光阴！何况，家里的经济状况，你不是不晓得，还欠着外面的债！哥哥这边的经济也不宽裕，工作也才一年多，交了个女朋友，刚贷款买房，每个月还要还三千块的房贷。你想去念民办大学，费用这块，哥确实无能为力。不过，如果你想好了要复读，全力以赴再拼一年，立志考一个稍微好一点的大学，哥可以考虑资助你这一年的学杂费。哥也只能做到这样，你自己的事你也得好好掂量掂量。你也过了十八周岁的生日，已经成年了，也该独立了，总之一句话，不要指望任何人为你架桥铺路，你自己的路只能由你自己去走！"

见弟弟的脸色很难看，麦生也就没有再多说，该说的都说了，雨生要是真想悔改，未来也还是有路走的，要是雨生不想改，说再多也无用。麦生口气缓和了一些，"雨生，不是哥哥成心要说你，你自己以前也确实太不懂事了，荒废了多少宝贵的日子！荒废了的日子不会再回转，懊悔也没有任何用，现在最主要的是要为自己的以后打算打算。你好好想想，以后你到底能干什么？你打算靠什么本事来谋生？你跟哥哥说说，你自己到底是什么想法？继续复读还是出去打工？"

雨生闷了闷，"复读也不行，也没什么戏。"

"那怎么办？那你只能出去打工了？"

"不打工又能怎样？"

"你想好了？"

雨生无奈地点点头。

麦生当着雨生的面，打电话劝说父母，说雨生也已晓得自己的事，也开始要学好了，他回家，就不要再骂他了。

父母倒也听从大儿子的劝，没再骂雨生，但对雨生依然没有好脸色，而是差使着雨生干各种农活。守顺说，不当家理事不晓得柴米贵，不下地干活不晓得生活味。柳木棉也是跟守顺站在同一条战线，说这个小歪货就得多下田下地，多多锻炼锻炼，才晓得生活是什么滋味！

六七月正是农忙时节，雨生挨的骂受的训，吃的苦受的累，大概是有生以来最多的，这也彻底改变了雨生，让他由一个细皮嫩肉的高中毕业生变成了一个黑黢黢的庄户后生。母亲柳木棉时不时地数落他：踩泥巴田干活舒服，还是在教室里念书舒服？雨生半垂着头一声不吭。

守顺虽怨恨小儿子念书不成器，但暗地里还是要为小儿子的前程打算。他很看好侄子雪笋，雪笋木工手艺精细，在北京城里的家具厂打工，挣钱不少，出去也没多少年，家里的小楼房就竖起来了。守顺想着雨生要是跟在雪笋后面学一门手艺，也还是不差的，便跟雨生一提，雨生也还愿意跟堂哥雪笋学一学。

雪笋比雨生大几岁，属于同辈人，又是堂兄弟，相处起来，也不会有什么隔阂。守顺打电话跟侄子雪笋一说，雪笋也愿意带带雨生，说他们家具厂现在也需要人手，尤其需要手艺好的木工。前提是雨生自己要踏实，肯下苦功夫。如果还像以前念书时期那样吊儿郎当的，那就不行。自己也就不能保证将雨生带出什么好样来，到时候就怕对不住大伯。

守顺说，雪笋啊，你是个实诚的孩子，说的句句都是实在话。要说学手艺这件事，光师傅手艺精还不算，更重要的是要看徒弟灵不灵。老古话说，师傅领进门，修行在自身。这个道理你大伯很清楚。你能看在你大伯的面子上，肯费心帮带雨生这个小混账，你大伯这心里有说不出的宽慰。你这孩子从小就得人疼，又机敏又肯吃苦。你父走得早，你妈拉扯你们兄妹三个不容易。你作为家中老大，也很心疼你妈，小小年纪就晓得当家理事，想方设法替你妈分忧解愁。在我们整个梅园小字辈当中，就数你最出挑，为人处事都是响当当的。俗话说，跟好学好，跟叫花子学讨。雨生跟着你，断然是错不了的！雨生这一两个月在家，我和你大妈天天要他干农活，当头日晒，锻打锻打他，让他也晓得在这个世间混碗饭吃不容易。我跟他讲，老天给你一双手，就是要你凭着这双手弄饭吃，你现在还是单身，你暂且只须顾着你自己一张嘴，就算娘老子是好是歹指靠不了你，可你以后是要成家的，你得养活一大家口，是不是？要不然你活着有什么劲？雪笋啊，这里我也跟你交心说，雨生这孩子呢，以前是一时糊涂，其实他也不孬，经过这段时间锻打，也着实变了不少，变得比以前稳实，能够耐下性子做事，也是一个进步。等雨生到你那边之后，在为人处事方面，你替我好好开导开导他，他要敢犯迷糊偷懒耍滑，你就不要跟他客气，让他滚一边去！雨生这小混账，我就交给你了。都是家里人，就不跟你说客套话了啊。你那边一定也很忙，大伯也就不多打扰你了。你自己也要多保重身体。好了，电话就挂了啊。

电话一挂，守顺又对雨生一番训导，要雨生到雪笋哥哥那里去，一定要听雪笋哥哥的话，自己暗地里要争口气，要勤快，要跟雪笋用心学点真功夫，念书不行，学门技术总还是可以的。人说"一技在身，胜握千金"，这话不是瞎说的。你看雪笋就是一个明显的例子。他就是全靠他的好手艺让家里翻了身。你四叔守平原本也是个好木工，可惜害了几年的病，也将他这个家庭拖得疲软了，后来病是好不容易治好了，家境也开始有点起色，可是老天不长眼，好像要专门跟他家作对似的。那年夏天，你四叔突然出了那么大的祸事，丢下一个破碎的家。那年你雪笋哥也才十四岁，本来也很聪明的，这孩子懂事，为了不让他妈太辛苦，让双胞胎弟妹能继续有书念，他初中毕业本来可以上高中的，但他死活不念了，跟着他表舅公当学徒工，当初他父亲的木工手艺也是跟表舅公学的。雪笋性子沉稳，干一行爱一行，年纪轻轻，木工活计做得相当漂亮，在这方圆百里都是响当当的，也真正做到了子承父业。要不了几年，他的家境就大大改善，不但还清了家里的债务，供弟弟妹妹读书，他还将家里那个土砖屋给扒掉，重新盖起了一座小洋楼。最近，听他妈说，雪笋还打算攒钱在城里买套房子呢。唉，你爸混了一辈子，连套像样的小楼都没垒起来，实在差劲，差劲就差劲在没有学手艺，从头到尾都是靠卖背筋骨卖气力，挣的只是一点毛票子，只管

101

买点酱醋，勉强糊口。面对着黄土背对着天，田地里刨食，刨不出什么名堂！你千万不能再走你爸的老路，你爸的这条路是死胡同，没有任何出路！你年纪轻，脑子也好使，干什么都来得及，到雪笋哥哥那边，只要你好好把握，好好学技艺，相信你一定能学出个样儿来的。

　　父亲苦口婆心的劝导雨生也都听在心里。农忙过后，他就收拾行装去了雪笋那里，跟在雪笋后面悉心学，脑瓜也很灵活，往往一点就通，一通就会，进步非常快。跟着雪笋当了三四个月学徒，进入实习阶段，半年后基本上就能独立做出像样的活，连刘老板都刮目相看，说雪笋带的这徒弟了不得，快赶上师傅了。雪笋也很高兴，回老家逢人便夸雨生聪明，学什么是什么。守顺和木棉自然更是很感欣慰。小儿子虽然没有像大儿子那样考上好大学，但学得一门好手艺，日后也就有了安身的本事了。

　　雨生自己呢，时时将雪笋哥哥作为自己的标杆，在饭桌上听到父亲评说自己"越来越有雪笋的样子"，心里还是有点激动的，"爸，说真的，以前实在太胡混了，硬是将好端端的自己给弄成小瘪鼠一样，想起来都很懊悔。自从跟着雪笋哥哥一起在厂子里学习，做事，觉得每天都满当当的，心里有目标，日子也就有奔头。"

　　"当初我就认定，你跟雪笋一定不会错的。"守顺笑微微地说，"雪笋真是个难得的好孩子啊。这梅园的年轻人，像他这样稳重又励志的，实在不多。"

第六章　烟火日常

守顺和雨生父子在堂屋吃饭，隔房里传来响亮的喷嚏声。守顺说："你爷爷大概醒了。"搁了筷子，站起身去隔房，一推开隔房的门，闻到一股臭味，老爷子没完全醒。守顺轻轻掩上门，重新坐到饭桌旁，将杯子里的剩酒喝掉。雨生给父亲盛来一碗米饭，自己又去装了一碗。

守顺招呼雨生："赶紧吃，你爷爷快要醒了。一会儿帮着弄一下爷爷。"

雨生看着父亲狼吞虎咽的样子，"爸，您慢点吃，别噎着。吃完了弄爷爷也不迟。"

"弄迟了，你爷爷不高兴。"

"爸，照我说，照顾爷爷的事也不是一天两天，您老这么弄，吃不消，还是让二叔、三叔和小叔他们轮流弄一弄，他们也都是爷爷的亲生儿子。"

"你二叔和小叔他们每个月出钱，我出力。你三叔那边死活不愿意服侍你爷爷，我还有什么好说的？"

隔房里传来含混的喊声："顺，顺！"

守顺赶紧扒拉完最后两口饭，撂下碗，从兜里掏出口罩戴上，进了隔房。

雨生吃完饭，也跟着进去了，一股臭气扑鼻，雨生皱皱眉，看来还是要戴口罩的。老爷子看了一眼孙子，咕噜着："嫌弃你爷爷了？"

雨生装作没听见，转身到堂屋找了个口罩戴上，这才进了屋。守顺冲小儿子抬抬下巴说："来抬一下爷爷的腿。"雨生忍着作呕，

103

过来抬起爷爷的两腿，爷爷"哎哟"一声，说不能轻点？弄疼他了。

守顺将父亲臭烘烘的脏裤子褪下来，随手塞到一个黑色大塑料袋里，扔到屋角，拿消毒巾擦擦父亲的臀部和大腿。雨生说："这多费劲啊。上次小叔网购来的成人纸尿裤呢？为什么不给爷爷穿上？"

守顺嘀咕说："死活不穿，有什么法子？"

"得穿纸尿裤才行啊。"

"你让他穿？"

"东西在哪里？"

守顺朝床底下努努嘴，"就在下面的纸箱里。"撤下有尿渍的防水床垫，铺上干净床垫。

雨生将纸箱子拖出来，从中拿出一个纸尿裤，将纸尿裤给爷爷穿上，老爷子哼唧着说："穿裤子。"

"这就是裤子，爷爷，开始不习惯，穿着穿着就习惯，就舒服了。"

老爷子执拗地说："穿裤子。"还伸手来扯纸尿裤。

雨生说："爷爷听话，您要不穿，我们都不管您了。您一个人待着去，您愿意不愿意？"

老爷子哼唧着说："你这个，不孝的东西。"又开始扯纸尿裤。

"爷爷，您说说看，您为什么不穿？"

"这是，小孩子穿的。"

"爷爷，这叫老人纸尿裤，是政府叫人专门给瘫痪在床上的老人制作的。难道您不相信政府吗？"

老爷子咕噜说："你骗人。"继续扯纸尿裤。

"爷爷，政府要求瘫痪的老人穿纸尿裤，要是谁不穿，查来了，就对这家罚款。您想我们家被罚款吗？"

老爷子咕噜说："骗人。"依然扯纸尿裤。

雨生按着老爷子的手，继续哄骗说："爷爷您要听话啊。我们家已经没钱了。我马上就要出去打工，我爸和我妈也得出去打短工。二叔和小叔他们都很忙，也没有时间来照顾您。您只能一个人在家待着。"

老爷子咕噜说："不孝的东西。"扯了两下纸尿裤，到底罢手了。

雨生摸摸爷爷的脸，"爷爷真乖，这不穿得挺好的吗？"

守顺冲儿子点头赞许，还是这小子有招！老小孩儿老小孩儿，还是兴哄兴骗的。他从厨房端来专门给父亲准备的饭菜，让雨生喂给爷爷吃。他要洗一下父亲的脏裤子，然后收拾厨房。

守顺将扔到地上的脏床垫塞到黑色塑料袋里，提上袋子，带上洗衣粉和长刷子，出了隔房，来到后院。

后院有一片长方形小菜地，旁边还有一个小水塘。这个小水塘是早些年挖掘机挖的。当时有施工队在梅园一带修路，柳木棉跟工程队的队长混熟了，请他们的挖掘机挖了挖，挖出一个不大的坑，每到下雨，坑也能蓄水，方便浇灌菜园。之后接连几年，每到腊月农闲时期，守顺就拿着铁锹对这个坑继续挖掘拓展，慢慢地形成了现在这个小水塘。

自从父亲梅艺高瘫痪之后，守顺每天都要洗刷父亲脏臭的裤子和床垫，为了方便洗刷，他在小水塘旁专门放置了一个大塑料桶。他将塑料桶装上大半桶水，将塑料袋里的脏裤子扔到水桶里，拿长刷子将裤子上的屎尿刷洗掉，顺手将脏水泼洒到菜地里，再换水将裤子和床垫用洗衣粉泡洗，在池塘里搓一搓，洗净，晾到附近的晒衣绳上。

守顺回到家，进隔房看了一下，雨生还在喂爷爷吃饭。他退出来，收拾餐桌，将吃剩的红烧鸡块和干煎鱼放到冰箱里冷藏，将碗筷拿到厨房的洗碗池中清洗，这些活儿本来都不是大老爷们儿干的，可他却干成了老本行。家务活老婆子都指望他来干，他实在忙，老婆子洗碗刷筷也是糊弄几下，碗沿上时不时还会留下饭渣，回头他还得重新涮一涮。

说实在的，老婆子懒惰，也的确是他给惯出来的坏毛病。刚结婚那阵，他确实有抱得一只金凤凰的幸福感，他这个三十多岁的光棍好不容易有了家，要百般珍惜，为了让她高兴，他积极主动地承担起家务，干着干着，他发现，自己给干成了习惯，婆娘也渐渐觉得这些活儿该由他来干，哪天他要没及时干，她还不适应，说厨房你怎么不收拾了？他也没好声气，说我不能歇歇吗？她说好好，你歇歇你歇歇。干这点活儿还能累死你？你是纸糊的？

守顺想想都不大舒爽。好在大儿子麦生打小就比同龄孩子懂事，有空帮着他分担一点家务，灶台高了，小不点够不到，就搬个方凳垫脚，站在方凳上靠着灶台，洗碗刷锅，洗刷得比他妈还干净。庄里人见麦生这孩子勤快，都夸赞，末了往往还要加一句：勤娘养懒惰子，懒娘养勤快儿。婆娘柳木棉懒惰是庄里人尽皆知的，大家私下都说守顺软弱，惯婆娘也不是这么个惯法。这梅园自古以来，都是男主外女主内的，即便现在再怎么变，大不了男女分工合作，也不像梅守顺那样，家里家外主要是自己操持，由着婆娘游手好闲，动不动就跑到镇上棋牌室看牌，兴头来了，还撸着袖子上场玩两把；要不就四处串串亲戚。守顺讨这样的婆娘，跟没婆娘有什么两样？

守顺自己心里最清楚，婆娘再怎么懒惰，也还是他的婆娘，别看她平素里凶他骂他，拿他不当回事，可是一到黑灯瞎火，上了鸳鸯床，婆娘却是另一种样子，那种曲意逢迎，让他如鱼得水，心中的所有疙瘩都被拢进她的蜜罐中悄然消融。她在他耳旁时常吹酥软的风：打是亲来骂是爱，你个榆木疙瘩，你不懂？我们是一辈子的夫妻。一辈子的夫妻就这种样子，你懂不懂？

老婆子故弄玄虚，他假装不懂，说你以后不要老骂我，好不好？你要不骂我，我们就是两辈子的夫妻。柳木棉就咯咯笑起来，箍紧他，说你这个坏东西，不骂你不骂你了！一夜酣睡之后，一睁眼，太阳一如既往地东升西落，一切又是照旧。光天化日之下，只要她有什么不顺心的事，还是忍不住要拿他当出气筒。他很不服气，指着她，说你昨晚床上说过不骂人的，怎么又骂人了？她斜他一眼，冲口说，忘了，怎么啦？就不能允许人家遗忘啦？

守顺想想这些年跟老婆子之间的恩恩怨怨，摇摇头，命里招来

106

这个女克星，算了算了，不跟她一般见识。好歹柳木棉给他生了两个知事懂理的儿子，没有遗传她这个当妈的坏脾气，就凭这一点，他足以感到欣慰。

守顺将灶台擦干净，刚要罢手，雨生端着爷爷的饭碗进了厨房，"爸，爷爷这饭吃得太费劲了！"

"唉，每餐都是这样。"守顺接过儿子手中的碗，放在水池中，用钢丝球刷洗了一下，又用清水冲洗一遍，然后用干净抹布将碗里外擦了擦。

"爸，以后您不要再将爷爷吃的菜弄得太油腻，大鱼大肉的少给他吃。"

"你爷爷生病，需要补充营养，不给他吃点油腻的，吃点鱼肉，那他营养怎么跟得上？再说，他是活一天算一天，饭菜总要让他吃好，不给他吃好，我这心里不安畅啊。"守顺开始拿清洁棉布蘸上稀释的洗涤灵，擦起抽油烟机的外盖。

"爸，要不我来擦？"

"不用，我一个人擦好了，省得两个人都是满手油污。"

"爸，您一旁歇着，还是我来擦。"雨生拿过父亲手上的清洁棉布，一边擦一边跟父亲说话，"像爷爷这样的瘫痪病人，一天到晚都躺在床上，不活动，体力消耗也小，您老给他吃这些营养很高的东西，他无法吸收，会消化不良的。体内积累多余的脂肪，越来越胖，患上高血压、高血脂等疾病，这样也不好。"

"你爷爷就跟个小孩子一样，他想吃，你不给他吃？他不高兴，又何苦呢？你妈也像你这样说，那天她说话嗓门大了点，被你爷爷听见了，你爷爷老大不高兴，说隔层肚皮隔层山，不是亲生的，就不一样，连饭菜都抠着给他吃。你听听这话？唉，老爷子怨着呢！"

"爸，我还是那句话，爷爷您还是别一个人服侍了，二叔和小叔出的钱咱也不要。几家轮流服侍，于情于理都说得过去。说实在的，一个月四千块，搁在家里人这边，是不少，但搁在外面，就不多。要是在福利院，在医院，找护工来服侍，月薪四千块钱恐怕不一定能打得下来的。现在最关键的还不是钱的问题，是您一个人服侍太累了！我这是临时在家待几天，初八就走，也不能帮您。妈也帮不了您什么，您一个人这么弄下来，迟早会弄出病来的。爸，您也是六十多岁的人了！您要是弄出病来，还得花更多的钱治病，我和哥还得回来服侍您。您晓得我和哥都是正需要干事的时候，您要是万一病了，我们做儿子的，能不管您吗？是肯定要管您的！可是，我们要照顾您，很多事就都被耽误了，您好好想想，您愿意这样吗？我们的事被耽误了，您心里肯定也不痛快，是不是？"

守顺原先也还是希望自己每个月有点固定收入，哪怕累点苦点，毕竟自己在田地里抠泥土，收入也很微薄；麦生有自己的小家庭，也不指望麦生往家里贴钱；小儿子雨生呢，挣钱也不是太多，个人问题还没有解决，他就想着手中能有点积蓄，心里总还是要踏实一点的。还有家中的这个只盖了一层的房子，他总惦记着哪天手头宽裕了，在一层上面再加盖一层，弄成一个漂亮的二层小洋楼，了却他的一个心愿。如今听小儿子说了这一番推心置腹的话，守顺多少也有点感触："一天下来，我也的确腰酸背痛的。这不是一天两天，而是长年累月的，也真是有些吃不消了。只是事先跟你二叔和小叔他们都说好的了，这要是突然变卦也不好，何况这主意当初还是你妈先提出来的。"

"妈提出这个主意也没什么错。二叔和小叔都有自己的固定职业，也的确忙，相对来说，爸在家弄田地，田地的活儿也是有节令的，时间也比较灵活一些，由爸来照顾爷爷，二叔和小叔经济补贴给爸，看上去也是不错的安排。问题是，老这样下去，爸您身体吃不消。"

"当初大家说好的事，现在还是不要反悔的好。要是现在几家轮流服侍你爷爷，恐怕也不是那么回事。你二叔这边还稍微好点，他自家开商店，忙是忙，但抽空照顾你爷爷，也不是不可以。最主要的是你小叔那边，他在上海，你说将你爷爷弄到他那边去照顾？可能吗？你小叔在大学教书，很忙，你小婶在中学教课，也不闲着，你让他们怎么服侍你爷爷？这不是成心难为他们吗？再说，给我的每月四千块钱服待费用，你小叔就出了两千五百块，还时不时在网上买纸尿裤、消毒巾等东西寄过来。这些东西也不便宜，都是要花钱的。你小叔也不是开银行的，每个月也是靠固定的薪水过日子，他的钱不是钱吗？你小叔是重感情的人，他是念着我们是亲兄弟，不能亏待我。我现在却来跟他说，我一个人服待不了，要几家轮流来，这不是明摆着砸他的场子吗？别说是亲兄弟之间相处，就是跟外人相处，也不能这么做。"

"嗯嗯，您说得也是，让小叔那边服待确实也够呛。"

"还有，要是按你刚才说的这么一弄，怕你四婶又会多心，当初她倒也是主动说要和你二叔、小叔他们一起出钱，你想想，你四叔走得早，这些年她也是够操心的，她又挣不了钱，我们能让她出钱吗？那样太不地道了。她说雪笋挣钱挣得还可以，让雪笋出这份钱。我和你二叔、小叔都没有同意，该我们这一辈承担的事尽量不要摊到下一辈那里。"

"嗯嗯，还是爸您考虑周全。我只是不太理解三叔为什么死活不愿意服待爷爷，照理说他当儿子的，服待父亲也是应分的事。"

"唉，你三叔啊，也是太不容易，他又是个倔强得要命的人，我们兄弟间，就不要那么计较了。现在呢，只要你爷爷愿意穿纸尿裤，那就省事不少。不过，纸尿裤也挺费钱的，天天用开支也大，也就隔三岔五地用一用。目前你爸身体还能扛扛，就暂且这样吧。等实在服待不了的时候，再说。"他嘱咐雨生照看一下爷爷，给爷爷捶捶腿，按摩按摩背部，他则去侍弄侍弄菜园。

到了黄昏时分，守顺侍弄好菜园回家，下厨房，准备晚餐，见柳木棉还没回来，就让雨生给他妈打个电话，问晚饭回不回来吃。雨生按了手机免提键，母子对话，也让父亲一旁听一听。

那边柳木棉似乎很兴奋，说："巧着呢！我正准备往家里打电话。你老舅老舅娘非得要留我在那边歇夜，陪他们说说话，他们老两口孤单着呢，进进出出都是老眼对老眼的。"

"那您就在那边多住几天呗。家里边有爸呢，我过几天才走。

您就放心好了。"

"我没有什么不放心的。你爸是个妇男，干家务活很在行。"母子都笑起来。

"哦，妈，跟您说个小事。今天上午我一个老同学说要来，我就将您留在冰箱冷冻的鸡和鱼拿出来烧了，结果呢，老同学临时有事，又没来。爸担心您回来会骂，我说老妈是通情达理的人，不会计较这点小事的。妈您说是不是?"

"这点小毛事不用跟老妈说! 家里吃的喝的，只要有，尽管吃尽管喝!"柳木棉声腔里溢着豪气。

"我跟爸爸就吃了一半，打算留一些给您晚上回来吃，您这不回来，我们将它们都消灭了啊。"

"肯定都消灭掉啊，留着干吗，长细菌?"柳木棉语调轻快，又问，"你爷爷怎么样? 今天是不是又脏裤子了?"一旁的守顺心里嘀咕，要是老婆子平素都这么大方利落，那就好了!

"可不是嘛! 臭烘烘的，爸还洗半天。不过我哄着他穿上纸尿裤了。"

"真穿上啦? 你还是真有两下子嘛! 以前我和你爸无论怎么哄劝，他都死活不穿，头脑固执得跟冻结了一样!"

母子又聊了几句，结束了通话。

守顺盯着小儿子，"雨生啊，刚才你跟你妈说得有鼻子有眼的，哪里有什么老同学要来? 你这不是编话吗?"表情有点严肃起来，"我发现你现在喜欢哄骗人，也会哄骗人，说假话可是一点也不脸红哟!"

雨生挠挠头皮，"爸，看您这话说得有点那个了，我很注意分寸呢!"

"做人要诚实，要说就说真话，不要说谎，说真话人心里踏实! 谎话说多了，成习惯了，人就飘了，不晓得自己哪是哪了——将自己给弄丢掉了! 雨生，你可要注意!"

"爸，我是很注意的! 谎话分两种，一种是善意的，另一种是恶意的。像我今天编谎话哄我爷爷哄我妈，出发点是好的，结果也是好的，爷爷穿上了纸尿裤，妈妈很开心，您说这种善意的谎话说说又有什么不好？"见父亲脸色变柔和了一些，雨生又说，"还有一种谎话是恶意的，那是万万要不得的！比如说谎骗人钱财，更可恨的是靠说谎拐卖妇女小孩儿的，那就是犯罪了！"

"拐卖妇女小孩儿最可恨！人贩子应该枪毙！"守顺气恨恨地说，"你表姑春云多可怜！"

雨生知道父亲最恨人贩子，父亲最痛惜舅公家的小女儿春云，可怜被人贩子拐卖。那还是二十多年前的事。春云中专毕业刚工作一年，一次出差，在徐州坐火车被人贩子盯上了，说起来可恨，那人贩子竟然是一个看上去慈眉善目的老太太，她带着几个大包裹，说她家里人临时有急事，一时来不了，请姑娘行行好，帮她将包裹弄下车。春云信以为真，见这个老奶奶一个人挺不容易的，结果上了大当，被骗拐到一个大山里，卖给一个四十多岁的瘌痢头老光棍，八年后被解救回来，原本眉清目秀的一个水灵姑娘，被折磨得脱了人形，精神都有点失常了，后来经过悉心医治，虽略有好转，但也是时好时坏。可怜舅公一辈子就这么一个宝贝女儿，就这么给毁掉了！

"人生在世，万万不能有害人之心，但也不能没有防人之心，老古话说得好，害人之心不可有，防人之心不可无。春云没有经历过多少世面，她心地太好了，被一个假装面善的老妖婆骗了，才遭此大劫。多好的一个女娃娃啊，硬是给糟蹋坏了！那个老妖婆挨千刀都不为过！"守顺越说越气恨。

雨生给父亲倒了一杯茶水，"爸您也消消气，这都是已成的事实，生气也没有用的。"

守顺喝了两口水，"也是的，气也没用。你出门在外，一定要多留点心眼。"

"爸您放心，您儿子虽不怎么聪明，但防骗的脑子还是有的。我不骗别人已经很好了，哪能让别人来骗到我？"雨生还说起自己一次捉弄骗子的经历：那天刚从厂子里出来，就接到一个陌生电话。我说哪位？那家伙说，哈啰！小梅啊，猜猜我是谁？我心里想，连我的姓都晓得了？这是谁呢？一想这年月骗子满大街游荡，我就警觉起来，便打着哈哈说，老朋友嘛，你就是再怎么变着声音说话，我都能猜出你是谁。那家伙哦一声，说那你猜出我是哪一个呢？我说你不就是那个何永远吗？那家伙声音显得有点激动，对对！你果真厉害！我语调飞快地说，何永远是我小学同学，已经到阎王爷那里报到十多年了！你他妈的蠢货，竟然骗到你爷爷头上来了！

"你的小学同学都是这周遭一带的，你哪里来的这个小学同学呢？还到阎王爷那里报到了？"守顺笑笑摇头，"你也是个骗人精！"

"爸，这就叫'以其人之道，还治其人之身'，这个骗子骗术太低级了！"

"你也别说他低级，连你的姓都晓得了，说明他还是做了点功课的。"

"爸，您可能还不晓得，现在有些骗子还有帮凶。有些人钻进钱眼里去了，为了弄钱，就跟骗子合起伙来干坏事！年前聚餐的时候，听我们刘老板在酒桌上说，我们很多人的私密信息都被一些不法分子贩卖，我们其实都在裸奔，裸奔就是说我们没有隐私。我们的银行卡有开户人姓名、手机号码、身份证号码以及绑定账户的账号或卡号，这些都是属于我们客户的私密信息，银行有明确规定，银行工作人员不允许私自泄露客户信息。但就有银行内部的人为了谋利，违反这个规定，前两年就有公开报道，银行内部的工作人员同骗子勾结起来，泄露客户信息。"

"这不成为内鬼了吗？"

"是啊，内鬼比外贼更可怕！骗子的招数是什么呢？是要银行内鬼帮着查询客户的银行卡信息，提供一条客户信息，您猜他得多少钱？八十到一百多元！您想想，您到工地辛辛苦苦做小工一天都赚不到这个数，他就敲敲电脑键盘，跟骗子做交易，敲出一条信息，近百块钱就进了腰包，您说这钱赚得多轻快！有个银行内鬼就靠干这勾当，一年在薪水之外赚的黑心钱有三十多万。"

"干这种伤天害理的坏事，就没被发现？"

"后来被查出来了啊。公安审他的时候，他竟然说只是觉得违反银行规定，但不晓得这是违法的。您说他脑子是不是进水了？干这种黑心的事还不违法？"

"平生不做亏心事，不怕半夜鬼敲门。人这一辈子，做什么事，都要摸着自己的良心，不要干犯法的事，哪怕日子过得清苦一点，人家天天吃大鱼大肉，我餐餐吃青菜喝稀粥，裤兜瘪一点没关系，钱少就省着点花，这样的日子过起来，至少心里舒坦。"

"是啊，但凡人干过那种违法乱纪的事，成天就提心吊胆地过着日子。"

"你好歹是明白人。"守顺站起身，进厨房，将中午吃剩的饭菜热了热，够父子俩吃一顿。

守顺吃过晚饭，又单独给老爷子做了一份清淡一点的晚餐，从冰箱里拿出头天熬的棒骨汤煮挂面，煮到五六成熟的时候，加入剁碎的木耳和菜叶，快出锅时，放了半勺鲜酱油。

这种鲜酱油还是大儿媳妇小葛特意买的。之前他买酱油都不讲究，总是挑最便宜的买。去年腊底，麦生和小葛带孩子回来过年。小葛一时兴起，也下了一会儿厨房，看到公公正拿着一个杂牌子配制酱油烹饪，就说，爸，这种配制酱油您以后不要再吃了，还是买那种正宗的酱油比较放心，您以后买鲜酱油，您看看上面的配料表，要买那种非转基因黄豆制作的酿造酱油，另外，您注意一下上面有个"氨基酸态氮含量"，含量越高，品质越好，我们平素都挑每 100g 酱油氨基酸态氮的含量大于 1.2 的酱油。小葛还特意到二叔梅守泰的百货店看了看，买了两瓶厨邦味极鲜特级酿造酱油，原先的那个杂牌子酱油被她扔进垃圾桶里。守顺心下有点舍不得，好歹也是花了三块钱买的呢，当着小葛的面，也不好说。小葛虽是城市里长大，但没有城里人的架子，这一点非常得人心。她懂的也比自己这个农村大老粗多，所以守顺在大儿媳妇小葛面前，还是处处迎合她的。她说什么酱油好，他以后就买这种酱油，价钱贵点就贵点。就像小葛说的，吃的东西一定要吃得健康，不能光图便宜，图便宜吃出病来，上医院看病，花的钱会更多。

守顺将煮好的面条倒在海碗里，想凉一凉，再端到隔房里喂给父亲吃。老爷子已经等不及了，在发脾气，责怪守顺怎么还不给他弄吃的。

守顺也没回应，任由老爷子发了一会儿脾气，待面条稍微凉了一点，才端过去喂父亲吃。老爷子满脸不悦，说我也不死，活着真受罪！这话几乎是老爷子的口头禅，每当他心里不痛快，都要这么自我抱怨。

守顺一边哄父亲吃面，一边劝导说，父，您也别这么上气嘛。好死不如赖活着。多活一天，不就能多看一些人事吗？看看您的这些后人一个个成家立业的，您老心里不开豁么？您看看，过去咱们家是那样一个穷家，后来慢慢好起来了，我们几个兄弟也都有了家当，日子是不是也都慢慢像样起来了？您这老了病了，我们也能专心照顾您。您想想，要是我们兄弟都还是那么穷，恐怕照顾您这方面也难像现在这样顺遂了。木棉她娘家的那个本家老堂叔，孤苦伶仃一个人，病了都没有人过问的。您要是跟他比，是不是就算享福的了？

老爷子嚼着面条，咕噜着说："守安，不行！"

守顺知道父亲怨恨三弟守安不孝顺，也不接话，继续喂父亲面条。老爷子吃着吃着，冷不丁问："雨生呢，出去了？"

"还在家呢。过两天跟雪笋一起走。"

"什么时候，成亲？"老爷子咕噜着说。

守顺笑笑，"看来父比我还惦记雨生的事啊。"

"多大了？"老爷子嘴上拖着半截面条，像在思考什么，"要成亲了！"

"是的呢。男大当婚嘛。"守顺拿筷子将半截面条塞到父亲嘴里，"不过，这事也急不得，要靠缘分的。"

其实他心里也急，雨生过了年就是实打实的二十七岁了，身段和面相，看上去也还周正，也有一门好手艺，找女孩子也不难找。

他妈四处为他打听，女方都愿意交往，但这小子跟吃了什么邪药似的，就是不着急找。湖里人不急，岸上人急没用。过去在乡间，像雨生这么大年岁的，早该有小家庭了，娃娃估计都满地跑了！如今这年月却是大变了样，年轻姑娘和小伙子找对象，好像都不着急，慢悠悠地耗着光阴。雨生是这个样子，老二守泰家的飞雪和飞燕，还有龙宝家的枣红也都这样。上回听雪笋说起他大姨家的大表哥，论说在大上海上班，工作稳定，薪水也不低，人也长得不赖，都已经三十六岁了，就是不找，说是没碰上合适的。现在找对象，怎么都非要找什么"感觉"呢？没"感觉"的就不行？"感觉"那玩意儿靠谱吗？

　　守顺想自己年轻时找对象，可没这么多讲究，女方只要不是瘫子瘸子，只要能操持家务，能开怀生娃，哪怕是歪瓜裂枣，都能凑合着一起过日子。打光棍实在是令人不爽的尴尬事。他要不是家里穷得叮当响，他怕是二十岁就要结婚了。十八岁他就萌生找女人的心思，那时就跟中了邪一般，见到年轻姑娘就心跳加快，跟姑娘搭话，都觉得耳根发热，最难堪的是会有生理反应，想上前抱一抱，亲一亲，摸一摸，这不经意间滋生满脑子的流氓念头，也着实将他吓一跳，他要不想办法抑制，哪天保不准要出问题。要是出问题，那就是大问题！他印象很深刻，念小学时，学校有一位男老师喜欢一位女老师，课间见周围没人，忍不住拉了拉女老师的手，女老师也将他的手捏了捏，不料被副校长窥见了，斥责男老师耍流氓。男老师辩解了两句，副校长恼羞成怒，这事随后被升级为"生活腐化"，男老师受到处分，竟被开除公职了！想想男老师的遭遇，他一再告诫自己不能犯那种错误。走在路上，只要看见迎面有陌生姑娘过来，他就赶紧转身绕道走，这样总不会给自己招来麻烦吧？说实话，没有女人的日子真是备受煎熬，熬到三十三岁了，有人给他介绍了柳木棉，长得还不难看，第一眼看下来，他就非常心动。媒人私下里也不避讳，说这姑娘什么都好，唯一的毛病就是名声不太好，当然啦，那些都是传言。传言这东西，照我看呢，主要在于你自己信不信，你要信呢，它就成真的了；你要不信呢，它就是假的。就这么简单。因为有外界那些乱七八糟的传言，所以呢，这姑娘耗到二十九了，还没找上合适的婆家。你爷爷托我帮着从中说说，我跟她说你的情况，她不挑剔你的家境，说家穷不是问题，主要看你这个人心肠好不好，脾气好不好。我说小伙子人品绝对没任何问题，我以我的这张老脸担保！他一听媒人这些话，有些激动，这姑娘不挑家境挑人品，差不了！直到第二年正月娶进家门来，才知这姑娘是个什么角色，泼辣一流。但是她有一点最得他的心，那就是他每天不用再干熬了，女人是他生活的润滑剂，有了她，他原先干枯的生活渐渐有了润泽感。

守顺有点想不通，现在的一些年轻人为何对婚姻那么不在意，他们没有那方面的需要吗？

老爷子嚼着面条，冷不丁又冒一句："那个，飞雪呢？"

"哦，飞雪在杭州上班呢。"

老爷子歪头看着墙上的全家福，"什么时候，成亲？"

"不晓得呢。"守顺随口应道。上回为飞雪找对象的事，守泰还跟飞雪闹得不太愉快。守泰朋友介绍了一个小伙子，也在杭州上班，家境、样貌、工作什么的都很好，飞雪连见面都不乐意，弄得守泰觉得在朋友面前很没面子。

"那么大了！"老爷子咕噜着，"都该有娃娃了！"

守顺附和说："女大当嫁的，是该成家了。"

"那个，飞燕呢？"

守顺没再接父亲的话茬，老爷子骨子里很关注孙辈的婚姻问题，这个问题也是令他们当父母的头疼不已的问题。

还有一点面条，守顺希望父亲赶紧吃完，跟浑身散发着沉沉暮气的父亲在一起，他的心情实在有点压抑。

老爷子好不容易吃完面条，守顺准备离开，老爷子又说自己浑身发麻，他只得留下给父亲按摩了一会儿。老爷子依然话题不断，他也只能敷衍。

守顺将老父亲侍候舒服了，厨房也收拾干净，已经是晚上八点

116

多。门外传来汽车喇叭声，很快敲门声响起。

他有些狐疑，问是谁？

"你说是谁！"传来柳木棉没好气的声音。

房间里的雨生闻声出来，边开门边说："妈，您不是说老舅他们死活留您歇夜的吗？您怎么不在那里多待待？大晚上的还跑回来？"

"搭了顺风车嘛。"柳木棉进屋，顺便回身关上门。"我想你过两天也要走了，还是先回来吧。去老舅家随时都可以去的。"她放下手中的提包，从里面拿出一个塑料袋，"这是肉粉圆子，还有一包芝麻切糖，这些都是老舅娘亲手做的，她要我带给你吃的，说你喜欢吃她做的圆子和切糖。"

"老舅娘对我真是好。小时候到她家，她总会将家里好吃的东西拿出来给我吃。"

"她一直很喜欢你。今天还在我跟前一个劲儿夸你懂事呢，说你去年腊月回来家门都没有进，就第一时间去看望她和老舅，还带了那么好吃的东西。她觉得她的这些外甥当中，还真没有谁能做到雨生这样的，时时都尊敬老人。说现在的年轻人不懂人情世故的多，一比起来，雨生就甩他们一大截。"

雨生笑说："这老舅娘也真是讲究这个'第一'，我回家本来也是要打老舅娘家门前经过，下车顺道进去看一看，给老人家带点东西，您说，我们这做下辈的，不也是应分的吗？"

"你带的是什么东西？"

"果脯、酥糖之类的北京特产，还有几串香蕉和一盒鲜桂圆。"

"都是她爱吃的。怪不得夸你呢。那回你哥哥去看她，带的是那种臭臭的榴莲，她一点都不喜欢吃，都送给邻居吃了。她私下还有点不爽快，说麦生买的什么东西？这么难闻！怎么吃得进嘴哟！"

"老舅娘真不懂，榴莲是非常好的东西，营养价值很高，属于滋补性的水果，吃了对脾、肾、皮肤什么的都有好处，还可以祛除寒气，帮助消化，增强食欲。我们家具厂的刘老板就经常吃榴莲。那味道确实有些臭，估计很多人都不喜欢。妈您晓得那东西多少钱一斤吗?"

"不就几块钱?那种难吃的东西,还能贵到哪里呢?"

"一般旺季上市卖十几二十块钱一斤,在城里,逢上淡季,买的人多的话,价格可能高达八九十甚至上百块钱一斤呢!"

"乖乖,要卖这么贵?"

"营养价值高,自然价格卖得高。老舅娘一点不懂,我哥其实是对她好,一般人谁舍得花那么多的钱买那种水果呢?"

柳木棉撇撇嘴,"我现在才晓得这东西这么贵。麦生也真是不会办事,给老舅娘买点什么酥糖、香蕉表表心意就可以,花钱还不讨老舅娘的欢喜!下回得好好说说他!"

一旁的守顺也不由得皱眉,"麦生也确实没有必要花那么多的钱,惹得老舅娘还产生误会!亲戚来往,心意到了就好,实在没有必要浪费钱买那种不着调的东西,乡下老太太根本不懂什么营养不营养,合她口味的就是好东西。"他觉得还是雨生比较会办事,晓得怎么哄人开心,钱花得还不多。

说话间,守顺将电泡脚桶放上半桶水,通上电。这电桶还是三年前小弟守祥网购回来的,那时老爷子身体还比较硬朗,两腿除了轻度的风湿,也没有大毛病,走路也还有劲。每天晚上,老父亲都要拿这个电桶泡脚,一边泡脚一边看电视,他也在一旁陪着父亲看看电视,说说话,老父亲也比较心满意足,只是有时提到母亲,父亲会慨叹一声,唉,你妈孬,要是不孬,能活到现在,那多好。每当这个时候,守顺就沉默不语,原先内心深处对父亲的怨恨也早已努力封存。母亲也久已不在。他还能说什么呢?说什么都没有多大意义。他曾经一度不能原谅的是父亲对母亲的背叛,更不能原谅的是父亲暴怒起来,就对母亲拳脚相加。母亲最终对生活没了信心,撒手而去,那种伴随争争吵吵的烟火浓浓的日子,再也不会有了,父亲的生活貌似清静了,但随着时间的流逝,他也渐渐变得孤寂。守顺每每看到父亲萎落的神情,想起以前父亲的自得与自大,就感慨不已,再神气的人一旦老病了,就朽迈了。

泡脚桶的水温恒定在四十五摄氏度,加热了一会儿,守顺试了试桶里的水温，招呼老婆子来泡泡脚。雨生开玩笑说："爸这服务真周到。"

柳木棉白了小儿子一眼，"这点小事也叫服务？我给他做的事才叫服务呢，只是你看不到罢了。"坐到电桶旁，脱鞋袜泡脚。

"说的什么话啊。"守顺嘀咕。又去厨房弄了一盆热水，要雨生来泡脚。雨生忙说："爸，您自己泡。我自己来弄。"

"还跟你爸客气呢，搞得跟外人一样。"守顺不太乐意，"快点过来，晚上气温低，趁热好好泡一泡，要不然水就凉了。"

"您先泡。我睡觉前再泡电桶。"

"好了好了，你就等你妈泡够了再泡吧。"守顺坐在小靠背椅上，轻轻打了个哈欠，脱了鞋袜，试探着将两脚放进热水中，适应了水温，泡了一会儿，拿毛巾擦干脚，穿上棉鞋。去隔房看了看老父亲，老父亲打着鼾，他轻轻带上门。回到堂屋，招呼老婆子说："你也泡得差不多了。也该将电桶让给雨生泡脚。我先去焐焐被窝。"柳木棉说："你赶早睡。下半夜你又睡不好觉了。"

老父亲瘫痪这一年多来，守顺已经养成了一种习惯，每天晚上先到自己的卧房跟老婆子一起睡，睡到半夜自然会醒来，去隔房看看老父亲。上半夜老爷子睡得还算安稳，等到下半夜，老父亲基本上就睡不着，守顺就在紧挨着老父亲床榻的小板床上睡睡，免得老爷子要脾气，说扔下他不管。老父亲自从病了之后，变得很任性，也不太心疼人，一会儿要喝水，其实水也喝不了两口；一会儿又要守顺给他揉腿摩背，怎么给他揉他都说不舒服。

也难怪柳木棉说老爷子磨人，不晓得要磨人磨到什么时候！弄得老头子每晚都睡不好觉，老这样下去，别把老头子给磨出病来了，她可就跟着遭殃了。她这一辈子，其实过的都是老头子的日子。老头子将内内外外弄得条条顺顺的，她才能心安理得地当个甩手掌柜。柳木棉年轻时候不怎么待见守顺，一不开心，就骂守顺"短命死的""挨千刀的"，这越上了年纪，越发觉得少年夫妻老来伴，老头子也算个金贵的老宝。在梅园，像他们这一辈的女人，她也算得上有福气。雪笋娘秋华早早就失了伴，寡居多年；柳兰花这么多年也是守活寡，梅为明一直在外躲债，有家不回，兰花还背负着债务，一到年关总有人上门讨债，那日子过得真是有些发霉啊。

守顺去卧房休息的时候，柳木棉也擦干了脚，准备跟着老头子一起歇息，催促雨生赶紧泡脚，早点睡。明日早点起床，弄不好家里要来客呢。

翌日上午十点多，果真来了客人，而且还是稀客，木棉娘家的远房表哥老包。两家已经多年没往来，守顺想这老包突然上门来，估计有什么事。

家里鲜货不多，木棉让雨生去镇上买了一些荤菜。守顺轻声说，要不我下厨房？木棉甩他一个白眼，要他去陪客喝茶嗑瓜子聊聊天。守顺明白她的心思，她是不想让娘家那边的人说她不做家务，她要做样子给娘家人看看呢。雨生也明白母亲的心思，也不抢着做菜，只给母亲打打下手。

老包名义上是来看望瘫痪在床的梅艺高，其实是想托守顺和木棉给他儿子介绍对象。他儿子三十岁，原先也谈了个姑娘，处了两三年，他这边准备腊月提亲为儿子操办婚事，没想到那女孩子到深圳打工，不愿回来，后来才知道她跟别人好上了。老包就觉得外出打工的女孩子不靠谱，就四下打听留守乡村的姑娘，东打听西打听，就打听到守顺的小侄女还没有找人家，便上门来找守顺。饭桌上吃饭，闲聊自家孩子的事，老包拐弯抹角地问起守顺的小侄女，托守顺和木棉从中帮着牵牵线。

守顺迟疑着没马上接腔，木棉倒是来了兴头，"外侄子可有照片看看呢？"老包从手机相册中翻出自家儿子的照片，木棉看了看，点点头，"嗯，不错，看上去有精神。"老包笑笑说："年轻人没点精神，那怎么行呢？"

木棉说："我们家这侄女是大专毕业，外侄子是什么书底子？"

老包嘿一声，"也混了个大专文凭，咱们都是自家人，说话就说实在话，其实那也是一张纸片片，派不上多大用场喽。"

木棉笑笑说："老表可别这么说，有这么个纸片片，可比没有强，至少说出去好听一些吧。"

老包笑一笑，"当初也是这么想的嘛。要不然，念三年大专花了不少票子，不就是白花了？"

木棉拿公筷给老包夹了两块红烧排骨，"外甥子现在做什么工作呢？"雨生看了看母亲，皱眉笑笑，欲言又止。

老包说："我这不是在我们那边的镇上开了个店铺嘛，我和他妈也忙不过来，就让他在店里守着，好歹我们年纪也渐渐大了，这铺子以后是要交给他打理的。"

守顺这时候才插话，"老表家的孩子跟我们飞燕差不多，两家也算门当户对。只是我家老二曾经也跟我提过他的意愿，希望飞燕以后就留在家里。"

老包愣了愣，"哦，我家也只有这么一根苗子。"后面自然也就没的多聊了。

木棉瞅着守顺说："咦，老二什么时候提过让飞燕留在家里？我怎么一点都不晓得呢？"

守顺说："也只是说说，具体也没说死。主要还是看飞燕愿意不愿意留在家里呢。现在年轻人的婚姻哪个不是自己拿主意的？"

老包嗯嗯着点头说："也确实是这么个情况。要不回头哪天找机会让两个年轻人见见面？"

姑娘和小伙子的面最终没见成，飞燕愿意留在家里，老包那边儿媳妇是必须娶进家门的，这事自然就不了了之。那老包从此再也没有同守顺和木棉联系过。木棉热心肠，最初还打过一次电话，老包根本不接。木棉很不舒服，说这个人不实诚，觉得你有用就来套近乎，一旦觉得你没用，就将你踢到一边去。守顺说，对于这样的人，咱们就离他远点，以后不要搭理就行了。各吃各家锅灶的饭，互相不扯瓜葛，也没多大影响。

那天老包来的时候，带来一盒蜂王浆和一桶麦乳精，搁在梅艺高的床头柜子上，梅艺高见了，就要守顺冲给他喝。守顺不想当老包的面，拆那盒蜂王浆，说，还是等下午再喝吧。您现在要是喝了，中饭就吃不下去了。中午木棉要做一些好吃的菜呢。梅艺高一听，也就安静了。

午饭过后，老包一走，梅艺高又闹着要喝蜂王浆。木棉拧着眉说："您老人家刚吃过饭，也得让肚子歇歇吧。一天到晚又不活动，饭量还不少，越吃越胖，对您老身体也不好。"

梅艺高咕噜着说："你，虐待老人。"

木棉气得牙关紧咬，"你这个老人家，真不晓得好歹！我什么时候虐待你了？你胡吃海塞，吃得那么胖，医生说，太胖，是要得三高的，高血脂，高血压，高血糖！你懂不懂？得了三高，人就死得快！你不是怕死吗？"

守顺也听不得父亲挑木棉的刺，也有点没好气地说："父，您老也要改改性子，木棉哪里待您不好了？不能昧着良心说话。"

梅艺高哼唧一声，"合伙，欺负你老子。"

守顺懒得再搭腔。木棉说，他要喝，你就给他喝！

结果梅艺高喝了蜂王浆，接连拉了两天稀。守顺忍着气，上卫生所找大夫开了药，才让父亲止了泻。每拉一次，父亲就要换裤子，他的裤子都给换得一条不剩，不得已，守顺将以前麦生和雨生穿过的旧裤子翻找出来，给父亲换上。

木棉嫌弃公公不通事理，吵着要喝，喝出个鬼来了！将老头子折腾得够呛！她对那个远房表哥老包也很有怨气，"说起来还是亲戚，也真的是！既然来看病人，理应带点真货，哪怕带一两斤白糖红糖，要不带几斤香蕉，也比这假货强！"

守顺说："也不能怪你那个老表，他哪里晓得是假货呢？你看这外包装，搞得像模像样的，里面不晓得掺杂着什么乌七八糟的东西。我估摸着钱也没少花。"

木棉说："那可不一定，钱一准花不了多少。我上次去老二店里买洗衣粉，就碰见一个过路的女人进来买货，在货架上找了又找，说东西贵。飞燕说我们家东西都是真货，质量好。那女的说，我送人，也就是面子帐，还是要便宜货。别人家店里有好有次，你们为什么不进点便宜货？你听听，人家就提出要便宜的，货真不真都不要紧，纯属为了顾面子呗，里子根本不顾的！"

守顺一皱眉，"这样就有点不地道了。亲戚朋友之间来往，不能拿次货糊弄人，一次糊弄，两次糊弄，以后自然会生分。那样有什么意思？"他看了看墙上的挂历，"混一下就是初六了。"转脸对木棉说，"要不今晚弄顿饭，让几家都一起来坐坐？龙宝也叫过来？"

木棉点头说："初八雨生跟雪笋就要出去了，聚一聚也好。"

守顺让雨生去几个叔婶家说一下。雨生应得爽脆，先后去了二叔、三叔和四婶家，说好晚上都过来吃饭。都是家里人，一起吃顿饭，也是每年正月的惯例，大家都欣然答应。

去龙宝家，雨生异常兴奋。龙宝正在门前抡斧头将树段劈成柴片，雨生上前招呼："龙宝叔砍柴啊？"

"砍柴呢。这些树段也派不上大的用场，搁在院中容易腐烂，也碍事，还不如将它们都劈成柴火实用。"

"龙宝叔，您歇一会儿。我来劈一劈。"

龙宝笑笑，"好，你来试一试。"

雨生从龙宝手中接过斧头，劈了几下，将那个树段劈完，"您还有别的树段需要劈吗？"

"没了，该劈的都劈掉了。"龙宝将地上散落的柴片捡起来，码到院角落的柴棚里。雨生拿来扫帚，将院中的碎木屑扫到院角落的木屑堆里。

龙宝招呼雨生进屋坐，给雨生倒了杯茶。"雨生，什么时候要外出了吧？"

"初八。跟雪笋哥一道。今晚我二叔、三叔和四婶他们三家都到我家吃饭，龙宝叔也要过来添双筷子喝两盅。我爸妈说，难得正月有空，大家一起坐坐聊聊天。"

龙宝点头说："好！我这一辈子跟你爸最合得来，将你爸当成自家兄弟。晚上就过去凑凑热闹。"

"枣红没在家？"也不知怎么回事，一提枣红，雨生就心跳加快。

"唉，那孩子，自从弄了那么个工作，基本上就不怎么回来，

123

怕将阴气带回来，对我不吉利。我希望她换个工作，薪水少点就少点，好歹清清亮亮，她不乐意。我又跟她说，你舅舅都这么一大把年纪了，一辈子经历了多少不吉利的事，都习惯了。我说你还是不要想那么多，你还是回来，她也不愿意。我也没有办法。"

"枣红确实有自己的想法。"雨生接下来不知道该说什么好。

"现在社会上一些人对她从事的工作还是有偏见的，她自己也不愿跟别人交往，独来独往的，时间长了，也总不是事。"

"她自己要是放开才好。自己选择的工作，关别人什么事呢？再说，三百六十行，行行都要有人去做，只要肯下功夫，行行都能做好。"

"雨生，还是你开通，你这话说得不差！你要有时间，你不妨跟她聊一聊，帮我劝劝她。"

"没问题。"雨生笑笑说，"我跟她从小学一直同学到初中，只是初中毕业之后，各忙各的，很少交流了。我这边还没有她新的联系方式。稍后叔发我一下？"

"我现在就发你。"龙宝将枣红的微信名片发给了雨生。

"回头我加她一下。"雨生又跟龙宝聊了几句，起身说家中还有点事，"龙宝叔傍晚一定过来啊。"龙宝说，一定。

晚上，雨生家很热闹，该来的都来了。原先守泰说家里留一个人看店，守顺有点不悦，说几家合起来吃顿饭，一年一度的，难得。你说吃饭需要多大工夫？守泰说好好，大哥，我们都过去。他将家里的店门关了，前门后院都上锁，一家人齐齐地到大哥家赴宴。

门前的吊灯亮起来，屋里更是灯火通明，跟大年三十夜一样有团圆的温馨气氛。堂屋正中，一张转动的大圆桌旁坐满了人，桌上一圈一圈摆满各色菜肴，大都是雨生掌勺做出来的。大家吃得很合口味，都夸雨生厨艺了得，完全可以开家餐馆。雨生被夸得有点不好意思，说都是野路子做法，怎么敢去开餐馆呢？

二婶香玲说："雨生别谦虚，在城里开一家餐馆，一点问题都没有。"

四婶秋华打趣，"雨生开餐馆，四婶当店小二，二婶当收银员，保准生意兴隆，财源滚滚。"

守顺呵呵笑起来，"这么劳烦二婶和四婶，这面子也太大了啊！工资得双倍开才成。"

龙宝竖起拇指，"说归说，笑归笑，说真的，咱们这雨生文也能文，武也能武，在同龄人中，确实是难得的好苗子，日后哪个姑娘跟了他，可是有福气哟！"

守安说："雨生以前念书是有些淘气，如今确实变化大，很不错的一个小伙子！准能找个好姑娘。"

雪笋笑着看了一眼雨生，"雨生眼光高着呢。上回我们厂的刘老板介绍了一位姑娘，雨生愣是没看上。"

守泰说："找对象也不能太挑剔，差不多就行了。"

"还有这事？回来跟我和他爸压根儿就没提啊。"木棉嗔怪小儿子，"你有多少机密，瞒着你爸妈？"

飞燕撩撩额前的刘海，"谁叫大伯和大妈总是对雨生哥催婚呢？雨生哥是在地下悄悄谈女朋友，说不定下回就不声不响地给你们带回一个漂亮儿媳妇，让你们吃一惊！"

守顺眯眯笑着说："真要那样的话，那可是天大的好事呢。"

木棉笑得山响，"真要那样的话，我要放上两万响鞭炮迎接！"

雪笋的女儿小雪儿刚满两岁，听不懂大人说的话，有些蒙蒙的，见大家都在笑，她也跟着笑。她妈来宝见女儿笑得傻傻的，有点好笑，说："小雪儿你笑什么呀？"小雪儿眨眨黑亮亮的大眼睛说："妈妈你笑什么呀？"

龙宝笑说："这小雪儿，真是个小机灵鬼，难怪上回见你外婆，夸说是个小人精呢。"

大家边吃边聊，说说笑笑，前前后后吃了三个多小时，方才散席。

雨生帮母亲清洗碗筷，收拾厨房。守顺在堂屋扫地，隔房的父亲梅艺高在叫："顺，顺，顺！"

早在晚宴开席之前，守顺就早早地将父亲梅艺高喂饱了，和雨生一起给他换了纸尿裤，让他舒舒服服的，省得大家吃饭时他老叫唤。守顺猜定眼下父亲叫自己，是要自己给他按摩按摩，便搁了手中的扫帚，进隔房给父亲按摩一番，又给父亲喂了一点温开水，父亲一声不再吭了。守顺继续将堂屋的地扫干净。

雨生将厨房里的活儿弄完，坐下跟父母聊了一会儿天，父母的中心话题照例还是他的个人问题，他心下感觉有点腻味，就说爸妈也都累了，趁早休息好了。他自己洗漱洗漱，就到房间歇息。

一将房门关上，雨生才感觉真正属于自己的空间是这个不过十平方米的斗室。夜间的气温低，他干脆上床，偎着厚厚的棉被，坐在床头，将枕头竖起来当靠背，打开手机微信，给枣红发送了添加微信好友的请求。白天也想过要加她，但想到她或许忙，没有时间跟他聊天，晚上这时刻她应该比较闲吧。

请求发出之后，他有点心神不宁，就像上初中那段时间一样，他日里夜里脑子里都是她的身影，到教室上课，她就坐在他左侧的座位上，他却目不斜视，不敢看她，他觉得自己那时的感觉真是有些怪。

他要跟她聊什么呢？问问她过得怎么样？聊聊各自的现状？他突然意识到她的工作可能会妨碍他跟她之间畅快的聊天。龙宝叔说她喜欢独来独往，她会不会不愿意跟自己交往？

他不停地看手机，快十二点了，她那边始终没有通过他的请求，很明显，她不愿意添加他。他自然有些沮丧，上了趟厕所，脱了衣服，关了手机，熄了台灯，钻进被窝，告诫自己什么也不要想，想多了一点用没有，个人的事要靠机缘，还是踏踏实实地睡觉好了！

第七章　有事生非

正月初八那天，雨生和雪笋一起结伴坐火车去北京。雪笋事先约了一辆出租车，让雨生九点在村口的马路边等。

守顺想着小儿子这一走，差不多要到年关才回来，心下有点不舍。在村口等车时，他一再叮嘱小儿子在外要多注意身体，有什么事就多问问雪笋哥。雨生说："爸放心，我在外会照顾好自己。我不在家的时候，您和妈要多保重身体，妈脾气急，您也不要跟她计较。"

守顺瞅了瞅不远处守泰家的漂亮小洋楼，老伴正在那里面陪守泰的小姨子打麻将，他朝雨生笑微微地说："我哪会计较你妈呢？你妈现在脾气也改了好多，也不像以前那样跟我较劲。我们现在最惦记的是你个人的事。你也老大不小了，有合适的姑娘呢，就给自己号上一个。"

雨生皱眉笑笑，"爸，您以为是到集市上买果蔬？"

守顺正色地说："买果蔬怎么了？买果蔬也得先看好了，确定不错，才下手是不是？"

雨生说："果蔬可以随便挑，大活人能让你随便挑？"

守顺笑着说："那不就看你自己的本事了吗？你看你雪笋哥，不就将自己弄得很牛吗？好几个媒人都上门给他介绍姑娘，他挑了曹庄最标致的姑娘来宝，生的娃娃都比别人家的娃娃水灵。"

雨生说："来宝嫂子确实长得好。"掏出手机看了看时间，快九点了，还没见到出租车，雪笋哥也没见人影，怎么回事？拨通雪笋的手机，雪笋说，马上出门，出租车刚也联系过了，一会儿就到。

很快，雪笋拖着行李箱，背着双肩包，出现在守顺父子的视线里，他的身后跟着母亲秋华。秋华一见守顺，大声招呼："大哥也跟出来了？"

守顺笑着回应，"弟妹你不也跟出来了？"

到近前，雪笋喊大伯好，说："外面冷，我不让我妈来，她非得要来。"

秋华说："这一出门，弄不好要到腊月才能回来呢。"雪笋手机响了，一旁接听去了。

守顺慨叹，"在家千日好，出门一时难啊。"

雨生接过父亲的话茬，"现在坐车倒也方便，有火车，又有高铁。坐火车，车上睡上一个长夜，第二天早上也就到了。要是坐高铁，那就更快了，五六个时辰的光景，脚差不多也就落在家里了。"

秋华说："现在坐车的确是快。在外打工，怎么着也没有待在家里安逸啊。"

守顺说："那又有什么办法呢？待在家里安逸是安逸，但钱难挣啊，田地里种庄稼，累死累活不说，关键是挣不了多少钱，现在农药、化肥什么的开支不小，等将乱七八糟的各种开支都刨掉，剩下的也就出不了多少货，挣不了什么钱，日子就难过了。钱是好东西，钱就是人的胆子。我们年轻那阵子，成天就被箍在泥田地，大家伙儿一窝蜂地集体出工，集体干活，谁愿意真卖力呢？偷奸要滑的大有人在。除了挣点工分赚点口粮，钱是很难到手的。现在呢，倒有机会出去挣钱，也算很不错了。"

秋华连连点头，"大哥你说得没错。就说我家，要不是雪笋出去打工挣钱，保准现在还是翻不了身的。"

守顺说："你家雪笋真是很争气啊，你看这周遭出去打工的小伙子也不少，像雪笋这样争气的可不多哟。"

秋华目光落在自己儿子身上，眼里漾着笑，又转向雨生说："雨生也很不错嘛！做什么像什么，脑瓜子灵活，手脚也勤快。"

雨生笑说："比雪笋哥差远了。"

守顺说："要好好跟雪笋哥学学。"

出租车过来了。雪笋也接完了电话，和雨生将行李箱包放在后备厢里，跟两位长辈打过招呼，钻进车里，车一瞬间就开走了。

守顺和秋华各自将手笼在衣袖中，站在寒风里，目送出租车渐行渐远，在马路的拐弯处消失，两个人才转身往回走，边走边闲聊。

秋华说："大哥，我看雨生越来越稳实了。小伙子定能给大哥找个好儿媳妇。"

"这个，可是要靠缘分的哟，当然，更要靠自己的本事。就像你家雪笋那样，给你找了个百里挑一的好儿媳妇。"

秋华笑笑，"怎么说呢？长得是很耐看。"停了停说，"喜欢打扮，人要衣装，佛要金装。一早上起来，第一件事是坐在梳妆台前打扮自己，涂涂脂，抹抹粉，画画眉头，涂涂嘴唇，弄上大半天，我这边早饭早已做好，她还窝在房间里没出来。"

"哦，这样子的？催一催嘛。"

"催？又不好老是催哟，不是自己的亲生女儿，总还是有点隔阂的。要是我自己的女儿，我恐怕早就要说她了，我也不会等她一起吃饭，不惯她这习惯。对待儿媳妇跟对待女儿，还是要分彼此的。"

"现在这些年轻人，跟我们以往是不一样的。你看守泰家那飞燕，不也是这样吗？成天就晓得吃喝玩乐，穿衣打扮也讲究得很，说是农村小妹，要是让她站到城市的大街上，保准跟城市里的女孩儿没两样。"

"现在小妹子有几个不是这样的哟？一个个都是故作清高的调子。"秋华撇撇嘴，"过去姑娘家出阁，不都是围着锅台、场院和孩子转的？现在别说围锅台，围场院，就是能在家耐心地带带孩子，也都不错了。我家来宝也不愿在家待，年三十吃年夜饭，在饭桌上她就说想出去打工，雪笋不同意，说孩子还小，打工也辛苦。我也不想她出去，她爸妈也都是一样的想法。"

守顺感叹，"现在年轻人多半都是由着自己的性子的。"

前面是秋华的家，她的儿媳妇来宝打扮一新，正从家中往外推电动车。秋华问："小雪儿呢？"

来宝说："在兰花奶奶家玩耍呢，喜欢她家的小猫咪，看不够，都不愿意跟我回家。"冲守顺笑笑，"大伯，进屋喝点茶。"

"就不进屋了，稍后就回去。"守顺笑说，"你这是要出门呢？"

来宝嗯一声，"想去街上一趟。"

秋华问："中午回不回来吃饭？"

"看情况呢。您待一会儿去看看小雪儿啊。"来宝将头盔戴在头上，坐到车座上，冲守顺笑笑，"大伯，您多坐一会儿，我走了啊。"守顺说："你去忙。骑车小点心。"来宝笑笑点头，一踩油门，那车就突突着上了通往村外的水泥马路，很快就没了影。

秋华冲守顺摇摇头，"雪笋一走，她在家就待不住。小雪儿现在也有两岁了，会说会跑的，不用吃奶，也不用她抱她背，她出门也就自由了。"

"这是正月里嘛，也闲，随她到街上去耍耍。你也别管。"

"大哥，我哪能管呢？连雪笋我都不想管，年轻人有年轻人的活法。我只要家里和和气气的就好。"

守顺由衷地说："大家都晓得你是个贤惠人。"

"多一事不如少一事嘛。"

隐约传来孩子的哭声。秋华侧耳听听，"像是我家小雪儿在哭。"守顺催她赶紧去看看，他也该回去了。

秋华刚走到屋后，柳兰花抱着哭哭啼啼的小雪儿过来了。秋华满眼慈爱地看着自己的小孙女，"小雪儿怎么哭了？兰花奶奶抱着你你还哭呢？"

兰花笑笑说："小猫咪跑掉了，不跟她玩了，她就开始哭着要妈妈。"

秋华从兰花怀里抱过小雪儿，"妈妈一会儿就回来。"

兰花说："你家来宝不在家？"

"临时有事出去了。"

那天来宝中午没回家，打电话说是碰到老同学了，非得拉她一起坐坐，她也不好推托。秋华说，那老同学的面子你得给的嘛。一直到傍晚，来宝才回来，带了一箱牛奶和一箱水果，说是她老同学送的。秋华说，那太谢谢人家了！哪天让你老同学来家里吃饭。来宝淡然地说，那倒不用。

没过几天，来宝对婆婆提出想到镇上打工，她老同学新开的公司缺人手，想请她帮帮忙，也就上半天班，上午或下午，都可以，时间比较灵活，工资按全勤给，绝不亏待。打电话跟雪笋说，雪笋问具体做什么事务？来宝说这个还没说，应该不会复杂。我其实也不想去，但是老同学吧，这面子还得顾及一点。你要是真不同意，我也就不去了。雪笋思忖了一下，也还是同意了，说那你就去做做看，感觉不适合，就别做了，家里也不差你去挣这个钱。

来宝在她老同学的公司上了不到两周的班，就决定不去了，说太累了，心累。秋华也觉得儿媳妇不上班倒挺好，省得担心她，天天骑电动车万一有个闪失，那不就麻烦了嘛！

不上班闲在家里，来宝整个人像蔫了似的，成天没精打采的。秋华有些着急，问她是不是哪里不舒服，她也说不上来。大约一个月，来宝晨起呕吐，秋华心一动，莫非是有喜了？催促儿媳妇去医院查一下。

来宝嫌去医院麻烦，自己买了测试纸测试了一下，果真是两道杠，并不怎么开心，给母亲三贝打电话，说她不想现在要二胎。三贝劝她一定要将这个孩子生下来，给小雪儿做个伴多好。爸爸妈妈最遗憾的就是没有给你再生一个妹妹或弟弟，要是你姐姐来喜还活着，你们姊妹俩彼此照应，多好。来宝见又勾起母亲的伤心事，忙说，听妈妈的，这个二宝我肯定生下来，给小雪儿做伴。

秋华欣喜异常，第一时间给雪笋打电话，告诉他来宝有喜了，这也正合雪笋心意。自从老大小雪儿出世，雪笋就萌生要个二胎的意愿，不管是男孩还是女孩，他都高兴，好歹都是自己的亲生血脉。如果生个儿子，儿女成双，凑个"好"，当然更符合他的心理预期；如果生个女儿，两个小棉袄，怎么着都很不错，小棉袄多半比儿子更细心，更体贴，特别是以后到了晚年，小棉袄照顾自己的父母，比儿子贴心。

母亲秋华跟儿子的想法还是有点不一样，她日里夜里都认定小子稳山固水，闺女都是要外嫁的，嫁出去的姑娘，泼出去的水，生的娃娃不能姓梅，得跟别人姓。雪笋又是长房长子，她期盼着长房的长孙早点问世，至于她的小儿子和小女儿将来成家生儿还是生女，她反倒不关心了。自从大儿媳妇有喜之后，她稍有空闲就跑到七八里外的一个小观音庙里求签许愿，求菩萨保佑来宝能生出个带把儿的，也好让她遂愿。

上观音庙求签秋华是瞒着儿媳妇来宝的，唯恐来宝觉得她重男轻女，产生心理压力。来宝喜欢女儿，说男孩子太淘气，将来还要娶儿媳妇进门，怎么着也没有自己的小棉袄亲。对于来宝这话，她做婆婆的骨子里是极为认同的。她在来宝面前说话做事，就得要注意，话是想着说，事也是看着合适才做，她不能让儿媳妇对她有什么不满。但如果来宝是她的亲生女儿，她就没有必要这么小心翼翼。女儿的确比儿媳妇亲。

进庙求签这事秋华也不能让雪笋知晓。雪笋向来反对求签这种事，说那都是骗人的把戏，与其将钱扔到庙里，还不如送给马路上穷窘的乞丐，至少那是直接行善积德。雪笋还说现在的很多尼姑庵、和尚庙都按市场化经营了，和尚和尼姑都成了职业，削发剃度不过是走走形式，入了庵，进了庙，披上僧尼服，就是"出家人"，实际上，照样喝香的吃辣的，荤素全往自己肚子里塞。那功德箱里的香火钱多半成了他们的私钱。妈您怎么还要信这个？

秋华也觉得儿子说得头头是道，他也比自己有见识，但她还是忍不住要信观音菩萨，兴许就是为了求点心理安慰。她在观音庙里求的是上上签，庙里的小尼姑为她将签解了解，说她会如愿的。她由衷地心生欢喜。

说起来，观音庙里的小尼姑还跟雪笋比较要好的初中同学倪小匡同村，倪小匡曾经跟雪笋闲聊过观音庙里的一些人事。这个小观音庙原本只有一个老尼姑，这个小尼姑是老尼姑的亲侄女。老尼姑晚年身体有恙，一直念念不忘自己多年经营的小观音庙的存续，她身后将由谁来接手打理？她不放心将它交给外人，便在她的三个侄女中物色传人，大侄女和小侄女比较活泼精明，显然不适合当尼姑，二侄女倪二英老实憨厚，也最听话，她就认定了二英。但二英以沉默来应对她，分明是骨子里不愿意。老尼姑再三劝导二英，说你看这座小庙，就连着咱们家的屋基，它是咱们家的重要基业，断断不可荒废了！现在也只有你最适合接姑姑的班，你就当为我们家族考虑考虑，好不好？二英知道家里原本很穷，母亲生下弟弟，一年后就过世了，父亲是老实巴交的地道农民，只能在泥田里扒生活，收入极为有限。而姑姑主持的观音庙里香火钱很可观，成为整个家庭的重要收入来源。虽然二英哭得稀里哗啦的，但最终还是对姑姑点了头。姑姑怕二英反悔，第二天就为二英剃度。她给二英围上一块黑布，神情庄重，嘴里念叨着"你至诚心，祈请观世音菩萨，大悲加持"，举起剃刀给二英剃头。随着剃刀不断发出的"唰唰"声，二英的乌发大把大把地掉落在黑布上，很快，满头亮丽青丝变成了光秃秃的脑门子。姑姑又将二英的脑门前后左右地修理了一下，看着同自己一样有着标志性尼姑头的二侄女，她收起剃刀，微微笑了笑，如今二侄女终于成为自己名副其实的女弟子，她很满意地取下女弟子身上的黑布，用力抖了抖，乌亮的青丝落得满地都是。二英神情呆滞，脸上早已挂满泪水，她从此就成了法号慧静的小尼姑。她的身旁站着她的父亲、姐姐、妹妹和弟弟，他们的脸色凝重中带着一种释然，他们家族的基业总算能保住了！

有关观音庙小尼姑的出家缘由，秋华是不知晓的。她从小尼姑那边求得上上签，心情愉悦，不由得多看了几眼小尼姑，觉得这个小尼姑眉清目秀，如果能有满头黑发，一定也是个标致姑娘，她心下觉得有些遗憾，这样一个花骨朵儿一样的秀丽女孩子，怎么想到当尼姑了？以后一辈子就这样跟这些泥菩萨相伴？她骨子里还是希望这个姑娘在庙里待一段时间后能还俗，找个合适人家嫁了才好，那样一生才有靠山呢。

秋华回到家，将在观音庙求得的上上签供在自己房间的八仙桌上，她确信来宝一定能给她生个孙子。这种想法她却又埋在内心。来宝有时候试探着问她喜欢孙女还是喜欢孙子，她总是满不在乎地说，嘿，孙女也好，孙子也好，我都喜欢，都是我们梅家的血脉骨

133

肉。她每天变着花样给来宝做各种营养的吃食，让儿媳妇每天都开开心心。将近九个月一晃而过，来宝到了预产期，她跟亲家三贝夫妇一起将来宝送到县医院妇产科。

在来宝进产房前一周，雪笋打算请假回趟家，陪着来宝待产，但母亲和丈人丈母娘都建议他不必回来，马上也快到年关了，听说年关业务忙，赚得也多，忙完再回来也不迟。有了二胎，开支自然又大了一些，多挣点钱也是紧要的。雪笋厂子里的确也很繁忙，他们两个月前接了一个大单，合同规定要在过大年前必须交货。雪笋是厂里的业务骨干，他就算回家，充其量也只能待上两三天。权衡了一下，雪笋就放弃请假回家的打算。他估摸着来宝快生产了，就给母亲打电话，刚开口喊了一声"妈"，电话那边就传来母亲高亮畅快的声音："小笋子呀，妈正要给你打电话呢，来宝刚生了，白胖小子，像年画上的骑鱼娃娃，七斤二两，这下好啦，儿女双全，来宝肚子真争气哟！"

雪笋忙打断母亲，"小家伙看上去机灵不机灵？"

秋华笑得更响了，"比你小时候不晓得要机灵多少倍！一出生就睁眼，那小黑眼珠滴溜滴溜转，哎哟，真是叫人越看越欢喜，怎么看也看不够的！……我还给孙子取小名啦，我想这是小笋子的根儿呀，就叫笋根吧。"

雪笋没多大异议，好，笋根就笋根。这名字虽有点俗气，倒也还实在。

秋华又乐呵呵地说起给孙子筹办"三朝"喜酒的事，说完该说的，她还一再对儿子保证："家这边你就不要挂心啦，我现在哪儿也不去，就守着来宝和我的宝贝孙子。我会将月子里的来宝服侍得熨熨帖帖的，将宝贝孙子服侍得乖乖的一声不哭。"

雪笋说："妈，您和来宝成天围着二宝转，别冷落了小雪儿，让小雪儿不高兴。"

"小雪儿现在可喜欢小弟弟了，她喜欢守在弟弟身旁，别人过来看小弟弟，摸小弟弟的脸蛋，她都要关照别人，不要弄疼了小弟弟。"

"哦，我小雪儿真是个乖巧闺女!"雪笋说话都带着笑腔，"妈，您告诉小雪儿，爸回家要给她带个漂亮的洋娃娃!"

跟母亲通过电话，雪笋将手机往兜里一揣，干活更加来劲了。他的心田被一种叫希望的东西填得满满的。对于这个三十二岁的农村小伙子来说，这希望是实实在在的，就像栽在庭院里的桃杏，不需要怎么巴望，该开花的时候它就开花，该结果的时候它就结果。当初他跟来宝原本是陌生人，一朝认识了，彼此就有那么些意思，意思到家了，就住到一个屋里，睡到一张床上，不费多少工夫，聪明伶俐的女儿出世了，两三年之后，健康机灵的儿子又啪嗒落地了! 这一对儿女就像是老天赐给自己的最金贵的宝贝。雪笋深感自己书底子浅，能耐不够，但他好歹有个精湛的手艺，多赚些钱，好好培养女儿和儿子。他确信他的儿女将来会比自己有出息——兴许都是老板型的精明人物呢。

那天傍晚一收工，雪笋表现出从未有过的豪爽，邀上雨生和同车间的工友们，到附近一家很像样的酒馆痛痛快快地撮了一顿，差不多撮掉了他两个月的饭费。买单时，一向精打细算的他打着酒嗝，眼皮子眨都没眨一下。大家都觉得让雪笋太破费了。雪笋咧嘴一笑，"嘿! 瞧你们说的，人一生能有几回这样的爽快事? 花两个钱也是高兴的嘛! 从明天开始，我们要不要加班加点，争取早点将这单货做好，早点回家?"大家都一致表示赞同，毕竟一年到头在外，谁都想早点返乡。

晚上，躺到集体宿舍的单人床上，雪笋带着酒意做了一个怀抱儿子的美梦，翌晨一醒来，却又想自己真是有点烧包，头天晚上撮掉的钱的确有些多，其实可以给每人订一盒像样的盒饭，意思意思就行了，犯不着到饭店里去挥霍，那钱要是省下来，给儿子多买两袋奶粉多好!

之后的一些日子，雪笋和工友们都铆足劲保质保量地赶工，到腊月初，这个大单顺利交货，剩下都属于不用赶工的日常活计。雪笋决定提前回家，跟刘老板请了假。刘老板爽快地应允，随口问:

"雨生也跟你一起走吗?"雪笋说:"雨生要到年关厂里放假再回。"刘老板哦一声,笑笑说:"你是着急回家看你宝贝儿子吧?"雪笋笑笑点头。刘老板说很理解,还特意送给雪笋一个红包,说是给孩子的压岁钱。雪笋忙推辞,说您客气了。刘老板说:"这个你得收,钱不多,只是表表一点心意,也想给孩子图个吉利。"雪笋这才收下了。刘老板说:"年后你看情况,如果初八能过来更好;如果不能,过完元宵再过来也可以。"雪笋说:"我尽量争取初八过来。"

腊月初十,雪笋坐火车踏上返乡的路途。他坐的是唯一直达老家的火车专列,虽然行程时间有点长,但车票价格是高铁票价的三分之一,能节省三四百块钱,给孩子买点玩具,倒也不错。因为不是年前返乡高峰期,整个车厢也不拥挤,满车厢摇荡着熟悉而亲切的乡音,多少也能消解一点行程的疲劳。

坐在雪笋对面的原是带小孩的一对夫妻,上车没多久,男人就被人叫到别的车厢去甩扑克了。小孩三四岁的光景,很机灵,也很淘气,在过道里跑来跑去的,跑得腻味了,又在上下铺爬上爬下的,一刻也不消停。雪笋忍不住逗他,小家伙兴奋劲一上来,龇牙要往雪笋身上吐唾沫。女人虎脸说,再吐再吐?!看叔叔不打你!雪笋笑笑说,不碍事,不碍事。小家伙翻翻眼,从上铺溜下去,说找爸爸。女人拽不住,也追着儿子去了。

雪笋瞅着他们的身影,不由得又想起老家那红砖小楼房的女人和小人儿。那小人儿,长大是不是也像这孩子那样调皮呢?嗯,还有那模样,像爸,像妈,还是像爸也像妈?

车厢里有人兜售玩具,雪笋一口气将摇鼓、摇铃、小喇叭之类的小玩具买了七八个。翌日上午下火车出站,他看见火车站外的地摊上有些小玩具很有趣,又买了几个。他记得自己小时候,父母没有给他买过玩具,他只好玩泥巴玩土块。如今到自己儿子这里,就得变一变了。他要让他的儿子拥有一堆像样的玩具,他还想学城里人那样借助玩具来开发开发儿子的智力。

车窗外是一片晴雪世界,早晨绚丽的霞光将银色的雪镀得灿灿发亮。好几年都没见过这么好看的雪景了，瑞雪兆丰年，来年一定是个好年头。听母亲说过，他出生那年也是这样的大雪天，雪陆陆续续下了差不多一个月。那小人儿跟他到底是血脉相连，也选择在雪季出世呢。

雪笋愉快地下了火车。他还没来得及站稳，就有好几个中巴车售票员围了上来，扯他胳膊的，拉他箱包的，甚至揽他腰身的。乡间拉顾客热情得粗暴，全然不管顾客的感受。雪笋平日有点厌烦这类拉客，不过今天他一点不起躁，只是跺跺脚，声明："你们别生拉硬拽啦，我上梅园。"一个大块头大姐马上一运气，将雪笋拽了过去，往她的车上推，"大兄弟，我们就经过梅园，只差你一位。"

火车站离雪笋所在的梅园有三四十里路。车子在积雪的碎石子铺就的马路上小心翼翼地颠簸，约莫一个多钟头，总算到了村口。

"哦，小笋子呀！你可算回来了！"冷不丁一声铜锣腔，将刚进村口的雪笋吓了一跳，转脸一看，是抹着脂粉，梳着小细辫的老太太李麦苗，论辈分，他得喊她"奶奶"。

平素雪笋是有点看不惯被梅园人私下里戏称"老美女"的李麦苗，不过这次他倒是很高兴地叫了声"李奶奶好"，将手中的一袋子玩具往上提了提，"您有空来我家坐坐吧。"

李麦苗眯缝着细长眼，呵呵笑了两声，"着急回家看小子了？我说小笋子呀，你这福气真是不浅啦，这长年累月在外，还能生出个胖小子来哟。"

雪笋满门心思都在那个未曾见面的小人儿身上，并没有在意李麦苗的话，他笑着冲她扬扬手，转身急匆匆地往家赶。

很快，那幢三开间红瓦青砖的二层楼房呈现在雪笋的眼前。雪笋对自己的房子有一种说不出的亲切感。那是六年前他请乡间建筑队盖的。自从父亲猝逝后，他一直自个儿在外打拼，人们说"三十而立"，而他是"十六而立"，每年打工挣的钱，除了小部分供家里开支和弟弟妹妹念书，其余的他都自个儿攒着。从盖房子到结婚，基本上都是雪笋自己操持的，这一点始终让雪笋感到骄傲。如今，他的骄傲又添一层，那就是他既有女儿又有儿子了。眼下他的儿子正舒服地躺在襁褓中，被妻子抱着坐在门口晒太阳。

雪笋心底涌出浓浓的暖意，老远就扯着嗓子喊："来宝！"

来宝闻声抬头，一见分别多日的丈夫，欣喜地抱着孩子迎上来。

雪笋顾不得肩上的包滑到地上，搁了行李箱，乐颠颠地从妻子怀中抱过儿子，"来，宝贝儿子，呵呵，让爸爸抱抱。"襁褓里的儿子刚睡醒，张开小嘴，哼唧着打了个哈欠。雪笋乐了，伸出小指轻轻刮儿子的嫩鼻子，"呵！儿子呀，你还会打哈欠啦。看样子，你也是个小懒虫哟。"

来宝将包挎到雪笋的肩上，拎起那袋玩具，说买了这么多的玩具呀？雪笋美滋滋地说："给咱们的儿子玩呗。"他一手抱着儿子，一手拖着箱子，跟来宝说笑着进了家门。

雪笋环视堂屋，问："妈呢？小雪儿呢？"

"没多会儿还看见妈在家呢。小雪儿到外婆家去了。"来宝说着，将棉布鞋拿过来，"赶紧将皮鞋换了，别冻了脚。"

雪笋换完鞋，坐在暖桶里逗儿子玩。秋华拉着脸从外面进来。雪笋说："妈，我回来啦！"

"早就该回来了！"秋华没好气，"老怪货！"

雪笋有点纳闷，"妈，您这是跟谁生气呢？"

"跟谁？除了老美女那老怪货，还能跟谁！"

"李奶奶她对您怎么了？"雪笋问。

"什么狗屁的李奶奶！成天在外造我们的谣！"

"造什么谣呀？"雪笋不经意地问。

儿媳妇脸色有点发白了。秋华愤愤地说："她那茅草嘴能放出什么香屁来！她这是嫉妒我们家有孙女有孙子了，故意这么恶毒地对咱们！"烦躁地一摆手，"别理那老怪货！"

雪笋也知道老美女的秉性，她说的话十句恐怕只有两句是真的。老美女究竟在外面造什么谣，母亲不愿说，雪笋也不想去追究。

晚上，一家人吃完饭，在一起闲聊了一会儿，秋华回自己的厢房去了。屋里只有雪笋和妻儿，儿子也早早地被妻子奶饱睡着了。小两口先后洗了澡。以前冬季洗澡都在塑料浴罩里洗，去年秋季，雪笋让母亲找人将卫生间重新装修了一下，做了一个淋浴室，安装了照明、取暖与换气功能齐备的浴霸，卫生间的条件也差不多赶上城镇级别了，如今洗澡洗得很是舒爽。

两人在床上相拥着说些软话。雪笋毕竟跟妻子分别的时间长，如今回到家里，晚上夫妻生活自然是充满激情的。雪笋算得上是个守规矩的人。虽说他长年待在外面，夜里也难免想想女人，但从来都是熬着，没有做过什么出格的事。倒是他的某些工友，实在熬不住，瞅着机会就出去找找女人。他们有时也私下怂恿雪笋去，雪笋总是找借口婉拒了。作为男人，他也理解那些工友，总免不了善意地提醒他们：小心，别给警察逮着了。小心，别惹病回来。工友就善意地嘲笑他，胆小鬼！雪笋愿意做这样的胆小鬼，让他跟别的女人干那种事，是不大可能的。他很认可母亲经常说的一些话：十年修得同船渡，百年修得共枕眠。两个原本八竿子打不到一起的男女，能在一起搭帮过日子，那真是前世修来的缘分啊！雪笋认定夫妻之间必须彼此忠诚，来宝守规矩，他也必须守规矩。

雪笋跟妻子尽情亲热之后，刚穿好内衣，儿子醒了，哇哇地哭起来。雪笋跟妻子相视一笑，这小家伙，挺会掌握时间的嘛。

翌日，天气依然响晴，没有一丝风。一些村人就聚集在场外的太阳底下闲扯。雪笋抱着儿子出去扎堆。

柳兰花的外孙女玲秀夫妇带着儿子小茂来看外婆，也将刚满两岁的小茂抱出来凑热闹。玲秀看见雪笋，马上过来打招呼，"笋子哥回来啦。"腾出一只手来逗雪笋的儿子，"你这儿子长得够机灵的哟。"

雪笋呵呵一笑，"你的儿子也挺壮实的嘛。"

旁边一位老婆婆插话了："玲秀家的这孩子长得跟她家姑爷一个样，你看那眼，那眉，还有那嘴巴，没有不像的。一看就晓得是人家小姑爷的儿子。"她又扭头朝雪笋怀抱的儿子瞅了又瞅，"我说小侄子呀，你这孩子长得可就有点不一样了，一点不像你这做爸爸的。"这位婆婆平素爱说媒拉纤，脑瓜子也很活络，一见雪笋面露不悦，赶紧大声乐呵着说："小笋子呀，你这孩子虽不像你这当爸的，可长得还是像他妈。儿子像娘，长大福气无量！"

李麦苗过来了，干笑两声，拿腔作调地说："小笋子真有福气，一年到头在外，不费一点劲，大胖小子就生下来了。"玲秀拿胳膊肘使劲碰太奶奶，示意太奶奶不要多话。李麦苗从玲秀那里抱过小茂，亲亲小茂的小脸，"你这个小东西，怎么长得一点不像你妈！跟你爸是一张皮扒下来的，一看就是他的种！"

周围的人都跟着笑起来，雪笋总觉得他们笑得意味深长。李麦苗话里有话，傻瓜都听得出来！他的脸部有点抽搐，将儿子从左手换到右手抱着，又从右手换抱到左手，终于还是憋不住，直视着李麦苗，"你说这么多，是不是要说我这儿子不是我的种？"

李麦苗忙摆手，"哎哟哟，小笋子多心啦，你李奶奶可不敢这么说！是不是你自己的种，这事可不是别人说了算的，自己理应最清楚的嘛！"

雪笋厉声说："我儿子就是我的种！谁要背地里胡说，被我听到了，我非要砸破他家的饭锅！"

本来闹哄哄的现场一下子静下来。老婆婆点头应和雪笋："就是，这种事谁也不能胡说嘛！"李麦苗嘴角掠过一丝讥讽的笑，抱着玄外孙走开了。玲秀过来劝雪笋，说她太奶奶向来嘴没遮拦，劝雪笋别往心里去。她也转身尾随太奶奶李麦苗而去。

雪笋闷闷不乐地抱着孩子回到家。他锁眉盯着怀里的儿子，越盯越觉得儿子真不像是自己的根苗。儿子的身上，很难找出哪点跟自己相像的。他再寻思着妻子怀胎的日子，他是正月初八离的家。如果儿子真是自己的，那也是妻子在正月初七那天晚上跟他行房事后怀上的。可儿子是十一月二十一出生的，从怀胎到分娩不就只有十个月吗？妻子妊娠要十个多月？雪笋越寻思越痛苦，越寻思越怨恨。孩子被他撂在摇篮里，摇晃着两只小手不停地哭。雪笋像木头人一样，任凭孩子哭闹。

来宝在附近的菜园摘菜，听见孩子啼哭不休，扔了菜篮子回来，埋怨雪笋："你怎么弄的？孩子哭得那么凶，你也不去摇摇，哄哄他！"她要去抱儿子，准备喂奶。

雪笋扯树叶般地将妻子扯过来，冲她低吼："你跟我说清楚，这孩子到底是不是我的?!"

"你，什么意思？"来宝有些惊诧。

"你有没有背着我，跟别的男人鬼混过?!"

来宝低了低头，眼里含着泪，从他怀里挣脱开，抱起了孩子。

雪笋将孩子抢过来，扔进摇篮，揪住来宝的衣领，咬着牙颤声说："曹来宝，你今天必须跟我说实话！要不然，我跟你没完！"

来宝带着哭腔说："笋子，你不要听风就是雨！"

孩子哭得声音都有些嘶哑了，赶集回来的秋华小跑着进屋，斥责儿子儿媳妇："你们俩都是死人啦！让我宝贝孙子哭得这么可怜！"心疼地抱起孩子，将孩子塞到儿媳妇怀里，"让他吃几口奶，哄哄他！我跟你说过多少遍，不能让孩子哭得过头，那样容易生疝气的！"

来宝揩揩泪，抱着孩子到隔壁的房间去了。

秋华瞪着满脸怒气的儿子说："你发什么神经哟！来宝盼星星盼月亮，把你给盼回来了，你这才回来一天，就跟她吵架！有你这样的吗?!"

雪笋委屈万分，"妈，您不晓得！"

"我不晓得？我早就晓得了！不就是那老怪货在嚼舌根吗？你就当她在放臭屁！"

生性倔强的雪笋没吭气，恨恨地咬牙，拳头紧攥。

秋华瞧儿子一副凶煞模样，苦口婆心地劝说："小祖宗！外面的风言风语你也听信？来宝不是那种没规矩的人。你不好好想想，这事闹来闹去，有什么好处？那老怪货巴不得我们家不和。你再好好想想，平时来宝跟妈一起住，她干什么我都一清二楚，你是相信外人还是相信你妈？"老太太其实还想劝儿子：退一万步说，就算有点什么事，你也得往开处想。想当年，你舅舅不能生育，你外婆想办法（找人）让你舅妈怀了孩子，这不让你舅舅有后了吗？你舅舅不也想得开吗？她没敢这样劝，唯恐招惹儿子更大的火气，儿子向来觉得舅舅太软弱，一个大男人，怎么能一辈子都戴着绿帽子？简直太荒唐！

　　母亲的再三规劝，暂时让雪笋消了点火气，只是雪笋的心里依然有个小疙瘩。无风不起浪，李麦苗那老东西阴阳怪气地说三道四，总是有点什么由头的。

　　晚上，草草吃了点饭，来宝收拾衣物，她的脑子里晃着那让人心颤又让人无比懊悔的一幕，——那一幕本该跟自己的男人在一起才能有的，可男主角却不是她的男人！其实她并不是那种轻浮的女人，她晓得笋子对自己的好，她实在不应该做任何对不住笋子的事。可是那天在街上鬼使神差地碰到他，她曾经发誓要忘掉他的，可是当他站在她的面前，所有的过往情感却又鬼驱般地复苏了……她感到有些眩晕，不由得在床头靠了靠，待回了点神，继续收拾东西。

　　雪笋一个人闷坐在堂屋，他心里纠结着儿子的问题，为了将这个问题弄清楚，他的脑袋都快爆炸了。他记起去年曾从一位老乡那里听说有关亲子鉴定的一些情况。省医科大学附属医院能做亲子鉴定。只要在那里一鉴定，就能知道孩子是不是亲生的。

　　雪笋打定主意，走进卧室，看见妻子在收拾东西，更是恼怒，"你想回娘家是不是？想逃避是不是？明天带孩子跟我到省城去做亲子鉴定！"

　　来宝身子发了一下颤，继续埋头往旅行箱里搁东西。

　　雪笋将箱子踢到一边，吼道："听见没有？！"

　　来宝看了看脸部有些扭曲的丈夫，抽泣起来，"笋子，求求你，不要做什么鉴定，好不好？你想离婚就离婚吧，不要拿这个做借口。"

　　"少废话！"雪笋指着她，"我告诉你，明天去定了！"

　　似乎是受人阴郁情绪的感染，天变得有点反常，上午还是晴日，下午开始转阴，到了后半夜，竟簌簌地下起雪来，一直下到天明。

早上，打开大门，看着外面白晃晃的一片，一夜无眠的雪笋心里七上八下的。秋华在一旁小心翼翼地劝儿子："小笋子呀，你看这大雪天的，别再折腾了。啊？"雪笋冷着脸没搭话，进卧室拎起小皮包，催促来宝：磨蹭什么！还不走?!

来宝如闷声菩萨一般，经过一夜的思量，她已清楚自己的去处，既然错事已经做下，苦果也只有自己来吞。这样想想，她倒也横横心，雪笋坚决要做鉴定，也就随他去。无论如何，儿子是她的，她好歹有个依靠。

面对雪笋的再三催逼，来宝一声不吭地用厚厚的小被子将儿子裹得严严实实，还在儿子的被子里放了一个小暖壶。她抱着儿子，跟在雪笋身后深一脚浅一脚地出了门。

秋华追到门外，咬牙切齿地大骂儿子蠢猪，"你要将我的宝贝孙子弄出病来，我决不放过你的！"她越想越痛恨李麦苗，事端都是这个老怪货给挑起来的！那么大的岁数，说起来还是奶奶辈的，真是吃多了泥疙瘩撑得慌！她平日里还能隐忍着，这会儿实在忍不住，跑到李麦苗门前，破口大骂："老怪货，你给老娘听着！你在外面造谣生事，惹我儿子儿媳妇不和！老娘家里要是出点什么事，老怪货你脱不了干系！"

李麦苗拉开门，干笑着回敬："秋华，你在这里咋呼什么呢？别忘啦，家丑不可外扬喽！"

"黑心的老怪货，白活了那么大岁数，不得好死！"秋华气咻咻地从雪地里抠起一块黑石头，恶狠狠地朝李麦苗砸去。李麦苗慌忙关上门。黑石头砸在那有点斑驳的朱红大门上，砸出了一个难看的凹印。

柳兰花对婆婆李麦苗很是恼火，"照理说，你老人家这么大岁数了，做儿媳妇的不应该说你！你吃了这么多年的五谷杂粮，也不应该是白吃的吧？你当高辈老人也该像个高辈老人的样子！你多嘴多舌，招惹是非干什么?!弄得人家小两口不和，也难怪人家秋华发火，砸门撒气！"

李麦苗将自己关在房里，一声没吭。柳兰花一生气，中饭也没喊她出来吃。老太太肚子饿得不行，自个儿将玲秀带给她的营养麦片冲泡了三袋，哼哼唧唧地吃掉了。

秋华骂过李麦苗后，想到这突如其来的事端，有点六神无主。

守顺听说雪笋跟来宝闹纠纷，赶紧过来向秋华问个究竟，也是一个劲儿地叹气，"这腊月黄天的，马上就要过大年了，好端端的，非要弄出这么个事端！"

秋华余怒未消，"都是李麦苗那个老怪货嚼舌根，挑拨我儿子儿媳妇不和！她就是成心坏我们家的事！"

守顺叹息，"她那个人，唉，口德真是太差了！"

"不光是口德问题，是她心肠太黑！黑心人有什么好报？你看看她家都成什么样子了！她两个儿子哪个好？一个年纪轻轻就去见了阎王，一个发财了却要在外躲债躲得不晓得是死是活！"秋华越说越气，"我家雪笋那个货也是一根筋！那老怪货放臭屁，你骂她一顿出出气，不搭理她不就完了？你非得逼来宝去做亲子鉴定干什么！"

"年轻人气盛啊，哪里能忍受这种事？"

"万一鉴定个什么事出来，那可怎么好？大哥，这个家怕就要散了！"秋华声音溢着哭腔，"以前听人说过闰月年出生的孩子命硬，难道真的是小笋根命硬？"

"什么闰月年生的孩子命硬？那是胡说。你可不要信！你也别急。来宝也不是轻浮的人，应该没什么事的。"

秋华掏手帕揩揩泪眼，"唉，要是真没事就好。我家雪笋这个小要命的偏偏要折腾。鉴定真没事，怕是来宝又有事了，她能饶过他这个小要命的？"

"那倒也不会有太大的事，雪笋是个男子汉，就得拉下身段低声下气求求她，说说好话。"

"要是都像大哥说的这样，没事就好了！"

尽管大哥守顺在一旁说宽慰话，但秋华心里还是惴惴不安，结

144

果实在令人难以预料！她想不通李麦苗那个二百五为什么挑这种事？这种事一般人都不敢随便在外乱说的，为什么李麦苗就敢当众散播？还语气笃定地说是她家的家丑，莫非李麦苗真是从哪里抓了来宝的什么把柄？雪笋自从正月离家到北京家具厂上班，一直到腊月初才回，长年不在家。来宝那么年轻，也难保没有一点别的心思啊，她又是那么喜欢打扮自己，弄得漂漂亮亮的，骑个电动车上街跟什么人玩一玩，保不准不出一点岔子啊！秋华突然想起雪笋跟雨生一起到北京去的那天，来宝到街上玩，一直玩到傍晚才回来，说是跟老同学一起坐坐，后来又在她那个老同学开的公司干了两个礼拜，莫非，跟这个老同学有点什么瓜葛？秋华越想越后怕，如坐针毡，预感有大事临头。

她忍不住跟亲家三贝打了个电话，三贝一听，惊得说话都变调了："哪里来的这种事?！"她旁边的天乐赶紧抓过电话，问起究竟。

秋华大致说了事情的经过，一个劲叹气说："唉，亲家，我家那淘气的小笋子，死不听劝，非要去省城做什么鉴定！我都不晓得怎么搞才好了！"

三贝夫妇也是满心烦躁，这大过年的，弄出这么伤脑筋的事！这么大的事，来宝竟然跟他们都不通气，就带着孩子跟梅雪笋去了，去干吗?！"他梅雪笋这样待你，你还跟着去！你有没有自尊心?！大不了不在一起过日子！孬妹子！"三贝抹着眼泪骂起女儿。

"你也别急，咱们来宝有底气，要不然也不会去的。"天乐安慰三贝。

三贝越想越气，拨了女儿的手机，手机居然关机，又拨通梅雪笋的电话，不等对方说话，她就气恨恨地说："梅雪笋！大过年的，大雪天的，你整什么鬼事?！你折腾我们家来宝和奶娃，要是有什么好歹，我和来宝爸决不会放过你！"

雪笋那边始终没声响，她猜想梅雪笋也有些心虚，发了一通火后，挂断电话。

省城不是太远，一百五十多公里，平日里坐汽车两个多小时就能到。今天因为下雪，车速要慢很多。

雪笋带妻儿到省医科大学附属医院，已是吃午饭时间。表情冷漠的雪笋拿出事先买的面包递给妻子。妻子没有接面包，而是从自己的小背包里掏出一袋饼干吃起来。饼干还是前两天婆婆特意买给她夜间加餐用的。她本没什么食欲，为了能有奶水给儿子吃，她还是得吃点东西。

DNA 亲子鉴定是下午到医大附院的亲子鉴定中心做的。来这里做鉴定的除了雪笋一家，还有另外三家。这三家男人跟雪笋一样长年在外打工，妻子留守老家，做鉴定的目的，都是想证明孩子是不是亲生的。

负责做鉴定的是个女医生，性子比较直爽，随口问雪笋凭什么怀疑孩子不是亲生的。雪笋说外人就是这么议论的，而且他老婆怀孕的时间也不大对，人家十个月就生下孩子，她要十个多月。女医生说，延后一点时间也不是没可能的嘛。又叹息：你们这些男人啦，耳根子就是软，心底子就是浅！你要知道，你这么一鉴定，会伤你老婆的心的！雪笋没搭腔，心里像铺鸡窝的蓬草，乱糟糟的。

鉴定至少需要一周才能出结果。来宝一离开省城医院，抱着孩子搭车直接回娘家去了。那一刻，雪笋突然觉得心一下子空了。他一回到家，母亲劈头就骂他小鸡肠子，说人家抱养的孩子都养得好好的，就你这个孽种，非得闹得鸡飞狗跳的！母亲骂着骂着还哭起来，说老梅家又遭了什么报应，非要弄出这种事！雪笋一声不响，径自钻到房间闷头睡觉。

好不容易熬过一周，去医院取鉴定报告。雪笋心头的阴霾像被一阵爽风扫得一干二净。儿子是自己的！真的是自己的！

雪笋出了医院，坐车直奔丈母娘家，想将来宝和两个孩子接回来，被丈母娘三贝和丈人曹天乐一顿臭骂：梅雪笋，你说你是不是吃饱了撑得慌！没事闹事！我家来宝辛辛苦苦地给你生二宝，十月怀胎容易吗?!你长年在外，好不容易回来了，你是不是该好好体贴体贴她？你不但不体贴她，你还对她动粗，伤她的心！李麦苗那

146

个老东西是出了名的毒长舌，她胡说八道，你也听信?! 你有没有一点脑子啊?! ……

不管丈母娘老丈人怎么骂，雪笋都低眉顺眼地听着，等他们骂得差不多了，他就一个劲地赔不是，说爸妈实在对不起，我也是一时鬼迷心窍，犯糊涂了! 错怪来宝了，对不住她。请爸妈宽恕……

丈母丈人又轮番将雪笋狠狠数落，雪笋都唯唯诺诺着。丈母娘警告说，以后你要是再这样欺负我们来宝，我们可饶不过你! 丈人说，你这么对我女儿不放心，我看你出去打工，索性将她和孩子一起带上算了!

丈母丈人将女婿修理得差不多了，回头劝女儿带小雪儿姐弟跟雪笋回去，好歹看在两个孩子的分上，前嫌就不要计了，小日子还是要好好过的。

回来的路上，雪笋不住地在妻子耳边说软话，来宝始终默不作声。雪笋要抱孩子，她不让，但拗不过雪笋，只好由着他。雪笋抱过孩子，轻轻摇晃着，哼着不成调子的摇篮曲：呵呵，好宝宝要睡觉觉哟，好宝宝睡觉觉哟!

回到梅园，来宝躲到后厢房里，哭得梨花带雨的。鉴定结果实在是出乎她的意料，她不知道自己究竟哭什么，按理她应该感到庆幸才对。

孙子真的是自己的亲孙子，一点不假! 秋华端详着摇篮里熟睡的小人儿，喜极而泣。她想给儿媳妇弄点鸡蛋面，一进厨房，却又没头没脑地围着灶台转。她抹抹有点昏花的老眼，突然想起什么，抄起一根擀面杖和一个瓷质的洗菜盆，跑到外面的雪地里，边敲瓷盆边高声嚷嚷：你们这些爱嚼舌根的怪货，都给老娘听清喽! 我儿子带着我孙子去医院鉴定过了，我的孙子就是我的亲孙子! 日后要是有哪个老怪货再放臭屁熏人，老娘我不将她家的锅砸破了，不将她的臭嘴撕烂了，老娘我就枉做这个人!!

秋华声嘶力竭地叫嚷了一通，收起家什进后院。她看见儿子正站在柴垛旁，盯着院北角的一堆冷雪出神，说："小笋子呀，妈给你出气了。"

雪笋的目光不离冷雪，吁吁气说："妈，我想一开年就带来宝和笋根一起出去。小雪儿是搁家里陪伴您，还是我们一起带走？"

"妈始终将来宝当亲闺女看，你也是晓得的。你走后，我断不会苦着她跟笋根和小雪儿的。你说你要带来宝娘儿俩出去，那花销多大？你也得算算经济账喽。你一个人挣钱三个人花呢。那还不把你给累瘫！"

"妈，夫妻长年累月地一个在南，一个在北，总不是个事嘛。我就是苦点累点，也是情愿的。再说，来宝爸妈也是这个意思。"

秋华看着面容严肃的儿子，沉默了片刻，若有所思地点点头，"小雪儿，你们还是搁家里吧。自从笋根出世后，她晚上都是跟我睡的。你们到那边，每天晚上要打开手机视频，跟小雪儿说说话。"

"肯定每天开视频跟小雪儿说话。"

"还有，你们不能当小雪儿的面走，孩子会哭闹的，到时候我将小雪儿送到外婆家。"

大年好歹过得还算平和。正月十五一过，雪笋毫不犹豫地带着妻儿，别了母亲，汇入进城的打工潮。

秋华回到空荡荡的家中，心中有一种难言的失落，但转念一想，要是鉴定结果真有问题，以雪笋的脾性，他绝对会跟来宝离婚的，那这个家就破碎不堪了！她的心情又变得开豁起来。跟亲家三贝打电话，问小雪儿想不想奶奶？三贝说，想呢，要外婆将她送回家。秋华呵呵笑起来，说亲家母和亲家公明天就带着小雪儿一起过来，我给你们做啤酒烧鸡吃！三贝也应得爽脆，好！

那天中午，秋华特意请来宝山叔、树花婶娘和龙宝，叫来守顺、守泰、守安本家三兄弟，作陪天乐、三贝夫妇。妯娌木棉和香玲给她帮厨，整出满满一大桌子菜，席间谈天说地，聊东聊西，也很是适意。

第八章　清水湾（一）

正月一过，日子溜得实在快，一转眼便是阳春时节，柳绿桃红，草长莺飞，花香鸟语在暖风中飘悠，着实适合出游踏青。守顺没有那份闲情逸致，他比先前更加忙碌，忙过家里的事务，还要忙田地里的春播浇灌，其间还得抽空侍候父亲梅艺高吃喝拉撒。木棉比以往勤快不少，好歹还能伸手帮他一把。

接连忙碌了一些时日，田间地头的活儿差不多告一段落，守顺决定将父亲推出去晒晒太阳，之前老爷子说过好多次，想到外面看看。他给老爷子换上干净的成人纸尿裤，穿上宽松的保暖内裤，外加一件棉裤，上身套上保暖内衣和棉马甲。老爷子如同一个温顺的小孩子，任凭他摆布，嘴里还不停地嘟囔着说，出去，出去。

木棉将隔房的窗子打开，透透气。老爷子耸耸鼻子，有点兴奋，说他想去看看桃花甸。木棉说："桃花甸？怎么上去看啊？"

"桃花甸，桃花甸。"老爷子又念叨，"推，上去。"

木棉蹙眉说："轮椅推不上去。去清水湾看看还差不多。"

"清水湾？"老爷子想了想，终于想起他其实最想看的是清水湾，点点头，"清水湾。"

老爷子肥胖，身子重得像石磨一样，将他弄到轮椅上很是费劲，守顺一个人根本弄不动他。木棉一旁帮不上忙，她的右胳膊前两天脱臼，疼得很，大夫说至少要三周才能恢复，让她好好养养，不要使劲。说起来，也有点叫人恼火。那天早上木棉到后院放猪吃食，那成天就惦记着吃的畜生见了猪食槽，就迫不及待地往外冲，木棉回避不及，被它给磕绊了一下，打了个趔趄。旁边就是石凳子，要是脑袋磕到那上面，怕就出大问题了！木棉情急之下，一把抓住猪圈的铁栅门，胳膊肘死劲撑地，人没摔倒，胳膊肘受伤了。

木棉抚抚受伤的右胳膊，说让老二过来吧。守顺打电话给守泰，接电话的是飞燕，说她爸和她妈一大早就去城里，看望住院的小姨。木棉说，守安电话呢？打一下。守顺说，他不会来。木棉说，他为什么不来？他不也是儿子？守顺微微皱眉，说你小点声嘛。守安跟老爷子死对头，你又不是不晓得？木棉说，父子闹得那么僵，至于吗？对守顺发牢骚："你这老头子办事就不靠谱，昨晚就应该跟老二讲，这临时抓他，哪里抓到他人？"

守顺没接话茬，给龙宝打电话。龙宝正好要出门，直接过来了，他原本也是准备着来看看老爷子的。

守顺将放在堂屋一角的轮椅推进隔房，将轮椅斜向30度左右，靠近床沿，刹住双轮，翻起脚踏板。他半蹲在老爷子面前，双下肢分开，位于老爷子双腿两侧，双膝夹紧老爷子的双膝外侧，老爷子将头靠在他的肩上，龙宝半蹲着抱住老爷子的臀部，两个人合力将老爷子平放到轮椅上。木棉拿来毛巾毯盖在老爷子的身上，守顺又给老爷子套上护膝和绑腿，换上深帮子棉鞋，戴上四盖瓦帽子。"春捂秋冻，不生杂病。"这民谚可不是随便传的。虽是春季，还是让老爷子穿着保暖一点稳妥，要是着凉感冒，那就更费事了！

龙宝凑近老爷子耳边说："艺高叔舒服吧？"

老爷子微笑着颔首，咕噜着说："推我，去清水湾。"

龙宝说："清水湾，有一点路呢。"

木棉说："去什么清水湾呢？要不就在屋前屋后转转呗。"

老爷子鼓着嘴说："去清水湾。"

守顺说："好好，就去清水湾。"

木棉小声嘟囔："就像个喜欢耍性子的小孩子一样！在屋外晒晒太阳还不知足，非得要跑那地方，这不是折腾人么？"

守顺冲她努努嘴，示意她别再多话，要是老爷子听见了又不高兴了。木棉有点不屑地瞟一眼公公，小声咕哝："喊，还不高兴呢！将他这么尽心服侍，说两句都不能说！"老实说，她向来不喜欢公公，公公年轻时做的那些事让她从骨子里瞧不起，如今他年老了，动弹不得了，还时不时地耍老性子，也亏得是守顺好脾气，换成她有这样的糟渣父亲，她早就没好颜色对他。守顺总叹息，说他再怎么不好，总还是自己的父亲，有什么办法？想甩是甩不开的。木棉便没好气，说以前他还怀疑你们弟兄不是他亲生的呢！说得难听点，真不是东西！

守顺知道木棉烦公公，说："你不是说你要去趟镇上么？你就去呗，在街上转一转。"后面的话含在嘴里没说出来：你还是赶紧去吧，眼不见也就心不烦了。

龙宝说："也有一段时间没去清水湾了，我也想去转一转，正好陪陪艺高叔。"

守顺说好。有龙宝一起陪着，他心里更踏实。

太阳已越过门前的枣树。在龙宝的陪同下，守顺将轮椅推出家门，推到村东，从宝山叔家门前经过，本来想进去跟宝山叔打个招呼，正好宝山叔拿着钓鱼竿，提着小背篓从小院里出来。

守顺倾羡宝山叔不显老，八十六岁的老爷子了，耳聪目明的，连脊背都比他这个晚辈要直，脸上也没有老年斑，头发油亮，竟还夹杂着些许黑发。守顺不到五十岁时，头发就白了一半，如今六十多岁，头上黑发也找不到几根。像宝山叔这么大年纪的老人还有一头好发，也真是不多见。在很多梅园人眼里，宝山叔绝对是老寿星的风范。李麦苗那老婆子更是在背地里说宝山老头子是毛狗精怪出世，不像是土凡人！守顺想起自己的爷爷当年也同宝山叔一样神采奕奕，如果不出意外，爷爷肯定能活百岁。

守顺和龙宝跟宝山叔打招呼问好，宝山说："你们这是去哪里转转？"

"我父想去看看清水湾。宝山叔，您这是要出去钓鱼吧？"

宝山点点头说："嗯，出去混混日头。我也打算去清水湾钓鱼，正好一道去。"瞅着轮椅上的梅艺高，笑着说，"老伙计，你这倒好，弄个轮椅坐坐，可以偷懒不走路。"

梅艺高半闭着眼，抬抬眼皮，有点不满地嘟囔："你，笑话人呢！"

"我倒不是笑话你，你向来就懒，年轻时就不勤快。坐在麻将桌旁，整天整天地摸牌，也不动弹动弹。人这身子骨必须要时常活动活动，才有活力。你看你老不喜欢动弹，吃喝方面也不注意，胡吃海塞的，身子就会越来越重，身子一重，什么毛病都跟着来了！"

"宝山叔说得没错。我父的确是运动太少，喜欢吃油腻的东西，这么长期积累下来，自然就出问题。"

"乱说。"梅艺高嘴角下垂得很厉害，"摔的，倒霉罢了。"

"倒霉？也是你自己造成的。"宝山毫不客气地说，"我这么讲你也不要不高兴。我摔一下就没事，为什么你摔一下就出事了？就是因为你本来血压就有些高，血管有些堵塞。你血管堵塞，就是跟你不做事，不锻炼，吃喝习惯不好有关。说实在的，你也算走运的了，不是那种特别严重的，好歹治疗治疗，还能管点用。要不然，你脑子全坏掉了，口角歪斜，说话都含混不清的，弄不好，连一句话都不能说了！"

梅艺高闷着脸，不说话了。他跟宝山年纪相当，却是老态龙钟的衰残样子，这让他心里很不平衡，老天对他真是不公！

宝山也不再理会梅艺高，跟守顺和龙宝聊清水湾，说我这一辈子最惦记的就是清水湾。清水湾是我们这里的风水宝地啊，你们都还有印象吧？十几年前，这清水湾被糟蹋得不像样，本来清亮亮的水，都变得乌黑。想起那些日子，真不是人过的日子啊！

一路聊下来，当年的诸多人事历历在目。

守顺清晰地记得，那是个初夏的清晨，曙色初露，清水湾不少人家的烟囱开始冒炊烟，他刚上完茅厕，就听见李麦苗在隔壁骂人："没良心的狗东西！千刀杀的，短命死的！你们还要不要老娘活啊！"那时他家老宅跟李麦苗家和宝山叔家都是左邻右舍，两年后他家经济略有好转，加上守泰和守祥的大力支持，才择址另建新居。

其时，宝山叔也出来上茅厕，皱皱眉，这个老辫子歇两天没骂人就嘴痒。等他从茅厕里出来，李麦苗的骂声还没消停。他索性走

152

进李麦苗家的后院，守顺也跟了进去。宝山叔抗议说："李麦苗，你这个老鬼，这大清早，又发神经哪！"

李麦苗一见老邻居，咬牙切齿地指指地上横七竖八的雏鸡，口沫飞溅得更厉害："你看看，那些瘟尸的！那些烂肠子的！净害老娘——算鸡巴本事哟！"

平素李麦苗总标榜自己养鸡兴旺，声言城里的大儿媳妇小宋就喜欢她养的土鸡，土鸡营养，没污染，土鸡下的蛋呢，也强过饲养场的洋鸡蛋。在守顺的印象中，李麦苗每次意气风发地进城，不是送鸡便是送蛋，那鸡那蛋俨然成了她去大儿子瞿光宗家的通行证。这回没戏了，不管她怎么小心翼翼地圈养，稍不留神让鸡崽们溜出去啄了几口小阴沟里的黑水，就一个个蔫了，没多大工夫陆续去见阎王爷。这是下的哪门子毒药哟！李麦苗心疼不迭，气愤不已。从前有多少个年头，她家的鸡崽都是满山遍野放养，近些年就他娘的见鬼，什么东西都变毒了！

"你说，我该不该骂！"她直着两眼质问宝山。

宝山也直着两眼，咧咧嘴说："骂管用吗？你要骂也应该骂瞿光宗！你什么时候让瞿光宗不办那厂子了，什么时候就太平了！"

"这周遭有多少家厂子！又不是光宗一个人的厂子！你这老猴头会说话吗？"李麦苗颇不以为然。说起来，光宗并非李麦苗亲生儿子，他三岁时亲娘瞿小芬病逝，一年后，他的父亲梅明德续弦，李麦苗就成了他的继娘。光宗五岁多的时候，大弟弟梅为安出世了。瞿家大舅向来疼爱外甥光宗，怕李麦苗偏爱自己的亲生子而薄待他的外甥，以自家没有儿子为借口，向梅明德提出将光宗过继给他抚养，梅明德欣然允诺，光宗便到了大舅家，随了大舅姓瞿。大舅在世时，梅家和瞿家依然来往。李麦苗在外界也总是说光宗是她的大儿子，无奈隔层肚皮隔层山，她这个继娘对发达了的光宗来说，与外人无异，即便每回她送鸡鸭或鸡蛋之类的土特产到他家，他和妻子宋红也都不稀罕，多次提出让她不要再送这些东西了，但李麦苗总还是坚持要送。瞿光宗夫妇大概也厌烦了李麦苗，等李麦苗再去，他们就有意避开，只让家里雇用的老阿姨接待一下。尽管平素瞿光宗跟李麦苗关系并不亲近，但李麦苗在外场上还是要竭力向着他说话的。

宝山懒得再跟李麦苗打口水战，这娘们一张草嘴，说不出什么光溜的话来。他蓦然想起自家的菜园子，心绪不由得坏起来。近来雨水多，昨夜又来了一场大雨，沟渠里的污水漫得遍地都是。那水五毒俱全，凡是水漫之处，没有东西能幸免于难。李麦苗家的鸡崽们都被那水要了小命，田间地头的那些小秧苗不是更要遭殃？他得去后湾瞧瞧！守顺也跟着宝山叔到了后湾。

后湾有偌大的一片沙地。梅园很多人家的菜地都辟在这里。沙地算得上宝地，耕种起来省力，只消拿锄头在上面随便划拉划拉，下下种子，不用怎么侍候，到收获季节它就能出像样的东西。眼下，这些原本泛着鲜活灵气的菜地病恹恹的，绿菜苗全都萎蔫了！

宝山满脸灰釉，神情沮丧地坐在地头。瞅着不远处的清水湾，封存多年的老皇历不由自主地飘忽于他的眼前。他跟守顺叹息说："守顺，你还记不记得你小时候的生活？"

守顺不太明白宝山叔怎么突然说起这个，有点茫然，头也就似点非点。

"那时候点的是豆油灯，穿的是粗布褂，吃的是五谷糙米，出门靠的是两条腿，呼吸的空气可不是现在这样的，新鲜着呢！喝的是清亮亮、甜滋滋的'造化'水——比现在市面上出售的什么'纯净水'还要纯净！"

是啊，宝山叔这一说也引起守顺强烈的共鸣。当年的清水湾——这条长约几十里的内陆河道，本分地履行着人畜饮用、灌田溉地的功能。晴日无风时，它像一面天然大镜子，照出蓝天白云的素净模样。如今，清水湾被大大柱叫了，水是乌黑的，像一个阴森可怕的老妖婆往河里倾倒了黑色的毒汁。追究起来，这个"老妖婆"就是遍布在四围的化工厂、造纸厂之类的厂子。所有的厂子无一例外地将排污管伸向河道。其中最大的厂子是新远化工厂。那厂子原是国营的，后来搞什么改制，厂长瞿光宗将它归到自己的名下，牌子打得很大，叫什么光宗化工集团。宝山叔愤愤不平，祸害最大的就是瞿光宗的这个狗蛋集团！

　　不过，最初建这些厂子的时候，大家也没觉得有什么不妥，穷旮旯儿地能出肥皂、纸张之类的货色，到底有了揩油水的路子。守顺总记得，梅园一些人好占小便宜，时不时地从那些厂子里捞点"次品"或"废品"。尤其是跟自己一同进出学堂的梅为明家的日常家用几乎没花过钱。他父亲梅明德说，什么叫进步？这就叫进步。

　　宝山看着眼前乌黑的河水，跟守顺提及明德说的话，依然没好气，"明德那个老鬼当时还说什么进步。进步个屄！他儿子给他削尖脑袋搞进步！"

　　宝山正满心怨愤，龙宝过来了，苦着脸，说："宝山叔，守顺，你们看看这糟样子！"在守顺身旁坐下，扯着地上的衰草，咕噜着说："看来是白忙活了！"

　　宝山重重地一颔首，说："是白忙活了！唉，生在土旮旯儿地，又总得要种东西的。"他从裤兜里掏了盒皱巴巴的烟，嘴上衔一支，将烟盒伸向守顺和龙宝，说："来，都来烧一根。"

　　龙宝笑笑摆手。

　　守顺笑说："戒了两个礼拜了。"前段时间咳嗽，看大夫，大夫说烟要少抽，最好戒掉。老婆子得了圣旨一般，就勒令老头子必须戒烟，之前她是不喜欢他抽烟，他就避着她抽一抽，她没看见，也就没追究，如今不灵了，家里所有的烟都被她细细地搜了出来，其中她那新上门的外甥女婿带来的一条软盒中华，她直接给送到守泰家的百货店，兑回了营养麦片、桂圆干之类的食品，他也没得话说，老伴打心里是为自己好，他也要知好歹。

　　"守顺，你家那个柳木棉也真是个人物！烟抽了多少年，哪那么容易戒掉？"宝山笑着说，"都说抽烟对身体不好，也不能一概而论。你看你宝山叔抽了这么多年烟，肺部也没什么大毛病。这里告诉你一个诀窍，抽烟呢，吸了不要吞下去，含在嘴里，吧嗒吧嗒，从嘴里慢慢吐出去，要多喝茶水，哪会有什么事？"

　　守顺听了直点头。龙宝接过话茬说："宝山叔说得是，大概是这么回事。我平素也多是这么吸的。"

"你看你这个龙宝，你又不是不抽烟，刚才叔递烟给你，你摆手干吗呢？"宝山从烟盒里抽出一支，递给龙宝。龙宝忙又推辞，"宝山叔，该我递烟给您呢。"宝山将烟硬搁在他手中，"抽吧，没那么多讲究哟。"从兜里摸出打火机，给龙宝点上。龙宝微躬着背，接了火，吸了一两口，缓缓地往外吐。宝山笑着颔首，"嗯，就这样浅吸，不会有多大问题。"

龙宝看一眼守顺，"还是守顺好，戒掉了烟。烟还是不抽的好，再说，一年戒下来，要省不少票子呢。要是拿这些票子买鱼买肉，改善伙食，那也是顶划得来的事。"

宝山说："那是肯定的嘛。我家老婆子也是成天催我戒烟，她说抽烟的票子省下来，买糖果瓜子之类的零嘴吃吃，买新鲜肉煲汤喝多好。"

三个人并排坐在地头，说些拉拉杂杂的闲话，看看眼前横流的污水，叹息，发些牢骚。

不大会儿，李麦苗风风火火地来了。她看着自家萎落的菜园子，又是劈头盖脸地一顿乱骂。宝山冲她摆摆手，"老鬼，别在这儿骂，要骂你到瞿光宗那儿去骂，要不干脆到镇里去骂！"

清水湾周边的村民们曾多次到镇里反映，水被糟蹋得太不像样，人和牲畜不能喝不算，连浇灌庄稼都不得劲了。镇里管事的总是打哈哈，说这水的问题不是一句话就能解决得了的。镇里对这个问题很重视，一定要向上头反映，争取得到上头的支持。如此云云。弄到后来，大家都觉得那不是一帮干实事的家伙，指靠不得，背地里少不了发镇里管事的牢骚。李麦苗的牢骚又是最多的。只是宝山在大庭广众之下要她去骂继子瞿光宗和镇里管事的，倒让她有点不自在，她再怎么咒天骂地，也从来没敢真的去骂她的继子，更不敢去骂镇里管事的。她向来不在人前示弱，便很有气势地一跺脚，声称：皇帝老子我都敢骂！

几只绿头苍蝇在李麦苗眼前缠来绕去。李麦苗嫌恶它们沾染了污水沟腐臭气味，合掌胡乱拍了拍，叫骂：臭烘烘的讨厌鬼！又嘀咕说，没菜吃，得去镇上买了，又要让那些卖小菜的发毛财了！

宝山扭头冷冷瞟了她一眼，发现有绿头苍蝇竟叮到自己脸上，很气恼，直朝脸上一巴掌，灭了那臭苍蝇。

"真的就没有得力的人来治治这条河？"龙宝神情疲惫地仰视着天空游移的灰云丝，打了个长长的哈欠。昨夜他一宿都没怎么睡安稳。半夜三更，那该死的老鼠不知哪儿来的胆子犯浑，竟然钻到枣红的房间，在床头上窸窸窣窣，枣红被吵醒了，吓得大哭。他赶紧起床去枣红房间看个究竟，瞅见一只干瘦的老鼠蹿到房梁上，哄枣红，说老鼠被舅舅赶跑了，哄半天，好不容易将枣红哄住了哭。等枣红重新睡着了，他才回自己房间，上床眯瞪一会儿，又有野猫在他的窗下嚎叫，那叫声凄惨可怖，他怕枣红又被吵醒受惊，赶忙起床开门，将野猫赶走。夜色冥冥，有种难言的惆怅袭来，他再回房躺了一会儿，似睡非睡，天已渐渐亮堂起来。

"上下一根肠子通气哟！"宝山神色凝重。

"就算是上下一根肠子通气，咱们也要让他们通得不自在！"龙宝又打了个哈欠，使劲搓搓脸。守顺一旁微微颔首。

宝山看了看龙宝，点点头，眼里满是赞许。李麦苗一脸轻蔑，哼，说得多轻巧，有本事真"通"去呗！

不时有人来看菜园子，自然少不了一片抱怨。

"昨晚的那雨也实在有些大！天实在不作美！"

"倒不是天不作美，是人太坏了！黑着心放脏水！"

"这场子再这么弄下去，以后日子怎么过啊？"

……

大家正抱怨着，一辆颇为气派的黑色轿车急促驶来，到近前，车速也没怎么放慢。宝山认识这辆车，顿时满肚子火气，横眉往马路中间一站，那车子只得紧急刹住。车门摇下来，瞿光宗探出头，似笑非笑。

宝山点着他的鼻子，愤愤地说："昨天我就想去找你！净祸害本家！还人模狗样地坐着？你给我下来，下来！"

瞿光宗平素就有点怵宝山。这个老头子横竖不讲情面，不管你瞿光宗怎么有钱有身份，就算你额上贴着如来佛的金光宝牒，他照样拧脖子骂你个狗血淋头。谁叫你瞿光宗跟人家宝山是本家呢？宝山每次骂瞿光宗往往带上那句：你还牛什么牛？！我是看着你的小屁股蛋长大的！你的小屁股蛋上还长着个黑心样的胎记，我记得一毫不差！

如今宝山扯着嗓子一叫嚷，瞿光宗不得不下车，他推推眼镜，尴尬地笑笑说："叔，我是预备着听您骂的。您让我有什么法子呢？这河滩矮，一下雨，水就漫滩。老天不作美哟。"

宝山火气更旺，"别来对我扯三扯四的！前天半夜三更你们又在偷偷摸摸地放脏水，你赖得掉？你那处理废水脏东西的机子当摆设，糊弄人的是不是？！你们赚钱也得讲点规矩！"龙宝盯着瞿光宗，"哪能这样做呢？你也得顾及顾及别人吧！"人群中也有稀稀拉拉的附和声。

瞿光宗目光空洞，看看不远处颇有派头的乳白色厂房，抚抚梳得光油油的头发，"叔，唉，我也不想这样。我们那套机器不顶用，老坏。我这正在找人修呢。您看，自从我接管这个破厂子，这背呢——"拍了一下自己的脊背，"都让您给骂驼喽。"他掏出"小熊猫"，微躬着背，双手递一支给宝山。宝山晃晃手中的半截平头子香烟，背过身去。

瞿光宗的笑僵硬在嘴角，瞧瞧四围的人，都对自己冷眼相看，他吸吸鼻子，开始散烟。大家瞅瞅宝山，都推托不抽。瞿光宗白着脸，挤着笑容，瞅见人群中继娘李麦苗的身影，赶紧上前将烟递上去。李麦苗眯缝着细长眼，瞟瞟宝山，微笑着接了烟，高调声明："好歹光宗是本家的孩子，有话还是好好说嘛！"

瞿光宗马上掏出打火机，凑上前给李麦苗接了火，小声说："还是您大人大量。"李麦苗吸了两口，连说："味道不赖！"示意光宗再将烟挨圈儿散散。这回除了宝山、龙宝和守顺，其余人都伸手接了瞿光宗的"小熊猫"。

宝山不禁有些愤然，这个老婆子！老毛狗精！以前时常听她在背后骂瞿光宗不是东西，自己发达了，却对她像对外人一样！她好

158

歹名义上也是他的娘吧！背地里编排瞿光宗，一见瞿光宗的面，又是一副讨好卖乖的小样！还有她身旁的那一帮子人，哪个不是背地里痛骂光宗那毛小子缺德的？

宝山是不大清楚李麦苗心中的小九九的。上周李麦苗去镇上走亲戚，回来的途中碰见继子瞿光宗开着小车。瞿光宗一改以前对她的冷淡，主动热情地捎带了她一段路。李麦苗下车时，他送了她一瓶矿泉水，并且许诺：以后家里想喝矿泉水，就给他打电话，他会让人送上门的。那瓶矿泉水很快就被李麦苗喝个精光。李麦苗咂咂嘴，瞅瞅空空的矿泉水瓶，寻思：矿泉水呢，甜滋滋的。不愧是搁在店里卖的货。要是时常有这不花钱的水喝，也很划得来。

李麦苗念着继子送免费矿泉水的好，自然要替瞿光宗攒攒脸面，全然不顾折损宝山的自尊。宝山瞪了她两眼，又转向准备上车的瞿光宗骂道："你这个浑小子，别来搞这一套！你以为，你用几根臭烟，就能收大伙的心?！门都没有！"

李麦苗上前搡了搡宝山，"哎，哎，我说你这个老头子，凡事也得分着说，光宗给大家伙儿散烟，哪里不对呢？他是本家小辈呀，不应该来点人情物理？"转脸又数落龙宝和守顺，"我说龙宝、守顺呀，我们这场子的规矩你们又不是不懂！你们不是不抽烟，人家光宗递烟，你们不接，什么意思呢？摆架子？在人家跟前摆架子，你们摆得起呀？"

龙宝一扭脖子，呸的一声，"我就不稀罕他的烟！"

没等李麦苗发作骂龙宝，守顺马上接腔，"我戒烟了！你也别乱说人！"

李麦苗一跺脚，"真是不识好歹！守顺，你父可不像你这样！"

守顺嫌恶地扫了李麦苗一眼，懒得再搭她的腔。父亲梅艺高前两天到上海小弟守祥那里去了，他要是在今天这个现场，他保准也会接了瞿光宗的香烟。他跟李麦苗是一路的人。

宝山嫌李麦苗瞎咋呼，要她闭嘴。李麦苗毫不买账，叫嚷起来："老东西！（抬手抹抹自己的嘴）嘴长在老娘这里，老娘想说什么就说什么！关你老东西屁事！"要不是旁人拉劝，两人差点舞起手爪抡起巴掌来。

瞿光宗干笑着圆场，说："二老都消消气，都是我不好，都是我不好!"他扬扬手，疾步走向自己的"宝马"，拉开车门，迅速钻进去。"宝马"似乎早憋着一肚子火，"呜"的一声，在空敞的马路上飙起来，那车速，比起平日他的跑车来，还要快几分。

李麦苗骂骂咧咧地走了，众人都竖杆儿般地闷站片刻，也都各自回家。龙宝走了几步，回头看宝山蹲在老石墩旁抽闷烟，叫声"宝山叔"，"您还不走呀?"守顺也说："宝山叔，您早饭是不是还没吃呢? 该回家吃饭了。"说完也转身迈开了步子。

宝山这才哦了哦，扔了手头的香烟屁股，站起身回家。

宝山反背着手走进自家院落，家里的早饭已吃过，他瞅着碗筷狼藉的灶台，锅盖也就懒得去掀了。不用看，那锅一定见了底，树花十有八九将剩饭菜都倒进猪槽里。他懊丧地进后院，树花正在绷着脸喂猪。

宝山跟李麦苗闹纠纷的事早已传进树花耳里。树花最见不得老头子管别人的事，能说的，不能说的，都要去张嘴! 脖子都快围上黄土的人，还净顾着栽刺! 你就是将瞿光宗骂成干尸，能损他什么? 一根寒毛不损! 李麦苗天生一张茅草嘴，你又不是不晓得! 她说三道四，由着她说去! 这回跟她闹翻了脸，日后就是没事，她都会给你找点事的!

这些牢骚树花不发出来，都憋在心里。树花算得上梅园性子最闷的女人（年轻时候尤其如此），只要对男人稍有不满，就实行冷面战术，不但白日里给男人制造冷气，就连晚上睡觉都冷屁股相对。宝山最受不了女人这点。念着夫妻这么多年，他也练就一点忍性，摸摸干瘪的肚皮，一副谄媚样，冲老伴说："我还没吃呢。"

树花没搭理，手中的小木棍对准猪崽狠狠敲了一下。猪崽正忙着在猪槽里乱拱，受了女主人冷不丁的一击，"嗷"地一声跳起来，打翻猪槽，猪食弄得满地都是。树花咬牙切齿，满院子追打这个无辜的畜生。

宝山拧眉看着满脸狰狞的老婆子，吁一口闷气，准备上外头转转去。此时，儿媳妇兰心进了屋。

兰心对公公得罪瞿光宗也没好声气，不过她性子不同于婆婆，话篓向来不封："父，您今早怎么又跟瞿光宗过不去呢？人家也有人家的难处。再说了，这周遭又不是他一个厂子放脏水。"

"瞿光宗没责任?!"宝山狠狠剜了兰心一眼，"他的厂子是不是最大的？是不是离我们最近的？他是不是我们的本家？"

"人家姓瞿！"

"哼，跟着他舅改姓瞿，他的祖宗姓梅！他就是跑到天边云外，也还改不了他的祖宗八代姓梅！本家不照顾本家也就罢了，还猫着小腰暗害本家！天底下竟有这等混账的事！"

"反正，总不能将所有责任都推到人家光宗一个人头上嘛！"兰心昂头回敬公公。

"以前你可不是这态度！"宝山拍桌子吼道。

"您老人家是讲理的人！"兰心也不示弱地一跺脚，"您想想，这场子又不是您一个人过日子，您跟瞿光宗作对，有什么好处呢？我一说，您恐怕又要发脾气，您就是操碎了心，也是白搭呢！"

堂屋的电话响了。兰心冷脸径直进了内间。公公在旁，她从来都不主动接电话。宝山竭力忍住心头的气，抓起话筒，是孙女小萍打来的。小萍问了几句家里好，照例又说到自己找工作的事。

宝山带着怒气说："这事你还是跟你妈讲！挂掉（电话）再拨一遍！"他有意提高声调，目的是让兰心听见。

宝山暗自叹着气走出家门。小萍这丫头变得真不懂事！她想进市里，竟然提出让他这个当爷爷的去找瞿光宗，说瞿光宗在市里有路子。呸，什么路子？野得发毛的路子！

长长的田垄缓慢地被宝山甩在身后，他的肚子委实有点饿，可惜裤兜里没有钱，钱都被老婆子收进小匣子里。尽管如此，他还是不由自主地走向便利店。

便利店设在民生小学的旁边。以前校门外没有这种固定的店，每天晃悠着三三两两的零食摊贩。摊贩间为抢生意，少不了争吵乃至出手相斗。小孩子家好奇，都跑出去围观，以致上课铃响还不进教室。几年前，胡三畏一调到这里当校长，就决定改变学校周边乱设摊点的状况，索性以学校的名义开了一家小型百货店，挂了个"利民便利店"的招牌，坐店的是曹庄水灵灵的晚霞姑娘。

便利店不只有固定的小学生顾客群，又由于地处几个村的交叉地带，过往的人多，再加上晚霞姑娘热情大方，生意向来不错。

在晚霞姑娘笑盈盈的招呼下，宝山走进店里，他的目光直落在食品柜的面包上。晚霞一眼就看出老爷子要面包，便拿了一个递过去。

宝山一手接了面包，一手在裤兜里胡乱地摸了摸，满脸不自在，"真是，这人老记性不好，忘带钱喽。你给我记着账。"

晚霞照例是笑，"宝山叔，没关系的。"她了解老爷子的家事，八成又是他家的老奶奶怄气了，让老爷子没饭吃。

看着老爷子吃面包时的狼吞虎咽样，晚霞忍不住说起他早上骂瞿光宗的事，口气带有几分恭维，"宝山叔呀，也只有您敢那么骂呢。"

宝山长者姿态十足，"那东西，不骂他，他不晓得皮痒！我骂他，那是看得起他，他小时候那屁股蛋上有块黑黑的大胎记，我至今都记得一毫不差！"

正说着呢，李麦苗来了。

照宝山目下的心境，李麦苗的身影在他眼前最好不要闪现。这个老妖精，从梳着两条麻花辫过清水湾的小拱桥做梅明德的后继婆娘开始，她那张蛤蟆嘴就没歇过，"（抽烟、喝酒、打麻将）三张嘴下槽"。这臭娘们年轻时还不大规矩，放着家里的男人不好好侍候，喜欢跟别的汉子勾勾搭搭。家务活和农活她懒得干，像只蚂蚱四处窜，哪家有姑娘待字闺中的，有小伙子候着娶媳妇的，她一准窜去做红媒，除了吃喝，还能捞点好酒、好烟、好布料之类的"媒礼"。在外头明明张着笑脸，一进家门她那脸就变了，跟皇帝婆娘似的，总嫌梅明德干吃饭，窝囊，成天"懒剁手的""短命死的"骂个不休。梅明德也真应了她的咒骂，没过不惑之年就得急症守山头去了。家里的男人被她骂进了黄土，她那张茅草嘴也不收拾收拾，逮谁就说谁，连比她岁数还大的宝山她也照说不误。宝山在清明节那天给早已过世的母亲上坟，毕恭毕敬地跪着给九泉下的母亲叩头。李麦苗见了，咧咧嘴，一旁说风凉话："哟，都一大把年岁了，还这么孝顺，真是到了底啦，你那老娘呢，地底下定会保佑你长命不死哟！"

老妖精！宝山心里骂道，他沉着脸扭头就走。晚霞客套说："宝山叔，您慢走。"转脸笑迎李麦苗。李麦苗乜斜着宝山的身影，嫌恶说："老东西真不知好歹！"晚霞递过一根烟，说："您肚量大嘛，不要跟他一般见识就是了。"

她们的谈话宝山听得真切，只当两耳闭了气。他索性往镇上去，那里有几个摆地摊的老相识，这时节生意清淡，找他们打两圈麻将，也好消解心头的窝囊气。

宝山向来嗜好麻将，一上牌桌，他十有八九赢局。不过他不兴赌，只是将麻将作为农闲时的一种消遣方式，他赢了，也时常疏于收牌友的票子。据说这跟他家的家传有关。

当年宝山父亲梅从友是麻将高手，也兴玩不兴赌。外面曾一度盛传，梅从友在南京跑江湖时，曾陪蒋介石玩过麻将，老蒋对梅从友的牌艺牌德颇为赏识，曾派手下送以厚金，均被梅氏婉言谢绝。这些传言宝山以为不足信，他从六岁开始就没见过生父的身影。他记得母亲时常在家咒骂梅从友乌肠子乌心，一年到头在外面横尸，不顾家里孤儿寡母死活。幸好那时舅舅时常给点贴补，他和母亲才勉强度日。母亲是出了名的烈性子。父亲不在家的头两年，时有不三不四的男人晚间在窗下装猫叫学狼嚎，甚至有傍晚伺机钻进母亲卧房躲在马桶帘背后的，待母亲插上房门上床睡觉，那男人就幽灵一般地现身。母亲拼命跟他打斗，愤激之下抓过剪刀相威胁，色胆再大的男人也不会拿自己的性命开玩笑。打那之后，母亲就一再告诫日渐长大的儿子：你给娘记着，这世道就信一句话，软的怕硬的，硬的怕不要命的。遇事不要躲，越躲，那帮龟孙子就越上脸，他要将你欺负得不成人！母亲还守着一门心思，不识字总要吃哑巴亏的。她拼着心力将儿子送进私塾念了好几年书。宝山也确实多亏了当年的一点书底子，现在一般的人想拿文书之类的东西来糊弄他，那也是枉费心机。

往昔的很多事情宝山不曾记起，但母亲的那番告诫始终像刀刻石印一般，已过花甲之年的他，一忆起母亲，依然百感交集。

去镇上，宝山抄的是近路——沿着河堤慢慢地走。目光触及之处，尽是被糟蹋得不成样子的风水，这位六十多岁的老人不禁又愤愤然了：这还是人住的场子吗?!

以往这个季节走河堤，怎么走都很舒畅，满眼亮爽，水清亮，鱼虾也多，时不时有大胆的鱼儿蹦出水面，那白白的身子经阳光一照，发着让人动心的灿灿银光。每到农闲，宝山和庄里的汉子们就将心思撂在河里。很多人家还自制了简易的小渔船，从河里捞点水族去换点零用钱。早些时候，大伙儿多带着钓竿和渔网之类的渔具在河里捞鱼，往往一上午一下午地耗着。也不知从什么时候开始，捞鱼方式有了新"发明"，号称"迷魂阵"：在河里拿一些竹竿或木棍设固定区域，将丝网攀结在竿上或棍上，过往的鱼往往迷魂般地被丝网缠住，想挣脱都挣脱不了（丝网不是那种过于细密的网，小鱼苗不会被网住）。这种捞鱼方式很俭省，花点气力设好"迷魂阵"，隔一段时间，就可以优哉游哉地拿着鱼篓从丝网上取鱼。各家都设有"迷魂阵"，乡里人也还讲究规矩，不必担心自家"阵里"的鱼被别人偷取。每次取鱼，总是小有收获，三五斤不等，运气好的时候甚至能达十来斤。鱼儿的品种也不少，鲫鱼、鲤鱼、鲢鱼之类，有时候还能弄上一两只王八。不过呢，那时王八价钱远远不及鲫鱼高，没有今天这么金贵——现在都传王八能防治这病那病，一只王八能卖上几百块甚至上千块钱呢。

那时候河里的水族基本上都是野生繁殖，个儿虽不算大，但味道鲜美。宝山很喜欢吃鱼，每次他都要将捞来的鱼留下两三条，其余的让树花拿到集市上去卖。如今呢? 这河里从鱼爷爷到鱼孙子都没了影踪! 绝种了! 宝山痛惜不已。说起来，他多长时间都没沾鱼腥了。现在市面上那些鱼都是拿饲料喂出来的，肥油油倒是不假，吃起来味道总不地道。宝山嘴再馋，也不愿吃那种鱼。

风骤然而起，一股难闻的臭气袭来，宝山捂了捂鼻子，暗骂：狗日的！不由得加快了步子。

小镇在河的那边，不过两里开外，不消多大工夫就到了。宝山刚走下拱石小桥，就碰见表侄旺儿骑着三轮车，车肚子里塞满桶装矿泉水。两人搭了几句话，宝山听旺儿说往瞿光宗家送水，顿时肝火上升：那东西还晓得喝呢！你给他送什么水！

旺儿是个本分人，全仗着农闲送水挣点零用钱，他了解老姑爷的性子，也不争辩，苦笑着说："姑爷，今天活儿不少，这边送完，我还得去您那边，老板让我往李麦苗家也送一桶。"蹬了蹬三轮车，"姑爷，那我先走啦。"

目送着旺儿大虾米般的身影，宝山嘀咕，李麦苗也装作有钱，也买矿泉水喝？

平素几个老相识，宝山也只找到卖小菜的老王和隔壁卖水果的老郝。没见摆鞋摊的老曹。老王深深叹气，说老曹病了，胃癌，晚期。我这是听他儿子讲的，老曹自己还被蒙在鼓里哟。老郝说以前总听老曹说胃不好，总以为是胃炎，没想到是这种要命的病！

宝山原想着打牌消消闷，三缺一，牌没打成，听说老曹得了绝症，更加闷了。

三个老头子坐在一起扯"癌症"话题。现在一听得病的，怎么动不动就是癌症？以往哪有这名词？想想什么原因？现在吃的喝的，哪一样让人放心喽？虫祸重，想增加收成，种这种那的都得用农药和化肥。养家禽家畜，想着快点赚钱，用这饲料那饲料催肥，恨不得今天捉回来的是小猪秧，明天就是一头大肥猪。人吃下这些含化学（成分）的东西，肠胃能好吗？时间一长，毛病就出来了！

大家正扯着闲话，老王的菜摊旁来了位老太太。老太太的穿着格外扎眼，上身套那种带蝴蝶结的紫绒衣，下身着紫斑马条纹绒裤，脚上穿平跟紫色小马靴，一看就不是她自己的行头，八成是她孙女给淘汰的衣品。

"老姐，要点什么菜？"老王盯着老太太，热情招呼。

老太太说瞧瞧，双手捧起一棵大白菜，扒拉着菜叶看了看，放下了。老王说："老姐，你放心，我这菜专门从亲戚的小菜园上摘的，比那大棚菜要靠得住。"

老太太咕噜着说："现在哪样东西靠得住？"

"老姐，现在真要说呢，哪样都靠不住，除非将嘴巴封起来哟。"宝山接话。

"我说老姐，吃喝不能太讲究。"一旁老郝嘿嘿地笑，"我是不管三七二十一，什么东西都闭着眼睛吃！"

"你说得也是。长嘴巴，又不得不吃啊！"老太太叹息，"现在什么都出怪了！"她在菜摊上瞅来瞅去，挑来拣去，最终挑了一把芹菜、三四个马铃薯和几个生姜头。

"唉，这年头做什么都不大讲规矩！不出怪才怪呢。怕是你挑的这生姜呢，由地里生的都变成树上结的哟。"宝山感慨。

老太太走后，宝山跟老伙计接着扯闲话，扯来扯去，又扯上清水湾的水，大家没有不摇头叹息的。宝山说："现在不要提湾里的水，就是老井里的水，都叫人不敢喝了！那水烧开泡茶，绿茶给泡成黑茶了。"说着说着，他的声调不由得高起来，"你们不想想，这都是哪个给害的？"老王和老郝都很无奈，说又有什么法子呢？现在没人愿意管这事。宝山有些发急，"不愿意管也要管！"

老伙计说话直捅篓底。老王眯眯笑笑说，你的话管劲吗？老郝索性劝宝山，我们这些老家伙在世上还能待多久？管那么多干吗？

越往下聊，宝山越感扫兴。

不觉到了中饭时间。老王在县城工作的侄子碰巧路过。小伙子好客，主动提出请三位叔爷下馆子。宝山不愿意凑饭局，又拗不过小伙子的盛情，也就随着去了。

进的是迎客来饭馆。菜是老王侄子一口气点的，两素三荤一汤：辣椒炒胡萝卜片、土豆丝、红烧鲤鱼、馋香鸡、糖醋排骨和西红柿鸡蛋汤。小伙子因喝酒过敏，滴酒不沾，就让自家叔爷点酒。

老王也学侄子的直爽样，张口要了一瓶包装颇为精美的古井贡酒。

饭馆的老板是瞿光宗的小姨娘云花。宝山早就耳闻这个云花开店不规矩，听说她店里的菜大都是用那种地沟油炒出来的；不少酒水是自家制的：弄一点真酒，再兑上凉白开和酒精，找一个有正规牌子的瓶子精心包装一下，就当真酒卖了。

喝酒时，宝山不免有些警惕，他端起酒杯呷了一口，酒辣得有点怪，绝对是假酒，外界传言果然不虚。老王和老郝也有同感，只是他们跟云花比较熟，云花也时不时地从他们的摊上拿点小菜和水果，多少也照顾他们一点生意，老王和老郝自然要给她留个面子，也就窝在心中不说，酒杯里的酒也是泼泼洒洒，并没有真喝进肚子里。宝山心里的话窝不住，张嘴哈哈气，皱眉喊过云花，说："你这酒是不是有问题？喝着不对劲喽！"

云花擦过腮红的脸顿成茄色，扫了老王和老郝一眼，语气有些不屑，"两位大哥，喝出我这酒什么味道呢？"

老王对着酒瓶闻了闻，嘿了一声："什么味道？有点辣嘛，酒是不是都这味道？"

老郝吸吸鼻子，索性打马虎眼，说："我这两天有点感冒，舌头失了味觉，（感）觉不出来呢。"

云花这才冷眼对着宝山，"你这大哥，我估摸着你没沾过酒！"

宝山将酒杯往桌上重重地一搁，"要是味道正的酒，我一回能喝一斤！"

店里进了人，云花不再理会宝山，转身换了笑脸，张罗客人去了。

宝山闷坐了两分钟，索性撂了筷子，拍拍老王侄子的肩，说小伙子，让你破费了。也不跟老王和老郝打招呼，抽身就走。小伙子忙拉劝，说叔，酒您不想喝，饭总要吃的嘛。宝山见小伙子实心实意，就扯谎说自己肚子有些不舒服，谢了小伙子的人情。老王和老郝摇头，这老家伙，也真是！这满桌子的好菜，还没怎么动筷子呐！

等宝山一走，云花嗑着瓜子过来，吩咐小伙计往老郝他们桌上搁了一碟免费的花生米，开始抨击梅宝山：不会喝酒，还诬枉我家酒有问题！这老东西就喜欢挑刺，他老是跟我家姨侄子过不去！听说他早上又当众骂光宗。光宗也真是好人，就由得他去骂？吼上老东西几句，保准老东西没屁放！

小伙子暧昧地笑笑，并不搭腔。老郝和老王都点头称许，说你那姨侄子是什么人喽？领导那么大的一个厂子，不简单，人家有涵养呢。

第九章　清水湾（二）

那日离开迎客来饭馆，宝山心头如同塞满烂蓬蒿，堵得难受。他不时在心里嘀咕，太不像话了！假酒当真酒卖，还装作很正经！

脚下的青石路上脏乎乎的，不是碎纸屑就是烂果皮，再不就是废塑料袋，还有一些叫不上名字的废弃物。头顶的天，灰土土的，小瘟三一般，清水湾周遭所有人家的灶灰大概都漫到那上面，蔫不拉唧的太阳这阵子索性连面也不露。

宝山原有的饥饿感不知怎么的没了，肚子竟然胀鼓鼓的。他在镇上漫无目的地转了转，越转心里越烦闷，想自己到哪个地方都不爽快，不如回家歇着去。

在湾东口，宝山又撞见骑三轮车的表侄旺儿。旺儿刚刚给李麦苗送完水，见了宝山照例喊姑爷。宝山没应声，兀自走自己的路。宝山脑子里缠着一根筋，凡是跟瞿光宗和李麦苗有点瓜葛的，他一概懒得理会。

那阵子龙宝从民生小学附近的便利店出来，看见宝山，恭敬地叫宝山叔好。宝山马上开了笑颜。在梅园的一些小字辈当中，宝山最欣赏龙宝，这孩子心地善，性子刚，身子骨也正，从不巴结那些有钱有势的人，跟他属于一路人。他每每见到龙宝，都有一种天然的亲近感。

宝山看见龙宝手中拿着面包，便说："又是给小枣红买的吧？"

"嗯，孩子早餐吃得少，买点面包搁在书包里，让她课间填填肚子。要不然饿着肚子上课，将胃给饿坏了。"龙宝说着，从食品袋里拿出一个小面包，"宝山叔，您来尝一个，店里刚上的新货，味道应该很不错。"宝山也不推辞，接过面包吃起来，嗯，甜而不腻，绵软可口，味道委实不错！

宝山不禁感慨说："你这个舅舅对小枣红，恐怕比亲生爹妈还要细心。别人不说，就说我家兰心，在小萍、小刚小时候，她对他们兄妹也都是粗枝大叶的，孩子吃也罢，不吃也罢，她才不往心里去。"

"不能这样比的，宝山叔，兰心教育孩子，有她的教育方式。再说，她也忙，哪里顾得过来呢？"

"小枣红也多亏你这个舅舅照顾，要不然，孩子孤苦伶仃的，多可怜。你这个舅舅为了小枣红，真是巴心到了家。你宝山叔说话也是直来直去的，其实呢，你还是应该找个人成个家，枣红大了，总归是要出阁的，到时候又落得你一个人孤单单的。"

"一个人也习惯了。"龙宝见宝山叔几口就将面包吃掉，看出他有点饿，又拿了一个面包，"宝山叔，再来一个。"宝山忙摆手，"不吃了，留着给小枣红吃哟。"

"还有嘛。"龙宝硬是将面包塞到宝山叔手中。宝山推辞了一下，还是接过来吃掉了。

正值下午放学时分，从民生小学的大门里拥出一帮孩子，呼啦呼啦，像一群从笼子里被放飞的家鸽子。

枣红到了龙宝跟前，愁眉苦脸的样子。宝山笑笑说："被老师罚站了？"枣红眼泪快掉下来，偎到舅舅怀里，连说头晕。龙宝摸摸她的头，脸上满是忧虑，说："最近小丫头老这样，带她上镇医院查过，又查不出什么毛病。"

宝山摇头，"镇医院那水平，你又不是不晓得？你还是带她上大医院再查查。这么小的黄瓜秧儿，不能有半点闪失呢！"无意间一抬眼，宝山瞧见胡三畏骑着摩托从小学大门那边过来，冲三畏朗声说："出门呢？"

三畏边应声边用脚支停了摩托，看了看枣红，"哟，还在舅舅怀里撒娇呢？"龙宝解释："胡校长，小丫头头晕。"

三畏摘了头盔，轻轻叹口气，"有好多孩子都说头晕。你闻闻这空气的味道，哪有不头晕的道理？近日他们又偷偷排污水了，教室里所有门窗都关上，都关不了那难闻的气味，孩子们只有捂着鼻子上课。这样下去，孩子们的身体哪能不受影响？"

宝山说："三畏呀，我们都是大老粗，你是文化人，懂的道理多。大伙儿还仗着你多出出点子。"

三畏笑笑，"宝山叔，您这是抬举我呢。说实在的，点子不点子，都不重要。只要长眼的人来这里瞧一瞧，都能瞧出问题来。又有谁愿意诚心为我们解决呢？"

宝山鼓气说："一帮吃皇粮不干实事的东西！"

上次清水湾一带的村民们联名反映水污染问题，直接传到省里有关部门。这主意是三畏出的，陈诉书是三畏写的，一些直接呈现污染恶果的图片也是三畏实地拍摄的。三畏做幕后策划，却又是宝山的意思。宝山往民生小学校长办公室跑了好几回，这个年轻的师范毕业生终于满口承应下来。宝山说，三畏呀，我晓得这事担着责任，我跟大家都合计好了，决不连累你。你好歹是吃商品粮的，我们得保着你的饭碗。由我们这些泥腿子出头，谅他们也不敢将我们怎么的！三畏说，宝山叔，其实呢，就算他们晓得是我主事，给我穿小鞋，我也不怕！

宝山相信三畏说的也是老实话。这土旮旯地很难留得住人。稍有后门的或头脑精明的教师，都想着法子给自己安翅膀往城里飞。三畏虽没有过硬的后台，但也算有能耐的主子。按李麦苗的说法，他是瞧上了晚霞姑娘，才耐住性子待下来的。水灵灵的晚霞姑娘保准让三畏在这里落户。龙宝并不相信李麦苗的推断，说晚霞的眼光是往外瞄的，她跟三畏好，是指望着三畏将她带出去的呢。李麦苗跟龙宝为三畏跟晚霞的事争辩，宝山在旁不想掺和，甩甩手走了，他觉得为这事争辩真没意思，谁不晓得水都是往低处流，人都是往高处走的？前几年他支持妹妹让外甥女念那费钱的民办大学，也就是这个出发点。再说那瞿光宗，不就是从低处走向高处的例子？他原先也是个乡下穷小子，中考考进了中专学校，三干两干地做了国营企业的厂长，前些年不知搞的什么名堂，那厂子改成瞿光宗自己的化工集团了。听三畏说，上面就指望这个集团多纳税。哪个头头上台，都要想方设法地扶持这个集团。

　　宝山原先对联名反映抱有很大希望。不只是他，梅园、曹庄等清水湾沿线一带村庄的人，除了李麦苗，大都积极响应。他丝毫不差地记得，就连大字不识的老堂嫂也扯着嗓子冲他喊，宝山，你帮我画个押！他将印盒往她面前一搁，说按个手印就成啦。老堂嫂没说二话，照办了。可他不曾料到，联名反映最终也没落个实质性的结果。据知情人说，那厚厚的陈诉书后来被打回市里了，省里的头头对市里指示要予以"严肃处理"，市里的头头又将"严肃处理"的批示甩给县里。到了县里，再重头的戏充其量走走过场，不要指望着能演出什么门道来。

　　对于这次宝山提出要向上反映水污染的问题，胡三畏明显没了昔日的热情。他正四处活动，想调往县城。

　　晚霞成天在三畏耳边吹风，清水湾这地方待着迟早让人身上长癌，你没看这周遭一个一个走掉的十有八九都是癌症？自从跟三畏相识以来，这种话晚霞说过多遍。不过，三畏向来笃信"生死由天命"，晚霞的规劝并没有起到多大成效。三畏有三畏的想法，在民生小学能稳坐第一把交椅，到县城，他不过是个小卒子。指使人总比被人指使要强。只是前一阵子形势有些变化，晚霞说她好像有问题了。三畏当时正思忖着如何应付县教委的评估检查，一时脑子没转过来，什么问题？晚霞嗔笑着捶了他一下，指指自己的肚子。三畏这才醒悟，你说怎么办？晚霞的嘴巴噘起来，问你呢！三畏头低了低，半晌下了决心，说那找个日子，咱俩把事情办了吧。

　　那年五一长假，三畏做了新郎官，样子没多大改变。晚霞呢，俨然一副准母亲的姿态，成天捧着优生优育之类的书看，只是她越看越胆战心惊，按那书上的说法，她将来生养的孩子不是畸形也是半痴！清水湾这一带的空气、水、土产，实在够不上产优良品种的条件。何况她这肚子里的种还是她跟三畏稀里糊涂下的。跟三畏商议了半天，晚霞咬咬牙，去医院做掉了这个孩子。之后，她强烈要求三畏带她离开这个生她养她二十四年的鬼地方。她跟三畏什么也不扯，只扯孩子，说就算你不为自己着想，不为我着想，你也得为你的根苗着想！三畏权衡来权衡去，最终决定挪挪自己的窝，目标锁定县里头号王牌小学——城关实验小学。毕竟不能老死清水湾这片区域。路子都是人走出来的，他还年轻，进县城好好混上几年，一定也能混出个样儿来。

三畏对民生小学已有了离弃之心，宝山对此并不知晓。他总以为三畏跟自己一样，对上次联名反映白忙活很扫兴，他该抚慰抚慰人家小伙子才对，"三畏呀，上回也确实让你费心劳神了，大家都记在心里呢。"

三畏说："唉，宝山叔，费心劳神谈不上，这水问题不解决，往后的日子怎么过？我是有些担心这事。"

宝山气愤难平，"我就不信这事没个解决的时候！"

三畏怔了怔，"宝山叔，您的意思？"

"我天天去坐镇政府！"宝山兴味盎然，"我年轻时为着工分的事就这么坐过一回，当时没坐几分钟，政法委书记就出面了，给生产队长摇了一个电话，那个牛烘烘的东西乖乖地将我的工分给补上了！"三畏暗笑，陈八年的烂芝麻。

"再说上回村里选举搞鬼名堂，我上了一回镇政府，结果呢？"宝山很有派头地一抡胳膊，"还不是把事情给扳正了？"

三畏又想笑，谁不晓得县里换了个新领导？这位新领导上任三把火，这周遭村干部选举都少不了搞歪门邪道，老百姓意见很大。新领导为了端正风气，自然抓一抓这码事。看宝山老头子这架势，还真以为是他自己有能耐呢。三畏想要是直接拿硬话捅他，他一定不舒服，也就说得很委婉："宝山叔，论年龄呢，我是您的晚辈，我不该插嘴。您想过没有，现在跟以往那时候是不是不一样了？事情变复杂啦。您掂量掂量，这是不是您一个人的事？大家的事，牵扯到方方面面。何况呢，污染也不是我们这一块儿，到处都是呢。您大概没听说，现在连南极洲、北冰洋的动物身上都发现了毒素，毒素怎么来的？就是污染太严重了呗！"

"污染也真是没法说的！"龙宝一旁帮腔。

"那照你们这么一说，咱们就由着这污染，也都中毒去？"宝山目光黯淡。

"哪能由着呢！我们还要过日子！"龙宝赶紧声明。

三畏正想跟宝山继续解释，手机响了，他忙不迭地避到一边接听，"您好！刘主任，那事真给您添了很大麻烦。……您晚上有别的安排吗？……好，好，好！太感谢您了，刘主任！……回头见！"

三畏接电话时，宝山一直认真瞅着。在他的印象中，三畏从来都是笑无遮掩的，不过今天三畏的笑中却是包藏别的东西——究竟什么东西？宝山又说不出来。

打完电话，三畏看了看宝山，有点歉意地说："宝山叔，我有事，不能陪您聊啦。"宝山朝三畏扬扬手说："你忙你的吧。"

三畏一踩摩托油门，冲宝山和龙宝笑笑说："走啦！"话没断音，那摩托"呜"的一声狂奔出去，像一只注射了兴奋剂的大狼狗。宝山拧起眉头，这小子，也变得烧包了！忍不住扯开喉咙警告：小点心！摩托早已在前面的转弯处没了影儿。

如果宝山知道三畏为了进城关实验小学，忙着去跟县教委刘主任巩固关系，那三畏给他的一贯好感顷刻间会丧失殆尽。宝山生平有一大偏见，走后门的没有一个好东西。单是这一点，就够招惹树花对他的不满。想当年儿子小建念高中，那阵儿都兴推荐上大学，小建样样都够格，只差他这做老子的去给人家说说好话，烧点香。可他死活不肯去，还蠢头蠢脑地在外面放话：拉关系念大学算什么能耐？我儿子靠自己本事吃饭！一件好事，硬是让这个老猴精给搅黄了！后来只要一提起往昔，树花就浑身起火，哼，你儿子有能耐？那么大岁数的人，还在外长年给人家打长工！宝山辩解，还不照样吃饭？树花愤愤地说，呸，你儿子吃的是什么饭？累死累活的糟糠饭！

照梅园很多人的看法，宝山是一根肠子通到底的。他跟胡三畏说要天天去坐镇政府，他说到，还真就要做到。外人背地里少不了说宝山老头子脑子有病。这种话传进树花的耳里，这个死要面子的老婆子无地自容，她不能再憋闷了，她得制止老头子干那种没头脑的蠢事！

儿媳妇兰心回娘家歇夜去了，树花骂老头子也就少了顾忌。晚饭一吃，关上门，她就开始对老头子轰炮：你这个老猴精！真是越活越腻烦！你成天操心那不上斤不上两的事做什么？你以为你是孙猴子？孙猴子再牛，也翻不过如来佛的手掌心！……你别再给我到处耍疯，丢人！

宝山原本是学昔日老婆子那套风范，闷着不说话，只顾拧着脖子看《新闻联播》，他对老婆子很不屑，老娘们懂什么，瞎咋呼！可他一听到"耍疯丢人"，有些难以忍受：臭老婆子！动不动就往"丢人"上扯！他真想扇老婆子一嘴巴，终究还是忍住了，现在比不得年轻时候，老婆子一把老骨头，实在消受不起他的老拳的。

宝山隐忍着，看完《新闻联播》，拉门走了出去。他上龙宝家，跟龙宝扯了一会儿闲话，见龙宝家的小丫头哈欠连天，就抽身出来，在湾里又没情没绪地转了一圈，这才踩着银白色的月光回家，准备脱衣服睡觉。老婆子那张脸依然像抹了灶灰的老丝瓜，那嘴俨如上满膛的机关枪，失了控制，又对着他扫射不停。宝山心一横，提了提裤子，转到隔壁孙子小刚的空床上去睡。

第二天早上，老两口实行冷战。宝山坚决不吃树花做的饭，他趁老婆子去菜园摘菜，悄悄地从老婆子放零花钱的小匣子里拿了些毛票。

宝山打算去便利店买面包。便利店的门还没开，他不免嘀咕，晚霞这姑娘自从结婚之后，明显没有以前勤快哟。往常六点半，她就起来开门营业，打扫店里的卫生。这都七点多了，还关门闭户的。宝山大概不知道，晚霞最近并不爱住店里，她早就寻思着到县城找地方上班了。昨晚，她陪三畏在城关大酒店，请县教委主任刘洪峰一干人吃饭。在刘主任的再三怂恿下，本来戒酒的她多喝了几杯，一晚上翻肠倒肚，到现在还赖在被窝里呢。

宝山的早餐是到镇上的早点摊上解决的。大概这两天没好好吃饭的缘故，宝山一口气喝了一碗绿豆稀饭，吃了一个鸡蛋、四根油条和两屉小笼包子。填饱了肚皮，他抹抹嘴，便去镇政府。

宝山一踏进镇政府的大门，传达室的钱老头干笑着说："又来反映问题啦？要是我，就不揽这种事，吃力不讨好。"压低声音说，"你不晓得，你一来，他们就头疼呢。不过，有的时候，你还是得给人家一点面子。"宝山正色地说："那也得要看他们给不给我面子！"钱老头咂咂嘴，"嘿，真有你的！"

每次宝山进镇政府，钱老头几乎都要叽叽啦啦地说一番，宝山懒得听。终究不是一路人，扯什么都扯不出多大名堂。宝山甩甩胳膊，朝大门里走。钱老头猛地想起什么，追上前，拽住宝山，说："老伙计，你还是改天再进吧！今天那里面要开会呢。"

"那正好哇！"宝山不觉有点兴奋。钱老头拽住他不放。

"搞什么机密？"宝山努着两眼，有点厌烦。

"上回你为你那里村干部选举的事，在镇里闹腾，让镇长和书记难堪，事后王秘书剋了我一通，怪我为什么放你进来。"钱老头一脸为难。

"真是怪了！"宝山冷笑，"这不是我们老百姓的政府吗？怎么可能不让我们老百姓进？"话撂到这里，宝山特意扯开嗓门，"王秘书再要说你，你就跟他说——"

钱老头忙不迭地扯着宝山的衣角，小声制止："我的老哥，你别再咋呼好不好？我还想在这儿混饭吃呢！"

宝山推开钱老头，继续咋呼："我梅宝山是人民群众大老粗，有意见我来说道说道，就让镇长书记难堪了？"

王秘书就在附近的办公室里，他听得真真切切，只是不露头而已。他对宝山老头子很反感，上回要不是这老头子从中搅和，他的老交情鲁小山那村长当了也就当了。这年月，村干部选举搞点小动作（私下给各户选民塞张票子，送几包好烟），有什么值得大惊小怪的？这个老头子却以为是出了天大的怪事，到镇里反映不说，扬言还要搞到县里甚至搞到市里！贾头（镇长贾云山）和甄头（镇书记甄胜利）也就那个胆，担心这事捅上去，影响他们的前程，最终对糟老头子做了妥协。这事弄得他这个小秘书里外不是人！当初鲁小山托他送的贵重物品贾头和甄头的家属也都磨叨着收了，贾头

176

和甄头会不知晓？老头子闹腾的时候，贾头和甄头又批评他作为堂堂的镇办公室秘书，不应该纵容鲁小山贿选，说鲁小山经营着清水湾的一片沙场，赚了不少昧心钱，群众原本就有意见呢。还有鲁小山那边，当村长的事黄了之后，少不了埋怨他办事不得力，毕竟自己也得了老交情的不少好处。

王秘书想自己还真没见过这样的糟老头子，成天为着什么村选、污染之类的事死缠不休的，像是有精神病。可大家又拿他没法子，总不能叫派出所的人收拾他吧？老家伙还自学了一点法律，这法那法他也懂一点。再说，他也六十多岁了，对他动粗，万一出事，闹起来，也不好收拾。难怪贾头和甄头都想着法子避着老家伙呢，自己这个做秘书的更要离他远远的！

今天镇里要开"乡镇企业交流会"。被奉为座上宾的是光宗化工集团老总瞿光宗。瞿光宗原本就不大情愿参加这种交流会，在他的眼里，这些乡镇企业全都是乌合之众，成不了什么气候。无奈贾云山和甄胜利都三番五次地盛情邀请，把他的手机都快打爆了，说一定请他给大家传授传授企业经营之道，他要总推说自己忙，不大合适，索性给贾、甄他们一个面子。

宝山往镇政府大院里走的时候，瞿光宗的车刚好到大门口。他那四只眼到底管劲，稍一抬头就瞥见宝山老头子，下意识地将车往后倒了倒，他想这个老头子要是看见他，肯定又要让他出洋相。瞿光宗正犹豫间，市环保局局长老曹来了电话，说小瞿呀，据可靠情报，这几天上面有人要来暗访。你当点心，那套（处理污废的）家伙，你该用的时候还是要用一用。

那边电话一挂，瞿光宗不慌不忙地用手机遥控厂办秘书。

对于环保方面的检查，瞿光宗一般都很从容，老曹他们总是第一时间提醒自己。这种事说起来，表面上是他受到了莫大的关照，其实归根结底还是牵扯到地方政府的收益问题，他瞿光宗的集团算得上纳税大户呢。他也清楚，真要正儿八经地讲环保，他的厂子真够得上关闭的档次。如果严格按有关环保规定，那些生产中弄出来的污水废气在排放之前就该好好处理处理，只是"处理处理"的耗

177

费太大了！前几年拗不过社会舆论（也为了应付上头的环保检查），咬着牙置办了全套污废处理设备，耗资不少，那钱如同打水漂——一点不响喽。如果这些设备天天正儿八经地开起来，长年累月的，那耗费也不是一笔小数目，他的厂子还挣不挣钱呢？想当初企业转制时，他费尽心机，花了几千万拿下这个实际资产两亿多的厂子，为的是什么？还不是多赚！现在商场如战场，赚钱不容易。一大帮员工的薪水、各种名目的社会捐款、指定的税收、拜佛烧香钱等等，开销大得没法说哟！他得想办法多赚，还得想办法节缩开支。宝山老头子不理解他瞿光宗的苦衷，一见面就骂他乌心。他是不大服气的，相比某些同行，他还算有点良心，至少他还搞点社会公益，比如他捐款为贫困山区建了两所希望小学呢。

当宝山老头子走向镇政府的会议厅，瞿光宗将车掉过头，给镇长贾云山打个电话，推说上面环保局要来检查，实在抱歉得很，他得回去应付应付。

贾镇长除了表示无限遗憾之外，也无话可说。他自己在会议上先解释瞿总有特殊情况不能与会，然后跟书记甄胜利轮番说几句希望，发几句号召。会议草草结束，弄得下面的那些厂长经理很不得劲儿，他们谁都不是闲人，手头都有这事那事等着要去处理，为了配合镇政府，也希望能从交流会上得到一点启发，他们都临时调整工作安排，紧赶着跑来开会，结果是这般光景，纯属耗费宝贵的时间！

宝山原先打算等瞿光宗坐上台，会议正经地开一会儿，他再上去逮着这小子和书记镇长说事，没料到瞿光宗没露面，会议开得水漂漂的，说的净是虚话、废话。会议一散场，宝山就找镇长和书记交涉水污染的事，不想碰了满脸的灰。

甄书记像个闷声泥菩萨，索性连哼哈也免了，任凭宝山撵兔子般地追喊，他只顾捧着茶杯，避瘟疫般地快步走出会场，在走廊的拐角处，鬼摄般地消了影踪。

贾镇长矮胖，步速稍慢了点，被宝山逮住。贾镇长这回也不含糊，说："哎呀，老人家，您为这事那事跑镇里，将您的腿都给跑断了，我们跟您也不晓得表过多少次态嘛！该我们管的，我们一定会管！上次您跑到镇里反映您那边村选有人玩花招，我们管了没有？管了吧！人家鲁小山不就被下了嘛！"

宝山说："鲁小山那事还算让人服！人民政府就得为人民办事，顺人心。现在这水的事，你们也得想想法子。都说县官不如现管，那些厂子都设在我们这地盘上，你们要不闻不问，就讲不过去！"

"您老人家也是见过世面的嘛！您提的这事，还真叫我们没法子！"镇长晃晃肥硕的脑袋，万般无奈的样子，"这关闭人家的厂子，让这河水变清？您讲讲看，哪个有这么大的本事？我们能量真是太小，太小哦！"

"哼！你们就会踢皮球！"宝山憋着气。

"老人家，您要说我们踢皮球，委实冤枉我们啦。您想想看，我们是不是在这场子过日子？我们不想这场子空气好？不想我们喝的、吃的都没问题？"说着，镇长抓住老头子骨瘦如柴的手，语气异常诚恳，"您这么大岁数，不辞劳苦地跑冤枉路，真的让我们心里有些过意不去啊！"

镇长一副弥勒佛模样，说话语速极快，宝山想插话都插不进去。这个弥勒佛觉得自己将该说的都说了，便以去县里开会为由，扭着屁股一走了之，将宝山像老抹布一样晾在一边。

交涉没有任何结果，宝山只得悻悻地离开镇政府。他出大楼门房时，钱老头凑过来小声问："搞出什么名堂了呢？"钱老头看着宝山灰着脸没言语，料定宝山白费劲，便恢复平常声腔，"老哥，还是在家歇着好哟。"宝山充耳不闻。

在通往河堤的拱石小桥上，宝山听见有人在身后脆生生地叫爷爷，回头一看，是孙女小萍，有点惊诧，"小萍，这又不是放假时候，你书不念，跑回来做什么？"

小萍说："现在实习呢，我再三考虑，干脆去光宗叔那里的财务科实习算了。我妈也是这个意思。到时候再托他在市里找找人，工作的事是不是就要顺一点？"

179

宝山瞅着自己的孙女，这丫头什么时候也学着她妈那一套圆滑了？孙女那染得雌黄雌黄的短头发这阵子分外刺他的眼，"头发是怎么回事?!"他突然喝道。

小萍觉得爷爷脾气发得莫名其妙，她上次回家头发就这样，不免有点委屈，撇撇嘴，小声辩解："爷爷，头发没怎么样嘛。"

"哪个厂子不能去，非要去瞿光宗的化工厂?!"

"我妈说了，他好歹算是我们本家。本家有话好说些嘛。"

"本家？他从来没把我们当本家！他本来姓梅，可外面大场上他姓的是瞿!"

小萍没敢再吱声，跟着爷爷上了河堤。

在堤上，宝山指着乌黑的河水，情绪又激动起来，"你看看，你看看！这都是瞿光宗那帮人的厂子弄的！那帮人乌肠子乌心，成天钻在钱眼里，不守一点规矩！在他们那里，生姜都变成树上结的了!"

爷爷清癯的脸上满是忧愤，原先笔挺的脊背明显有点佝偻。小萍看着爷爷，突然生出一些怜悯。她也听奶奶和母亲对自己发过爷爷的牢骚，说爷爷总为着这种不着边际的事白操心。对于爷爷的这种"白操心"，她不晓得自己是该同情，还是该反对。像爷爷这样上了年纪的老人，应该心平气和地享享清福才是。她内心希望能给爷爷一点安慰，她当然是表示赞成他的观点，"爷爷，那些人确实也太自私了！再怎么想赚钱，也要考虑考虑别人嘛。"

宝山的眼里顿时闪过几丝亮光，说："小萍，你这话可是说到要害上啦！"到底有了倾诉的对象，老人家的话匣子一下子全开了：我不晓得到底还有没有人来管这种事？你晓得爷爷今天到镇上做什么吗？我为这事找镇长书记，没人愿意搭理！上回搞个联名反映——还是直接反映到省里，也白搭！要是就这么让它污染下去，这场子还是人住的场子吗？

小萍说："爷爷，您也别急，上面不有专门管环境污染问题的吗？他们总得要管的。"

宝山说："这话也是虚的。天晓得什么时候能管这事！兴许他们原本就是走过场的！他们根本不了解下面的实际样子!"

小萍猛然想起一位同学在网上发帖子宣传老家的山寨风光（图片附以适当的文字说明），反响还不小。她想自己是不是也可以效仿？将老家污染的实情在网上公布出来，影响肯定也很大的，影响一大，肯定能引起有关部门的关注。这个脑瓜素来很活络的女孩子一脸兴奋地说出自己的计划，宝山将信将疑，"真的管用?"小萍言之凿凿，"当然管用!"

那天回到家里，宝山破例开了点笑颜。树花和兰心都以为小萍回来了，老头子才难得有这副好嘴脸，好歹小萍自小就得他疼爱。

对于小萍到瞿光宗的厂子里去实习，宝山依然老大不满意，只是这事由不得他。老婆子和儿媳妇的腔调一致强硬，叫他只顾吃自己的闲饭，不要管闲事；儿子小建和孙子小刚特意打来电话，劝说他老人家要多顾及顾及小萍的前程；在北京某大学教书的表侄也在电话里对他渲染在城里找合意的工作很不容易，小萍找工作他那边也帮不上忙；甚至小萍的外公外婆来串门也向他现身说法，说做老人的最好装聋作哑，小辈的事一概不要管，那样才不讨人嫌呢。

宝山成天闷着，茶饭无味，睡觉不香。小萍有意讨爷爷的欢心，拍了不少河水污染的图片，搁在宝山的眼皮底下。宝山却没多大兴趣，上回胡三畏不也拍了一摞照片，管什么用？小萍说，这些照片要是贴在网上，保准有影响呢。

宝山到底还算清醒，要是看的人不上心呢？他套用那贾镇长的话，要是看的人没能量呢？那不也白搭！小萍坚持说会有影响的。宝山看着孙女认真的模样，抹了抹昏花的眼，嘴角露出几丝僵硬的笑，说小萍，哄你爷爷呢!

那年整个夏季，宝山都很阴郁不快。特别是堂侄守平的意外亡故，让他格外痛惜，伤感。守平对任何人都巴心巴意，从不来半点虚的，也因此吃了不少哑巴亏，当年李麦苗就送他"老实徒"的外号。李麦苗家一有重活，就将他叫过去。等他活儿一干完，李麦苗轻飘飘地夸赞几句：多亏你哟，你这个老实的大好人，日后总是能

181

得好报的哟。

宝山每每一想起李麦苗当年对守平的那些夸赞，就替守平难过，这么壮年就突遭不测，"好报"什么！

说来也真是令人唏嘘不已。那是仲夏的一个黄昏，天突降大暴雨，狂风大作，守平家附近一根早已有裂痕的水泥电线杆被吹歪了，也没有人注意到本来就有些老化的电线被吹断，拖到地下。暴雨一直下到天黑，地面的积水没过人的脚踝。那两天，秋华娘家堂叔自建厨房，守平过去帮工，在堂叔家吃过晚饭，坐着聊了一会儿天，等雨稍微小点再动身。他从堂叔手中接过帆布伞，又接过堂婶递过来的手电筒，跟他们寒暄了几句，就出了门，堂叔堂婶在他身后嘱咐说路上小点心。路上满是积水，守平举着雨伞，打着手电，小心翼翼地走在回家的路上，走到电线杆旁边，万万没有料到积水中会有一股强大的电流将他击倒……

守平猝逝让大家深感震惊和痛惜，他的大哥守顺半天都没有缓过神来，等意识到四弟确实走掉了，禁不住涕泪横流。妻子秋华更是感觉塌了半边天，在守平的灵床前撕心裂肺地号哭，三个未成年的儿女更是哭得凄凄惨惨。宝山作为守平的堂叔，也是痛心不已，忍着泪劝慰秋华要节哀，和守顺兄弟们一起帮着秋华料理守平的善后事宜。

守平的丧葬按乡间的老规矩办，其中最重要的一项，是请土道师念经超度守平亡灵。超度仪式之前，要在守平家附近的空场上用石灰撒出一个很大的圆圈，然后准备一盏大的豆油灯和四十九盏稍小的豆油灯，请四十九位善跑动的童男童女，要他们一人捧一盏小豆油灯围着圆圈跑动。梅园找不到这么多的童男童女，李麦苗对此事倒是很热心，自个儿跑到民生小学，找胡三畏帮忙。

胡三畏往城关实验小学的调动已经铁板钉钉，只等上面的正式书面调令一下，他就彻底从这里拍屁股走人。三畏素来有城府，在事情没有兑现之前，他不想露任何声色。他还告诫晚霞口风收紧点，对外不要声张。

三畏看见李麦苗进校园，热情地邀请她到办公室里坐坐。李麦苗谢绝了，将来意跟三畏一抖搂。三畏有点为难，说："老婶娘，这是搞封建迷信，传出去，不好听呢。"

李麦苗自以为她曾经给三畏和晚霞牵过红线（其实，不过当着两人的面开过两回玩笑而已），豪气地一拍三畏的肩，"三畏呀，老婶娘我也不讲蛮理。这阵正好下课，你就让我到教室里去跟孩子们说说，不用你出面，行吧?"不等三畏点头，老婆子自己先进旁边的教室，几句话一说，教室里哄的一下爆开了锅，七嘴八舌说好，没问题！老婆子的绝招，是给愿意参加的孩子每人五块钱，另外还让大家美美地吃上两顿"三牲"饭（饭桌上有鸡、鱼、猪肉）。

与爱咋呼的李麦苗不同，在守平的整个超度仪式上，宝山多半沉默寡言。这种穿着黑色八卦衣的土道师操纵的超度场面他见过无数遍，对其已全然失去兴趣。他有些腻烦土道师的假模假样——盘腿坐在八卦图上，闭着眼敲着小铜钟，像蚊子一样哼哼着念经。他觉得土道师不过借脆亮悦耳的唱说糊弄人。这是乡间多少年的规矩，从来没有哪个人想着要改变它。他有点幽幽地想，将来的某一天，他也会走的。当他躺在香烟萦绕的灵床上，他的儿子儿媳妇也会找这样的土道师来给他超度亡灵，这只不过是一种形式罢了！生与死，也不过那么一回事！

翌日上午，守平出殡之前，瞿光宗开着小车露了一下面，搁下烧香的礼金——八百块钱和两条皖烟。

所有烧香的礼金一概由宝山负责收取并记在账本上。对于瞿光宗的礼金，宝山感到极其烧手。满屋子的人都说瞿光宗亲自送礼，这面子也够大，这礼无论如何也得收，不收就有点不像话呢。秋华木然地冲宝山点头，意思是宝山叔，您就记下吧。

坐在春秋椅上的宝山欠欠身，垂着嘴角，手中的狼毫漫不经心地在墨砚台上捺了又捺，依然不肯下笔。忙着在外张罗的李麦苗闻讯进堂屋，粗着嗓门说："老鬼，你磨蹭什么哟？不要搞错啦！这是人家光宗送给守平的烧香钱，不是送给你的！你凭什么要拂光宗的面子呢?"

宝山的脸色大变，他往椅背上一靠，两眼朝上翻了翻，猛地将蘸满墨汁的毛笔掷向李麦苗，起身扒拉开人群，扬长而去。

墨汁将李麦苗崭新的乳白色绸褂子弄脏了，留下几只似苍蝇非苍蝇的黑色小怪物。这绸缎褂子是她一个月前过生日小女儿送的，她还是第一次穿上身，就被宝山给糟蹋了，自然是满心愤怒，她牵牵自己的褂子，跺脚破口大骂：狗日的梅宝山，你这个老短命死的，老神经病呐！我小女儿给我买的绸褂子招惹你什么了?！她边骂边撵出去揪宝山，众人忙七嘴八舌地上前拉劝，说老婶娘，您也消消气，今天是守平出殡，您就消消气啊，别跟宝山叔计较了。柳兰花一旁嘀咕说，宝山叔呵，今天也委实有点过分了！龙宝说，你家婆婆说话也没注意分寸，惹恼了人家宝山叔哟。兰花叹气说，她说话从来不过脑子，就是那样的性情，一辈子了！有什么办法呢？龙宝说，人家宝山叔也是那种偏脾气，你婆婆那样说，他当然上火了。唉，都不能互相忍一忍，让一让。要是都能互相忍一忍，让一让，根本就不会产生什么矛盾。

那时刻，在厨房帮秋华掌大勺的兰心听说公公又惹事了，赶忙出来对李麦苗赔不是，"老婶娘您大人大量，我家老人就那性子，您就当他喝多了酒，耍酒疯罢！"

李麦苗不依不饶，风搅残叶般地到宝山家，没找到死对头，索性拽出树花，定要她给个说法。树花脸色发青，没言语，手中赶猪的棍子一个劲地捅地。等李麦苗噼里啪啦地放完火炮，那棍子已将地捅出个小窟窿。

李麦苗朝地上啐口唾沫，说："我晓得，他也不把你搁在眼里，跟你说也白说！等年关你们家儿子孙子回来，你得要他们将老东西送到精神病院瞧瞧，看老东西到底是哪根神经出了毛病！"

树花愤然开腔了："你放心！等老猴精归家，我定要他好看！"

鞭炮声传来，伴随着一阵乱哄哄的哭丧，守平出殡的时辰到了。李麦苗这才罢休，一副啜泣的模样，穿着半旧的老皮鞋，跌跌撞撞地去跟守平作最后一别。

宝山什么也不再想，反背着两手，一个人抄近路往"龙脊"去。

"龙脊"是宝山所认为的最好风水地，大约位于桃花甸的正中间，坐北朝南，背倚人烟密集的村庄，面对清水湾，远看上去，像一把太师椅。守平的墓地就在"太师椅"的左下角，母亲潘立春墓地的下方，是宝山掐着守平的"八字"，端着罗盘选的。当年宝山给潘立春选墓地，之所以要选这样的宝地，是希望给苦命的潘立春一个绝好的安息之所。

宝山站在龙脊之地，看见守平的送殡队伍在山道上逶迤而来，转身看着那乌黑的清水湾，忍不住周身微颤，这里本是"前有水照，后有山靠"的风水宝地，埋人的绝好去处，这水竟被糟蹋得不成样！

之后的日子，宝山总是没情没绪的。尤其到了残秋时节，西风打着呼哨吊儿郎当地横来撞去的，枯枝败叶飘落在乌黑发臭的河面上，一片破败的景象，更是让宝山幽闷，他怨叹当年兵荒马乱的秋季光景，也不像这般叫人心灰！

对于宝山来说，以往的麻将嗜好也已疏淡，不只是找不到合适的牌友，更重要的是没有那份心情。镇上他也偶尔去走走，找找卖小菜的老王和卖水果的老郝闲扯社会上的人事。摆鞋摊的老曹是永远见不到了。尽管老曹儿子四处借钱给老曹治病，也不过是尽尽做儿子的孝心。隆冬时节，老曹就撒手西去。为着老曹的过世，宝山和几个老伙计很是伤感了一阵子，他们预料自己迟早也会像老曹一样得绝症。

第二年春季，镇政府内部搞体检，有些家属也被捎带着参与体检，一下子查出了好几个患癌症的，其中就有镇长贾云山的亲叔叔和书记甄胜利的老父，这一下镇长和书记到底对水污染恐惧了，说不定下一个得癌症的就是他们自己呐！他们开始以镇政府的名义跟以瞿光宗为代表的化工厂的负责人交涉水污染的事，恰逢那时市环保局局长因人举报收取巨额贿赂而被"双规"，清水湾严重的水污染问题被媒体彻底曝光，这才引起上级政府的高度重视，勒令周边所有化工厂必须抓好环保，认真处理工业废污，否则停止生产，同时加大对水污染的综合治理。十多年过去了，经过多方努力，清水湾的水污染渐渐得到改善，水也逐渐变清。

　　如今站在清水湾的堤坝上，望着清朗朗的河水，宝山满心欣慰，慨叹说："一个场子好不好，看这里河湾的水，就能知晓啊。水被糟蹋了，人也好不到哪里去。"

　　守顺接过话头，"是啊，都说水是生命的源头，一点不假。"

　　"想当年，看那黑乎乎的水，人心里真堵得慌啊！现在再看这清亮亮的水，人这心里都亮堂多了。"龙宝也感慨。

　　宝山冲坐在轮椅上的梅艺高朗声问："老伙计，你说呢？"

　　梅艺高歪着头，两眼微微浮肿，盯着河水上空不时飞旋的白鸟出神，显然，他对宝山的问话并不在意。

　　"我父耳朵有些背。"守顺说。

　　宝山轻轻摇头，"没想到你父老成这个样子。要是他身体硬朗，跟我一起钓钓鱼多好。年轻时，我们经常约着到这边来钓鱼。"他凑近梅艺高，"老伙计，说起咱们年轻时钓鱼，我想起那年咱们到河汊口钓鱼碰到的事，你记不记得？"

　　梅艺高没有反应。守顺说："宝山叔指的是什么事？我父怕是不记得了。"

　　"两派斗殴。"

　　"斗殴的事倒是听我爷爷提过。那时候好像普遍搞斗殴。"

　　"斗来斗去，斗得人都成了畜生！那年初秋，我和你父在清水湾这边钓鱼，碰到两派在附近斗起来了，我们俩赶紧找地方躲起来。结果穿灰衣的高个子领着一帮人将另一派打散了，那一派的头子没有跑掉，被打得半死，高个子指挥着手下将他扔到水里，然后带着手下，没事一般，大摇大摆地走了！"

　　守顺和龙宝感到很惊惧，太可怕了！那么歹毒！

　　"为首的那个最坏了！后面跟着的也都不是什么好东西！你们说，要是领头的是一匹狠毒的狼，紧跟在他屁股后面的会是羊吗？

即便是羊，也会是一群披着狼皮的羊!"

龙宝和守顺也都点点头，问："后来呢？那人怎么样了？"

"唉，还能怎么样啊！我们眼睁睁看着那人被一群畜生给丢进河里，浑身冒火，又没有办法，他们人多，我们要是出去劝阻，必定也被打得半死，也被丢到河里！等他们一走，我们想着要不要赶紧下水将那个人摸上来，不能见死不救啊。这个河段比较陡，水流也有点急，我们还是担忧那人会不会冲走。我水性好，下水，扎猛子，在水底摸了一会儿，没有摸到人，只好上岸。我们赶紧跑回庄里，找到民兵营长，跟他简要说了大致情况，民兵营长一听眉蹙得很深，说成天就闹事，作死！哪派打输了，下场都会很惨。两派互相仇视，狗咬狗，都不是好东西！他骂骂咧咧，倒是带了几个人到河汊口看了看，空手而回。这事后来也不了了之。"

"那人就那么白死了？"龙宝说。

"那可不就白死了！唉，这么多年了，一到这边钓鱼，看到河汊口，就不由得想起这事，心里还是有些难受，那么一个大活人，硬是被糟蹋了！实在想不通，都是爹娘生养的，为什么不能相安，要互相斗来斗去的，最终连小命都给斗没了？"

"那时候乱得很！"龙宝说。

"你说得没错，那时候是真乱！没人管！无法无天！现在好歹不一样了，上上下下管得严！"宝山看了看眯缝着眼的梅艺高，"老伙计，你在干啥呢？我跟守顺和龙宝说的这事，你恐怕不记得了。唉，算了，都过去这么多年了，说说也就过去。"宝山走下堤坝，在水边柳树旁比较平缓的地方支好小马扎，抖抖鱼竿，将鱼钩扳了扳，然后将鱼线甩到水中，又将鱼竿上的小细绳缠绕在柳树根上。

龙宝说："宝山叔，您将鱼钩扳得有点直了，能钓到鱼么？"

"混混日头嘛。你宝山叔一个礼拜只正儿八经地钓一次鱼，其余的都是跟水里的鱼要一要。"宝山伸手在梅艺高面前晃了晃，"老伙计，你在看什么呢？"

梅艺高嘴里咕噜着，宝山侧着耳，大声说："老伙计，你说什么？听不清啊。"

龙宝也没听清他说什么。只有守顺心里明白父亲说什么。父亲在说：白鸟……立春……

父亲梅艺高嘴里咕噜着，神情很是萎落。守顺看出父亲不大对劲，就说："父，是不是累了？要不我们回家吧。"

梅艺高没回应，闭上眼，呼出了一口浊气。宝山说："看样子你父是很不舒服，你们还是回去吧。"

"那我们就先走了。宝山叔一个人小点心啊。"守顺将轮椅往回推，龙宝也一旁跟着，逢着上坡的时候搭把手推一推。

"没事，我一会儿也回去。"宝山摆摆手，"对于你父这样长期卧床的病人来说，外面气温还是有点偏低，容易着凉感冒。回家给你父喝点红糖姜水。"

守顺嗯嗯应声。一回到家，他就让木棉弄了半碗红糖姜水给父亲喝，不管劲，晚上老爷子还是发起烧来。

木棉对公公很有意见，嘀咕说，就像个小孩子一样任性，不让他出去，非要闹着到清水湾转转，这一转转出病来，不就麻烦了嘛！守顺说，岁数大了，发点烧也是难免的，看看下半夜退不退烧。

下半夜梅艺高的烧依然没退，守顺有点沉不住气了，打电话给守泰，问他家可有退烧的药？守泰说没有，也没多话，开车去镇上一家24小时药店买了退烧药，给老爷子服下。

退烧药似乎也不顶用。天亮后，老爷子还是烧得迷迷糊糊的。守顺和守泰站在父亲床边，商量着要不要找个大夫过来看看，梅艺高似乎变得清醒了点，抬手连连摇摇，意思是不要找大夫。守顺见父亲嘴唇翕动着，身子凑过去，将耳朵贴近他唇边，听见父亲在说，叫守……安……

守顺点点头，说好，叫守安。

第十章　遗　恨

守安不愿见父亲梅艺高。守顺说，怎么说，都好歹是父亲吧。守安烦躁地说，不见！就是不见！

"唉，守安，大哥还是希望你去见一下。他快不行了，想见见你。他也就这点小愿望，你还是满足他一下吧。"

"我死都不会去见他！"

"唉，守安，你，你也真是太倔了！"守顺无可奈何，"自从他瘫痪以来，你也不愿意服侍他，我们都是亲兄弟，也都不计较你！你到底跟他有多大的仇恨呢！他就是那种人！你这么记恨他是不是也有点过了？"

守泰也过来劝，说他都是要走的人，也没有别的想法，就是想你去看一看他，你作为儿子，平素再怎么跟他有过节，都这个时候了，还有什么放不下的？但守安就是坚决不见，两个哥哥一再劝导，他听不进去，还很烦躁，摔门而出，将一个孤绝落寞的背影留给兄弟们。

守顺和守泰面面相觑，谁也没有想到守安如此固执。

那边老爷子还在眼巴巴地等着守安出现在他的床榻前，等来等去，没有等到。守顺诳他说，守安临时有急事，还没有回来，他回来会过来看您的。

老爷子发出一声深重的叹息，又过了几天，见守安始终没来，咕噜着说，不要骗我了，他不会来的。守顺沉默了，无话可应。老爷子拒绝再进食，无论守顺和木棉怎么劝也没有用。守顺只好将宝山叔请过来劝说父亲。宝山一进隔房的门，就不客气地说："老伙计，真活腻烦了？"

梅艺高不言语。

"唉，老伙计啊，好死不如赖活着。你说你家儿子儿媳妇也都将你服侍得好好的，出钱的出钱，出力的出力，你还不知足？我老舅那边有个人家，跟你家差不多，儿子多，有四个儿子，各家日子都过得去。老父亲比你小一岁，还能动弹，都没有一个儿子愿意赡养他，推来推去的，最后还是村委会出面调解，四个儿子才勉强达成协议，同意从老大家开始，依排行次序每家赡养老父亲一个月。表面上老父亲赡养问题是解决了，实际上呢，老父亲在哪家待着都不舒服，儿子儿媳妇对他都没有好脸色，都将老人当作包袱。老伙计啊，你再看你，也够有福气的了！"

梅艺高喉咙里咕哝了一下，不搭理宝山。

"唉，你这老伙计，怎么回事？这可不像你往日的性情啊！"宝山盯着闭目不言的梅艺高，出了隔房，冲守顺摇了摇头，"真没想到，这个老家伙，还这么想死！"

守顺叹息，"他以前可是最惧怕死的。"木棉接茬说："以前我只要一提到死，他就多心，说我咒他早死。"

"估计是受刺激了。"宝山思忖着说，"那天在清水湾，他盯着河湾上空那一群白鸟不转眼珠子，嘴里还念叨着什么，听不清。是不是跟这有关系？"

"我听出他大概是在念叨：白鸟，立春。"

"哦，一定是想起你那死鬼娘了！"宝山不住地颔首，"没错！肯定想你娘了，当年你娘不就是在那里投的水寻的短见？唉，你娘也真是，有什么想不开的呢！"

"跟这有关，但也不完全是。"守顺觉得父亲绝食更主要的是跟三弟守安有关，父亲想见守安，守安偏偏死活不见父亲，父亲绝对寒心了。

守顺不想在宝山叔面前说守安的不是。守安除了跟父亲是死对头，跟几个兄弟还是处得比较和睦。他虽然不愿意赡养父亲，但对弟兄们却是变着法子示好：自家种的新鲜瓜果一摘下，总是要送一些到大哥、二哥和四弟妹的门下；自家养的黑猪养肥后，请肉店的

190

屠夫上门宰杀，首先让屠夫将里脊肉、梅花肉、前腿肉分别割几斤，送给两个哥哥和四弟妹；农闲时在清水湾捕捞鱼虾，也是挑大的给三家各送一份。在上海安家的小弟路远，他会晒些干菜、干肉，弄些山货寄过去。论经济状况，他是几个兄弟中最差的，他平素弄这些小恩小惠，让兄弟们真切地感受到他的诚心。他在整个庄子里，口碑也不错，平时哪家有什么事，只要他能帮，他都会竭力帮忙。大家对他跟父亲常年交恶，都表示很遗憾，但没有谁将"不孝"的大帽子扣在他的头上。连李麦苗都觉得守安之所以这样，八成是做父亲的寒透了儿子的心。

父亲梅艺高铁着心绝食，守顺和守泰也没有办法。守祥从上海赶回来，劝父亲，也无济于事。宝山劝不住，也懒得再劝梅艺高，反倒劝守顺兄弟："随他吧。老实说，能活到这么大岁数，也算够本了。站在他那头想，一个大活人，长期瘫在床上，也等于是个半死人。"

守顺神情有些低落，"我们做后人的，都想老人能够清清白白地走，当年母亲是那样自个儿狠心走的，如今父亲又不想好好地走，非要弄成这种样子！让我们心里一点不安畅！"

"唉，这也怨不得你们。是他自己选的那条路。真要说起来，他能活到现在，也真是他造化大。你可能还不晓得，想当年我们年轻时一同被生产队派到邻县的山里伐木扛树段，那山里的路陡得很，路的一旁是茂密的树林，另一旁就是万丈悬崖啊！我们走的时候都提着心呢。你父偏偏没留神，摔倒了！我的天，那可真是危险呐！我当时就惊出一身冷汗！要是滚下悬崖，不就没命了吗？也算你父走运，有一块大石头将他拦截了，好像那大石头是老天专门搁在那里帮他的。你父被吓得不轻，等后来我们上山伐木，他说他浑身无力，根本干不了活，我们都说你就歇着吧。从那之后，要是生产队再派他去邻县山里弄木材，他死活也不去，哪怕罚他工分，他也不去。他真是怕了！以前他是很怕死，现在他不怕死，想开了。你们也不要为这事揪心。"

尽管宝山一再劝慰，守顺还是不想父亲这种样子，他还是要去

191

劝守安不要跟父亲计较，希望守安能去见父亲一面，让父亲能够安安心心地走。

守顺和木棉商量了一下，说今天星期六，瘌痢头上他外婆家去了，只有守安一个人在家，晚上再过去劝劝守安。傍晚他们用高压锅炖烂牛肉，做了胡萝卜青椒炒肉丝、大蒜炒腊肉片和清炒白菜。守顺事先找出两个老式的搪瓷缸和两个大饭盒，刷洗干净，用来装这些菜肴，扣上盖子。木棉盛上一保温桶热米饭，拿了一瓶上好的烧酒，同四道菜肴一起搁在竹筐里，又在上面盖上两层毛巾保温。夜幕降临，守顺打着手电，提着竹筐，去找守安。早在中午，他就跟守安说过，他晚上要过去一起喝点小酒，饭菜这边带过去。守安也没有异议。

守安的家在梅园的最南头，跟左邻右舍相隔有点距离。最初建房选址，守顺还提过建议，希望守安不要将房子盖得那么偏，守安坚持要在那里盖房子，后来才知道，守安就是想离父亲远点。

守安家门虚掩，守顺直接推门进去，堂屋黑漆漆的，他撅了一下壁上的电灯开关，将手头的东西放在饭桌上，进了厨房，厨房里也没人，又进后院，守安坐在后院的小石凳上抽着闷烟。那香烟火头，在冥冥夜色中忽闪忽闪，让他不由得想起多年前在桃花甸走夜路也遇见这样忽闪的星火。他起先以为是见着了鬼，壮着胆子打着手电，走近一看，竟然是龙宝！龙宝坐在小麦和立夏的墓旁，跟个木雕一样。他知道龙宝心里的苦，也没有多话，陪着龙宝默默地坐了一会儿。龙宝香烟抽完了，他又递上一根，自己也抽了一根。两个人默然无言，抽完一根烟，龙宝站起身，他才跟着站起身。一路也都无话，回到梅园。如今见自家三弟也是这般光景，守顺心里实在堵得慌。他走到守安身旁，将旁边的一柄锄头放倒，坐在锄头柄上。守安从裤兜里掏出香烟，递一根给守顺。守顺说："哥不抽烟，想喝点小酒，陪哥喝两盅吧？饭菜都带过来了。"

守安猛吸了几口烟，站起身，将烟屁股丢到地上，伸脚朝烟屁股上狠踩一脚。守顺从锄头柄上起身，将锄头柄拿起靠在屋壁上。

两人一起到堂屋。酒菜摆开，守安拿来两个酒盅和两双筷子。守顺说，再来两个碗。

守安去厨房，从碗柜里拿了两个中号花瓷碗。守顺开了酒瓶盖，给两个酒盅斟满酒。兄弟俩相对无语，喝酒吃菜。两盅酒下肚，守顺开口了，"我们兄弟已经好久没在一起这样喝过酒了。现在这屋里也没有旁人，只有我们俩，也好说心里话。"

守安自顾自斟满酒，一口干掉了。守顺说："慢点喝，多吃点菜。"

"大哥，"守安一抹脸，"这家里，我最敬服的就是大哥。大哥一心为我们兄弟几个打算，哪怕自己再苦再累，都要想办法让我们兄弟往好里走。小祥上回还在电话里跟我说，他的书就是大哥帮着供出来念的，他现在能在大上海扎根，过体面的生活，都是大哥的大功劳，他一辈子都记在心底。我和老二、老四是自己没念出书来，要是能念出来，大哥就是砸锅卖铁，背债，也都会供我们的。我们几个娶老婆成家也是亏得大哥上上下下操持。像大哥这样仗义的真是不多见。"

"都是自家的亲兄弟，大哥做的也都是分内的事嘛。"

"掏心窝说，我们这个家，如果没有大哥，早就散掉了！"守安说着说着激动起来，"指望那个老狗日的，那个老不死的，我们兄弟几个都得成天喝西北风，早早去见阎王！"

守顺叹叹气，"不管怎么样，他总还是我们的老子。摊上这么一个老子，有什么办法呢！这么多年，他一直和我这个大儿子一起过日子，外面的人都说我孝顺，唉，我是老大，我有什么办法呢？谁叫他是我的亲老子，谁又叫我是家中长子？"

"大哥，这种腌臜的老子，我宁可不要！"守安停了筷子，眼里冒着火，"他害死了冬月！"

守顺吃了一惊，"这话怎么说？冬月明明是跟肖小美吵架，寻的短见，这个大家都晓得的。"

"那是表面情况！大哥，有件事，这么多年，我一直烂在肚子里，没有在外面说过，这绝对是家丑，家丑！怎么能在外面说！说了大哥你恐怕也不相信!"

守顺狐疑,看着自己的三弟,等着他说下去。

"大哥应该还记得当年腊冬修水利,也就是冬月过门的第二年腊月,有几天我被抽到工地上,吃住都在工地,大哥晓得我家里出什么事了吗?"

守顺摇摇头。

"那个老狗日的,趁我不在家,晚上钻到我家里!"

守顺惊得瞪大了眼,"从来不晓得还有这种事!"

"老狗日的,卑鄙无耻!"事过多年,如今提起来,守安还是满心愤怒。

那个腊月寒冬夜,守安不在家,冬月早早就将门关了,在煤油灯下纳鞋底,听见公公梅艺高叫门,要跟她说点事。冬月信以为真,将门开了。梅艺高进屋坐下跟冬月聊天,开始还说点人话,说着说着,话就有些不三不四的。冬月听了不舒服,但她老实,不像大嫂木棉那样泼辣,她就隐忍,老东西得寸进尺,开始对她动手动脚,冬月终于忍无可忍,边推搡边斥责:"你这样对得起你的儿子吗?!"他满不在乎,"冬月,我跟你说啊,我这个儿子根本就不是我亲生的!谈不上对得起对不起的嘛。"冬月气得说不出话来。梅艺高将冬月抱紧,恬不知耻地央求:"好冬月,我真的太喜欢你了!男人上身不一样,下身还不都一样吗?你就陪我一下,陪我一下,让我滑一下,好不好?滑一下,我就走,也没人晓得的。"手在冬月身上乱摸,嘴往冬月脸上凑。冬月哭着拼命挣脱,威胁说:"老畜生!你要这样,我就死给你看!"梅艺高有点害怕了,"好冬月,好冬月,我,我,是开开玩笑的……"放开儿媳妇时,还不忘在儿媳妇胸脯摸上两把。

"大哥,你见过这样不要脸的老畜生吗?!"守安倒完一杯酒,眼里愤然有泪。

守顺第一次知晓这种事,直觉周身血脉偾张,"真是禽兽不如!"

"第二天,冬月就收拾包裹回了娘家,我回家没见到她人,找过去，她死活不肯回来，也不说原因。当着丈人和丈母娘的面，我又不好发火。她父母以为我们小两口拌嘴，就劝她说小夫妻有点磕碰，也正常，要她跟我回家。回到家，她也闷闷着不说话，之后，也常常闷闷不乐的，我问她她也不说。她本来不爱多说话，我也没当回事。"

"你这一说，我倒是想起来，有好几次，你一出门，她也挎着小包袱出去了。"

"那是回娘家，我不在家，她害怕。但她就是不肯说。那回潘庄表舅家做屋，让我过去帮工，出门的时候，她追出来，问我晚上回不回来，我说晚上回来。她点点头，没再说话。但那天表舅非得要我留下来吃晚饭，多喝了几杯酒，聊到夜深，就在表舅那边歇夜，第二天才回的家。回到家，见她神情有些不对，两眼有些浮肿，我说你怎么了？她说昨夜耗子闹了一晚上，没让她睡安稳。后来才晓得，那晚老畜生又伺机来骚扰她！在窗外捏着喉管学猫叫吓唬她！你说这个老混账，还是不是人？！"

"唉，这冬月也真是，为什么总不肯对你说呢？她越窝在心里不说，那老东西可不就越没忌惮！"守顺叹气，"要是换成你大嫂，恐怕第一次就给他弄个底朝天！"

"大哥，冬月要是像大嫂那样的性子，谅老东西也不敢打她主意！我也很为她这点生气！"

"后来你是怎么晓得的？"守顺给弟弟斟上酒。

"还是我无意中知晓的！"守安喝了两口酒，守顺夹了几块牛肉搁在守安的碗里，"吃点牛肉。"

"有一回，李麦苗那老妖婆在我跟前提起老东西，说你父亲真不错，你晚上不在家的时候，他怕冬月一个人害怕，还特意去陪陪冬月说说话。我当时就觉得她阴阳怪气的，话里有话，回家问冬月，冬月开始闷着不说，经不起我一再追问，眼泪忍不住下来了，哭得很伤心，我问她怎么回事，她还不说，我实在火了，捶了捶桌子，我说你有什么事不能跟我说吗？！她这才哭诉梅艺高欺负她。我当时气得浑身哆嗦，冲进厨房，操起菜刀，我要将那老狗日的给剁了！冬月吓得抱住我的腿，哭着说，你非得要我说，我跟你说了，你又这样！你没凭没据的，他会承认吗?！你这么一闹，外面的人会怎么看我？你让我还怎么做人？我冷静下来，冬月说得也没错，但我实在咽不下这口恶气！"

"这口恶气谁能咽得下？"守顺愤愤地说。

"我寻思着得抓他个现行！"守安说。那天他假装出远门，有意让老畜生瞧见，他让冬月送他到村口，大声说，冬月你回去吧。放心，我过一两天就回来。到了天黑，守安悄悄地杀回家，在后院的柴垛后藏着。果然不出他所料，不要脸的老畜生还真来了！守安走之前悄悄地跟冬月说好，老畜生要是来了，你就开门，别怕！老畜生之前两回没得手，这回见冬月主动开门，更是上脸了，一进门，直接上前抱住冬月。冬月说，你干吗?！守安听见冬月的声音，就推开门进屋，闩好门，不等老畜生反应过来，他拿事先准备好的毛巾堵住老畜生的嘴，将老畜生一顿拳打脚踢，边打边低吼，老畜生，儿媳妇你都敢欺负！你给老子去死！冬月怕他真将老畜生打死了，哭着求他罢了手。

"那天大晚上的，你用板车将他拖到我家门口，敲门让我出去，说他不小心摔的，我当时还猜想他是不是又去找李麦苗那妖精，不小心摔的？原来是你打的！打得好！看他还敢不敢再打冬月的主意！"

"这次虽给冬月出了气，但冬月心里还是有疙瘩，她怎么也想不通她怎么摊上这样一个不要脸的公公，她依然还是闷闷不乐的。后来有了平安，她心情才好一些，等平安长大，娶肖小美进门，肖小美不贤惠，她那个娘更是个二百五，喜欢教唆女儿，每次肖小美回趟娘家，回来必定要找冬月吵架。冬月吵不过肖小美，就生闷气，闷着闷着，就觉得自己这一辈子，净受窝囊气。她走之前的头一天跟肖小美吵架，老畜生在一旁煽风点火，说当婆婆的想想自己年轻时是怎么当儿媳妇的，对长辈不尊敬，现在小辈怎么可能尊敬你呢！当时我没在场，我要在场，谅老畜生屁都不敢放一声！冬月那晚哭了好长时间，说她命不好，年轻时受那个老畜生欺负，年老了还要受这个小母夜叉欺负，她活着还有什么劲！我怎么劝都劝不住，后来实在困倦了，也就自个儿睡下了，没想到她半夜还是出去了！再也见不到她人了！她肯定去找妈做伴去了！"守安老泪纵横，"大哥，你说，冬月是不是老畜生给害死的？"

守顺满是怒气，"这个老东西也真是活够了！"

"这个老畜生早就该死！这样没脸皮的老畜生还有脸活在世上，还活了这么多年！天理都难容！我怎么可能服侍他！我连见他的影子都很恶心！"

"守安，你这一说，大哥就都明白了！你将自己埋了这么多年的腌臜事都倾倒出来，心里也能好受一点。这么多年，也真是难为你了！我们也都是半截身子埋入黄土的人了，这后面的日子还是要尽量让自己开心一点！"守顺端起酒盅，"来，守安，大哥陪你干掉这杯！"

守安眼含泪花，重重点头。

"赶紧吃菜，吃菜！这牛肉炖得烂，胡萝卜肉丝、大蒜腊肉片味道都很不错，这都是你爱吃的菜。我看你平素吃喝也是能糊弄就糊弄的。冬月要是还在多好，也能有个帮手照顾照顾你。"

"这些都不说了，大哥，这也是我的命。"

那晚兄弟俩边吃边聊，杯碗狼藉，吃喝完毕，守顺将没有吃完的菜搁在冰箱里，帮着守安收拾了一下饭桌和厨房。两人又坐下促膝谈心，谈了很长时间，直到木棉打电话，催守顺回家，她一个人在家守着梅艺高那样半死不活的人，有些胆寒，守顺这才起身，又安抚守安几句，说你要不愿见老东西，大哥也不勉强你。你也早点休息。回头有什么事咱们再说。

守安将大哥送出门，一直送到大哥家门口。大嫂木棉出门大声招呼说，守安，进屋坐坐。守安说，就不进去了，大嫂。你和大哥也早点歇息。

木棉的声音很大，守安也是大嗓门，隔房里的梅艺高听见了他们的对话，不由自主地呻吟起来。梅艺高心心念念都想三儿子守安来看自己一眼；可是守安根本就不愿意见他，就算人到了门口，也不愿进来，他深感痛苦，自己被三儿子彻底抛弃了！

自从那天晚上梦见清亮无比的清水湾，梦见清水湾如锦似缎的艳丽晚霞，瘫痪在床的梅艺高就生发强烈的愿望，要去看一看清水湾，他念叨了好几天，守顺终于答应将坐在轮椅上的他推到清水湾看风景。他面对清凌凌的大片水域，白鸟在上空盘旋飞鸣，却莫名其妙地陷入了一种幻觉：潘立春和秦冬月的身影先后从湖水中冉冉升起，又缓缓地落入湖水中……他感觉有一股逼人的寒气扑面而来。被守顺推回家后，他就开始发烧，跌入了纷乱的记忆中，昔日那些事，尤其是自己所干的腌臜事——放影碟一般地呈现在他的脑海中，多年前被守安的那顿暴揍尤其让他胆战心惊，痛苦不堪，那是深埋在他内心深处最顽固的伤疤，无法抚平。他想跟守安和解，无奈守安根本不给他和解的机会，他弥留之际，连这点愿望都达不到吗？他真正感到自己活着没有任何意义。死吧死吧！一个嫌弃的声音在他的耳边不断地催促，死了，一切就都解脱了！

梅艺高还有一大遗恨，就是他死后不能睡在自己雍容大气的寿材里。

梅艺高早在花甲之年，按乡间的老习俗，提前给自己备办了棺木——乡间俗称"割寿材"，目的是想给自己增寿。他的寿材是四儿子守平割的。那时守平跟表舅学木工已经"出师"，正想露一手。梅艺高起先不相信守平能割好他的寿材，守平的表舅拍胸脯向他保证：我教的高徒割寿材绝对没问题！梅艺高这才同意让守平露手艺。

守平给他割的是十二圆心松木寿材，还在寿材隆起的大头正面雕雕刻刻，最后呈现的是一幅逼真的松鹤祝寿延年图。守平又在寿材的小头正面刻上两朵祥云，刻画完毕，还用桐子油调石灰，将寿材里里外外刮刷一遍，填补缝隙，晾一晾，再将寿材通体抹刷桐子油，晾干，最后刷上油亮的黑漆，寿材两头的雕画则用彩色油漆勾描。

梅艺高看到守平给自己割出了这么精美的寿材，很是欣悦。他将寿材用一块喜气洋洋的大红绸布覆盖着，搁在后院小披屋的木架上，这一搁就是二十多年。每年腊底，他都会拿清油将自己的寿材精心刷一刷，让寿材保持光鲜。

日子像不响的流水，流一流，就又流出一个四月天，东风如醇酒，莺啼燕舞，遍地青绿。那天梅艺高心情不错，准备出去走走。有村干部上门来，说上面要搞殡葬改革，以后人走了不能土葬，要火化，所以不需要寿材，要收缴上去，上面也不亏待，要补贴一千块钱呐。又强调说，六月一号之前寿材是一定要上交的哟。

还有这样的事?! 梅艺高惊怔了! 火化? 他倒是听城里的亲戚提过，人死后（装在纸棺木里），被推进火葬场的火化炉里烧成骨灰。他还从来没听说收缴寿材这种事! 不晓得其他的老白头有没有听说过? 问谁去呢? 庄里跟他差不多同龄的老白头也就李麦苗和宝山等几个人。李麦苗那边他不想去问，这个老娘们越老越讨人嫌，胖得像一头被吹了气的老母猪一样，不晓得是什么人给她灌了迷魂汤，动不动就编排他的不是! 年轻时她可不是这样，她每每见他眼里是闪着亮的，跟她相好还觉得很有味道，如今见她他就烦! 宝山呢，虽然有时候说话有点刻薄，但总体对他还不坏。前几日宝山孙女婿小蔡送来一箱新鲜水果，樱桃和草莓什么的，都是应季水果，市面上卖，贵得很呢，宝山还将每种水果拣了一些送给他，说尝尝鲜。这寿材收缴的事他还是要去问问宝山。

宝山早听说了这事，是在镇政府工作的孙女婿小蔡告诉他的。梅艺高激动得浑身都有点发颤，"现在什么都管! 连人死了都不得好葬! 宝山，我是不交寿材的!"

宝山哦了一声。昨天傍晚，孙女小萍跟孙女婿小蔡特意过来，又跟他谈了大半个晚上，谈殡葬政策; 谈土葬是一种传统习俗，爷爷一时半会不理解火葬，他们年轻人完全能理解; 但是呢，土葬也有诸多不好的地方，其中比较重要的一条就是坟墓占用土地。一些有钱的人家还热衷于将坟墓修得很大，还用水泥浆浇筑，占用土地资源。土葬各种仪式烦琐，浪费人力、财力和物力。其实，人走了，什么都没有了，怎样的葬法还不都是葬么? 我们这里长期以来实行棺木土葬，还有不少地方，像一些少数民族，譬如藏族，人家还采用天葬呢！……谈到后来，谈火葬的种种好处，说市里推行殡葬改革，下红头文件，下面必须遵照执行。小蔡就专门负责这事，爷爷要是不支持小蔡的工作，小蔡就没法干了，只能撂挑子了。爷爷您看这事怎么办好呢？……孙女和孙女婿走后，宝山躺在床上，反复思忖，想想庄里那些早早睡到桃花甸的人，明德、守平、立春……他的郁闷倒是开释了不少。

梅艺高不晓得宝山已经被孙女和孙女婿做通了思想工作，以为宝山也跟自己一样反感火葬，便央告说："宝山，你也不要交吧。"

宝山给梅艺高冲泡了一杯热茶，还特意往茶水里加了几块多晶冰糖，温言相劝说："老伙计啊，要是横竖想想呢，人一旦走了，其实什么也没了，真的也就那么一回事哟！怎么样的葬法都是葬呢。"

梅艺高愤愤地哼哼鼻子，"怎么样的葬法都是葬?！你说得真轻巧！我就不晓得你葫芦里卖的是什么药！你真愿意火烧？你说土埋跟火烧怎么能一样?！土埋还能留个全身，火烧能吗?！"

"唉，老伙计啊，你不能老揪着一头想。人一旦死了，身后什么都不晓得了，土埋也好，火烧也罢，人都直挺挺地躺在灵床上，还晓得什么？我还听说有的少数民族还兴天葬呢，那种离奇的葬法怕是你做梦都想不到！"

梅艺高有点鄙夷地说："什么天葬地葬的！你这老家伙，越老越喜欢蒙人！"

宝山说："你这话就说得不着调了。蒙你，我得什么好处？"昨晚孙女婿小蔡劝他老半天，其中就提到天葬，说人死后不给收殓，摆在那里，任由尸身腐烂，再搞念经超度，选个日子送葬。我们这里念经的是土道师，他们那里念经的叫喇嘛，送葬的叫天葬师。怎么个送法？在天葬台上将死人肢解成一块一块的，吹哨子呼来一大群秃鹫——一种秃头黑色大鸟来吃。听起来都让人心里发毛！起先他不信，小蔡顺手在手机上搜了一下，有图有视频，一点不假！他又惊奇又唏嘘，人死了也就那么回事哟！

尽管梅艺高不屑听，但宝山还是忍不住要跟他说一遍，梅艺高有点愕然，"还真有这种奇怪的葬法？"

"我们觉得是奇怪，但在人家那里，这是一种习俗。秃鹫在当地被看成一种神鸟，当地人普遍认为它可以引导人死后灵魂升到天堂。要是尸身很快被吃完，说明这人在生前行了很多善积了很多德，死后也就会有好报，能进到天堂，还能给子孙后代带来好运；相反地，如果黑鸟不愿意吃尸身，那就说明这个人罪孽深重，别想进天堂，也会给后代子孙带来坏运。"

"真是奇怪的习俗。"梅艺高嘟囔，冷冷地扫了一眼宝山，"我跟你说土葬，你跟我说火葬，还扯什么天葬！你跟我扯这么多，有什么意思呢！"拉着脸，转身要走。

宝山说："老伙计啊，说归说，听归听。你不妨喝了茶再走。"梅艺高一声不吭，兀自向门外走。

两天后，村支书带人上门收梅艺高的寿材，还没进门，就大声夸赞宝山叔，说宝山叔真是好样的！没多说话，就将寿材上交了！

守顺和木棉一脸殷勤，招呼村支书喝茶。村支书说："不劳烦。来跟你家老爷子再说一说哟。"

村支书一行人进后院的披屋，不由得倒吸一口凉气：梅艺高竟然穿戴一新，在寿材里直挺挺地躺着！这还真是头一遭见这架势！邻县近期因为强势推行殡葬改革，老年人普遍对火葬无法接受而生发强烈不满，甚至有的老人一时想不开，为了能如愿睡到棺材里土葬，索性狠心自行了结自己。这事被媒体在互联网上曝了光，在社会上造成很大的负面影响。县里负责殡葬改革的某领导做事讲究稳健，赶紧下达相关指示，告诫基层在推行时一定要注意办法，不能蛮来。村支书感觉自己碰到梅艺高这个最难缠的主子，也得小点心，否则出了事得兜着走。他和同来的人一起好说歹说，讲殡葬政策，讲土葬的诸多弊端，说火葬的种种好处，嘴皮子都说干了，梅艺高就是肃然闭眼，一动不动，仿若真的休眠了一般。村支书无法，只好低声下气地请宝山来当说客。

宝山一进披屋，见梅艺高直直地躺在寿材里，笑起来，"老伙计，你这一出戏唱得也新鲜，提前感受一下躺棺的滋味，嘿嘿，也不坏。不过，小心人家将棺材盖合上，连你一并抬走了！"

梅艺高呼一口气，挺挺肚子，吼说："谁敢?! 没有王法了?!"

"王法？看你遇到的是什么人！在蛮横的主子那里，你跟他谈王法，等于在放空气！懂不懂？"宝山俯下身，小声说，"老伙计，你我好歹活了这么一大把年岁，经历了多少人事，你难道还没看透？"

梅艺高大声嚷道："老子还没看透！"

"不管怎么说，老伙计，我看这事，你再怎么较真，最终都较不赢的！这点是事实，你要看清楚了。"

"你个老家伙，你以往可不是这样，以往凡是你看不惯的，你必定要去闹一闹的！你这老了，怎么反倒变尿了？你心里真愿意你那上好的寿材被收缴上去？我看你就是变尿了！镇里管殡葬的要不是你孙女婿，你这个老家伙会是这种态度？"

"老子都要埋入黄土了，还有什么尿不尿的！"宝山敲敲棺材板，"老子开始心里确实也不愿意，但想想梅明德、潘立春、梅守平、秦冬月他们，老子就觉得赚够了，至少比他们多活几十年！哪天死了，怎么葬都无所谓了！土葬也罢，进火葬场被烧也罢，不重要了！那时老子已经死了，什么都不晓得了！还计较个屁！你这个老东西，你就在这寿材里躺着吧！看你能躺到什么时候！"宝山说完，一转身走了。

守在堂屋的村干部见势，也都走掉了。临走前对守顺和木棉又是一番提醒：期限是六月一号。回头再劝劝你们家老爷子，我们也是没有法子的，上面的政策，红头文件，谁敢不执行呢？他们说话的声音都很大，梅艺高听得一清二楚，身子不由得哆嗦了一下，号哭起来，边哭边骂：这他妈的都是什么鸟事啊！老子费心费力地保养了二十多年的好寿材，他妈的要给老子收走！这都是什么狗屁的规定啊……

六月一号那天，一大早，梅艺高就出去了，带着头天傍晚在便利店买的面包和一瓶矿泉水，到清水湾一带乱溜达。

太阳不过一竿高，村干部又上门来，后面跟着一大帮子人，这回一点不客气了。村支书蹙紧眉头，又愁又怨的，一进门就说："实在扛不过去了，我们都被上面狠批了！就你们家这老人，这么难缠，这么难说话！"

守顺长叹一声，"实在对不住，我们家老人死活不同意，又不能逼他，逼他他就要去寻死！我们也没有办法啊。"

木棉朝隔房里瞅瞅，嘀咕说："那边披屋里没人，这边隔房里也没人，好像一大早就出去了。"

村支书进披屋，瞅着棺木，看了守顺一眼，说："只能搬走了，你们家老人回来要是闹的话，就让他去找镇里说。就是他寻死，也是他自己要寻死的。我们也真是工作做到家了，到你们家也不晓得来过多少趟了，我们实在没法子了！"招呼后面的人将棺木抬出去，放到停在马路边的卡车车肚里。

守顺和木棉也没有上前阻拦。村支书拿着一张清单，让守顺在自己父亲名字后画个对勾，守顺看了看，照办了。村支书身旁的一个戴眼镜的瘦高个小伙子递过一沓钞票，"这是一千，寿材补贴。叔点点。"

守顺淡然地接过钞票，"不用点吧。"

小伙子坚持说："您还是当面点点。"

木棉说："你就点点呗。人家负责任。"

守顺点了点钞票，点头说："一千。"

村支书如释重负，说："难为你了。"转身朝卡车司机扬扬手，司机一踩油门，将车掉头开走了。

村支书等人一走，木棉说："他们要将寿材弄到哪里？"

"这不是我们管的事。"守顺心事重重，"父回来，不见寿材，还不晓得怎么闹呢！"

"他要是闹，由他闹，我们不吭气，他一个人闹一闹，也就过去了。"木棉说，"要不我们俩也都走？"

"这倒也是个法子。"

两个人索性将门虚掩着，到镇上去转了转，快到中午的时候，才进家门。梅艺高也正好从外面进来。守顺忙从提兜里拿出一个塑料袋，"父，这是刚才在路上碰到宝山叔，他让我捎给您，新鲜荔枝呢，他孙女婿小蔡买的，他拿了一些给您尝尝。"

梅艺高扬扬眉说："小蔡倒是会哄他爷爷，宝山又拿来哄我！"

木棉瞅了一眼公公，"父，看您这话说的那个劲儿，宝山叔给您东西是人情，要是不给您呢？也没的说的嘛。说了您不要不高兴，您这太将自己当回事了！"

梅艺高哼哼鼻子，"他孙女婿在镇里管什么殡葬改革，我不交寿材，他孙女婿就完成不了任务，就评不了先进！这其中的小猫腻我还是晓得的。"

守顺不吭气。木棉忍不住回敬公公说："父，宝山叔可不像您说的有那么多心思！"

"哼，这个老家伙，越老心思可是越多，快变成哈巴狗了！"梅艺高黑着脸去披屋看了一下，站在后院中吼道："趁我不在家，弄走了我的寿材呢！你们怎么能让他们弄走了我的寿材?!"

木棉没好气地说："您老人家之前不是天天看着寿材吗！今天是最后一天期限，您为什么不自己好好看着？这些天，村里的干部来我们家多少趟，胳膊和大腿拧，能拧得过吗！我们低声下气说好话，您以为我们心里舒服吗！我们也算是小老人了吧，您不觉得我们这样，有多窝囊吗！您老人家还要我们怎么做？"

"你这张钢钎嘴，厉害！"梅艺高愤愤不已，来到堂屋，四处看了看，"那帮孙子说还有什么狗屁的补贴，那补贴呢?!"

木棉冲守顺使使眼色，说："找找看有没有？"守顺会意，走到父亲身后的八仙桌旁，悄悄地将一千块钱塞到八仙桌上的茶壶底下。

木棉作势找了一下，拿开茶壶，"在这里呢。"数了数，"一千，不多不少，正好。他们说话还是算数的。"

梅艺高一把夺过钱，十分恼火，"一千？哼，一千算什么补偿！

我家守平二十多年前给我割的上好寿材，搁到现在市面上，出手少不了一万块！那年月，钱真还当个钱用，一块钱拿出来，能到肉铺割回一斤新鲜猪肉，哼，现在这年月，钱就像草纸一样，一块钱买几根猪毛还差不多！他们拿一千，纯粹是来糊弄老子！"

守顺和木棉也不搭腔。梅艺高牢骚一番，也觉无趣，自行作罢。走进隔房，梅艺高在窗边的春秋椅上闷坐了很久，直到守顺喊他吃晚饭，他才怏怏不快地走出隔房。

如今梅艺高瘫痪在床上，想到自己曾精心保养收藏了二十多年的油亮大气的寿材，就那么轻易地被人贱价弄走，想到当年给他割寿材的四儿子守平早已成了一堆白骨，不禁悲从中来。唉，守平好歹还躺在棺木里，而他死后却被烧成灰烬，装在小里小气的骨灰盒里，他真是挖心般难受！

他已经十二天粒米未进了，在长子守顺的一再劝说下，他每天也只喝点汤水，平生有诸多遗恨让他意难平，越发觉得还是早死的好，他索性连汤水也不喝了，整个人也渐渐进入一种虚恍飘忽的状态，眼前全是幻觉：雾蒙蒙，水茫茫，两个水淋淋的女鬼，一前一后推他操他……他渐渐昏迷不醒。

没过几天，梅艺高落下最后一口气，彻底解脱了。没有人为他伤心哭泣，毕竟在乡间，八十六岁的老人算高寿，过世属于"白喜事"。照当地的习俗，长辈归西，是要有人哭丧的，这样会对子孙更吉利，木棉、香玲和秋华作为儿媳妇，便扯着嗓子象征性地号哭了几声。家族直系亲属都接到报丧信，暂时搁下手头的活儿，赶回来奔丧。上海的守祥和侄子麦生各自带着妻儿一同回来了，紧接着，杭州的飞雪、北京的飞云与雨生也都先后归家，随后天津的平安也进了家门。

梅艺高的整个丧葬仪式，守安始终没有露面。他原本也没打算让他的儿子平安回来。平安说："大伯给我打电话，还是希望我回来一趟，这个面子帐还是要的。"

守安没再说什么。他和梅艺高父子交恶几十年，庄里人都知晓，葬礼上他不现身，别人也不觉得意外，但平安作为孙子辈，爷爷过世，理应还是要披麻戴孝的，这也是乡间多年的规矩。他也知道大哥考虑事情比他要周全。

梅艺高的丧葬办得很热闹。守顺兄弟们请来当地最有名的土道师念经，为父亲超度亡魂。在土道师抑扬顿挫的颂唱中，作为长子的守顺捧着父亲的遗像，带着一帮家族的同辈和小辈——每人捧一盏豆油灯，围着灵枢跑圈。

闹哄哄的丧葬仪式结束之后，殡仪馆的接灵车在约定时间接梅艺高的灵枢到火葬场火化。按照梅艺高的临终遗愿，他的骨灰盒被安放在桃花甸，在他父母墓地的下方。

梅艺高归山之后，一切如初。天还是那个天，时阴时晴的；桃花甸还是那个桃花甸，只不过比以前多出新的坟头；清水湾还是那个清水湾，不会因为少了一个看风景的人而变了样貌。

第十一章 守 安

在父亲梅艺高入土的第八天，守安一个人上了桃花甸，穿越大大小小沉默无言的坟茔，到母亲的墓旁坐坐，又到冬月的坟前看看，过往的那些岁月，恍若一场大梦。他生命中最重要的两个女人都自行去了清水湾，她们的离世跟梅艺高有直接关系。他恨父亲梅艺高恨了一辈子。如今梅艺高已走，永远从这个世间消失了，他有说不出的复杂感受。也许不久后，他也要从这个世间消失，去另一个虚无的世界。他背负了这么久的沉重包袱，总算卸脱了，并没有觉得有多释然，更多的是难言的怅惘与失落。

那之后一段时日，守安心境都不是很好。守顺也不时来劝慰他，让他想开一些，说其实人开心不开心，主要还是自己心态的问题。守安想想大哥说得没错。那天他站在龙山脚下，看看四围，野花绚烂，和风温煦，天蓝得纯净，云丝全无，突然觉得，在这亮眼的明空丽日下，活着似乎也不是坏事。他直起腰身，伸伸双臂，呼出长长一口气，随意走走，竭力让自己放松。

经过一条狭长的田埂，走到尽头，便是自家的藕塘。守安站在藕塘埂上，瞅着塘里不时荡开的涟漪，感觉有些舒爽。太阳略略偏西，橘红的晚霞倒映在藕塘中，一派宁静与祥和的景象。眼前悦目怡心的景致，很像当年在小弟守祥家见到的客厅挂画。听小弟说，那挂画是小弟妹小万特意从书画摊上淘回来的，她喜欢农村风景画。小万朴实，待人诚挚，没有城市人的架子，不嫌弃他这个乡下来的大老粗兄弟，好饭好菜地招待他。那次他回家的时候，小万给他买了一堆吃的喝的，还塞给他一百块钱。回想起来，那都是三十多年前的事情了，但他一直记忆犹新，每每忆起，心底总油然生出一股温暖。

藕塘有四五十见方，原是在一摊水洼的基础上开挖而成的，屈指算来，也有二十多年了。那年秋收之后，守安闲来无事，硬是要将这个水洼挖成一个小塘。当时正好有修路队在附近修路，修路队开挖掘机的老潘是他母亲娘家的远房表侄，看见守安在吭哧吭哧地挖土，笑笑说，三老表，你这样一锹一锹地硬挖，挖到什么时候啊？不如等方便的时候我来开机子挖几下，比你这强上好多倍。守安当然求之不得。

老潘趁修路队队长一干人午休的时候，将挖掘机开到洼地，挖了一会儿。机器就是厉害，别看只挖了一会儿，原先巴掌大的一块洼地就被挖成小方塘的样子，顶得上守安苦挖一个月。守安为感谢老潘，特意买了四包拿得出手的香烟。老潘坚辞不收，说三老表太见外了，这也是举手之劳的事嘛。我妈在世时经常念叨你妈，说表姐待她好，当年饿肚子那阵子，她厚着脸皮到表姐家蹭吃的，表姐瞒着表姐夫，弄了点吃的给她。表姐夫晓得了，还跟表姐吵了一架，骂表姐犯贱，他饿得眼冒金花，不顾惜他，还将家里的东西给外人吃！表姐气哭了，说我娘家表妹来了，吃点东西，怎么了？吃的还是我自己的这份，你聒噪什么？我妈觉得欠了你妈的人情，对不住你妈。老潘说着笑笑，我今天就算替我妈还人情，总可以吧？守安坚持要他将烟收下，说一码算一码，烟我是为你买的，你不收不合适的。老潘推辞不过，只好收了一包，又开着挖掘机在小方塘里倒腾了一遍。老潘重情重义，守安也是记了大半辈子的。

那年冬天无雨无雪，守安将小方塘里的一些残土清理了一番，将原先挖掘出来的土方弄到塘的四周，围成塘埂。守安打算来年开春气温回升后在方塘里种莲藕，考虑底肥很重要，他将柴垛里残余的油菜秆、豌豆梗、丝瓜藤混到塘底的土堆里，等到第二年春季，接连下了几场大暴雨，方塘蓄了不少水，这些塘底的秆梗藤腐烂，为他后来在塘里种的莲藕提供了上好的有机肥料。他又往塘里放了一些草鱼、鲤鱼、鲢鱼的鱼苗。等到五月份油菜收割，油菜籽送到油坊压榨出油，剩下的油菜籽饼，守安就将它们作为养鱼的饲料。

为了防止有人朝他的水塘里伸第三只手，他在水塘周围扎上竹篱笆墙，变着法子在篱笆墙里夹栽荆棘。

每到腊月，藕塘里的鱼和藕都差不多成样儿了，守安就将塘水放掉，先将鱼弄上来，再挖藕。大哥守顺和二哥守泰也都来帮忙。他家自养的鱼很紧俏，不用拿到集市上，一出塘，不消多大工夫，就会卖个精光。来买他的鱼的都是附近一些退休佬，每个人一买就是十来斤甚至二十斤。他们每月有固定的薪水，有点条件在吃喝方面讲究，他们总嫌现在集市鱼摊上的鱼不正经，说别看市场上的那些鱼个大肉肥的，却全是用化学饲料、激素催大的，听说有钻进钱眼的养殖户拿避孕药喂那鳝鱼、泥鳅，听了都叫人起鸡皮疙瘩，别说去吃啦！他们要吃就吃梅守安小藕塘里自然生长的鱼。

抬头看看天，原先橘红的霞光渐渐淡下去了，守安走过藕塘的塘埂，来到自己的场院，进了厨房，他得准备做晚饭了。癞痢头那个小货吃东西挑三拣四的，他还得琢磨着做点那个小货愿意吃的饭菜。儿子平安总是在电话里说不要惯着癞痢头，您吃什么，癞痢头就吃什么；癞痢头在家里，您干活，也要让癞痢头干活。又说您农活能少干点就少干点，只要带好癞痢头就行。

守安想自己身子骨还不算太软，干点农活也还凑合，最累的是带孙子，心累得慌。这小混账顽劣，八成跟他那泼皮娘有关系，小小年纪就像他娘一样刁钻！

儿媳妇肖小美模样并不美，但也还看得过眼，这个桃形脸、细长眼的女子在梅园是出了名的吵架好手。守安的老伴冬月也是多年的媳妇熬成的婆，但到了泼辣难缠的儿媳妇这里，成了被捏的面团。这个面团不堪被捏，最终跳了河。

婆婆寻死的事闹一闹也都过去了，肖小美对付公公，辣味一点不减。守安怨恨儿媳妇将自己的老伴给吵到阴间去了，当初儿媳妇要将孩子丢在家里，跟儿子一起进城打工，他脖子一拧，说癞痢头你们带走，我带不了！肖小美说，人家孙子都是爷爷奶奶带的。守安说，奶奶没了，光我这爷爷，带不了！儿媳妇说，带不了也得带！谁叫你是爷爷！还要搬出一堆话来，说你老了靠谁？还不是靠我们？现在你带带孙子，能碍你什么事？孙子能自己吃饭自己走路自己睡觉，又不要你喂他背他哄他，你就给他弄点吃的喝的，给他洗洗小衣服，还能有多大的事？生活费到时候我们寄给你，还不成？

守安说不过利嘴儿媳妇，也就闭嘴闷着。儿媳妇丢了句，说带孙子的事，你老好好想想！一转屁股，带着孩子回娘家去了。

守安跟儿媳妇争吵的时候，儿子平安猫在小阁楼上理东西，其实小阁楼并没有多少东西，早已被父亲理得条条顺顺。他是根本不想下阁楼，将草席子翻出来，铺开，躺在上面，叹气又叹气。没结婚之前，家里和和气气的，父母偶尔红红脸，他一旁劝劝，父母各自的脸上也能很快恢复原色。自从老婆肖小美进门之后，家里就渐渐少了祥和。小美性子烈，眼里容不得一丝一毫的沙子，看不惯的就得说。母亲是闷脾气，自尊心又强，觉得儿媳妇不尊重自己，纵然婆婆做得有差池，做儿媳妇的也不应该当面摆脸子，真是没大没小的，家教哪里去了？

平安夹在母亲和老婆之间，就如同大风里吹牛角，两头受气。他要是劝老婆少说两句，老婆那火坛子里的火更旺：梅平安，你这个狼心狗肺的东西，你跟你妈合起伙来欺负我！姑奶奶当初真是瞎了眼，看中了你！他要是劝母亲息息火气，别跟小美计较，母亲双眼饱含泪水，满脸幽怨，说肖小美欺负你妈，你没看到？你妈活这么大岁数，连说句话都不能说了？还要儿媳妇给管着？你不去说你老婆，反倒来说你妈！你真是那长尾巴的喜鹊，娶了媳妇就撇开娘？这样闹了一两回，婆媳再吵架，平安索性就躲到一边。

母亲被吵走之后，平安趁肖小美情绪好的时候，也哄劝她跟父亲弄好关系，不要再吵吵闹闹了。小美眼一斜，说谁爱吵吵闹闹？不招惹我，我会吵闹？他也就闭了嘴，私底下也没少生闷气。说起来他和肖小美还是初中同学，当初一个学堂进出，怎么没觉得她这么泼皮？那时她说话虽响脆，但能给人一种温温热热的感觉，跟同学之间也处得都还不差，没想到现在变成这样！有时也萌生过散伙的念头，但一想到离婚后支离破碎的家，他还是告诫自己要忍耐。

他心里明白得很，离婚对他来说，是非常吃亏的事。一旦离婚，肖小美必定要将孩子扔给他，她会再找个人嫁掉；而他一个三十多岁的男人，拖着癞痢头这样一个半大的油瓶子，又没钱没势的，哪个女人还会再跟他？即便他能找到一个女人再婚，这个女人能将他的儿子当自己的亲生子待？弄不好又是家庭矛盾，那岂不是跟以前一样了？他百般地放大肖小美的优点，浓缩她的缺点，思忖着怎么样不跟小美冲突。小美脾气急躁，逢到她说过火的话，他就默不作声。沉默是最管用的法子，小美噼里啪啦地发一通炮，见他不应对，也自感无趣，自行歇止。

他真心希望父母也像他一样，不搭理她不就完了吗！但父母做不到，他们在儿媳妇面前，从来都不让步。母亲性情闷烈，跟小美对抗，结果抗不过，就将自己先"灭"掉了！如今父亲因为不愿带孩子而招致小美不满，吵闹，他又不能夹在中间说什么，为此也很伤脑筋。小美要父亲帮着带孩子，也不能说是无理要求，毕竟在乡间，爷爷带孙子，也算是分内的事情。父亲心里怨恨小美，他也很理解。

思来想去，他觉得眼下唯一可行的是哄哄父亲。父亲向来吃软不吃硬。等小美带着癞痢头回了娘家，家里清静下来，平安就下了小阁楼，避着父亲，从后门出去，到二叔家的百货店买烟买酒，又在肉铺称了两根纯排骨，到鱼摊上选了一条五寸左右长的鲫鱼，在菜摊上挑了父亲爱吃的西蓝花、莲藕和豆腐，回来系上围裙，下厨房，蒸上米饭，又洗洗切切，叮叮当当，先后做出了红烧排骨、鲫鱼炖豆腐、清炒蒜蓉西蓝花，又弄了一盘糖醋莲藕片，菜肴上桌，摆上碗筷，斟上酒。

其时，守安在卧房里看电视解闷，电视声开得老大。儿媳妇带给他的不快还没有消弭，以前他最怨恨父亲梅艺高，总觉得是梅艺高害死了他的老伴，梅艺高归西了，他的怨恨又转到儿媳妇这里，老伴被儿媳妇生生给吵走了，她难不成也想将自己给吵走？他可不像老伴那样傻，哼，就是他娘的吵翻了天，吵陷了地，他梅守安也得好好活着，决不自寻短见！小娘们要跟他斗，还是嫩了点！孙子他是坚决不带！看她能将他怎么着?! 她一再扬言他不带孙子就不养他的老，哼，这种威胁他才不怕，她不养他的老没关系，他的儿子必须养他，他巴心巴意地养大了儿子，儿子敢不养他的老？有法律摆在那里！他一直喜欢看电视法治栏目，栏目有一期就曾专门播过老子因为儿子不愿赡养自己而告到法院，结果老子胜诉了。如果平安被肖小美这个小娘们牵着鼻子走，也跟他撕破脸皮，不管他的死活，他就上法院告平安，由不得平安不养他！

守安心里正给自己鼓着气，肚子咕咕叫，该去弄点中饭了，就将早餐剩的红薯粥热热对付一下算了。守安伸伸腰身，搓搓脸，揉揉眼，电视这东西，看长了时间也不对路，也是有些累人。他站起身，正准备关电视，儿子推门进来，温温热热地说："爸，您该吃饭了。"

饭桌上热气腾腾的菜肴，都是他爱吃的。自从老伴走后，有多少日子他都没有吃过一顿像样的饭菜，他对在厨房里转锅台弄灶具实在没兴趣，很多时候，一日三餐都是自己敷衍自己。如今面对餐桌上儿子摆上的香喷喷的菜肴，守安两眼一热，咽咽口水，"你做的?"

儿子嗯嗯点头。

"你什么时候学会做菜的?"

"在外跟着工友小付学的。小付厨艺好，以前在一家餐馆干过厨师，后来那餐馆倒闭了，小付一时没有找到合适的工作，就暂时跟我们干起了装修。"

"这小付不错，有点能耐。"守安点点头，坐在桌旁，又幽叹一声，"你妈在的时候，从来没见你露过手。"

平安深深叹口气，"儿子不孝，没给爸妈找个贤惠的儿媳妇。"

守安摆摆手，示意儿子不要再说了。当初儿子跟肖小美交往的时候，他觉得这女娃看上去也还行，说话快人快语，也还爽脆，不曾想她进了梅家的门户之后，像换了个人似的，算得上梅园第二泼皮，能跟年轻时的李麦苗有得一比！唉！也许是老梅家老祖宗前世没积好德，祖坟不冒烟，招来这么一个泼皮货！有时肖小美在家吵得不可开交的时候，他恨她恨得不行，甚至滋生一种邪恶愿望，这个泼皮娘们哪天出个什么岔子，上马路被车碾轧，他的日子才能过得太平！可是，看到儿子那低眉顺眼的样子，他又觉得自己是不是太过了？这个泼皮娘们好歹是儿子自己看中的，儿子能忍，他怎么就不能忍？

平安夹了两块红烧排骨放到父亲碗里，"这排骨入味，爸多吃几块。"守安尝了尝，颔首说："不错。你这做菜手艺长功夫了。"

平安拿起小汤碗给父亲盛了一碗鲫鱼豆腐汤，这才自己抄起筷子，夹了一筷子西蓝花，放进嘴里，边嚼边说："爸啊，我不在家，您自己一个人在家要多保重身体。"守安轻轻叹息，"你在外也要多注意身体。我一把老骨头了，也就这样了。你妈要是还在，两个人也有个照应。唉，不说了，说了也是白说！"

平安长叹一声，往父亲碗里又夹了两块排骨，"爸，说什么好呢！您那糟糠儿媳妇就是那么个坏脾气，我有什么法子呢？我要动粗，她就去寻死。她要真死了，这家还是家吗？"平安说着说着，就转到带孩子的事上来了，"爸啊，照理讲呢，您岁数也大了，这孩子不应该再劳烦您带。不过，我们要是带孩子出去，也不是好法子。有孩子在身边裹脚跟，我们还能做事吗？我们做不了事，哪里挣钱去呢？妈妈在的时候，就老念叨盖房的事，我就想着多赚钱，也回来盖个小楼。您儿媳妇也有这想法，就想着我们两个人一起出去，多挣点钱。"

儿子说话始终是那个温热腔调。守安想，亲儿子到底是亲儿子，说话句句有情有理，让当老子的听了心里熨帖。也是的，这周遭人家只要出去打工，勤劳赚钱的，没过几年，青砖瓦房都纷纷换成二层小楼了。自家还是住这多年的老平房，要是能住上敞亮的楼房，不只舒适，面子上也好看很多。儿子儿媳妇都出去打工，小夫妻俩齐心合力赚钱，也不是坏事，至于孙子，是要留在家里的，他当爷爷的不带孙子谁带呢？

守安起先以为带孙子也不是多大难事，让孙子吃饱穿暖，出去玩不出岔子，也就行了。等孙子一天一天大起来，他才发现带孙子委实不简单。这小东西成天就乱捣鼓，还冷不丁睁着眼说瞎话。小东西淘气，做爷爷的不过举举棍子吓唬吓唬他，他就在电话里向他妈汇报说挨爷爷打了。小东西还跟大米饭结仇了，正经饭不爱吃，喜欢吃零食，常常从家里偷零钱往食品店里送，有时被爷爷逮着，他就编话说自己吃不饱，肚子太饿了。这话传到儿媳妇那儿，儿媳妇居然也信，还一再来电话说，爸啊，孙子怎么着是亲孙子，亲孙子就得当亲孙子待！孩子正长身体，好歹得让孩子肚子搞饱！说着说着，儿媳妇竟然咽着哭腔，说她也是没法子才将癞痢头撂在家里，受外人的气不说，家里人的气不能再受了！

守安不晓得儿媳妇那边的尴尬事，儿媳妇头天傍晚在街头摆小车卖服装，被搞突击的城管逮住，儿媳妇争辩几句，惹得城管更加发毛，连车带货都给没收了。她本来心里头就是草蓬蓬的一团糟，碰巧癞痢头打电话向她告爷爷的状，惹得她又气恼又难过，打电话对公公大发牢骚。守安为这事满心烦躁，好几天心里都不舒坦，儿媳妇那声腔，倒是很肯定他这当爷爷的时常饿孙子！放他妈的屁！守安忍不住暗骂。

想想这几年自己像个妇人一样家里家外忙碌，不晓得怄过多少气呐。守安忍不住叹息。

孙子癞痢头从外面回来，满身灰土土的，脸上有抓痕，T恤衫上还有点滴血痕。守安喝问："是不是又跟人打架了？！"

"没有！"

"那你脸上是怎么回事？"

"不小心被扎刺给划的！"

"你都这么大了，就不能小点心！"

癞痢头进自己的房间，啪地关上门。守安说："你做做家庭作业。"

"没作业！"

"怎么会没作业？是不是又在骗你爷爷！"

"不信你问我们老师！"

守安没再问，估计真没作业。之前也问过贺老师，说有一点作业，都让学生在学校做完回家，上面三令五申地要给学生减负，老师们都不敢多布置作业，怕被扣上违反规定的帽子，受处分。守安不太理解，当农民的多种点田地，没人喊减负，怎么当老师的让学生多做点作业就不行了？给学生们一味减负，放出校园，一个个跟野马一样，尤其是男孩子，浑身有股蛮劲，无处发泄，乱玩游戏，干各种勾当，到头来学习一塌糊涂不说，还容易学坏。

守安还是忍不住督促孙子要看看书，孙子充耳不闻，他也毫无办法。

尽管守安心里有气，但晚餐还是必须要做的。他站在锅台旁，将电饭锅煮上米饭，拿两个鸡蛋打到碗里搅碎，加上温开水，放点芝麻油，加了点盐，搁在电饭锅的蒸笼上，鸡蛋羹和米饭一起蒸煮，也比较省事。然后准备做一盘莴苣蒜苗炒腊肉。他从水盆里捞起（早在中饭后就开始浸泡的）干腊肉，冲洗，切片，在灶膛里点燃柴火，将腊肉片倒在锅里；给莴苣去皮，将其切成细长小条；又将蒜苗冲洗了一下，切成段备用。

灶膛里的柴火旺起来，锅里的腊肉片开始吱吱冒油，守安赶紧将切好的莴苣片和蒜苗段倒入锅里，翻炒一会儿，添上适量的开水，扣上锅盖，焖烧片刻，掀开锅盖，继续翻炒，菜炒得大致熟了，出锅装到海碗里。平素儿媳妇在家下厨房，像城市人一样用液化气灶炒菜。他习惯于用柴火锅炒菜，觉得柴火锅做出来的菜比液化气锅做出的菜味道更正。

守安刚做好饭菜，听见后院门外有人叫他，好像是柳兰花，赶紧出了厨房，走到后院，拉门出去。

柳兰花气势汹汹地拽着孙女小菜过来了。

"守安！你看看，你看看！"柳兰花将小菜推到守安跟前，"这是怎样毒的爪子，将我家小菜这嫩瓜样的脸蛋给打成这样?! 有家法没家法?!"

守安一瞧小姑娘的脸，马上明白是自己的孙子又闯祸了，便冲屋里大声叫："痢痢头！"

屋里没有回应，只听见哐里哐啷踢墙的声音。

"瘌痢头！"守安又高声叫。

"我叫梅天宇！"屋里传来摔门的哐啷声，男孩倚靠在房门框上，一脸倔强与愤愤不平。

"瘌痢头，你给我过来！"守安凸着眼珠子。

"我叫梅天宇！梅天宇是我唯一的大名！！"男孩子梗着脖颈，吼着说。那声音爆裂，如同干竹筒在烈火中烧得噼啪作响。

"你给爷爷过不过来?!"守安有点气急败坏。

男孩身子扭了扭，两脚没动。

"你这个小混账！爷爷越来越叫不动你呢！"守安牙一咬，上前狠狠地将跟他齐肩的孙子揪过来，指指小菜，"小菜的脸是不是你打的？"

"谁叫她骂人！"

"骂人你也不能打！"

"她骂我我就打！"

"你再犟嘴，我将你扔河湾里！"守安恐吓。

"谅你老东西不敢！"男孩子一脸无畏。

"小混账！翻了天！你看我敢不敢！"守安气得发抖，顺手抄起脚边的锄头，作势要朝孙子劈下去，"我今天就要你小混账的小命！"

男孩到底有点发怵，见爷爷举着锄头要打他，撒腿赶紧跑，边跑边嚷："你这个老东西敢要我的小命，我爸爸饶不了你，我妈妈也饶不了你！我外婆和我姨她们都饶不了你！"

柳兰花实在看不下去，责备男孩："瘌痢头，你也不小了！怎么就一点不懂事呢？你看你将你爷爷气成什么样了？你将你爷爷气死了，有你什么好吗?! 你要上街扫马路都没人要你！"

男孩跑了几步，站住不跑了，回转头，开始为殴打小菜的事辩解："今天考试她是抄郑小茵的，还不对郑小茵说好话。我让她感谢郑小茵，她不肯，还侮辱我，骂我是剁手的，不得好死，我这才打她的！"

216

柳兰花不禁勃然变色。小菜哭着说："奶奶，不是这样的！癞痢头说的不是真的！"

守安脸色倒是和缓了一点，"小菜啊，日后有话呢，就好好说。你看你们俩从小一起长大，又在一块念书，关系弄好一点嘛。"

柳兰花冷冷地打断他："是得有话好好说！行了，守安！我看你家这孙子还得让他爸爸多管点。你这当爷爷的再怎么管，也是白费劲！"不等守安说话，她恨恨地拖起小菜就走。

守安有点手足无措了，他猛地想起什么，赶忙装了一塑料袋干藕片，拎着追出去。柳兰花带着小菜快走到村西拐弯处。守安追到跟前，将那袋干藕片往柳兰花手里塞，口气低三下四的，"唉，兰花啊，我家那小混账实在不听教！你多担待点啊！"

柳兰花余怒未消，推开他的手，"什么担待不担待的！"守安非得要她收下藕片，两人拉扯起来。

不远处，李麦苗背着双手在晃悠，身后照例跟着她的黑狗。柳兰花瞧见婆婆过来，更加气恼，将那袋干藕片使劲往地上一扔，挣脱守安，拽着小菜急匆匆离去。

李麦苗扯着嗓门冲儿媳妇喊："兰花你跑什么跑？人家守安给你东西是好意，你怎么能不给人家面子！"又冲守安说，"白送给她她还不要啊？给我，我拿给她，她要还不给你面子，我来替她收着，这面子我可是要给你的。"守安假装没听见，有点发窘地捡起那袋干藕片，微低着头，快步走掉了。李麦苗有些恼火，瞪着守安的背影，没好气地说："你这个守安，怎么变得作假了？你也不是真心想送人东西！"

守安回到家，将干藕片扔在地上，实在恼气，没让小混账吃晚饭，任凭他跟他那泼皮妈汇报去！

癞痢头实在饿得不行，私下跑到二爷爷守泰的百货店赊面包。守泰猜定他又淘气招爷爷生气了，给了他一个大面包，倒了一杯开水，让他在堂厅坐着将面包吃完，这才满脸肃容地说："天宇，说说你今天怎么回事？"癞痢头梅天宇就有点磕磕巴巴地说了事情的经过。守泰说："你一个男孩子打人家女孩子，还觉得有理了？君子动口不动手，你明白不明白？"

梅天宇垂了头，不吭气。

"还有，爷爷说你几句不能说？你头上长角了？还敢跟爷爷顶嘴？"梅天宇头垂得更低了。

"下回要再这样，别怪二爷爷对你不客气，听见没有？"

梅天宇小声说："听见了。"

"回家跟你爷爷认个错！"

梅天宇头似点非点。

那晚瘌痢头回到家，并没有认错，而是趁爷爷不注意偷偷溜进自己的房间，灯也没开。守安以为小混账离家出走了，还出去找半天，找到守泰那里。守泰一听，非常生气，这个小子，真是有点无法无天了！说好的回家跟你认错，竟然弄这一套！守安又气又急。守泰安慰说，没关系，你别去找，看这个小混账玩什么小花招！跑不远！你还是回家踏踏实实睡你的觉。

守安也相信这小混账跑不远，叹叹气回到家，没想到瘌痢头的小房间传来呼噜声，又好笑又好气。

守安的日子过得庸庸碌碌的，每天忙琐碎的家务活，忙田间地头的庄稼活，直到腊月，才有空闲时间，他想起了他的宝贝狮子头。

这天他一吃过早饭，搭梯子爬上小阁楼，拿下那个黑塑料皮包裹的红色物什，两眼就活泛了。他坐在门口的小马扎上，拿细毛刷子轻轻在那物什上刷了刷，嘴里念叨，狮子头啊，你算来该有四十岁了吧？你这一睡就睡了一年，睡昏头了吧？他用手指梳了梳狮子头上披挂的鬃毛，捻捻鬃毛上少许的黑焦点，那是它舞动时被欢庆的鞭炮星子无意间飞烫的。

腊月是一年四季最让庄稼汉闲散的时节，他们悠闲地反背着手，去拾掇得干爽的田间垄头溜达溜达，在村子里找几个老相识扯扯白话，上集镇逛逛趟子相相货品，去亲戚朋友那里串串门子。守安一闲散，心就发慌，得成天让自己忙碌忙碌，实在没什么可忙的，他就在堂屋里修整他的狮子头。

以往每年正月，守安总要跟几个老伙计在庄里外舞舞狮灯。他是舞狮子头的高手，年轻时候跟赫赫有名的狮灯之王梅憨爷拜师学艺，也学得点真功夫，比如熟练掌握了"盘桌子""踩梅花桩"之类的高难动作，能一口气跳转到十几米高的桌子上，稳稳当当地踩在三米高的木桩上。那时场场表演都走俏，人人见了都拍手叫好。昔日的辉煌如今已不复见，毕竟他已上了年岁，盘桌子和踩梅花桩这些绝活他做起来已有些力不从心，也就不敢轻易当众显摆。原先跟他搭档的那几个伙计呢？有一个患肺癌走掉了，另一个往城里做生意的儿子那儿混去了，还有一个因为老伴中风瘫痪被弄得没有心情玩灯。守安沮丧之余，就在年轻一辈里找搭档，竟然没有人愿意，说学这玩意，能顶多大用？何况盘桌子和踩梅花桩之类的绝活，不下苦功夫是根本就学不下的，再说，就算学了，能当饭碗端吗？还比不上出去打工挣点现钱爽快。守安不灰心，又不断游说，说正月里玩一玩，图个乐子嘛。倒有几个小辈给他这个老叔爷面子，答应跟着学一学，凑凑热闹，但他们不愿吃苦，学的净是些花架子，守安也就由着他们去。

如今正月里舞狮灯不过是一种形式，平地跳几跳，兜着圈子舞上几个回合，就鸣锣收兵，平淡无奇，狮灯对人们自然没了诱惑。尽管如此，守安依然坚持每年从正月初二到十五元宵带着他临时拼凑的狮灯队，到庄里外一些人家门前去舞上一舞。照当地的习俗，狮灯舞到哪家门前，哪家就要放鞭炮"接灯"，还要赠送礼金，比如两三百元现金、一条顶雪贡糕、一匹红色绸缎、一条香烟之类。

因为觉得狮灯舞得太平庸，太没意味，不少人家送礼金是很勉强的，守安的狮灯队也就渐渐成了不受欢迎的"讨米灯"，甚至有人公开说梅守安舞狮灯就是为了讨点小毛票子花花。守安对这类酸溜溜的话并不上心，什么毛票子不毛票子的！他玩狮灯纯粹是为了重温当年舞狮灯的那种感觉。他也清楚，当年的那种感觉永远是找不回来的，他不是当年那个威风凛凛的狮灯王梅守安了，人们也不是当年那些嘴里含着饭就乐颠颠地跑去看灯的观众了。如今过年过得虚浮得很，庄里人大有将舞狮灯抛弃的意图，他们情愿坐在暖桶里看看电视，玩玩手机，扯扯闲话，或者找几个牌友围坐在一起通宵达旦地打打麻将，从电视与手机荧屏上找的乐子和麻将场上寻的寄托，总是要大大超过看狮灯的无聊和无趣的。

守安修理好狮子头，有点闷闷不乐地站起来，走进孙子癫痫头的小房间。他要将这个比狗窝还乱的小房间整理整理，省得那个利嘴儿媳妇回来说闲话。

儿子平安和儿媳妇肖小美每年都是到腊月二十九日上午才进家门。癫痫头看着别的孩子尽情地吃喝玩乐，就有些郁闷。他最羡慕的是他的小铁哥们捧着掌上游戏机玩得自在潇洒，小哥们玩的时候，他只能在旁边蹭着看。他的心像被小猫抓挠，痒得要命，实在等不及父母回来，他便在爷爷身上打主意。他为此整整周密地计划了两天，半夜趁爷爷熟睡，偷偷取下爷爷裤带上的钥匙，轻手轻脚地打开放钱袋的柜子，从袋里抽走了六张大人图，又将柜子锁上，将钥匙重新挂到爷爷的裤带上。

第二天早上一扒拉完饭，癫痫头就纠结几个小铁哥们，拿着偷来的钱到县城买了掌上游戏机，还上桌球室赌球。他在外混了一天，被守安发现了，那六张大人图被他混得一毛不剩，回程买车票还欠了小铁哥们一块钱。守安牙齿咬得嘎嘣响，"你这小混账真是翻天了！我不将你这个小混账死揍一顿，我就枉当了你爷爷！"

癫痫头心里有些发虚，表面上还是强硬得很，一蹦三丈高，"不就六百块钱吗？等我妈回来，我从她那里要了钱还给你，还不成吗?!"守安拎着竹棍要揍他，他将竹棍强拽过去，扔到一边，两脚像抹了香油，溜得比什么都快。

守安从院墙角落抄起一根扁担，撵癫痫头，孙子没撵上，自己反倒被树桩绊倒摔了一个大跟斗。守安气得浑身哆嗦，心里的怒气没处出，一个电话打到北京的儿子那里。

儿子一口气叹得很深，"这个小混账！翻上天了！您老消消气，等我回去好好收拾他！爸啊，您老日后将钱收牢靠了，别让那小混账找见！"

守安说："我能收在哪里？也就收在柜子里，上把锁，那锁不晓得怎么被小混账给弄开了！"

儿子又重重叹气，"这个小混账胆子真不小！爸，回头我好好收拾他一顿，看他以后还敢不敢再偷钱！"守安通过电话机，很分明地听到儿子那边有人在叫嚷：快点干活干活！别磨蹭！干完活，你们才好回家过年！

儿子说："爸啊，我在工地上忙活呢，忙过这几天，我们就动身回去。"

守安想嘱咐儿子两句，那边的电话断掉了。守安坐在电话机旁边，愣了半天神。孙子淘气的事对儿子说了有什么作用呢？每次跟儿子说了，儿子都说回来要收拾小混账，可是回来也没见儿子管管孙子，儿子还给孙子带回一堆吃的喝的玩的东西。他不免对儿子有点恼火，责怪儿子净糟蹋钱！儿子说，瘌痢头那糟糠妈要买的。

瘌痢头怕挨爷爷清算，拿着新游戏机跑到他外婆那里逍遥去了。外婆护外孙滴水不漏，在电话里一个劲地开导守安：亲家啊，孩子玩玩游戏也不是什么坏事嘛，瘌痢头说能帮他开动脑筋呢……我晓得你心疼那几百块钱，这年头，什么东西都在涨价，钱是不值钱的，几百块钱也不算什么，亲家你稍稍省一省，也是能省下来的啊……那电话守安没听完，就啪地给挂掉了，这个混混沌沌的老娘们！听她说话都要折寿！

没过几分钟，那老娘们电话又来了，居然扯着说起让她小女儿生二胎的事，说政府现在度量变大，放开二胎了，瘌痢头一个人实在太孤单，因为瘌痢头实在孤单到家了，就自个儿瞎玩呗，得让他妈再生一个，给瘌痢头做做伴儿！

儿媳妇再生一个？守安听了不由得心闷起来。照看孩子的事十有八九又要落在他这个当爷爷的头上，他还有日子过吗？老娘们说话跟嗑瓜子一样随意。她自己生了三个女儿，女儿们在婆家个个顶呱呱地当家做主，对她这个娘孝顺百倍，都争先恐后地给她买这买那，每个月还给她固定的生活费。老娘们依仗着三个女儿，她那小日子过得真是心闲气定啊。她从来不用带外孙外孙女，成天套着鞋袜，不用下田下地干活，吃饱了饭闲着没事，就上附近的棋牌室摸摸棋牌。

守安想世道变得真是有些邪门，以往哪家不是儿子当家，儿媳妇跟着儿子唱和的？以往谁有了儿子谁就等于有了靠山，养女儿等于白养了，女儿都是泼出去的水。现今却是倒了个儿呐！难怪社会上都在传什么"儿子是建设银行，女儿是招商银行"，搞建设的得拼命地做牛做马，搞招商的呢？就是成天到处晃趟子也能有点进账。

守安曾经也有两个"招商银行"。他和冬月结婚一年多后生了儿子平安，之后四年间又先后生了大女儿小欢和小女儿小凤，两个女儿都聪明伶俐得很，很得人疼爱。小欢四岁时被庄里一帮大孩子带出去玩耍，玩着玩着就给玩丢了。守安跟冬月在庄里外疯找两天，才在邻村的一个池塘里将孩子找到。夫妻俩看着变了形的闺女，痛哭一场。之后他们对小女儿更加小心翼翼地看护，好歹看护大了，姑娘家也都十五岁了，却不幸得了肾病，治来治去也没治好，最后发展成尿毒症，没了救，人财两空啊！给小女儿治病落下的债窟窿，他硬是花了十多年的时间才填平。守安每每想起自己的两个女儿，就满胸腔都是泪。要是两个女儿现在都还好好活着，他有这两个贴心小夹袄，也好歹暖暖心。

痢痢头外婆还在电话那头喋喋不休地说二胎的事，守安除了忍不住干咳两声，始终没接话茬儿。

守安老不吭气，让痢痢头外婆有些不满，"亲家，生二胎最受累的是我小女儿，给你老梅家多添香火，受恩惠的是你老梅家啊！你怎么是这种闷寂寂的态度呢？你是怕儿媳妇生二胎让你当爷爷的多受累？"

守安不得不开口："我受累不受累都不要紧。亲家，生二胎可不是一句话的事哟，哪养得起哟！"

"亲家，你要这样说，那就没有意思了！"痢痢头外婆提高声调，"你也莫怪我直嘴说直话，说来说去，都是你儿子没什么本事，连多生一胎都养不起？再往你这儿说，是你这个当老子的没有给儿子打个厚家底！你要是有能耐，给你儿子先整上二层漂亮小楼房，再给他存上一大笔款子，你儿子有你给他打的家底子，日子过得是不是要适意一些？他现在也不至于和我女儿在外打那劳什子工，又累又苦的，还挣不了几个钱！"

守安猛地撂了话筒，唯恐那电话再响，索性将电话线拔了。他决计将这座机停掉，就只用老人机。他怨恨那老娘们说话太不晓得轻重！现在养孩子比不得以往，过去养孩子可以跟养小猫小狗一样简单，管温饱也就给对付过去了。现在养孩子跟养小祖宗没两样。儿媳妇成天就一个腔调：别人家的孩子有的东西，她家癞痢头也要有，再苦再累也不能委屈孩子！孙子要这要那，他当爷爷的不给是不成的，孙子会打电话给儿媳妇，儿媳妇保准同意买。他没好气，买?! 说得轻巧，买是要票子的！儿媳妇说得响脆：我们寄钱给你！那豪爽的口气像个土财主，她不想想他们两口子一年到头拼死拼活才挣多少钱！轮到给他这个公公寄钱的时候，那豪气就萎缩成皱巴巴的碎纸团，两三个月才寄上两千块钱。家里的开支很大，亲戚间迎来送往的礼金就不提了，光是癞痢头吃的、喝的、穿的、用的和玩的费用，一个月下来就将近一千！有时手头实在紧巴，他就跟儿子发牢骚。儿子跟他解释，说每月工资老板不全给，到年关才一起结账。爸啊，您就担待着点，实在不够花，就找亲戚暂借一点，我们年关回去就还钱。儿子说话总是那么低声下气的，他也就不好埋怨儿子。他不乐意放下颜面找亲戚借钱，能凑合也就凑合。为了贴补家用，他农闲时候也出去给人打打短工，好歹能挣一点苦工费。

守安想自己一个大男人，曾经也算梅园一个吃三喝五的汉子，想想当年大集体那阵，他年轻力壮当着生产队长，梅园人谁不将他放在眼里？想想他每回威风十足地舞狮灯，谁不称羡他是个狮灯王？他不论在众人面前坐着还是站着，浑身上下都有着威信。现在呢，威信早已被风刮到天外去了，他像个刚过门的小妇人忙里忙外，做家务，做农活，伺候着那个小祖宗，做死做活不说，还要无端地受气，受那个强霸的儿媳妇和混账孙子的气不说，还要受那个二百五老娘们的气！他的肚子鼓胀得很，比大饥荒时期吃野桑叶还要鼓胀！

不想不想！想再多也没有用。守安摇头，走进卧房，开了电视，一入眼帘就是两个小年轻搂抱亲热的辣眼场面，不觉扫兴，赶紧转台，转到戏曲频道，他想看看清扬婉转的黄梅戏，偏偏一上来是京剧，一句话咿咿呀呀唱老半天，叫人听了着急，索性将电视关了。一抬眼，看见墙上梳着齐耳短发的老伴秦冬月，抿着嘴朝他笑。

他盯着老伴看，看得眼前起雾。十一年前的这光景，她愁眉苦脸地抱着两岁左右的孙子癫痫头坐在暖桶里。儿媳妇为一点鸡毛蒜皮的事跟她闹别扭，扔下孩子跑回娘家去了。如今她遗落下来的只是一张二十年前的照片。他揩揩双眼，将她的遗照拿下来，拿抹布轻轻拂拭相框上的浮尘，小心翼翼地将遗照放回原处。

堂屋的老挂钟当当响起来，它不紧不慢地接连响了十二下，提醒他该解决中餐了。多少天他都觉得饭菜无味，他还是得吃，还要尽可能多吃，他要活着，还得有气力干活。

守安踩着闷声闷气的钟声去厨房，打开柜门布满污渍的小冰箱，除了一个黑瓷花碗里躺着小把咸豇豆和一碗红辣椒糊糊，再也没有别的菜。他掀开米缸，只有一小把米。守安不由得惦念起老张头的小碾米站来。

两天前他挑着一担稻子去附近的小碾米站碾米，不想吃了闭门羹，一问，才知碾米站的老张头近日被查出了严重的肺病，一大早就被女儿送往省城医院了。早些时候，守安就听说老张头女儿想让父亲好好歇歇，想将小碾米站停掉，何况现在也没几个人愿意到碾米站碾米，都直接去市场上买大米，碾米站的生意太清淡。对于老张头来说，碾米站好歹存在了二十多年，好歹能给他一点寄托。任凭女儿怎么劝说，老张头都要守着小碾米站。如今老张头这一病，碾米站怕是要彻底关张。镇上的粮站倒是可以碾米，但那要走三四里的路，总是有点不方便。

厨房的角落堆着山芋，他不怎么爱吃山芋。山芋吃多了，成天肚子胀胀的，很不舒服。他想还是去守泰的便利店买包方便面泡着吃算了。

守安刚掩上大门，走到小院，柳兰花就进来了。"兰花，你这急匆匆的，忙呢？"

柳兰花连连叹气，他回头开了门，将柳兰花让进屋。

"你一个人在家？瘌痢头呢？"

一提瘌痢头，守安就长吁短叹孙子是个祸害，"我前生没修好德，弄个小混账来祸害我！"他心疼自己收在小柜子里的大人图少了六张，被瘌痢头那小混账偷走糟蹋掉了！

柳兰花跟着一声长叹，"我前生更是德没修好，让梅为明捅个债窟窿来坑埋我！"

"梅为明借的钱你可以推脱着不管，让他们找梅为明去！"守安说，这话他说过无数次。

"有好几笔债我没法不管，是我出面借的啊。"柳兰花在他对面坐了下来。

守安猜到下面柳兰花要说什么，点了支烟，猛吸了几口，"我也没能耐，有帮你的心，没帮你的力啊！"

柳兰花看着地面，垂眼说："实在没法子，我也只有觍着脸皮去跟村支书开口了。"

"那个老狐狸精会借给你？"

"我真要开口，他准会借。"

守安表情复杂，将烟屁股掐灭了，站起身，去自己的卧房拿来一个旧信封，里面装着卖鱼的钱。

前几天藕塘弄上来的鱼没卖到自己满意的价格，守安心下有点遗憾。当时来买鱼的除了贺老先生和周边的一些退休佬，还有民生小学的会计老陈，鱼价被他们杀得低，他亏得很。守安不大希望贺老先生来买鱼，毕竟他跟贺老先生是熟人。贺老先生在民生小学待了三十多年，曾经教过自己的儿子平安。如今贺老先生的小女儿小贺老师又在教自己的孙子瘌痢头念书。有这两层关系，他的鱼卖给贺老先生，那价格是断然不能往上叫的。为了显示大方，他还背着其他买鱼的人，私下给贺老先生额外送了两条鱼。送完鱼，他就孙子念书的事跟贺老先生扯几句客套，说我家这小猴头孙子太淘气，让您家小贺老师费心很多呐。贺老先生就说，当老师的对孩子费点心，是应分的嘛。好歹鱼是自家养的，也没太费劲，看在孙子念书的面子上，钱少点就少点吧。这样一想，守安又释然不少。

守安将信封里面的票子全都抽出来，数了数，一千二。他抽下两张，揣在上衣口袋里，抓过柳兰花的一只手，将其余的一千块钱拍在她的掌心，"这是卖鱼剩下的钱，"一咬牙愤愤地说，"被那小混账偷走了六百，要不然可以多给你点。你先拿去应应急。"

柳兰花眼里闪着亮，说："守安，我卖了棉花和豆子会还你的！"

守安浅浅地笑笑，柳兰花每次跟他借钱都这么说，她家那点棉花和豆子能卖几回呢？

"我绝不会揩你半点油的！"柳兰花一字一顿地说，"你不急用，我就慢慢还你。"她并没有挪身要走，"守安，赖在我家的那户也是被人家逼债的，当初借她家六万，这些年我慢慢还，还剩三千，我想了断算了！我手头有一千，你这里有一千，还要一千，"她吞吐着说，"你，能不能帮我去守泰那里再借一千？"

守安看着她，很坚决地说："不妥。"

"怎么不妥？"

"就是不妥！"

"你就说开春前还他。这钱我绝不让你为难！说什么时候还，就什么时候还！我家小秋这两天肯定要寄过年费回来的，还有我家那头猪，也能出几个子儿。"

守安皱眉说："兰花啊，我从来不跟我兄弟借钱。再说，守泰被飞云离婚的事弄得心情很不好，这时候跟他借钱，不合适。"

柳兰花说："那就算了。"

守安说："老狐狸精那里，你也不要去借！"语气很铁定。

柳兰花没搭话，站起身，出了梅守安的家门。

守安追上去，将裤兜里的那两百块钱也掏出来，塞到柳兰花的手里，重复说："老狐狸精那里，你不要去借！他不是什么好种！"

柳兰花白了守安一眼，"还要你说？"将两百块钱又塞给守安，嗔道，"你这个笨瓜！留着你抽烟的钱！"

守安笑了笑，搔着稀疏的花白头发，似乎想起什么，说："要不，找龙宝问问看？"

"别问龙宝了。"柳兰花摇摇头，"再怎么缺钱，都不能跟他开口！他不容易！"

守安点点头，"你说得也是。"

"好啦，不跟你说啦。我得回去将家里的那个瘟神打发走。"柳兰花丢给守安一个温热的笑脸，转身离去。

守安目送柳兰花的身影，心下颇不是滋味。这些年，柳兰花真不容易！他要是手头有很多钱，一定帮她将那些发霉的债务都给还掉。梅为明一年到头都躲在外面，将一个破落的家扔给柳兰花不闻不问！还是个大男人吗？

第十二章　小菜 （一）

　　柳兰花从守安那里借了钱，总算将家里那个冤家债主打发走了，带着小菜到镇上办点年货。小菜瞅见班主任贺老师也在买东西，赶紧避开了，她实在讨厌贺老师。

　　小菜一直记恨上回被瘌痢头毒打的事，直接起因就是贺老师非要她抄答案，要不然没那么多事！

　　那天柳兰花听瘌痢头说小菜考试抄郑小茵的答案，回到家，就厉声审问小菜怎么回事，小菜说是郑小茵非要让自己抄的。柳兰花两眼剜着孙女，猛地脱下自己脚上的布鞋，照着小菜的屁股猛敲，嘴里嚼着白沫子："我叫你这个小怪货说假话！我叫你这个小怪货说假话！"

　　小菜避开奶奶刀子般的毒眼光，带着哭腔告饶说："奶奶，真的是这样的！是贺老师要郑小茵将答案给我抄的！"

　　柳兰花住了手，"贺老师为什么要让你们抄?!"

　　"贺老师说这次抽测考试我们都必须考好，争取拿个好分数。"小菜抽噎着说。

　　"毛病！"柳兰花气咻咻地将布鞋重新套到自己脚上，"你要是念书争气，犯得着这样吗?! 你这个不争气的东西！"

　　柳兰花骂骂咧咧地进了厨房，发现锅里的南瓜粥熬焦了，又将小菜骂了一顿。骂着骂着，叹息自己的命苦，说没遇上一个省心的！

　　小菜耷拉着脑袋，走进自己的小房间，将书包掷到床上。她趴在窗边的小桌上，越想越觉得委屈，越想心头越恨，恨瘌痢头，恨贺老师，恨郑小茵，恨到最后恨自己。为什么自己题不会做？为什么要抄郑小茵那个猪八戒的答案？她照常一万个羡慕起小云表姐来，她要是像小云表姐那样念书好，她死都值了！

这个十三岁的小女孩第一次想到了死。她想自己要是死了，会是怎样的情景呢？她怎么样去死？也是要想一想的。她依稀想起瘌痢头的奶奶当初就是跟瘌痢头的妈妈吵架跳进河湾里的。她还想起瘌痢头的奶奶被打捞上来的吓人样子——肚子鼓得像个圆箩，脸是黯绿的。她现在回想起幼年时期所目睹到的可怕的一幕，还浑身发颤。她是绝对不能跳河湾的！

她又想起郑小茵妈妈也寻过死。听人私下里说，郑小茵妈妈寻死跟郑小茵爸爸有关。在郑小茵出生之后，郑小茵爸爸将郑小茵和她妈妈留在家里，他常年在北京城里做生意，头四五年他还回家过过春节，渐渐地，他连春节也不回来过了。郑小茵外公对郑小茵爸爸很有意见，说郑来旺这小子不对劲，要郑小茵妈妈去城里找他。郑小茵妈妈费尽周折找到郑小茵爸爸的住处，发现他跟一个涂着青眼皮、扭着杨柳腰的女人住在一起。郑小茵妈妈从北京一回来就寻死，不过郑小茵妈妈不是跳河湾，而是喝的农药，幸好刚开始喝就被郑小茵的外婆发现了。郑小茵妈妈被送进附近的医院抢救，被灌了海量的肥皂水，吐得一塌糊涂，差不多将胆汁都给呕了出来。奶奶在家跟屋后的秋华奶奶闲聊郑小茵妈妈的事，说着说着，奶奶脾气不由得大起来，骂郑小茵妈妈：飞云真是个十足的孬坯！就是死了又能怎样？还不便宜了那没良心的男人！他照样再讨个婆娘进门，到头来苦的是小茵子那小丫头哟！照我说，就是天塌下来也不能寻死——死了也是白死，等于死了一条狗！秋华奶奶说，老姐你说得一点没错哟，死了有什么意思？我要是飞云，我才不寻短见呢！我非要想办法让姓郑的小子不得安生！

夜的暗影渐渐袭过来，屋里弥漫着沉闷的气息。小菜突然浑身一哆嗦，自己不能死，死了等于死一条狗呐！郑小茵妈妈自从那次寻死被救过来之后，也真正晓得自己不能死。她在家休养了一段时间，坚持跟着郑小茵爸爸一起上北京，她认同郑小茵外公的话：郑来旺那货得盯紧点，要不然他又犯怪！

小菜站起身，踩踩有点麻木的脚，摸摸自己肿疼的嘴，暗暗发誓，瘌痢头！总有一天，你这个剁手的要倒霉的！她甚至预想着瘌痢头各种倒霉的可能，譬如吃饭被撑个半死，走路时被车撞坏了腿，玩耍时被葫芦蜂蜇得周身红肿。虚拟的报复让小菜有了几丝快意。

"小菜，吃饭！"传来奶奶柳兰花的喊声。小菜连忙应声。她晓得她要稍有迟疑，奶奶肯定又要骂：小讨债鬼，耳朵聋了?! 饭也要喊着来吃！

吃饭时，因为嘴疼，小菜张嘴有些费劲。柳兰花忍不住又骂起瘌痢头："那个小讨债鬼！跟他妈一样刁钻！"

奶奶的这一句骂又勾出小菜满肚子的委屈。她埋着头，眼泪忽地涌出来，怕奶奶看见，赶紧将眼泪揩掉。

小菜的脑海中依然回放着令她深感耻辱的一幕幕——

下午语文抽测考试，回家途中，郑小茵冲小菜说："你今天考试全是靠了我的！"小菜看了郑小茵一眼，郑小茵那圆嘟嘟的脸上写满得意，也写满不屑。小菜牙唇紧咬，头不由得低了下去。

郑小茵嘴巴翘了起来，"哼，帮了你，你连一句好话都没有！你以为我愿意将答案给你？是贺老师要我给你，我才偷偷将答案塞给你的！"

小菜似乎没听见，慢腾腾地向前走。郑小茵有些恼怒地一跺脚，高声说："好心讨不到好报！梅小菜，你不识好歹！"

跟在她们身后的梅天宇嘴里嚼着口香糖，走到小菜跟前，咧咧嘴巴说："梅小菜，别不识好歹！"小菜扫了梅天宇一眼，冷冷地回敬："你才不识好歹！"

梅天宇呸地将嘴里的口香糖吐了，上前拽住小菜，勒令她给郑小茵叩头感谢。小菜不依，鼓着腮帮子将梅天宇推开。梅天宇扑上来，扯住小菜的小辫子，将小菜推翻在地，企图反剪着小菜的两只胳膊，将小菜的头往下按。小菜毫不示弱，拿脚踢梅天宇，踢不到梅天宇，就大骂："瘌痢头！你这个剁手的！你这个烂肠子的不得好死！"

癞痢头是梅天宇的小名。他三岁时，因为头生毒疮，毛发几乎没有，家里人干脆叫他癞痢头，他的大名倒很少被人提起。他渐渐长大，头上尚有几块小癞痢疤，成为他最重的心事，癞痢头的小名是断然不允许别人再叫的。谁要再叫，等于揭他的短，等于往他身上泼臭烘烘的污粪！

"呸！你他妈的贱骨头！"火冒三丈的梅天宇骑到小菜的身上，一个拳头就朝着小菜捶了下去，"看我不揍扁你！"

"癞痢头！你这个剁手的！"小菜踢蹬着两腿，两手胡乱地要去抓梅天宇。

"你他妈的茅草嘴还臭硬！"梅天宇又抡起一拳，直朝着小菜的嘴巴打下去。

小菜眼里满是泪，依然哽咽着骂："癞痢头……剁手的……癞痢头！"

一旁的郑小茵突然惊叫起来："血！"小菜的嘴角流血了。郑小茵害怕血，央求梅天宇："梅天宇，别打了！"

梅天宇说："梅小菜，你他妈的还骂不骂人?!"

"剁手的……癞痢头……我……跟你……没完！"

"你这个臭茅草嘴！给老子还硬呢！"梅天宇又要举拳打。

郑小茵叫道："不要再打了！"

梅天宇揪着小菜的小辫子说："你要给老子保证，以后不准再骂人！"

"姑奶奶……偏偏要骂你……这个癞痢头！"

梅天宇牙一咬，挥拳下去了。一个打，另一个反抗不了，就哭骂。

郑小茵劝不住，又急又怕，冲着梅天宇叫："癞痢头！你放不放手?!"

梅天宇到底住了手，从小菜身上爬起来，冒着发红的眼珠子，指着郑小茵吼道："你再乱叫！我也对你不客气！"

郑小茵脸有点白了，小声辩解："我不是有意的。"

"哼！不识好歹！"梅天宇瞪着郑小茵，抓起地上的书包，悻悻离去。

小菜的牙出血了，嘴巴肿得老高，一边啜泣一边骂："剁手的……癞痢头！"

郑小茵看看梅天宇远去的背影，回头扫了一眼狼狈不堪的小菜，嘴唇翕动了一下，想说什么，却又什么都没说，垂着头走开了。

小菜坐在地上，抹抹眼泪，冲着郑小茵的背影大声哭喊："郑小茵……是你自己……非得要……让我抄的！我不稀罕……你的……臭答案！"

她哭了一会儿，一脸挂花地回到家，正在院中潜心抢食的鸡鸭受到惊扰，纷闹起来。厨房里的柳兰花闻声探头出来，见小菜满脸血污——原先小巧的樱桃嘴这阵子肿得像个烂桃子，柳兰花的怒气比那灶膛里的火还要旺，她拿手中的火钳咚咚地敲地，喝问："小讨债鬼，怎么现在才回来？怎么成了这个样子?!"

小菜哇地大哭起来。

"到底是怎么回事?! 是哪个烂爪子打的?"小菜依然哭。

"别老啊啊哭个不停！跟奶奶说，是哪个没心肝的打的?!"

小菜渐渐住了哭，"癞痢头……打的。"

柳兰花骂道："没出息的东西！你怎么让他打成这样?! 你的手呢！你怎么不还手?! ——你长着手做什么用的?!"

小菜又哭起来，"我……打不过……他。"

柳兰花进厨房，将手中的火钳往灶下一掷，掀了锅盖，那锅里正煮着半锅南瓜粥。她拿饭瓢在锅里搅和了几下，围裙也没解，出来拽起孙女往外走，"我倒要问问那千刀杀的，是怎么教育他孙子的!"

奶奶带她找癞痢头爷爷理论，也没有制伏癞痢头，这是个天不怕地不怕的小浑蛋！

小菜不明白，她是什么时候得罪了癞痢头梅天宇？他成天就跟自己过不去，连她的名字"小菜"他都要百般嘲弄，班上那些调皮

232

捣蛋的男生也跟着他起哄，拿她的名字寻开心，喊她小猪菜，甚至怪叫："来碟小菜！再添盘大肉呢！"每每这个时候，她的脸就红得跟猴子屁股一样，回敬人家只能让自己更吃亏，那些讨厌鬼会起哄得更厉害：哈，你抓鸡巴把柄？你真的是小菜吗？能让人吃吗？小菜为此也恨透了自己的名字。

　　小菜的名字是爷爷梅为明随口起的。

　　儿媳妇叶容挺着大肚子一过门，梅为明就跟柳兰花寻思，这叶容准得给老梅家添个孙子。两人甚至将未来孙子的名号都合计好了，孙子是梅家和叶家的根苗，就叫"梅叶根"好啦。没过多久，叶容生了没带把的叶片儿。儿子梅小秋兴致勃勃地翻字典，要给孩子起个顶呱呱的名号。柳兰花蚕叶眉吊得老高，唧哝着说，名字叫成一枝花，也白搭！生的是什么样的命，还是什么样的命！梅为明一旁呷着茶，吧嗒着烟，漫不经心地说，就叫小菜算了。梅小秋看着脸色灰沉的母亲，又瞟瞟神情慵懒的父亲，有些扫兴地将字典撂下，没言语。

　　叶容原打算让女儿叫梅丽叶，公公婆婆却坚持叫什么小菜，这不是明摆着轻贱她养了个丫头？为女儿名字的事，叶容还跟公婆赌了一阵子气。后来还是她这个做儿媳妇的让了步。娘家父亲说得语重心长：叶容啦，名字不过是个代号，孩子叫什么样的名还不都一样？叫着叫着，就叫开了，叫响了。这是纯属鸡毛蒜皮的小事，犯不着跟上人计较嘛。

　　提起小菜的爷爷梅为明，二十多年前那可是方圆百里响当当的一个人物。梅为明原本在民生小学当民办教师，总嫌没有出头日，看别人做生意赚钱，他一横心，撂下书挑子，一头扎进商海里。他先在外跑过几年的推销，后又在镇上兴办了一个规模很大的"为明塑料厂"。那前后十多年梅为明确实赚了不少票子，进进出出显得财大气粗。柳兰花人前人后也意气风发，说我家为明没别的能耐，只有赚钱的能耐，他小钱懒得赚，要赚就赚大钱呐！夫妻俩不论到哪里，都要卖卖人情。为了显示排场，梅家原来的老房子弃之不用，盖上一幢气派非凡的三层小洋楼，周遭再围上镂空雕花的白墙，院里弄几个像模像样的大花坛，让人进院有一种进城的感觉。新院落建成之后，梅家摆下几十桌宴席，亲朋好友和镇上稍有名望的人都被免费请去吃喝一通。不知情的人都艳羡梅老板资金千万。知情的人则背地里说梅为明是空筒子，不管跑推销，还是办厂子，都靠拉关系走后门，尤其是靠着那个县银行行长"秋痢痢"秋泰撑腰，一次又一次搞贷款。后来这秋痢痢因贪污犯事，后台倒了，梅为明的厂子就渐渐陷入困顿。他硬着头皮借下不少私人高利贷。那时私家塑料厂遍地开花，纷纷蚕食梅为明的生意。为明塑料厂强撑几年，最终还是倒掉了。梅为明像脊梁骨萎缩的丧家犬，再也没有爬起来。他家的小洋楼和一些值钱的物什都被拿去抵了债。梅为明本人为躲避高额债务，干脆撇下妻儿，从梅园消了影踪，至今未归，生死不明。

爷爷的这些事小菜是不大知晓的。她出世的第二年残秋，一家人就搬回老屋住了。她原先以为自己没有爷爷，后来渐渐长大，才偶然从别人的言谈中听到有关爷爷的一点旧事。小菜自从讨厌自己的名字，就对云山雾罩般的爷爷没好感，都怪他将自己叫成小菜！

名号问题压得小菜几乎抬不起头来。如今上了五年级，她终于下定决心：不换名，誓不为人！她喜欢"晶莹"这个词，就给自己取名"梅晶莹"。她很认真地在语文笔记本上的姓名栏写上"梅晶莹"三个字，如果贺老师问起来，她就说这是我的新名字。不过她还是有点忐忑不安：贺老师能不能认可她的新名字呢？

第二天下午一、二节是语文课，贺老师顶着一头酷似松树黄针叶般的头发，将一个绿皮笔记本高高举起，脸拉得跟马脸一样长，朝讲台下环视一圈，说："梅晶莹？哪里冒出的名字?！"

除了小菜，班上其他姓梅的同学都举起手，齐刷刷的，声明自己不叫梅晶莹。跟她同庄的梅天宇叫得最响，梅天宇生怕老师听不见，还特意站起来，昂着脑袋高举着手。

贺老师皱皱眉，朝梅天宇微微颔首，示意他坐下。贺老师将笔记本往讲桌上一扔，如霜的目光最终落在小菜身上，声色俱厉：
"梅小菜！名字可不是随便改的！要改，得上公安局改！"贺老师的
话引起满堂哄笑。这种哄笑小菜不知道听过多少次，她照例受刑般
地垂下头，心里不服气地暗骂：笑你妈的头！姑奶奶就叫梅晶莹！

　　熬到下课，小菜缩头缩脑地将贺老师撂在讲桌上的笔记本拿回
来。梅天宇歪头瞅着小菜，哼着鼻子说，他妈的，这么灰溜溜，像
个缩头小王八！他伙同几个平时不待见小菜的男生，模仿老师的腔
调捉弄小菜，嬉笑着拿水笔在小菜后背乱写，写"梅小菜"加两个
大圈，写"梅晶莹"又画上一个大叉。小菜使劲推搡那几个捣蛋
鬼，嘴里嘟囔着："写你妈的头！写你妈的头！！"上课铃响的时候，
双方还在那里扭拽纠缠。

　　这节课上数学。老师姓魏，是个脸色蜡黄，满口黄牙的瘦高老
头。魏老头一辈子也不成家，常常烟不离手，顿顿要喝点小酒，大
概是嗜烟好酒，又加上每天需要讲课，那嗓子终年嘶哑，听起来如
同生锈的铜锣在响。小菜每每听老头说话，就觉得耳鼓起噪。听说
上完这个学期的课，这个古怪的老头就要彻底退休了，小菜暗地里
有几分开心。

　　魏老头一进闹哄哄的教室，将腋下夹着的那本毛了边角的课本
重重掷到讲桌上，将快燃到手指头的香烟屁股又猛吸了两口，狠狠
地掷到地上，踩上两脚，发黄的指头朝教室划拉了一圈，沉下脸喝
问："怎么回事?！"

　　率先滋事的梅天宇马上大声汇报："魏老师，梅小菜骂人！"魏
老头也不问青红皂白，喝令梅小菜滚回后排位子上去！说念书一个
小瘪三，倒有本事骂人！下次再骂人，给我滚到教室外面去！

　　泪在小菜的眼眶里打转。她紧咬嘴唇，垂头狠命地将泪揩掉。
每回闹纠纷，明明是别的同学欺负她，结果总是她挨训，老师永远
不会向着她的，贺老师如此，这个魏老头也如此。"老师浑蛋"之
类的话漾在小菜的心头，冲向喉管时却又软乎乎地滑了下去。

　　整个下午，小菜要死不活地龟缩着，像只犯瘟病的雏鸡。老师
讲什么，她一句也没有听进去。老师要求做课堂作业，她脑袋耷拉在

肩头，蔫不唧地在本子上瞎写。一到放学，这只小瘟鸡却又奇迹般地灵动起来，她几乎是第一个飞出教室。梅天宇和几个同伴跟在她的身后，阴阳怪气地唱：梅小菜——剁小猪菜！梅小菜——剁小猪菜！

小菜顿顿脚，扭头扯开嗓子对骂："剁你的头！剁你妈的头！"

梅天宇领着一帮男生撵兔子一样撵小菜，他还威吓小菜："呸！小猪菜，你还敢逞能骂人！看我们不将你揍成扁巴佬！"

小菜沿着学校那缠满爬山虎的院墙，没命地朝龙山跑去。竹林、菜畦和田畈统统被小菜甩到身后，她上气不接下气地跑到龙山脚下，实在跑不动了，才喘息着歇下来，回头朝身后看了看，除了河沟里一群嬉戏的墨鸭，并不见一个对手。小菜觉得有点蹊跷。照往常，这帮臭狗屎不抓住自己教训一顿是不会罢手的。她猜想，八成是他们追她的时候遇上蛇，或者他们中的一个摔了重重的嘴啃泥。哼，活该！

小菜并不知道，梅天宇那几个猴头刚开始撵她的时候，恰巧贺老师骑着电动车从校园里出来。贺老师叫住他们，板着脸教训："放学了，你们几个怎么还不回家?! 在这里打什么疯狗?!"几个男生互相瞅一瞅，不敢吱声，赶紧偃旗息鼓，各自散了。

小菜不想回家，回家也老是挨奶奶骂，她还不如到龙山上待一会儿。

时值初夏，山路绿草离披，不时夹杂有荆棘，小菜小心翼翼地扒拉着绿植，一步一步往上爬，爬到半山腰她经常光顾的那块小坪地，卸下双肩上的书包扔在地上。书包上沾满墨水点，像从黑炭灰中滚爬出的细毛虫，令人头皮发麻，准是哪个捣蛋鬼课间趁她不注意甩上去的。

她的眼前晃悠着贺老师那严厉而又鄙夷的目光，还有瘌痢头梅天宇那帮猴头嘲笑她的歪嘴脸。

她捡起一根粗棍子，拼命抽打坪地的绿草，边打边咬着牙嘀咕：笑你妈的头！笑你妈的头！我就叫梅晶莹！我就叫梅晶莹！打累了，她如同泄气的备胎，一屁股瘫坐在地上。

橙黄的太阳像过季的大脐橙，了无生气地悬浮在苍茫的西天。

如棉的云朵仿若受了多日的烟熏，没精打采，在龙山的上空游移。

　　小菜挪挪身子，从书包里翻出绿皮笔记本，端详着封皮上工工整整写着的"梅晶莹"，眼里渐渐溢满泪，那三个字像小蝌蚪一样浮游起来。她咬了咬嘴唇，仰着脖子无声地哭，哭了一会儿，抹抹眼泪，猛地一把扯下笔记本的绿封皮，使劲揉了揉，揉成皱巴巴的一个团。她茫然地瞅瞅手中的纸团，又慢慢展开纸团，将那皱褶的封皮对着夕阳反复照了照，抖几抖，突然一撒手，那绿封皮就如同一只折断翅膀的小绿鸟，迤逦歪斜地朝山谷坠落下去。

　　太阳渐渐滑落山谷，不时有鸟三三两两飞鸣还巢，龙山氤氲在一片沉沉的暮气中。小菜隐约嗅到晚餐的气息。她在半山腰的小坪地上待的时间委实有点长了，赶紧起身，背起书包下了山。

　　小菜刚一进家门，一把扫帚直朝她奔来，同时奔来的还有奶奶柳兰花的斥责：一放学就没见你的影，叫魂叫了百遍也没听你应声！死到哪里去了?! 小菜僵着脖子没吱声，躲过那家什，贴着墙根往里屋溜。

　　柳兰花上前一把揪住小菜的细辫子，提高声调，"听小茵子讲，你将自己的名字改了?!"小菜仍旧闷葫芦。柳兰花将小马扎踢向墙角，手指戳着孙女的脑门，警告："你给我记住，从生到死，名字都不准改！"

　　训过孙女，柳兰花开始坐在饭桌边吃晚饭，她将小菜的米饭也盛了搁在桌上。小菜像被铁钉钉在桌旁，纹丝不动。

　　柳兰花见孙女死鳖一般，拿筷子狠狠地敲了敲桌子，"小讨债鬼，还跟奶奶犟？奶奶说你两句都不能说？饭菜都凉了，还不快点给我吃饭！"小菜这才端起饭碗。

　　柳兰花板着脸，骂骂咧咧地往孙女碗里夹了两三条干泥鳅。干泥鳅是前些日子梅守安送的。柳兰花隔三岔五地在蒸米饭时顺带着蒸煮七八条，自己吃两条，其余就给小菜吃。小菜原本很喜欢干泥鳅的那种又咸又香的味道，如今吃起来却感觉满是泥腥味。

　　"今天碰见贺老师了。贺老师说你成绩怎么老是上不去？离期末考试还有一些日子，你要下功夫，一定要将成绩搞上去！"

小菜默默听着，她心里很清楚，让她将成绩搞上去，简直是白日做梦。

临近学期期末，老师们比以前更严格，特别是班主任贺老师，她时不时地在班上斥责小菜这样的差生拖全班的后腿。她上复习课的时候，一再对小菜们强调：老师讲的东西都是跟期末考试有关的，你们必须认真听！她还冷不丁地将小菜叫起来，重复她讲过的内容。如果小菜重复不了，就被勒令站到黑板前面。

小菜念一、二年级时成绩并不差，那时教她的是慈眉善目的钟老师。钟老师对班上的每一个孩子都很和蔼，尤其对课上课下不爱说话的小菜更关心。钟老师上课时，有意让小菜回答比较简单的问题，然后大声夸小菜同学真聪明。可惜钟老师只教了小菜两年，就调到镇中心小学去了。从三年级开始，小菜所在的班由年轻时髦的贺老师教语文兼任班主任，其他学科的老师也都陆续被换掉了。从那之后，小菜的读书岁月就完全变了样，老师们几乎没有正眼瞧过她，他们最宠爱郑小茵。每次上课提问，上黑板做题，都少不了郑小茵。小菜没少听人背地里议论，说郑小茵的妈妈跟老师们关系黏得很呢。

郑小茵的妈妈梅飞云，近些年在北京做生意，周身带着浓浓的京城气息，她披散在肩上的头发黄黄的，眼皮青青的，眼圈黑黑的，长睫毛油亮亮的，脸色粉白白的，嘴唇跟辣椒一样红溜溜的。小菜依稀记得，郑小茵的妈妈没到北京之前不是这副模样，以前郑小茵的妈妈跟庄里任何留守孩子的妈妈没两样：头发断然不黄，眼圈断然不黑，眼皮断然不青，嘴唇也没有现在这样红。奶奶不喜欢郑小茵妈现在的样子，说飞云要唱哪出戏——将自己的脸弄成唱戏人的脸？还有那衣服穿在身上，怎的跟白骨精一样贴着肉啊！还有那鞋，跟儿细得像筷子，穿着不崴脚才怪呢！

郑小茵妈妈每年暑假和年关都要回来一趟，请老师们到镇上最好的饭馆吃饭。春节期间，郑小茵妈妈开着车，带郑小茵到各个老师家拜年。小菜有些幽怨地想，要是自己妈妈也是那样的话，自己一定也会同郑小茵一样，总是坐在最好的位子上，总是受到老师们的格外关注，她的成绩也不会那样糟糕。

小菜时常巴望着自己变成龙山的一只小鹰，想往哪里飞就往哪里飞。她感觉自己坐在教室里如同坐牢房一样难受，曾鼓着勇气跟奶奶说不想再念书，想回家帮奶奶干活。奶奶一听，手中的蒲扇在小菜的小腿肚上狠狠一敲，斥道："孬猪坯！有福不晓得享！坐在教室里念轻闲的书，不好?！将脸埋到泥田土地里干活，舒服?！"小菜从此不敢再提辍学的事。

期末考试头一天，下午放学，贺老师特意将全班同学留下训话，说往年考试都是由各校自行安排，今年不同，镇里换了新教委主任，期末考试由镇教委统一安排，进行语文和数学两科统测摸底。贺老师要求大家一定要认真对待考试，明天要好好考，争取考得像样一些，不要给老师丢脸，晚上回家要先复习语文。她还再三嘱咐：明天考试时，同学之间要互相帮助。末了，她还将座位重新调整，让平素成绩好的同学跟成绩差的同学坐在一起。小菜照例被安排跟郑小茵同桌。

尽管贺老师的训话字字如河湾里的卵石，掷地有声，小菜却是左耳进右耳出。她的整个脑袋木木的，直到放学回家，她的脑瓜子才开始活络起来。

家里的大门紧锁。奶奶到曹庄人家做小工了，小菜曾听奶奶哀叹家里债窟窿，自己又没有能耐挣大钱，只能在空闲时打打小工，和和水泥，传递砖头之类的杂活，赚一点零用钱。

小菜掏钥匙开了门，搁了书包，进厨房，打开旧冰箱，冷藏室除了一点蔬菜和几个鸡蛋，还有一碗咸萝卜干和半碗干结的米饭。她洗了一个小南瓜，学奶奶的样子，将南瓜搁在案板上剁成小块，将那半碗剩米饭跟南瓜块一起倒进锅里，加了一点米，添上一些水，又将嵌在灶台间的钢质水罐添满水，这才在灶膛里生起柴火。

火很快旺起来。小菜坐在熊熊的灶火旁，周身开始出汗。她搅了一杯冰糖水，倒进不锈钢碗里，放在冰箱的冷藏室降了一下温，拿出来喝了，浑身感觉凉爽了。想到奶奶一回来就能吃上她煮的南瓜饭，小菜的心里更是畅快。

南瓜和米粒在锅里沸腾时，夜幕已悄然垂挂下来。天空布满黑云，看架势要下雨，小菜看看外面阴暗一片，心里有点发慌，她将大门轻轻掩上，守在门旁，不时侧耳听听屋外的声响。当她确认是奶奶的脚步，赶紧进厨房，盛了两碗南瓜饭，连同那碗咸萝卜干，一起放到堂屋的饭桌上。

柳兰花进了屋，一手拿着手电筒，一手拎着塑料袋。往常她一收工就回家，今天有些例外。那户人家的新房子基本完工，按照当地的习俗，备了一桌丰盛的收工酒席，款待瓦匠和大工小工们。柳兰花对女主人说她领情，但她要回家给孙女做晚饭呢。女主人说，这么多天让你劳顿，你不吃饭，我们心里过意不去啊！你孙女的饭菜嘛，从我们这里带点回去，不就行了？柳兰花难却女主人的盛情，也就微笑着留下吃饭。吃罢饭，女主人特意找了个饭盒装饭菜，糖醋凤爪、红烧排骨和葱蒜黄鳝丝之类好吃的菜堆满了饭头。为了能保温，温良的女主人还用厚毛巾裹住饭盒，装在塑料袋里。

柳兰花两眼潮潮地接了女主人的馈赠。她回到家，有点意外地看见桌上两大碗热乎乎的南瓜饭，眉宇骤然生动起来，"小菜啊，你还煮饭了？"小菜有点自得地笑着点头。

柳兰花摸摸她的头，打开饭盒，"小菜啊，奶奶在别人家吃过了，还给你带了些好吃的，快来吃吧，还是温的。"奶奶的语调从未有过的亲切和缓，让小菜有点受宠若惊，她陡然闻见奶奶身上有一股酒香，咦，奶奶喝酒了啵？

小菜乐滋滋地吃完奶奶带回来的可口饭菜，将碗筷收拾好。柳兰花问小菜："是不是快要考试了？"小菜嗯了一声，神情马上黯然了。

柳兰花要小菜赶紧回房看书去。她自己半躺在堂屋里的藤椅上看电视。那电视里正放着青春言情剧，几个男孩子追一个女孩子，追来追去，也没个结果，女孩子跟男孩子不是哭就是吵的。这种拉锯式的电视剧让人看了心急也心烦。一朵花儿，追的蝴蝶多了，难免心窍被迷了，到头来没个头绪。她咕噜着说真没什么看头！从藤椅上站起身，去厨房，从灶台的钢罐里舀了半桶热水，倒在隔房的澡盆里，洗了个澡，刷刷牙，到西厢房歇息。白天干活实在太累，她上床没多大工夫，就迷糊着睡了。

小菜也洗了个澡，坐在自己的小书桌旁，书是打开了，可恨的是书本在她那里成了硬邦邦的臭疙瘩，她一见就眼冒金花。她胡乱地翻了几下课本，哈欠连天，索性合上书，轻手轻脚地溜到堂屋，侧耳听听西厢房的动静，奶奶轻微的鼾声清晰地传来。她偷偷打开电视，将音量拧得细若蚊蝇。电视是陈八年的黑白色，能收的频道没几个，播放时还不时闪烁着花点。小菜不免羡慕郑小茵外公家那个高清晰度的液晶大彩电。前两年她在奶奶面前提及大彩电，还被奶奶训了一顿，奶奶说，你能跟人家郑小茵比吗？那时她还在心里嘀咕，郑小茵是人，自己也是人，自己怎么就不能跟郑小茵比呢？现在她倒是有点明白，她是的确不能跟郑小茵比的。

看电视让小菜暂时抛弃考试带来的烦闷，特别是电视里那个姐姐跟哥哥亲嘴的镜头，有点意思。小菜看得太有兴味，连西厢房的"水响声"都忽视了，自然没在意小解完毕的奶奶奔自己这边来。要是在往常，奶奶肯定会怒骂小菜，还会咣咣地甩给小菜两巴掌；眼下奶奶没骂也没打，只是沉着脸，啪嗒闭掉电视，便回西厢房继续睡她的觉。奶奶的反常举止比打骂更让小菜忐忑不安，她捂着发烫的腮帮子跑回小房间，连灯都没开，爬上床，放下蚊帐。

天上的黑云不知什么时候消散了，沾染着夜气的圆月很白很亮，如银的月光透过小木窗，在小菜的床前飘忽。

小菜在木床上翻过来覆过去，她的心房好像一只受伤蜷缩着的小兔崽，在那颤踹不已，弄得她一点睡意也没有。她干脆挂着耳机听 MP3。这 MP3 是大舅家的小云表姐老早就淘汰不要的，小云表姐也够给小菜面子，小菜一央求，表姐就爽快地给了。其他表哥表弟晓得这事，纷纷叫嚷小云姐偏心。小云姐说，偏心就偏心，谁叫你们都是男孩儿！我这里还有一块太妃糖呢，偏偏就只给小菜吃！边说边将糖剥了外包装，塞到小菜嘴里。小菜的心甜甜的，暖暖的，到底还有一个偏向自己的姐姐！难得的是这个姐姐非常聪明，念书就像坐直升机，忽地一升，就升到北京的一所重点大学去了。小菜日里夜里都羡慕小云姐。叶容也总是拿娘家唯一的侄女做镜子来照小菜，有一回在电话里下了这样的许诺：小菜，你要是学习像你小云姐那样，你要什么东西，妈就给你什么东西。那阵小菜听得耳根骤然发热，她不晓得哪里来的勇气，说妈，我要真是学习好，我任何东西都不要，我只要你和爸爸回来，我想你和爸爸。电话那头瞬间没了声响。小菜有点慌慌地叫了声，妈！传到她耳里的是妈妈略带哽咽的声音：小菜啊，妈和爸带着弟弟总有一天要回去的，你在家要好好念书，要听奶奶的话。小菜如今一想起妈妈略带哽咽的声腔，心一下子就空了，如同掉进旷荡的山谷里。

耳畔飘的歌软软的，绵绵的：一朵花儿开，就有一朵花儿败。满山的鲜花，只有你是我的真爱。好好地等待，等你这朵玫瑰开。满山的鲜花，只有你最可爱。……小菜逐渐感觉自己的身子轻起来，在那旷荡的山谷飘起来，飘在天空软塌塌的棉絮垛里。

蒙眬中，从后院发出很低微的吱呀声，似是老鼠在打洞。这种声响是时常有的。就是醒着的时候，小菜也不觉得有什么奇怪，何况现在她做着梦呢。

翌日早上，小菜起床时天已经大亮。一贯早起的奶奶居然也刚刚起来，在厨房整理柴火。

热水瓶空空的，毛巾干得像鳗鱼片。小菜抹掉眼角的分泌物，脸也就懒得洗。她看着沉寂寂的锅灶，小声说："奶奶，老师叫我们今天早点到校。"

柳兰花嘴里冷冷地喷出一句："还不快点炒饭吃？"

小菜垂了眼，一声不吭，将冰箱冷藏室的南瓜饭拿出来，倒进铁锅里炒得温热，三下两下扒拉完饭，拎起书包去学校。

李麦苗早已在路上闲逛，这个高龄的老太太睡不了囫囵觉，天没亮就醒了，躺不住，干脆出来溜达溜达。

小菜瞥见太奶奶，赶紧绕道走，她不愿意见太奶奶。太奶奶也总看她不顺眼，说她成天挂着小脸——像个小瓮鳖，谁也没欠你什么！说她爸妈眼里根本没她这个小丫。说她念书没脑子，舔小茵子的脚丫还差一大截，必定是个抠泥巴的坏子哟！

到学校的路途不算太短。昨天下午放学前，贺老师一再强调大家今天早上必须在七点半之前进教室。小菜怕迟到，就撒腿跑起来。跑到教室门口，磨蹭两三分钟，她才开口喊报告。贺老师转过脸，有些愠怒，"你不晓得今天考试?！还愣着?！"小菜赶紧猫着腰往后排溜，被贺老师叫住，指定她坐在第二排郑小茵的旁边，还特意敲了敲小菜的课桌，提醒小菜考试时要放精明一些！贺老师朝教室环视了一圈，确信大家都是按她预先的安排就座，这才满意地退了出去。

上午考语文，八点开考。小菜有一半考题不会做。她半伏在课桌上咬笔杆的时候，郑小茵在课桌下拿脚踢了她两下，有意将自己做好的卷子往小菜那边推了推。以前考试郑小茵可不是这种姿态，她生怕别人偷看自己的考卷，总是将考卷捂得严严的，题做到哪里，那文具盒就压到哪里。

小菜微微直了直腰，瞟了瞟郑小茵，又瞟了瞟监考老师，监考老师似乎在玩手机。小菜腰身又不由得曲了下去，照例像只大虾米一样半伏在课桌上。

过了一会儿，郑小茵又拿胳膊肘使劲碰了碰小菜的胳膊，将一张写满答案的小字条偷偷塞给小菜。小菜脸有些发烧，她实在不愿意抄郑小茵的答案，不愿意被她瞧不起。尽管耳畔响起贺老师的严肃嘱咐，但她最终横横心，坚决不抄！贺红梅要骂就由贺红梅骂！不过，后来贺老师并没有骂她，只是拉着一张脸，懒得搭理她而已。

第十三章　小菜（二）

很快放暑假了，小菜感觉待在家里比学校要自在一点，但也不是很舒服。奶奶每天指派她干这干那，扫地，喂猪，洗衣，做饭——对于小菜来说，这些家务活儿干起来还好，热了还可以吹吹电风扇；有些难熬的是跟随奶奶在户外干活——在田地里拔草，割稻，插秧，头顶是毒辣辣的骄阳，即使戴着草帽也不太管用，人被烤得周身火喷喷的，满心烦躁。这个时候，她真心羡慕郑小茵，郑小茵不用干活，可以安逸地待在她外公家的空调房里，悠闲地吃着冰激凌，唉，她却不能！她为什么就不能呢？实在有点意难平！

暑期农忙之后，相对休闲一些，奶奶也带小菜出去逛一逛，算是难得的惬意时光。

吃过早饭，奶孙二人各打一把旧阳伞，不紧不慢地穿过梅园绿荫遮蔽的不宽不窄的走道，穿过青石板铺就的拱桥，走过一段长长的乡间土公路，拐上一条柏油马路，就到了镇上。在柳兰花的记忆里，以前在大家都没有出去打工的年月里，这镇上，每个礼拜逢三逢五是赶集日，十里八乡的人都会集到这里来赶场，整个集镇像满锅爆炒的豆豆，可热闹了！到处都是密织的人流，街道两旁，除了大大小小的特色门店，便是一溜儿排开的各式摊点，摆放着琳琅满目的物品，真是看花了人的眼。耳畔充斥着喧嚣的市声，置身于花花绿绿的货摊间，人强烈的物欲在不知不觉中被激发起来，现场买与卖都很火爆。如今赶集日早已自行歇止了，镇上来往的人也稀稀拉拉，街头的摊点也是三三两两，都是摆放在商店门前，不像以前那样随意在街道两边占道经营。跟以前的喧闹比起来，现在的小镇冷清了很多。

柳兰花带着小菜，在小镇的街道上走来走去，漫无目的地在各家商店进进出出，看来看去，没有丝毫购买的意图。小菜最初的一点新鲜感也被空虚无聊所取代，小声说："奶奶，什么时候回家？"

柳兰花瞅瞅孙女，说："奶奶想买的东西还没有找到呢。"走到一家商铺门口摆放的雪糕冰柜旁，给小菜买了一个冰激凌，她自己要了一根老冰棍。

冰激凌散发着浓浓的奶油香味，小菜小口小口地咬着细腻圆润香滑的糕体，感觉有一股冰爽透心，她想郑小茵吃冰激凌也不过是这种感受吧？

那个暑假，柳兰花还破天荒地带着孙女坐亲戚的顺风车去逛了逛县城。县城比小镇热闹好多倍，人多，车多，楼高，各色商品也多。兰花带小菜也是随处看看，几乎不买东西。转到中午时分，她带小菜穿越宽阔的马路，进入一条古色古香的老胡同，这是县城著名的传统饮食一条街。当初梅为明发达的时候，她可是这里的常客，几乎吃遍这里的美食。如今回想，仿佛做梦一样。这里也有不少变化，说是传统饮食街，其实也有不少是时兴的吃食店，比如星星面包坊、梦幻咖啡屋之类。她钟爱的几家老字号找不到了，找来找去，好歹找到一家她喜爱的老面馆，便带着小菜走进去。

老面馆一如既往的干爽整洁，格调似乎也有些现代了，还播放着好听的音乐。柳兰花拽着小菜，拣了靠窗的座位坐下，给自己和小菜各点了一碗五花肉蒸贡面，说让小菜尝尝鲜，解解馋。小菜从来没有吃过这么美味的肉蒸贡面，一碗面很快就吸溜吸溜吃完了，可以说她的口齿还留着香。

小菜对贡面有些感兴趣。这种贡面跟平素吃的挂面不一样，白色泛青，细得像丝线，长短均匀，吃起来软滑又有嚼劲。兰花见孙女对肉蒸贡面兴趣浓浓，说这种肉蒸面不难做呢。奶奶也能做。小菜笑了笑，似乎有点不相信。

柳兰花索性给孙女普及一下肉蒸贡面的常规做法，说做好汤汁很重要：先将锅里的菜籽油烧热，放入姜片，用小火把五花肉炒出油；然后倒入料酒、酱油、八角、蒜瓣等调料，加水炖上一刻钟，等汤汁比较浓的时候，盛一部分汤汁装在碗里；再把生的贡面铺到五花肉上，加盖焖烧十分钟；接下来，将碗里的汤汁浇到面条上，加点盐和糖，继续焖十分钟，再开锅，喷香喷香的，味道很是鲜美哟。

说到兴致处，柳兰花还对孙女许诺，说等过年家里杀猪，挑新鲜的五花肉，奶奶做肉蒸贡面给你吃。小菜笑着不住点头。别看平素奶奶凶巴巴的，其实奶奶可爱的时候还是很可爱的嘛。

那天逛到下午两三点才回家。柳兰花给小菜买了两个扎头发的橡皮圈，她自己什么东西都没有买。小菜猜想，奶奶大概就是纯粹想出去耍耍吧。

阳历八月中旬，柳兰花过六十三岁生日。按照惯例，亲戚们在她生日那天来祝寿。小菜的外婆偏在亲家生日的前一天就来送寿礼了，还带着她的三个孙子。

小菜有意躲了出去，她是不大愿意见外婆和那三个老表。要是外公来就好了。小菜幽幽地想。

外公很和蔼，是个爱扯白的老故事精，他能从天上的牛郎织女扯到地下的阎王小鬼，能从三国的红脸关公扯到宋代的黑脸包公，能从鼠王嫁女扯到狐狸公主上轿，就连梅园村口那两块上马石的来历，外公都晓得呐！

据外公说，梅园在清朝曾先后出过两个状元郎，状元郎后来都做了大官，他们回家省亲骑着高头大马。为迎接状元官荣归故里，庄里人特意进山搬来两块质地很好的灰白大理石，找石匠凿成图案精美的石磴，供状元官上下马之用，大家将这两块石磴同称为"上马石"。小菜很惊异外公的肚子里装载着数不清的故事。

以前小菜去外婆家，最大的期盼是听外公扯白。特别是冬天，在外婆家那朝阳避风的院落里和老表们一起，边围坐着晒太阳，边听外公扯故事，那真是难得的消受，叫人浑身上下都热乎乎的。每次小菜待在外婆家都舍不得走，因为怕待时间长了挨奶奶训，她就央求外公打电话给奶奶，说是他非得留小菜多住几天的。外公在电

246

话里跟奶奶说，小菜一年到头都来不了几回，现在放假，就让她多住几天吧。奶奶当然满口应允，特意在电话里关照小菜：小菜呀，你外婆忙，你在外婆家不要添乱，不要光顾着玩，要帮外婆做做家务。

想起说话眉眼带着笑的外公，小菜就像丢了心一样难过。外公永远不会回来了，外公从去年正月起就睡在山岗上。没有外公，小菜再去外婆家，就感觉没意思。

二舅、三舅和小舅都在城里打工，各家的孩子都让外婆带。小菜跟这些老表是玩不到一起的。他们顽劣，不讲道理，弄得外婆家像开炒货铺，一天到晚闹个不停。一到吃饭时，那些老表也是一哄而上，逢着几盘可口的菜，她和外婆还没怎么伸筷子，那盘子就几乎见底了。看电视也不得安宁，二舅家的小顺想看体育频道，三舅家的小威要看科教频道，小舅家的小博认定少儿频道，三个人吵来吵去，最后小博将外婆搬来当裁判。外婆二话没说，将频道直接调到"少儿"，扫了小顺和小威一眼，说你们俩是哥哥，就让着小博一点。每次小菜去外婆家，大致都是这种情景。有一次，小菜实在忍不住了，就批评小博不能一个人霸着电视。小博根本就没将她这个表姐放在眼里，他躺在沙发上，盯着电视屏幕说："你管得着吗?!"小菜说："我是姐姐，我当然要管!"小博满脸鄙夷，"嘻，还姐姐呢! 小猪菜还差不多!"小菜叫他不要狗嘴里吐猫屎，他反倒叫得更得意。小菜实在怄气，豁出去跟小博大干一场，让小博胖脸上挂出两大朵血绒花。小博的号哭将在菜园里忙活的外婆招回来了。外婆不追究事件的起由，只是咬牙切齿地训小菜："你这个小害人精! 过两天你小舅妈就要回来，看小博的脸被抓糟了，还不晓得她怎样说我!"小菜看着脸都快变了形的外婆，强忍住泪，跑到屋里抓起自己的书包，冲出外婆家，任凭外婆在身后怎么追喊，她也不回头。那之后，小菜基本上没有踏入过外婆的家门。

外婆似乎早将骂外孙女的事忘记了，她进门时，还关切地问："小菜呢?"

柳兰花笑答："刚才还在呢。"见小菜外婆提着礼篮，忙接过来，"亲家，稀客啊！你这大忙的，还破费做什么呢？"

小菜外婆说："亲家，你别见外哟。我应该明天来，才见礼数呢。赶上小丽妈也过生日。她昨天还打电话跟我说这事。唉，你大概也晓得，我那几个儿媳妇，数这小儿媳妇最是个人物，肚子里小九九最多。"

柳兰花"哦哦"应声，"亲家，我晓得哟。"

那时，小菜内急，溜回家上茅厕，上完，又想溜出去，被柳兰花瞥见叫住。

小菜硬着头皮过来。外婆见小菜对自己不大理睬，霍然想起上回骂小菜的事，说："小菜，上回小博也不是东西，我后来也狠狠骂了他呢。"

小菜没吭声。柳兰花从裤兜里摸出一个洗得发白的小布包，从里面抠出三张十元的票子，要小菜去肉铺割点新鲜猪肉回来。

村子里的肉铺在郑小茵外公家的隔壁。小菜不情愿去肉铺，站在那里没动。柳兰花说："磨蹭什么？"小菜吞吐着说："奶奶，我怕人家净给我骨头。"

小菜外婆一旁说："亲家，肉太贵，就不要买了，随便吃点吧。"

柳兰花说："你就不要客气啦，亲家。我们自己也要吃呢。那卖肉佬有点欺小。亲家啊，你进屋坐着喝点茶。我去去就来。"

柳兰花去了没多大工夫，回来了，一脸不满，"这卖肉佬！平素总见他守着铺子，今天偏偏有事，铺子竟然关着门！"

亲家说："肉铺关门最好，能省点，我们就随便吃点吧。"

柳兰花摇头，完全一副不赞同的表情，"亲家说的哪里话？"

她去小阁房的米缸里抓了一把米粒，进后院，嘴里"咕咕"叫着，往空场撒米。一听见女主人熟悉的召唤，家里仅有的一只公鸡领着十几只下蛋的母鸡咕咕叫着进了院子。

这些鸡是柳兰花的心肝宝贝，她对这些宝贝珍爱得很。她的家用零花钱多半仗着这些鸡。公鸡下种，母鸡们生蛋，每年它们能给她孵出两批小鸡崽，这批鸡崽拿到集市上，能卖个好价钱，母鸡们下的蛋也能兑换点零钱。

上回贺老师要进城看姑母，城里就兴乡间满山头自由放养的土鸡，便托学校会计老陈到梅园帮她买两只土鸡。梅园的鸡很稀贵，上次一场鸡瘟，让很多人家的鸡死绝了，只有柳兰花家的鸡还侥幸存活一些。会计老陈就上柳兰花家买，两只鸡开价一百块钱，柳兰花没同意。老陈好话说了一堆，甚至还将贺老师抬出来，说贺老师正教着你家孙女呢，也没说动柳兰花。老陈很不得劲，说："你这人真是，人家贺老师愿意出一百块钱买你两只鸡，你还这么摆脸呢！"柳兰花说："陈会计，你看我像摆脸的人吗？我长年累月地拖着个孙女熬日子，除了这几只小毛鸡和一头黑毛猪，家里再无别的活物。你说我摆什么脸呢？"老陈一摆手，说："行了行了，别再扯那么多话啦，你死心不卖也就算了！我回头跟贺老师说一声就罢了！"扭头就走。柳兰花瞅着老陈身影，想起那个贺老师并不关照她家小菜，心里陡地生出一阵嫌恶：贺老师算什么人物！就是皇帝老子来要她的鸡，她也不会给的！她心里明白得很，陈会计是个什么人物？是个精明过头的老算盘，他嘴上说花一百块钱买她两只鸡，必定还要死死杀价，若不依他，必定得罪贺老师，还不如索性不卖！

柳兰花看着自己的这些宝贝鸡，实在舍不得少一只。可是眼下舍不得也不行啊！好歹亲家是个稀客，一年到头也来不了一两回，自己过生日，亲家能拉下老脸提前给自己祝寿，也真是难得呢。亲家来做客，饭桌上没有荤菜，那可不像话！再说，儿媳妇要是晓得了，肯定要怨恨自己薄待她娘。杀只鸡，讨个心里安畅，也还是不差的。柳兰花心一横，吩咐小菜将后院门关上，她伺机逮着了其中一只比较肥的母鸡，麻利地将鸡给宰了，拔毛洗净，下锅煨汤。

小菜外婆见亲家杀鸡款待，有些过意不去，"哎呀，亲家，你看你，就是这么多礼！母鸡留着下蛋，也好给你和小菜补补身体。这些年实在苦了你啊！上次叶容给我打电话，我就跟她说，要多往家里打打电话问问奶奶的好。奶奶家里家外地操持，还要带小菜，不容易啊！"一席话说得柳兰花像喝了甜米酒，周身舒爽，"难得亲家能体谅我。我这还好，只带小菜一个孙女，你呢，要带三个桩头孙子，够你忙活辛苦的哟!"

"亲家啊，我累死累活倒不要紧，心酸的是往往讨不了好。小儿媳妇老说我偏心，对二房和三房比对小房好。天地良心，三个孙子都叫孙子，我这手掌手背都是肉，一碗水我想着怎么样都是要端平的。……"小菜外婆在亲家面前，感觉找到了知音，心中的憋屈到底有了倾诉的对象。

说起来，亲家的小儿媳妇肖小丽还是柳兰花给保的媒。肖小丽是守安儿媳妇肖小美的妹妹，同一个爹娘生的姊妹，不仅脸模子相似，性情也相差不离，也是个泼辣的主。柳兰花最初并不太了解肖家姊妹的真正脾性，第一次在守安家见到小丽，听姐姐小美介绍说这是兰花婶娘，小丽就开口亲亲热热地叫兰花婶娘好，还主动帮姐姐倒茶，双手捧给兰花，十分懂人情物理。柳兰花瞬间就对小丽产生了好感，随后受亲家委托，帮着给她家小儿子小团介绍姑娘，柳兰花觉得小团和小丽相貌上还很般配，也就不假思索地将小丽介绍给小团。小丽跟小团也彼此对眼，相处半年就结了婚。结婚之后小两口出去打了一年工，一年后两人有了儿子小博，小团独自出去打工，小丽带着襁褓里的孩子留在家里，同公婆一起住。老二夫妇和老三夫妇双双去城里做包子生意，将各自的儿子小顺和小威都留在家里，小丽总觉得公婆偏袒二哥和三哥家的孩子，对她们母子不上心。有一回，小丽还找柳兰花哭诉，说她给孩子喂奶，老觉得肚子饿，婆婆特意弄了些熟芝麻粉，还跟她妈说专门为她一个人弄的，装在一个陶瓷罐里，让她当零嘴吃，结果被小顺和小威给吃了一大半。小丽为这事，对婆婆有些气恼：你不是说给我一个人吃的吗？实际上你是让我跟二哥和三哥家的两个孩子一起吃的，你直说不就完了吗？何必来这一套！婆婆气得够呛，找柳兰花说自己的委屈，实际上她确实是专门为小丽弄了些纯手工制作的芝麻粉，不想小顺和小威食量大，肚子饿了就偷偷地弄些吃了，她有什么办法？柳兰花说，亲家，你怎么不多弄点？给小顺和小威也都各弄一份，不也就没事了吗？亲家叹息说，这都是些鸡毛蒜皮的小事，说开了也没什么，可小丽就揪住不放，吵吵闹闹，唉，让人心烦得很！现在小博也大了些，小丽也跟小团一起出去打工了，家里这才稍微平和一点。

柳兰花和小菜外婆坐在小院的梨树下闲聊，小菜和她的三个老表在堂屋围坐着看电视。那老电视不时闪着花点，音像不清晰。小菜的三个老表平时看惯了液晶大彩电，很扫兴。小博说："这个电视真破！"他使劲拍拍电视，结果将电视给拍成黑屏了。

小菜指责小博："讨厌！没人叫你看电视！你将我家的电视弄坏了，你得赔！"小博晓得自己犯了错，赶紧溜出屋。他那两个堂哥也觉得没趣，跟着他出去了。三个人叽咕着玩游戏的事，说奶奶真讨厌，将他们的游戏机不晓得藏到哪里去了！

小菜到小院跟奶奶和外婆告状。外婆咬牙说："这几个讨债鬼，净惹事！"奶奶说："亲家，你犯不着为这事跟孩子们怄气，那电视机实在太老，照理呢，早该换掉啦。"

小菜嘟起嘴巴，小博将电视机搞坏了，奶奶还向着他说话！她要找小博，非得好好再训训小博。

小博和两个堂哥跑到守安家屋后的藕塘边玩。梅天宇正在塘边掘蚯蚓。三个男孩便饶有兴趣地凑上前看。小博是梅天宇小姨妈的孩子，是梅天宇正宗的表弟，但梅天宇讨厌小博，上回在外婆家还跟小博干了一架，外婆也是偏袒小博，让梅天宇气愤不已，至今心里还窝着火，一见小博，就恶声恶气地说："看个魂啦！"

小博脖子一拧，"长眼睛就是看的！除非你将自己锁在大柜子里！"

"我不让你看，你就不能看！"梅天宇举了举手中的小铁铲，"快滚开！"

小博一挺胸脯，说："你才滚开！"两个堂哥给小博助阵，异口同声地批梅天宇：你太不讲道理了！

"嘿，到我们这里，还他妈的牛呢！"梅天宇有点恼怒，又举起小铁铲威胁，"你们都给老子快滚！"

猛然起了一阵风，风里裹挟着爷爷守安的喊声："你在那里乱挖什么！"梅天宇气呼呼地高声应对："没乱挖！"

风又将守安的警告传过来："瘌痢头！你要乱挖，小心爷爷打断你的手！"

小博听得真切，讥笑说："嘻嘻！瘌痢头，你牛什么劲？你爷爷要打断你的手！"

小博的话刚说完，梅天宇手中的小铁铲就奔着小博的脑袋过来了。小博慌忙偏了偏脑袋，那铁铲便落到他的肩上。小博素来吃不得亏的，哇地哭起来，疯了般地扑向梅天宇，那两个堂哥也一起上前揪梅天宇。

小菜远远地站着目睹这一幕，想起梅天宇平时老欺负自己，她不免有些扬眉吐气，差点要对她的老表们兴奋地喊加油：给我狠狠地揍！可她没敢喊，她怕梅天宇事后找她算账。她热切地预想着梅天宇像只癞皮狗被打趴在地，怎么说，她的三个老表对付他梅天宇一个人，谅梅天宇再横，也会很快成小瘪三的！让小菜多少有些遗憾的是，老表们跟梅天宇之间的对抗并没有达到她预期的结果，很快，大人们闻讯出来干涉了。

柳兰花上前将小博他们强行拉开，"玩得好好的，打什么架！"瞪着一身灰土的梅天宇，"瘌痢头，人家是来做客的，你怎么能跟人家打架呢？再说，你还是小博的表哥，你就不能让一点？怎么这样不懂事啊？"梅天宇一副蔑视的样子，眼里噙着泪。

"讨债鬼，我平时跟你们说过多少遍，不要到处惹事，你们就是不听！"小菜外婆也在一旁教训她的三个孙子，"回亲奶奶家给我待着去！"三个孙子并不听她的话，而是彼此小声叽咕着往龙山那边去。

"你哪天不跟人打架，你就不舒服是不是?!"随后赶到的守安呵斥狼狈不堪的孙子，"回头等你小姨回来，不找你麻烦才怪呢！"

"哼，所有的坏处都摊到我的头上?!"梅天宇一骨碌从地上爬起来，愤愤地冲爷爷一揩眼泪和鼻涕，追着小博他们，"你们三个打老子一个，算鸡巴本事！有种的，一对一!"

"你这个小混账，你要再给我惹事，我就送掉你的小命！"守安警告孙子。

小菜外婆唯恐孙子们又跟人家打架，赶紧大声呵斥他们回来，那三个男孩似乎没长耳朵。外婆一顿脚，说："你们要再不听话，中午就给我别吃饭！"柳兰花也说："你们连奶奶的话都不听了，我家的饭真的也不给你们吃了！"这一招还算灵，三个男孩都不情愿地回了头。

梅天宇并没有跑远，今天的亏算是吃大了，他被打了，还当了逃兵，脸面真是丢尽！他坐在村口的上马石上，昂着脑袋，对着那毒辣的太阳号啕大哭，那哭声不像出自一个十三岁的梅园少年，倒像出自一个战场上溃败的将军，凄怆中带着愤激。

守安烦不胜烦，骂道："哭个魂啦！小混账，你爷爷还没挺尸呢！"

小菜外婆哄劝说："孩子，你还是回家吧，看这太阳多毒啊，弄不好要发痧的，赶紧回去吧。"

梅天宇倔强地梗着脖子，坐着不动，任凭被烈日晒得汗流浃背。

小菜外婆叹气，"这孩子，也够犟的！"转而劝慰守安，"老哥啊，消消气吧。我家那三个货，也是一样的淘气难管喽！他们的娘老子都不在身边。我这当奶奶的，能将他们怎么样呢？打又打不得，你要打他们，他们在电话里跟他们的爸妈搬弄一堆话，儿子听了还不打紧，儿媳妇听了就不舒服了。我何必讨那种闲气受呢？唉，我也是黄土快埋脖领的半死人，也顾不得那么多了！一代管一代，隔代管不好啊！"

柳兰花不以为然："对孙子，做奶奶的没有打不得的，该打的时候还是要打！现在这帮毛孩子，不管管，那还不要飞上天去？"

"这小混账大了，你要打他，他跟你对着干了！"守安哀叹。

"光靠打，也不是办法哟！"小菜外婆说。

柳兰花撇撇嘴，不再接话，看见小菜像个小猴精一样在面前蹿过，高声叫："小菜！"小菜站住了。柳兰花踢了踢地上的干树枝说:"不要老贪玩,帮奶奶捡些柴火,先堆在那儿,等奶奶有空过来将柴火弄回家。"小菜听从了。

"还是我们小菜懂事。"外婆夸奖。

"小孩子,要管,就得从小管。"柳兰花由衷地应答。

守安叹叹气,回去了。

柳兰花招呼亲家到屋里坐,外面热。她自己要去下厨房,给客人们做鸡块荷包蛋汤面。这样的午餐做起来不费时,也能体现自己待客的诚恳,还能让客人们吃出地道的鲜美味。

小菜一边捡地上死蛇般的干树枝,一边瞟瞟对面的上马石,梅天宇坐在那里,有些孤零零的。想着刚才梅天宇号哭,小菜原先幸灾乐祸的情绪一下子消失殆尽。在她的印象中,梅天宇像茅厕里的顽石,又臭又硬,她记得以前他爸爸或他爷爷打骂他再狠,他也很少哭的。他今天为什么哭得那样伤心?

干树枝捡得差不多了,堆在一起,像小丘。小菜又看了看对面的上马石,梅天宇竟然还坐在那里。她真想大声说,你老坐在那里,做什么呢?

小菜回家时,经过郑小茵外公家的百货店,听见郑小茵外公在屋里打电话,那声音异常严厉,似乎裹着火药:郑来旺!你也要摸着你的心窝好好想想!我家飞云跟了你十几年,你当初是什么样的穷相,她跟着你受了多少苦!以前你干的那些腌臜事我就不提了!……就算你不顾念飞云,那小茵子你是不是要顾念一下?!……你现在有几个臭钱了,就要将我家飞云踢到一边,有那么容易的事吗?!……她同意离婚?我还不同意离呢!你这个狗日的真没良心!……

小菜越听越惊诧,小茵子爸爸要跟她妈离婚?

其时,郑小茵从屋里出来了。她一身鲜艳,头上扎着红蝴蝶,身上穿着泡泡袖红色连衣裙,脚上是红色的皮凉鞋,看上去像一个刚从童话城堡里出来的小公主。小菜的心里顿时一片空荡,她几乎没有穿过这样好看的衣服。她的衣服,绝大多数都是城里大舅舅家的表姐小云穿过的,虽然那些衣服都不旧,样式也不过时,但小菜

254

心里总乐意穿鲜亮的新衣。奶奶总说小孩子个子天天长，衣服买了也穿不了多长时间，实在太浪费。其实，奶奶是怕花钱。谁不晓得小孩子的衣服往往卖得比大人的衣服还贵呢？小菜记得那次听郑小茵跟别的同学聊天，说她身上的白连衣裙子和脚上的小黑皮鞋，加起来七百多块钱呢。现在郑小茵穿的红裙和皮凉鞋又是她妈刚从北京带回来的，肯定也要花好几百块钱。

小菜不想和郑小茵照面儿，有意低着头，从郑小茵身旁经过；但她又忍不住要朝郑小茵瞥上两眼，她发现郑小茵两眼红红的，脸上有泪痕，像是刚哭过。

暑假很快就过去了，新学年开始。小菜发现班上又少了几位同学，都转到镇上或县城上学了，令她讨厌的贺老师也调到镇上去了。整个民生小学总共也就四十来个学生，听说明年学校就要并到中心小学了。癞痢头梅天宇似乎比以前老实了不少，不再像以前那样成天跟她过不去。郑小茵变得比以前更沉默，好像成天只知道学习，其他任何事都跟她无关。

整个世界似乎都有些变了，小菜不知道以后会变成什么样，至少比现在好吧？她也开始按捺性子念书，希望自己将书念得好一点儿。

小菜也感觉日子似乎变得越来越快了，一开学没多久，国庆就来了，再稍微过一过，再过一过，就是元旦了。很快就到了期末，考试试卷都是老师自己出，老师们好像也不再关心大家的成绩。小菜也不再惧怕考试，考成什么样就是什么样吧。

一放寒假，年关也就近了，在城里捞生活的大人们也像候鸟一样纷纷还巢，准备跟家里的老小过一个热闹祥和的团圆年，整个庄子里人气也开始旺起来。小菜还是喜欢那种过年的氛围。

大人们年头大包小包地出去，携带的是浓郁的梅园风味，那包里塞的尽是腊肉、腊鱼、香肠、干豇豆、粉丝、红薯粉等自家产的地道货；年尾他们也是大包小包地回来，带回的不过是城市的蛛丝马迹，那包里装的是城乡都流通的货品，譬如家用小电器、给老人的保健品，更多的还是给孩子们的各种零食、玩具和衣装。

父母的归来，是梅园孩子们最大的期盼，他们那常年在外打拼的父母比起在家天天守着他们的爷爷奶奶，总是要大手大脚很多。只要父母一归家，他们提的每个要求一般都能得到满足。他们可以吃着爱吃的零食，喝着爱喝的饮料，玩着爱玩的游戏，乐得跟小天使似的。

小菜的爸爸妈妈在电话里说过，他们想回来过大年，小菜满怀期待。她三岁时，妈妈就和爸爸出去打工，至今都没有回来过。比自己小六岁的弟弟也是在外面出生的。她从来没有见过弟弟的模样，只是从爸爸寄回的照片上见过，不过，照片上的弟弟留给她的印象并不清晰。老实说，她并不喜欢那个弟弟，她总觉得，是那个弟弟让爸爸妈妈的心太偏了。

让小菜烦闷的是，家里时常弥漫着一种战争的气息，上门讨债的人像狗钻圈一样络绎不绝，有哭着的，叫着的，骂着的，都是逼奶奶还钱。奶奶就跟丢了魂似的，一旁说好话，赔着小心，有时被逼得太急太狠，奶奶也会豁出命，找根粗麻绳，往梁上一扔，要当众吊颈。这招也很管用，那些逼债人也就咒骂着渐渐散去。时间一长，那些家境富裕的讨债人讨不到钱，也就懒得再上门，愤愤之余，也会甩下一句咒语：权当那钱给梅为明垫棺材底！但那些生活不宽裕的人家拼着死，也要一点一点地讨回梅为明欠他们的钱。

这夜小菜睡得很不安稳，几乎全是梦魇，梦见一群讨债人上门，叫着哭着向奶奶要钱，她在旁又急又怕，没羞没臊地尿了裤子。早上醒来，小菜就有些惶然地跟奶奶说做梦的事。

柳兰花不迭声地叹气。当年梅为明捅下的那个债窟窿，压得她后半辈子没有一刻的安畅，也让孙女跟着受影响。他倒省事，出去躲债，一躲就没了人影，不晓得是死是活！儿子儿媳妇跟着亲戚跑到边远的新疆做点炒货生意，挣的钱也只够糊糊嘴，他们没有能力偿还家里的债务，索性连家也不回。有时她也烦躁，在电话里对儿子儿媳妇发发牢骚，转念一想，儿子儿媳妇也不容易，尤其是儿媳妇，当初也是叶家的一朵好花，嫁给自己这个忠憨的儿子，最初图的还是梅家的好家境，没想到梅家破败成这步田地，儿媳妇也跟着受苦，她又觉得有点对不住儿媳妇。

孙女跟她说完昨晚的那个梦，神情惶然失落，"奶奶，真的很吓人的！"平素她多半会不耐烦地打断孙女，做个梦有什么大惊小怪？眼下她也有些凄然地叹气，"唉，小菜，那都是梦，不是真的，不碍事的，你也别搁在心里。慢慢会好起来的。"

"就跟真的一样的，奶奶。"

柳兰花不说话了，这么多年，她都是在苦熬着日子，有时睡着了还忍不住做点美梦，但都是过去那些风光日子的重现，醒来人更是惆怅。在享受过短暂的富贵生活，突然一下子堕入贫穷，她实在是一百个不甘心！

小菜有点怯怯地看了奶奶一眼，不敢再吱声了。奶奶的沉默有点可怕，弄不好她就会突然发脾气。小菜想着还是回自己的小房间里待着为好，免得遭奶奶无端的责骂。

那当儿，电话响了。柳兰花一把抓起话筒，"小秋，我就猜着你要来电话。"她的声音分明变清亮了。儿子小秋又在电话里说想和叶容带二宝回来看看，说在外都这么多年了。儿子说话的声腔带着愧疚。她忙制止儿子，说你们可千万不要回来！一回来，会有一帮讨债的上门来！大年是没法子过安稳的。我和小菜都还好，你们不要挂念。你们还不如将来回的路费省下来，给我寄回来。这比什么都强。现在最缺的是钱啦。儿子说那也好。

那阵子儿媳妇叶容在电话里招呼二宝问奶奶好，问姐姐好。孙子脆生生的问候让柳兰花满心既苦涩又甜蜜。她觉得自己再苦再累也都值了，她对儿子儿媳妇别无所求，希望他们小两口和和睦睦，将自己的孙子带好。

叶容问起小菜，说小菜怎么样？柳兰花说还行，学习比以前有点进步。将话筒递给小菜，让小菜跟妈妈说几句。叶容说，小菜，你念完下学期，就该上初中了，要好好念。爸妈不在身边，你学习要自觉，你比不得那些有钱人家的孩子，咱们家里穷，不念书没有一点出路。……你也要帮奶奶做点家务事。小菜半晌没声响，叶容说，你在听吗？小菜嗯一声，说在听。

母亲叶容说了一堆话，小菜听在心里，有些压抑，学习她是真的没多大指望，也就做一天和尚撞一天钟。到时候书念不下去，只能出去打工。前面的路似乎早已摆在那里，小菜也就不多想了。只是爸爸妈妈不能带弟弟回家过年，让小菜很是遗憾。

柳兰花跟儿子儿媳妇通过电话，两个女儿也先后打来电话，仿佛跟大哥小秋约好在同一时段问候母亲。对两个女儿，柳兰花从来都没有什么指望，嫁出去的女儿泼出去的水，娘家的事她们也多半是不管的，她内心上也不想娘家的债务拖累女儿。两个女儿常年也跟着女婿在外打工，她们好歹对娘还有点孝心，逢年过节的也寄点钱和货品给娘，做娘的也就知足了。去年过年大女儿还说要给她买个新手机，她坚持不要，说用座机比用手机划算。儿女们的电话问候，让柳兰花心情好了不少，感觉生有可恋，一切并不像以前想的那样糟。

明天是农历腊月二十四，梅园人普遍看重的"小年"。按梅园的习俗，女儿一般要到娘家过小年。柳兰花有好长时间没回娘家，她那将近九十岁的老母亲挂念苦命的女儿，不时打电话，要兰花一定带着小菜回娘家去过小年。说娘老了，动不得了，不能上你那儿去；你也往老里走了，趁你还动得，你多回来走动走动。你托人给娘带蛋带鸡，也不抵你空手回来，让娘看你一眼，扯扯白啊！柳兰花含泪唯唯诺诺着。她不是不想回去看望娘，她怕一回去，娘家的那些至亲们问长问短的，问得她心里又冷又酸。

她的娘家在柳湾。去那里有两种走法：一种是徒步翻山，翻过龙山两道山梁，就到了；另一种是坐车，从民生小学前面的土马路一直延绵到往县城去的柏油大路，绕到郑来旺家所在的郑埠，再走一段土马路，也能到柳湾。说起这段土马路的修建，还得归功于梅为明。以前这段路比田埂还要狭窄难走，当初发了财的梅为明为了方便看望丈母娘，出资将这段路拓宽，整平。现在一个人要走这种车道到柳湾，坐小中巴车来回要花十四块钱。柳兰花宁可带着孙女花气力翻山，也舍不得坐车，那可得要白白花费二十八块钱。当年梅为明风光时，她来去柳湾从来都是坐车的啊！逢年过节，她和梅为明穿戴考究，坐着阔气的小轿车，穿越尘土飞扬的马路，一路浩荡地开到柳湾娘家门口。两人手里提溜着贵重的礼品，面带城市大佬的骄傲神情，在左邻右舍艳羡的目光检阅下，阔步走进娘家的门，那感觉真是亮爽啊！如今，这些早已是陈年旧梦，残存在柳兰花记忆的旮旯地里。她一想到回娘家，就不由得心生凄凉，她现在连给母亲买补品的余钱都没有。母亲是懂她的心的，每次要她回去，都再三嘱咐：你不要糟蹋钱，给我带那些花里胡哨的补品，那都是作假的！你就给我带几个鸡蛋就行啦。她就嗯嗯应声，去看母亲可带的东西只有两样：一布袋鸡蛋和一只老母鸡。

母亲过了今年的年槛就是九十整岁了。柳兰花打算这个小年在娘家过，跟娘一起住一晚上，跟娘好好说说话。

吃过早饭，柳兰花喂鸡喂猪，打扫猪圈，将家务都料理完毕，去找秋华，平素她们俩处得很不错，她要将家里的钥匙交给秋华，委托秋华在她不在家的时候，帮着照看一下门户。

秋华住在她家后身，两家相隔不远。柳兰花穿过一片小竹林，走过一条篱笆墙，一座青瓦白墙的二层小楼就呈现在眼前。秋华的小孙女小雪儿在门口逗猫咪。

秋华春风满面地在堂屋接电话，儿子雪笋打来的，说他和来宝过两天就能带着儿子回家了。柳兰花说："该回家过大年了嘛。"

秋华笑说："前段时间就说想回家，想小雪儿呢。我说你们别着急回来，家里有妈呢。雪笋在外多做一天活儿，就能给孩子多赚点奶粉钱。来宝奶水不足，每天都是灌牛奶给二宝喝。奶粉差的不敢买，好奶粉费钱不少呢。小雪儿每天牛奶也不断，这都是要花钱的哟。"

柳兰花笑笑说："现在养娃可比不得我们那时养娃，省钱省心，孩子奶水喝不足，就熬稠米汤加点糖对付，孩子也能长得白胖。"

"是啊，我们家雪笋，小时候可都是这么喂的，我奶水少得可怜，也硬是将他给喂大了。"秋华拿起杯子要倒茶水，"喝茶啵？"

柳兰花扬扬手，说："不麻烦。早上吃的稀粥呢。"端详着墙上挂着的全家福照片，"雪笋想早点回来，就让他回来嘛，陪着你过过小年也是好的嘛。"

"雪笋回来，恐怕要陪来宝娘儿仨去曹庄她娘家那边过小年。"秋华笑笑，"我这娘老子不在了，要不然我这小年也还是要回娘家过的。"

"说的是呢。我明天得回柳湾陪我老娘过过小年。我老娘说过多次，她一定要我回去歇一夜。你看我这家里一些鸡鸭鹅猪，哪里走得脱哟？"

"这还不是小事嘛，我帮你照看一下，不就行了？"

"那不是给你添麻烦了？"

"你看你，咱们之间，还要这么客套？"秋华笑着白了柳兰花一眼，"我有事不也找你帮忙？"

"年关，就怕有偷鸡的蟊贼上门。"柳兰花有点担心，"几年前，也是正值年关，我带着小菜在我娘那里歇了一晚上，回来发现一窝鸡少了一半！气得我好几天都吃不下饭。"

"你家老人不是在家吗？"

"唉，别提她了，她在家也跟个死人一样！就任凭那不要脸的三只手偷我的鸡！"

"平素她在外那么厉害，逮谁说谁！怎么家里进贼，就大气不出了？"

"唉，怎么说她好呢？也是嘴硬骨头酥，跟那枯了心的老槐树一样！"柳兰花满脸嫌弃，"她偏喜欢逞能，还多嘴多舌。年前要不是她多事，你家雪笋和来宝也不至于闹得不和。"

"我家小笋子也是软耳朵，管她多什么嘴，你小笋子不信，不就什么事没有了嘛！"

"反正她就是喜欢挑事！幸好没闹出什么大事来，要不然怎么收场哟。不瞒你说，那天中午，我没给她留饭！实在生气！"

"说起来呢，她讨人嫌，也很可怜，那么大岁数了，活一天少一天。这事也都过去了，还是不要跟她计较的好。"

"我是不计较她的。我要计较她，早就不理她了。他儿子常年死在外头，欠了满屁股债，这么多年，我也是对得住她了。真要将我弄烦了，将她推到她两个女儿那里去，也说得过去。"

"兰花你还是好心肠，那种事你是做不出来的。"

"就是啊，我这人心肠软，做不出那种狠心事。"柳兰花摇头叹气，"有时候真是看不惯她！你看她都那么大岁数了，还成天臭美。上回小姑子回来看她，给了她一些零花钱。她就跑到镇上乱花，还到染发店里去染发。你说说看，都是八十多岁的老太婆了，白发就白发呗，不是很正常吗？浪费钱染发干吗？给谁看？"

"也真是的，小女儿给的零花钱就好好留着，买点什么吃的喝的也好啊。"

"她就是这种人。没法说！"

"这几天没见着她，出去了？"

"又上她侄女云英家去了。每次她一去，不待上半个月不会回来。我跟她说，你不要老往云英那里跑，毕竟是侄女，不是自己的亲生女儿。云英后嫁的那个老公常年病歪歪的，还有小孙女要照看。你每次去，云英都费心费力地招待你，待两三天还好，待时间长了，不是给云英添麻烦吗？她说那有什么关系呢？她将侄女当女儿待。从不考虑别人的难处，她只顾着自己。"

"她也是一辈子了，性情恐怕也难改了。"

"我有些看不惯，忍不住说她几句，她不听，也只当我没说。"猛然见孙女小菜闷着脸站在门口，柳兰花皱皱眉，"你跑来干什么？"

小菜说："家里来了个女的，还是上次来的那个。"秋华说："要债的？"柳兰花深叹一声。秋华说："你又没钱还，还是躲一躲。"

"唉，躲得过初一，躲不过十五。"柳兰花叹气，"老是躲也不是办法啊！"摆手让小菜先回家，回头跟秋华说，"明天我这家里就烦扰你了。"

"瞧你又说客气话。你走之前将钥匙丢给我。晚上我抱着褥子上你家睡去，你放心去好了。"

"你带小雪儿过来睡？换床睡，小雪儿习不习惯？"

"小雪儿现在可吃香呢，她外婆外公打过好几次电话，想她了，今天下午就来接过去。"

"好好！"寒暄两句，柳兰花满腹心事，转身回家。

在柳兰花去秋华家时，满脸褶子的短发女人就进了她家的小院。

小菜认识这个女人，嘴不由自主地噘起来。这个人时常跑到家里哭着要钱，比任何来要钱的人都要难缠，奶奶得想办法凑点钱打发她，要不然她就赖着不挪步。

小菜想拦着这个女人，说："我家里没人！"女人横眉扫了小菜一眼，根本没理会，甩着胳膊径直往屋里去。小菜急了，大声说："你又跑到我家里做什么事！"

女人三步两步就撞进堂屋。小菜也绷着脸跟进去，充满敌意地看着她，"我家里没人！你跑来干什么！"

"你奶奶不在家？"女人不相信，挨间屋找起来。

小菜冲女人嚷："讨厌！我奶奶不在家！"

女人翻眼看了一眼小菜，不再搭理，索性坐在堂屋的八仙桌旁。看架势，女人非要坐等奶奶回来，小菜又冲女人嚷："你真讨厌！"她跑出来将奶奶找回家。

柳兰花见了这个冤家债头，脸上的肌肉抽搐了两下，声音倒还镇定，"上次我就跟你说过，等我卖了棉花和豆子，凑够了一定还你！"

女人领教过柳兰花的厉害。这个斑驳不堪的门庭她不知道踩过多少次，每次来，她都使尽法子，也多半踩个半空。两周前她又来过，来时带了一捆麻绳，说不将她家的那点钱还了，她就死在这里！柳兰花幽怨的目光磁石般地贴在女人脸上，说："我真是没钱，你又不是不晓得！你真要死了，我陪你死！我早活腻烦了！"女人晓得死猫碰见死耗子，来硬的耍泼不灵。女人这回换了软姿态，一见柳兰花就带着哭腔唠叨开了，"大嫂子啊，我又烦你来了！说实话，我是真不想上你家来啊，上你家我头皮都发麻，可没有什么法子的！当年我家那钱憨头也是看梅为明爽快，才肯借钱的。你也晓得，前些年他做生意赔本，欠下一屁股债。人家逼钱逼得紧，三天两头上门。现在就有一个讨债的人赖在我家里，死活不走。欠他五千，这回非得要我们还给他，你叫我，有什么法子呢？……"女人擤了一把鼻涕，撩起衣角抹抹湿润的眼，"大嫂子，你帮我想想法子吧？算我求你了！"

女人哀怨的絮叨撞击着柳兰花原本就脆弱的心，女人跟自己一样命苦，这些年为这些债，也的确没了人形。梅家借他们老钱家的钱都有十来年了，一直拖着没还清，也实在有点说不过去。况且人家也一再说，息钱不扯了，还剩三千块的本钱，唉，这回怎么样也要想着法子还清！可她的小布袋只有一千块钱，那还是八月中秋节前小女儿寄给她的过节费，她本想留着来年开春买头小猪崽儿。就算这一千块钱贴出去，那两千上哪儿弄去？柳兰花在女人身旁呆坐了片刻，慢慢走了出去。

小菜有点紧张，紧跟在奶奶身后。柳兰花回头轻喝："跟着做什么事？在家看门！"小菜不敢再跟了，眼睁睁地看着奶奶出院门。

小菜神情落寞地在院门框上靠了一会儿，回堂屋。女人面无表情地坐在那里。小菜满脸愤恨地盯着女人，突然带着哭腔叫道："我奶奶没钱，你老是逼我奶奶！要是将我奶奶逼死了，我就跟你没完！"

女人看了一眼充满仇恨的小女孩，挪挪身子，她知道柳兰花跟自己是一路人，多少受罪的日子都熬过来了，不至于别人一来逼债就去寻死的。她见柳兰花这小孙女一副得理不饶人的架势，不免嘀咕："小丫头，竟也这么刁钻！"小菜抽搭着说："你才刁钻！"

女人扬眉乜斜了小菜一眼，嘴角掠过几丝自嘲的笑，懒得跟这个小女孩斗嘴。现在她的每一根神经所牵扯的都是钱！她要想着如何将她家里的那个要债瘟神给打发走！她又想到梅为明这个赖债户多年臭名在外，恐怕小鬼都不愿意再借钱的，柳兰花出去能弄到钱吗？她会不会像老抹布一样被干晾在这里？女人越想越焦躁不安，走出院外，四下张望。

小菜抹着眼泪，也走出院外。她看见奶奶朝瘌痢头梅天宇家走去，心往下落了落。不多会儿，奶奶就回来了，从衣兜里摸出一把大人图，数了数，递向女人，"只凑了两千，那一千，只能等开春还你。"

"唉，两千就两千吧。"女人一把抓过钱，蘸着口水，仔细数了两遍，将钱揣在裤兜里，将裤兜拍了拍，呼呼气，拿手指梳梳有些蓬乱的短发，走时还朝柳兰花苦笑了一下，"大姐，我晓得你也不容易！"

柳兰花有点怔怔地目送女人离去。小菜小心翼翼地叫了声"奶奶"。柳兰花掏手帕擦擦眼，牵牵衣襟，招呼小菜准备一下，换身干净衣服，说去太奶奶家。小菜有点开心，找出自己最喜欢的带帽粉红色鸭绒袄穿上，那也是去年过年前太奶奶让表哥给她买的，她将头发重新梳了一下，戴上奶奶之前给她买的发卡，在镜子前照了又照，这才出了房门。

柳兰花也在里屋收拾了一番，换上干净衣服，将头天傍晚用竹笼圈着的一只老母鸡用红丝线缚了双脚，装在网兜里，拎到小院中。她让小菜将装鸡蛋的布袋背上，锁了门，到屋后身秋华家，将钥匙给秋华，委托秋华帮着照应一下门户。

守泰家的百货店是必经之处。柳兰花带着小菜走到近前，碰巧飞云带着女儿小茵子坐在门前的葡萄架下，正说着什么。小菜微昂着头，快步向前走。小茵子扫了小菜一眼，也是一脸冷漠，起身进屋去了。柳兰花不由得放慢了脚步。

飞云站起身打招呼："兰花婶，您这带着小菜，要出去吗？"

"去柳湾呢。"柳兰花应声走到飞云跟前，压低嗓音，"飞云啊，听说你家的那个人又犯怪了，怎么弄呢？你要想开点啊！"

飞云故作轻松地笑了笑，说："也不是一天两天了，兰花婶，我现在也想开啦。你就算守着他的人，也守不住他的心。没意思啊！我爸和我妈有些想不开。我就劝他们，我说你们也想女儿我日子过得舒心，我跟他日子过成这样，哪里舒心得起来？还不如趁早散伙。我带着我的小茵子过我的清净日子。小茵子也渐渐大了，跟她讲事理，她也能懂一些。"

柳兰花叹息说："难得你能这样想哟。没良心的男人是指靠不了的，也不要去指靠他。只是，你一个人拖着小茵子，负担很重啊！"

"兰花婶，这个我是不担心的。"

"哦哦，他还是钱多，才作怪啊！"柳兰花感慨说，"飞云啊，你也才三十出头，日后逢着合适的，再找一个。"

飞云淡笑着说："兰花婶，日后是什么样？谁也料不准的。这世道，除了家里至亲，靠得住的还有谁呢？"正说着，飞云兜里的手机响了。

柳兰花忙说："飞云，你赶紧接电话。我走啦。"转身喊，"小菜！"

"唉，奶奶！"小菜在前面远远地应着。柳兰花赶上孙女。两人朝龙山山脚走去。

小菜有些惊喜地发现，原先草莽丛生的龙山竟然有了一条不窄的路！那是被野火烧出来的道儿，原先那些密密的蔓草和灌木丛被烧成黑黑的灰烬，踩上去，有种松酥糯软的感觉。天是难得的响晴，无云又无风，从龙山升起的太阳早已蹦出老高。在这寒冬腊月，红灿灿的太阳多少能给人一些温暖感。

小菜和奶奶一直沿着这条黑黑的路径上了龙山。她轻轻地哼起歌：一朵花儿开，就有一朵花儿败……

柳兰花看着远处青黛色的群山，"唱什么呢？"

小菜赶紧捂了捂嘴。

"怎么不唱了呢？不难听哦。"柳兰花回头看了孙女一眼。

小菜忍不住又哼唱起来：一朵花儿开，就有一朵花儿败……

"莫像蚊子一样哼，大点声呃！"柳兰花脸上浮了些笑意。

小菜冲奶奶笑笑，昂昂头，碎金般的阳光顿时迷了她的眼。再过了前面两道山梁，太奶奶家差不多就到啦。她料定掉牙瘪腮的太奶奶一见自己，肯定要搂着自己叫心肝宝贝，肯定要送给自己新衣服，还会给自己一点压岁钱的呐。

她终于放声唱起来：一朵花儿开，就有一朵花儿败……

第十四章 守泰（一）

　　整个下半年，守泰都有点闷闷不快，大女儿飞云同郑来旺一直在闹离婚，闹得不可开交，让他很伤脑筋。

　　飞云的婚事守泰原先就很不赞成，郑家实在太穷了，说家徒四壁也不为过，主因就是郑父嗜酒好赌，其母不堪忍受，在娘家几个兄弟的撑腰下，早早与其离婚，抛子另嫁。郑来旺在这样残缺的家庭长大，只念了初中，没有任何技能，但这小子长得不赖，哄人颇有一套，将飞云哄得团团转，非得要嫁他，说郑来旺待她好，可靠。

　　守泰训导女儿，看人不能光看表面，待你是真好还是假好，你也得学着分辨！怎么着也要考验他两年，你也才十九岁，结婚的事不能急。飞云吞吞吐吐，没敢再吱声，私下里跟母亲香玲哭说她已有"问题"了，爸爸说考验两年，实在等不及了，已有三个月了。香玲气得无话可说，数落女儿：孬坯，跟人家交往才多长时间，就将生米做成熟饭了?！守泰更是恨得牙痒，恨女儿把持不住自己，太不争气！他要香玲带女儿将孩子做掉，好好养身子，不要再跟姓郑的小子来往。飞云死活不愿意，竟然在外跟郑来旺租房同居了。香玲唉声叹气地劝守泰别生气了，说已经这样了，死丫头又不听劝，以后是好是歹她自己受着。眼下还是要顾点面子，让他们将事儿办了，证儿领了，免得孩子一生下来就是个黑户。

　　飞云的婚结得潦草，但娘家这边的嫁妆也没少给，郑家那边几乎什么都没出，因为没钱，连彩礼都免了。守泰心里一直有个硬疙瘩，郑家是白白娶了自己的大女儿！飞云那个没德行的公公一次酒后还吹嘘自己儿子有能耐，硬是给他弄回个不花钱的标致儿媳妇，说女方还倒贴呢。老东西还厚颜无耻地在酒桌上给几个未婚小伙子支招：要想快快地娶个不花钱的老婆，最好的办法，就是想办法哄女孩，将女孩哄上手，搞大她的肚子，到时候就是女方不想结婚，都由不得她了。这些话传到守泰耳里，守泰气得浑身都想长拳头，将那个老东西狠揍一顿出出气。香玲说，犯不着跟那个老混账一般见识！从此也不再跟老东西往来。飞云也很讨厌她的公公，结婚之后，也很少回郑家。

守泰夫妇虽然怨大女儿不自重，但骨子里又心疼她，不想她在那个腌臜的郑家过苦日子。为了让大女儿改善小家庭的经济状况，守泰贴本钱让她和郑来旺出去做生意。结果生意做顺了，姓郑的这小子劣性就显露出来了，肠子上开始长花花，飞云回家生小茵子的期间，他在外面跟别的女人胡搞，惹得飞云寻死觅活的，他也只是表面上认个错。

守泰早已认定郑来旺不是善茬，等小茵子稍微大点，他让飞云跟郑来旺一起到北京做生意，小茵子就放在梅园，由他和香玲帮带。尽管飞云在一旁盯着，郑来旺那小子丝毫不收敛，竟然跟一个女人半公开同居！飞云的心也真是彻底死了，离婚的事，她不想再拖下去，想在年前给解决掉。二妹飞雪也劝姐姐尽快将那个渣男抛掉，母亲香玲也支持大女儿，唯独守泰坚决不同意，说太便宜郑来旺那狗日的了！飞云只好让飞雪打电话劝父亲想开点。

飞雪一上来，就毫不客气地对父亲说："爸，姐姐离婚的事，由不得您的！是她离婚，不是您！"

"你这孩子，怎么说话的！"

"爸，您别生气，这真不是您能管的事。姐姐这个垃圾婚姻，早离早解脱！"

"那不是太便宜那狗日的了?!"

"爸，您得换个角度想。姐姐一天不离，一天就郁闷。郁闷时间长了，会闷出病来的！一旦闷出病来了，那姐姐不就更吃亏了吗？您想想，是姐姐的身体重要，还是那名存实亡的狗屁婚姻重要？"

"你姐姐十九岁就嫁给那个姓郑的，如今也快有十四年了，白白耗费了这么多年的青春，当初那么水灵灵的一个小姑娘，如今成了什么样子？"

"爸，怎么说呢？当年姐姐年轻单纯，又不听您和妈妈的劝，死活要嫁给姓郑的。说实在的，她今天的一切都是她自己当初选择的后果，她自己也都认了，您为什么还不能接受？"

"我一想到你姐为他付出那么多，他竟然忘恩负义，不懂珍惜，我就恨得不行！"

"唉，爸，郑来旺这种人，老实说，根本就没有必要跟他纠缠，让姐姐干干脆脆地跟他一刀两断，才最痛快！"

"你姐太亏了！"

"亏？怎么太亏了？家产对半分，过错在姓郑的一方，他必须多付钱，他在外胡搞，找小三，给我姐带来巨大的精神伤害，他必须答应额外给我姐一百万，作为精神伤害补偿。小茵子由我姐抚养，车子和城里的房子都得归我姐。小茵子从现在到十八周岁的抚养费，每年十万，总共五十万一次性付清！还有小茵子的教育费用，包含以后预备出国留学费用，再加上以后出嫁嫁妆，少不了一幢房子和一辆车，这些少说也要五百万，这些都得一次性付清！他不是有钱吗？姐姐经济上决不能退让一步！"

"哼，姓郑的那么胡搞，能有多少钱？"

"姐跟我说，姓郑的净资产预估有四千万，该他拿出的钱他必须拿出来！否则，耗着他，不签字！"

"你姐就能保证姓郑的在财产方面不耍花招，不藏匿藏匿？"

"我想姐不会那么傻，财产这块姐心里还是有数的。"

"不好说，你姐就是个傻瓜！要不是傻瓜，当初怎么看上他这种货色！我和你妈怎么劝，都不听！回想起来，就让人生气！"

"爸，您就消消气好了。您也不能全怪姐姐嘛。人心易变。当初郑来旺并不坏，后来有钱才变坏的。再说，现在离婚也不是什么稀罕事。过不到一块儿的，那就离呗。您成天待在咱们梅园那个小地方，还不是特别了解外面的世界。现在人心浮躁得不得了，没有

268

责任感，将婚姻视为儿戏的，多了去了！最近网上有一则报道，说有一对 90 后，前面刚领结婚证，证件揣兜里还没捂热，开始吵架，一转背就去民政局办理离婚！"

"这都是什么事啊？简直在开国际玩笑！"

"这是真人真事。这年月，什么奇葩的事都有。"

那天跟二女儿飞雪通了一番电话，守泰也终于想开了，也不再阻拦飞云离婚，一再告诫大女儿："经济上决不能亏！要在经济上给你和小茵子留后路！"

飞云说："这点，爸您尽管放心，考虑到小茵子有这么大了，尽量跟郑来旺协议离婚，协议不成，就走法律程序。飞雪找了一个很靠谱的女律师，也跟我们同姓，算是本家吧，飞雪说她帮人打官司很有一套。实在不行，到时候就让飞雪跟梅律师联系。"

等到飞云跟郑来旺交涉财产问题，郑来旺自知理亏，也不想闹上法庭，同意飞云提出的一系列要求，两人协议离婚，在大年前到民政局办理离婚手续，从此各不相扰。飞云允许郑来旺探视孩子，但能否成功探视，还要看小茵子的态度。如果小茵子不愿意见父亲，那也只能作罢。

离婚证办下来的那天，郑来旺打电话给小茵子，想见一见她，带她到城里的饭馆里吃顿饭。小茵子斩钉截铁地说，不见！郑来旺有点尴尬，说爸爸改天来看你，可不可以？小茵子说，以后你也不要来！你来了我也不会见你！郑来旺不甘心，问为什么不见爸爸？小茵子带着哭腔说，你对我妈妈不好，你不要我妈妈，我也不要你！不待郑来旺再说话，小茵子就将电话挂断了。

守泰和香玲听了十分解气，狗日的郑来旺，连你亲生的女儿都嫌弃你，你说你活着还有什么劲！飞云眼里噙着泪，小茵子到底长大了！

令人感觉压抑的霉日子都过去了，飞云考虑最多的还是如何培养小茵子，她同父母、飞雪商量了一番，决定今后在省城发展，等小茵子念完六年级，就将小茵子送进省城的一所知名的国际学校读书。她提前在这所学校旁边买了一套九成新的二手房，将附近一家正在"转让"的小型文具店接手过来，以方便以后照顾小茵子，也给自己找点寄托。

飞云越发觉得当初离婚多抓钱是最要紧的，手头有钱，能照自己的意愿来办事，干什么都顺心。转念又想，万一郑来旺没钱呢？她又觉得自己实在幼稚，姓郑的要是没钱，根本就不会犯怪，他会老老实实地跟她一起过日子！想想这些，她苦笑着摇摇头，人生如戏啊，郑来旺就像那戏台上的一个演技拙劣的小丑，他没钱时，就是一个小瘪三，孙子一般！有了钱，摇身一变，成了一个阔人，贴上老板的标签，装出大爷的架势，在灯红酒绿里浸泡，泡得时间长了，浑身就散发出酸腐气，原先的一点良心也烂没了！这样的人，她怎么当初就没看透呢！他其实并没有多少真本事，要说本事，那就是他哄人的本事很不一般，再配上他那副看上去还不错的皮囊，哄女人每每都能得手。她当初就是被他哄上了手的，让她一度误以为他就是她的终身依靠。他后来竟跟市长大秘的老婆扯上了关系，靠着这层关系，搞到一笔大单，让他小发了一下，腰包鼓了，心就开始躁动起来，背着她偷偷地在外寻嗅野花，她为此崩溃，寻了一回死——如今想起来，自己真是又蠢又傻，为这种人寻死实在不值当！她寻死也只是让他暂时略有收敛，狗终究改不了吃屎的本性，后来他竟在她的眼皮底下，耍着花招，挖空心思哄上了某区公安局副局长的小姨子，生意就越做越顺，铁着心要跟这个女人捆绑一生。哼，能不能捆绑一生？真不一定！那个公安局副局长飞扬跋扈，太过张扬，弄不好，就有栽倒的那一天！飞雪说得没错，靠攀附发财的，只是一时发财，一旦攀附的大树轰然倒塌，他就狗屁都不是！姐姐你跟姓郑的闹掰了，不是坏事！这样想来，她离婚，真是明智的选择。

父母闹离婚的那些天，小茵子情绪有些低落，不爱说话。飞云为了哄孩子开心，一放寒假，就带她到杭州飞雪那边玩了一周多时间，让飞雪开导开导小茵子。小茵子向来崇拜二姨，二姨说什么她都听在心里。二姨说，一个人最要紧的是要想办法过成自己想要的样子，那样自己才会开心。你妈妈跟你爸爸在一起，很郁闷，只有

270

跟你爸爸分开了，她才有机会过她自己想要的生活，才能让自己变得开心。你现在还小，可能不太懂二姨说的。等你长大了，你就会明白的。你现在别的什么都不要去想，你好好读书，将来像二姨一样考上一所好的大学，学自己喜欢的专业，那样你自然会开心的。

从杭州回来，小茵子变得开朗不少，念书也越发比以前用功。春节期间，大人们玩牌的玩牌，看电视的看电视，她躲在房间看课外书，看二姨给她买的英语原版动画片，妈妈和外公外婆都要她出来玩一玩，她晃晃手中的书，指指二姨送给她的平板电脑说，这就很好玩嘛。

守泰见大女儿和外孙女生活渐渐步入正轨，精神面貌也与之前大不相同，神清气爽，自然很感欣慰。他满腹的心思又开始投在小女儿飞燕身上。香玲说，你这个当老子的，真是操不完的心啊。守泰说，你当娘的，对小女儿的事不操心？香玲笑说，有你操心就够了，我一旁落个清闲嘛。

元宵一过，守泰开着车带着香玲往县城跑了多趟，看房子，看来看去，最后敲定了一列带底商的楼房。

那天守泰夫妇满意地回到家，碰巧大哥守顺过来了，守泰便招呼大哥在堂屋坐一坐，喝几口茶水，跟大哥提起看好的房子，"楼上住人，楼下开店。市口也不错，房价比市面上还要便宜一点。"

守顺说："比市面上要便宜，有什么讲究吗？房子质量怎么样？"

"质量没问题。"守泰说，"据中间介绍人说，房主是一对小年轻，结婚不过四五年，闹离婚分割财产，急着将房子出手，要求付全款，两人好分钱。"

守顺有些感慨，说："现在年轻人，动不动就闹离婚，遇事就不能互相忍一忍，让一让了？我们这一辈，就没有多少闹离婚这种事。"

"要是都那样，那不就什么事都没有了吗？"香玲一旁插话。

"我们这一辈，还能时时替别人想一想。就说我跟你大嫂，我们再怎么吵，从来没提过离婚，也不会想什么离婚。"

守泰轻轻叹气，说："如今的这些年轻人，考虑的都是自己舒服不舒服，才不管别人是怎样想的呢！"

飞燕从店房里出来，经过堂屋去了趟洗水间，回头听见父亲的话，不以为然，"爸，这话您别老说。"

守泰皱皱眉，"怎么不能说？就是提醒你以后别这样。"

飞燕撇撇嘴，冲守顺笑笑，"大伯，您看我爸，动不动就扯现在的年轻人如何如何，其实也有好的人嘛。雨生哥就很不错。"守泰眉头皱得更深了，"那你呢？"飞燕敛了笑容，快步走到店房，坐下刷短视频。

早在一年前，守泰和香玲就商议着要在县城为飞燕置一套房。飞燕在外面晃荡了两三年，也没晃荡出什么名堂，还差点被骗进了魔窟，他们也真是怕了，以前还指望着小女儿跟她两个姐姐一样能打理好自己的日子，看样子也是妄想，索性稳了心，不想将她外嫁，就放在身边，招个上门女婿，也是比较合意的事。平素守泰夫妇对小女儿的婚事很留心，周边单身小伙子也有一些，但合他们心意的却没有。眼下守泰跟大哥说起置房的事，自然也就提及飞燕的婚姻大事。

守顺也赞同二弟的想法，飞燕那丫头在外面舞弄不开，也只能在家里过点稳实日子。

"大哥和大嫂也帮着留心留心。"守泰顺势问起雨生的事，"雨生在外是不是找人了？"守顺摇摇头，"没有，他说不急。"

守泰说："男孩子晚点没有关系。女孩子不能耗，年纪耗大了，就不好找了。飞雪那丫头，都二十九了，还晃着单杆子。上次有人来说亲，男孩子条件也不错，也在杭州那边工作，在电话里跟她一提，她连面都不愿意见，就直接给人家回掉了，你说麻不麻烦？"

"现在这些孩子，个人的事父母也管不了，有什么法子呢？你也就随她们去。"

"还有飞燕那丫头更麻烦，没肝没肺的！昨天她妈偷看了她的手机，又在网上跟人乱聊！上次被人骗还没被骗怕！"

"这孩子也真是有点缺心眼。那网上的骗子太多了。前些日子，你大嫂那边就有个小伙子在网上跟人聊，对方假装跟他处朋友，结果骗了他五千块钱，闹得满肚子火气。你说五千块干什么不好？就是上肉铺割肉改善伙食增加营养，也是很值当的。"

"骗子也只骗那些缺心眼的人。我们这飞燕就缺心眼，被人生吞了还在傻笑！我和香玲最放心不下的就是她。"

"也要给她找一个忠厚老实的人，这样才靠得住。"

"倒是近日有人托柳兰花给飞燕介绍一个男孩子，是她娘家姑姑那边的，说也是个憨实人，看照片，长得也还体面，愿意上门来。"

"男孩家里什么情况？"

"说是兄弟二人，家境比较差，老子早逝，娘身体不好，多病。老大长得周正，也还算精明，十六岁就出去混荡，钱没混回多少，女伢子倒是混了好几个，混来混去，混到一个东北妹子，两人证没领，就混出个小毛头来，不想那妹子实在过不起拮据日子，便自个儿跑了。一个未婚小伙子拖着个小油瓶，又没房没车没卡，谁还会嫁？现在的姑娘都现实得很呐。你说这家庭也真是够糟糕的。"

"哦，也确实有些糟糕。不过，男孩子憨厚，愿意上门来，就行。你不想想，他要是家境好，会上你家来？肯定要娶姑娘进他家的门的。"

守泰默然了。谁都不愿意当人家的上门女婿。

当初守泰自己也是因为家里穷，不得已才去曹庄香玲家入赘，待了那么四五年，也是令人憋屈的四五年。老丈人心眼小，凡事喜欢计较。丈母娘倒是懂得对上门女婿要多待见，平素也有意哄哄女婿，在吃的喝的方面也总是额外地予以关照，比如，做的红烧肉上桌前，会在女婿碗底多放几块；吃肉丝面，也要往女婿碗里多放一点肉丝。老丈人对此可就有些恼火，说老婆子不是东西，自从女婿进门，眼里就没有他这个老头子了，吃的喝的尽着女婿，像话吗?！有意找茬跟丈母娘吵闹。吵过之后，还气愤难平，对他这个女婿也吹毛求疵，庄稼地里干活，明明他很卖力，老丈人总嫌弃他干得不下劲，在外面到处说女婿做事耍滑头，不地道，真不该招这么一个不靠谱的人上门。又说他不旺家，接连让自己女儿生了两个丫头，原指望着能传宗接代，看这架势，没戏了！

老丈人说的这些难听的话四处传散，传到守泰耳里，守泰很是气恼，真想将这个尖嘴猴腮的老家伙狠狠揍一顿，又一想，吵嘴打架不是解决问题的办法，萌生了回梅园的念头，私下里跟香玲先摊了牌：我在你家实在待不下去了！我要回梅园，你自己看着办。香玲开始百般地劝他不要计较她父亲，不计较就什么事都没有了。他一听就上火，怎么可能不计较！你怎么不劝你老子别跟我计较？你看他在外都编排了我多少难听的话？我是个大活人，你老子不将我当活人看，我在你家待着毫无阳气。丈母娘知道女婿的心思，就安抚女婿，责怪老头子没事找事，结果引发老两口之间激烈的争吵，老丈人竟然怀疑老婆子跟女婿之间有什么不正当瓜葛，才要这么向着女婿，踩自己这个老头子。香玲见父亲胡说八道，对父亲彻底失望了，一气之下带着两个女儿同守泰一起回到梅园。

最初日子过得比较艰难，一家四口暂时寄居在大哥守顺家的两间小披屋里。守泰好歹脑子灵活，回到梅园的那年秋季，就跟人到江浙一带做销售生意，慢慢地做出点门道，赚了一些钱，在大哥守顺家附近盖了三开间砖瓦房。有了属于自家的房子，守泰心里才开始感觉踏实一点。

守泰记恨老丈人嫌弃自己生了两个女儿，他发誓一定要生个带把的，封封那老东西的臭嘴，无奈当时计生政策收得紧，计生办的人三天两头地上门做工作，要香玲去结扎，弄得他心烦意乱，便和香玲一合计，干脆一走了之，两人一起到杭州做生意。香玲将大女儿飞云和二女儿飞雪就托付给娘家人照看。老丈人也一心想要个外孙，也支持守泰和香玲外出躲避结扎，对老伴答应照顾两个外孙女也无怨言。

守泰夫妇在外谋生的同时，悄悄孕育第三胎。他们多少有点不放心家里，打电话给大哥守顺，问计生办的人是否还在找他们？守顺说，你说呢？告知他家里的境况。守泰更是横下心来，要将三胎生下来。其时已是晚夏，香玲已经怀胎两个半月。

一天傍晚，吃过饭，守泰陪着香玲在街头闲逛。街道两旁摆满了小摊位，卖衣帽鞋袜小饰品的，卖水果的，卖自家种的小菜的，卖爆米花的，不一而足。两个人一一看过去，走到街道旁的一棵法梧旁，看见树干上挂着一块稍大的牌子，牌子上方正楷毛笔书写两句大字：

"预测人生烦心事，解惑困局得如意。"

下面是一溜又一溜小楷字：

"看相·测字·算命——预知财运、家运、婚姻、子嗣、病苦、牢狱等等；可代写喜帖、关文、保状、祭文；绘牌匾、选匾文、取名字等等。"

夫妻俩不由自主地站住了。守泰暗叹现在这算命先生真是百事通，博学多才啊。香玲轻轻拽住守泰的衣角，小声说："要不问一问咱们这孩子？"守泰迟疑了一下，"你还信这个？"

香玲摸了摸自己肚子，忸怩了一下，"问一问有什么要紧呢？"守泰沉吟了一下，攥着香玲的手走过去。

算命先生头戴黑色瓜皮帽，身穿对襟白绸布马褂，戴着宽边墨镜，样子气定神闲。守泰和香玲走到近前，他略略偏了偏头，缓缓地开了口："你们是来问子女的吧？"

守泰不动声色。香玲掩饰不住脸上的兴奋，忙点头说："请先生帮着测测是男孩还是女孩？"

算命先生微微昂了昂头，要了两个人的八字时辰，手指掐算一番，声音迟缓："你们这个孩子，有点不同于平常的小孩，表面看上去是个男孩子，但实际上是个女孩子。"

守泰和香玲互相看了看，有些惶惑，您说的我们怎么一点听不懂？

"你们也要做好心理准备，我就不绕弯子了吧，跟你们直说，这个孩子虽然还在娘胎里，但生出来会是个阴阳人，外表上是男孩儿，其实生理上是女孩子。"算命先生语气笃定。

香玲顿时脸色都有点煞白了，守泰不相信，"这有什么根据？"

算命先生嘴角上扬，鼻子里哼了一声，长叹一声，说："我只负责预测，至于信不信嘛，当然由你们自己。"漫不经心地跷起右手食指，弹了弹左手臂的马褂衣袖，端起小桌上的小茶壶呷了两口茶水，"我这么跟你们说吧，我在这里待了已经十一年了，还从来没有人跟我说什么'根据'之类的话，你算是第一个。"自嘲地笑笑摇头，"有意思。"

　　守泰没再吱声，拽起香玲就走。算命先生在他的身后扔了几句话："小老是靠行走江湖为生，靠的是良心与信誉，信不信由你们自己。江湖自有江湖的规矩。不请自来预测子嗣的客官，向来不免费，给多给少，任凭客官随意。"

　　守泰从衣兜里摸出五元钱，搁在小桌上。

　　回到有点逼仄的出租屋，夫妻俩的心境都有点不好。香玲忧心忡忡地说："那瞎子不像是胡说八道。"

　　守泰没有接话，他内心并不相信算命的那套说辞。他记得小时候母亲总喜欢卜卦算命。有一次，庄里来了一个算命老头，紧闭的两只眼凹陷，被一个小男孩牵引着，母亲花了五角钱，给他们兄弟几个都算了命，瞎老头说他们兄弟年少时吃些苦，但越到后面，日子越好过。母亲听了有些欣慰。她又请瞎老头给自己算了一命，瞎老头掐指算了算，说大嫂，你的命跟你几个孩子的命是连在一起的。日子也是越过越好。守泰想到瞎子算命，就心生嫌恶，好什么呢?! 我妈连人都早早地没了! 从此他对卜卦算命就有点反感。他压根儿就没兴趣找算命的预测娃娃的性别，无奈香玲想算一算，他不想扫她的兴。其实，他骨子里对生儿子还是生女儿并不怎么计较，只要孩子健康聪明就好。自从在老丈人那里受气之后，他倒是较着劲，不惜一切代价，也想要生一个儿子。

　　他原本打定主意，不管香玲肚子里的这个孩子是儿是女，都要生下来的，如果是儿子，那当然也就如愿了；如果是女儿，他和香玲商议好，将女儿送给自己做生意认识的好朋友老章。老章夫妇为人厚道，家境优渥，遗憾的是多年没有孩子，女儿过继给他们，断然不会差的。

香玲对算命先生的预测耿耿于怀，一个劲地念叨：万一孩子真是阴阳人怎么办？生下来也是害孩子啊。

　　"不要相信瞎子算命的说辞。"守泰提醒香玲，"我都有些疑心他是在信口开河，甚至怀疑他戴着墨镜假装眼瞎。"

　　"我们还没开口，他就晓得我们找他干什么。这是不是也说明他还是有两下子的？"

　　"以前听宝山叔说，干算命这一行的，都善于察言观色。他大概早就注意观察我们，他看见你跟我说话时不停地摸肚子，一般怀孕的女人都习惯于摸肚子吧，他肯定是凭这点断定我们找他是要预测孩子性别。"

　　"万一他说的是真的呢？不怕一万，就怕万一啊。"

　　"没有那么多'万一'吧？"

　　香玲还是心神不宁，就打电话给她母亲说自己的顾虑。母亲说："守泰什么想法？"

　　"他不相信算命先生的预测。"

　　"宁可信其有，不能信其无啊。这是你外公在世时经常挂在嘴边的话。"母亲开导说，"你跟守泰好好商量一下。胎儿月份还比较浅，也容易做掉，好好过个小月子，将身体养好。你们都还年轻，随时都可以要孩子的。"

　　有母亲的支持，香玲决定放弃这个孩子，守泰虽然不太乐意，但见丈母娘和香玲都是一样的态度，也就没有多话，陪着香玲去医院做了引产手术。香玲也像坐大月子一样休养，身体恢复得也很快。两个人又开始造人，没过多久，香玲又有了喜。守泰想起之前香玲听信那个瞎子的话做掉那个胎儿，心下就有点郁闷，他担心香玲又要起念去找瞎子掐算，便提前打预防针，"这回可不要去问什么算命的，听他胡说了。不管是儿子还是女儿，都要。"

　　"你不想要儿子了？"

　　"其实也无所谓了。以前是跟你父亲赌气，如今也想通了，生养的都是咱们的亲生骨肉，只要没毛病就好。"守泰站在小窗旁，望着窗外，不远处就是一个小公园，一些大人带着孩子在玩耍。守泰感慨说，"咱们一年到头在外，也顾不上飞云和飞雪，老这样下去，总也不是个事。昨天大哥在电话里说，计生办的人依然不时到家中来，要套出我们躲在什么地方。"

"挺烦人的！他们就不能消停消停？"

"消停不了，他们要完成指标。那个计生办主任跟大哥不停地抱怨，说我们拖他们后腿了，本来他们今年应该能评先进的。大哥说宝山叔当时在场，毫不客气地说你们怎么像当年山里的蟊贼一样蛮横？撬锁，搬家具，这样胡搞就能将事情搞定？你们越这样不讲究方法，就越办不成事！再说，都是乡里乡亲的，低头不见抬头见，你们觉得这样做有意思吗？你们之前的那个计生办主任可比你们灵活多了，也还讲点乡情乡理。你看你们现在搞成什么玩意了！说得那计生办主任灰溜溜的，回过头来说软话，说他们确实工作做得有点过激了，需要改进工作方式。希望大哥和宝山叔做做我们的工作，让我们配合他们，回头他们会将拖走的物件一一返还。"守泰深叹说，"看样子这样老躲在外面，也不是长久之计。"

"你的意思是我们回去？"

"等孩子生下来，咱们还是回去算了。"

"要是生的还是女儿呢？"

"也要回去。"

香玲不再说话。既然守泰都能看得开，她自然也要看得开，老揪着生儿还是生女也没有意思，再说，生养这种事也由不得自己的个人意愿。

那年晚秋，香玲在妇产医院顺利生下一个女婴，取名飞燕。守泰心中隐隐有点小小的遗憾，这要是还在曹庄当上门女婿，老丈人还不得天天给他脸色看？现在即便一家人回到梅园，逢年过节也还是要带着礼品去给老丈人和丈母娘看节拜年的，估计老丈人也不会有什么好脸色对他。

香玲也是有点忧悒不快，觉得自己出来躲结扎，结果还是生了个女儿，别人怎么看就不管了，主要是她父亲肯定又不高兴了。守泰知晓香玲的心思，有意在她面前表现得比较开心，"我们家现在有三朵金花，朵朵都要向阳开，很不错嘛。"抱起襁褓里的小女儿，端详又端详，"这孩子，长得大气，周正，日后定是个好坯子。"

香玲嘀咕说："才猫心那么大的小人，你能看出来？女大十八变。将来是什么样？说不好！"

守泰有点不服气，"我们俩的亲生骨肉，能差到哪里去？"香玲有点疲惫，没再吱声。

腊月中旬，香玲跟着守泰抱着襁褓里的婴孩回到梅园。计生办的消息真灵通，他们前脚刚踏进门，计生办的主任带着人后脚就跟过来了，要香玲去结扎，说你都拖了一年多了。守泰皱眉说，年前不行！得过完年之后，人好端端地非要给动个手术，不伤元气？计生办主任说，早做迟做都是要做的嘛，早做也就省心了。

守泰差点喷他唾沫，"你们是省心了！我们可不省心！这马上就要过大年了，什么过年的准备都没有做，你非让孩子妈去结扎，结扎是需要好好休养的，我一个人顾不过来！"

守顺和龙宝他们闻讯也过来了，一旁帮着守泰说话，好说歹说，计生办主任勉强同意正月过完元宵之后，这事必须办了！

等过了元宵，计生办又来督促，守泰又以香玲身体不好为由，万一手术出了问题，你们谁能负得了责任？计生办主任原本就是胆小怕事之辈，一旦出了什么问题，他哪敢担负责任！这事又拖了一个半月，香玲才很不情愿地去做了绝育手术。至此，生育的问题也就没有任何念想了，守泰和香玲将心思都投放在经营小家庭的生活上，总希望家里境况日渐好起来。

在他们的悉心呵护下，三个女儿也渐渐长大。

老大飞云虽然对读书不感兴趣，只念完了高中，但人还算精明，做生意有一套，婚姻也是她自己做的主，给他们找的大女婿郑来旺也还有做生意的头脑。在外孙女小茵子出世后，飞云就留在家里专门带孩子，后来两人婚姻出了问题，好合好散，飞云的生活自己能掌控，守泰夫妇也不用太担心。

老二飞雪脑瓜灵动，典型的一个学霸，从小学一年级一路直升到高中，考试成绩基本上保持在全年级前五名之内，她也是梅园第一个名牌大学生，念完本科，又上了研究生，毕业后进了杭州的一家高薪企业。飞雪是守泰夫妇的骄傲，他们根本不用担忧她的未来。

老三飞燕最受他们宠爱，也最令他们操心，从小不爱读书，喜欢贪玩，拈轻怕重，养成了好逸恶劳的习气。一晃，竟也有二十六个年头了，飞燕也由当初一个粉红的小肉团变成一个眉眼清秀的大姑娘了，个头比两个姐姐都要高，吃喝玩乐也比两个姐姐讲究，打理生活方面却远远不及两个姐姐。

守泰和香玲最操心的就是飞燕的婚事。上门介绍的人家也有一些，看来看去，他们还是觉得柳兰花介绍的那个叫燕春秋的小伙子最靠谱。飞燕也看过燕春秋的照片，小伙子长得虽不是她最喜欢的那种类型，但还是能接受。

在柳兰花的安排下，飞燕和春秋见了面，聊了聊，聊得不火热，飞燕聊起游戏，春秋说没怎么玩过，接不上茬。飞燕有点扫兴，觉得春秋有些木讷，没有什么心动的感觉。

飞燕一回到家，母亲香玲就迫不及待地问："觉得男孩子怎么样？"飞燕一撇嘴，"也就那样吧，没什么感觉。连游戏都没怎么玩过！"

守泰一听，有点上火，"你自己天天玩游戏，你也要找一个跟你一样成天捧着个手机打游戏的人?! 那你们的日子怎么过？谁来管你们吃喝？以后结婚有了孩子，谁来管孩子？不是爸爸说你，你都是二十六岁的人了，你也该想着怎样安排好你自己的生活，总不能事事都指望父母吗？父母总有要走的时候！"

"哎呀，爸，你看你又来了，你能不能不要老是絮叨嘛。我晓得，我晓得的。"

"你晓得什么？你要是真晓得的话，你就该像你两个姐姐那样管好自己！"香玲也看不惯小女儿那副吊儿郎当的样子，也忍不住数落两句。

飞燕有些无奈地说："你们俩动不动就将嘴炮架在我身上，说我这说我那的，我不是你们生养的吗？"

守泰眉头皱得老深，"你自己摸着心窝好好想一想，爸妈为什么要说你？你看看你大姐二姐，爸妈说过她们没有？你要是晓得将你自己该做的事做好，爸妈会说你吗？"

"我这不是每天都在看店吗？店不是需要人看吗？"

"你看你看了快一年时间的店了，东西的价格还记不住。理货、进货、盘账这些事你从来都不愿意做，你就单纯地坐在柜台后面玩游戏，追剧，玩得入迷了，来顾客你都不在意。你大伯就说你看店不是那个状态。你现在是不是要管一管自己，不要老玩手机了？"

"就是，手机那东西又不能当饭吃！"香玲一旁附和。

飞燕捂了捂脸，唉声叹气，"好了好了，你们都不要再给我上课了！"

守泰深叹说："爸妈说什么你都不往心里去，你要不是我们的亲生女儿，我们管你干吗？你嫌人家燕春秋不会玩游戏，当初你兰花婶介绍的时候，说这个孩子老实，不打麻将，不抽烟，不喝酒，不玩游戏，勤快，节俭，会过日子。我就很喜欢，这样务实的年轻人现在难找。"

"会过日子？那他家怎么还那么穷？"

"你没听兰花婶说？他家穷也是因为他父亲长年累月生病，他父亲走掉了，他母亲又接着生病。他要留在家里照顾他妈，不能出远门打工，只能在家附近找活儿做。"守泰语重心长地说，"飞燕啊，你爸妈都是过来人，找对象这事可不是上街买花衣，是一辈子的事啊，不能光靠外表，靠什么感觉，外表和感觉都不靠谱；靠谱的是这个人稳实，将心思搁在你身上，搁在家庭上！"

香玲见不得小女儿那没心没肺的样子，也在一旁开导小女儿，"你自己心里最清楚嘛，你在外晃荡了两年多，你也找过男孩子，你是不是光看人家的外表，靠的是什么感觉？结果呢？"结果当然是不能再说了，那是飞燕很感沮丧的事情，只是她很多时候淡忘了，母亲这一提，飞燕不得不重新掂量自己，父母看中的人，应该也错不了。她放下身段，耐着性子和燕春秋相处了两个月，燕春秋脾气好，处处也顺遂她的心意，飞燕也无可挑剔。在父母的一再督促下，她同意和燕春秋订婚了。

春秋要做倒插门女婿，相当于姑娘外嫁，守泰和香玲私下跟媒人兰花商议，不能亏待人家小伙子，也仿照别人家娶儿媳妇订婚时的礼数，给春秋和他家一些礼品。春秋母亲身体不好，常年要吃药治病，守泰还额外送了一万元给老太太买滋补品，把老太太感动得眼泪都下来了。守泰越发觉得燕家人老实，实在，这门亲还是值得结的。

守泰找人将在县城买的那套二层单元房重新精装修，都挑环保、质量可靠的上乘材料，装修前后花了将近两个月，晾了三个多月放味，再安上窗帘、门帘，添置家具，摆放绿植花卉，整个房子焕然一新，非常亮眼。

单元房的上面一层是宽敞明亮的大卧房，朝南的落地大阳台，放置着吊兰、芦荟和仙人球等绿植；二三十平方米的主卧与阳台之间搁着两扇可对拉的透明玻璃门，门上挂里外两层落地门帘，里层是奶白色薄纱门帘，外挂不透光的米黄色门帘，跟室内棕红色的家具配上去，充满一种宁静的和谐感。

卧房北边设有楼梯口，旁边是一个过道，过道两边设有壁橱，可搁放一些物品。过道连着卫生间，卫生间比较大，分里外两小间，外间有梳妆台，隔着一道能防潮防湿的玻璃屏风，放置洗衣机，洗衣机上方是贴着墙面安装的小型储物柜；里间是浴室与抽水马桶，中间挂上落地的乳白色防水帘。

单元房的下面一层是门面房，分前后两间：后面的一间分隔成稍大的库房和小厨房；前面的一间对着马路，是门店。门面房的整体装修简约大方。

守泰夫妇看了精装修的房子，都非常满意。让飞燕和春秋来看，飞燕说还行，春秋两眼都亮了，他从来没见过这么大气的房子！

订婚之后，春秋不时来梅园走动，勤快得很，闲不住，找事做，守泰很看好这个准女婿。他见过一些窝在家里的年轻人，普遍是小事懒得干，大事做不下；能耐没多少，架子倒不小；在家就心安理得地啃老，没有上进心不说，也没有一点良心，从不心疼父母辛苦。相比之下，春秋这孩子苦家出身，虽然只是高中毕业，但懂事知理，晓得生活的不易，他在一帮不务正业的年轻人中，就显得鹤立鸡群。

守泰吃定了让这个小伙子进自己的家门，有意对他悉心加以培养。他让春秋跟着自己去城里进货，熟悉熟悉一些进货的渠道与流程；还出钱让春秋去自己朋友开的驾校学开车，春秋不笨，很快就将驾照拿了下来。守泰很高兴，开车进城索性将驾驶位让给春秋，他坐在副驾上，充当陪练。三番五次，五次三番开车上路练手，春秋的车技也给练了出来，性情又很稳重，他独立开车进城，守泰也比较放心。

仿佛是呼吸之间，堪堪又是小半年光景，春秋和飞燕结婚就提上议程。守泰打心里偏爱春秋这个女婿，也厚待燕家，特意送给燕家丰厚的彩礼，除了传统礼节的"三牲"，还给了十万元礼金。燕家老太太人厚道，开始还不愿意要，说我们家穷，也没有东西让春秋带过去，就光一个人过去了，怎么好意思要亲家的钱呢？

春秋的哥哥夏木很有想法，私下跟他母亲说，妈，我说您也是太做老好人了！春秋这一倒插门，相当于嫁出去了，嫁出去就不是我们燕家的人，连以后出生的孩子都跟着他们家姓梅。他们给点钱算什么？还不是应该的吗？您看这周边人家嫁女儿，哪家不收彩礼？人家为什么要收彩礼？还不是要显显自家女儿金贵吗？不让对方花点钱，那他们还不将自家女儿当人看呢。您这倒好，辛辛苦苦养了一个儿子，送给别人家当上门女婿，给您钱您不要，他们梅家还以为您儿子轻贱呢。

老太太不由得流下泪，一边揩眼泪，一边诉说心中的苦楚：你以为妈愿意？还不因为你死鬼老子走得太早，家是个穷家，没钱供你们上大学，没钱盖新房子，更没钱娶儿媳妇。你看看你在外面弄个人，连娃娃都生了，也是因为家穷，留不住人，你至今还是拖着小宝儿，打着光杆子。

夏木心里有些沮丧，这村子方圆一带，竖光杆的司令就有十来个，都叹现在闹媳妇荒，没有殷实的家底，别说娶待字闺中的姑娘进门难，就是想娶寡妇或离婚女人都不容易。稍有点想法的女人都跑到城里打工了，都想着法子留在城里或者在镇上居住，没有谁愿意将自己埋没在小山村里。但城里也不是穷人的天下，他读书不多，只能干没技术含量的粗活，挣的钱还不够花销，房租、水电费、伙食费之类的开销一样少不了。他要是有钱，那个跟他同居了三年多的女人也不会丢下孩子跟他闹掰，确切地说，她就是在他的眼皮底下走掉的，走之前，将一岁半的儿子小宝塞到他怀里，恨恨地说，再也不回来了！他连追的勇气都没有，由着她去了。

老太太听说小宝妈妈跑了，很是惊诧，怎么也想不通，过去她们这一代，嫁鸡随鸡，嫁狗随狗，一辈子就跟定一个人。现在的女孩子怎么这种样子？跟人家一起过了三年多的日子，娃都有了，还不安心，男人不要了，娃也不要了，就只管自个儿走，还要再嫁吗？老太太在电话里跟大儿子絮絮叨叨，怎么也不能理解小宝妈妈抛下年幼的儿子，拍拍屁股一走了之的行为。

夏木劝母亲想开点，说她走了就走了吧。她走了他才清净。平时她不干活，家务事也懒得做，每天带孩子也很厌烦，嫌孩子拖累她。他每天累得疲软，回到家里，洗衣做饭，还得听她不停地抱怨，说这样的霉日子她受够了，她连像样一点的化妆品都买不起，她想吃点应季的水果都算计半天。她一边抱怨一边猛刷手机，孩子颠着小脚丫摇晃着到她身边，伸手要她抱，她一瞪眼，找你爸去！孩子可怜巴巴地转头摇晃着找爸爸，他只好一手抱着孩子，一边炒菜。他又怕锅里的油溅到孩子身上，炒菜也不敢爆炒，温吞吞的火候炒出来的菜味道自然不好。吃饭的时候，她又嫌菜炒得一点味都没有。他实在气烦不过，怼她一句，那你干吗不炒？她盯着他，一字一顿地说，我炒菜给你吃？你配吗！我想要的东西，你给不了，我凭什么要炒菜！那回她趁势将心里的不满都发泄出来，她骂他光长得好看，其实就是一个屁用没有的窝囊废，她倒霉透顶，怎么跟了他这样一个无用的男人！他也是真受够了这样的女人！她走了倒也罢了，他也清净许多。城里他也不想再待了，索性带着孩子回到老家，耐下性子侍弄侍弄几亩田地，打理打理小果园，农闲在附近的镇上或县城里找点活儿干干，每天也不闲着。傍晚抖落一身的疲惫，沐浴着水彩般的霞光回到家，吃着母亲做的温热的饭菜，陪眉清目朗的儿子玩一玩，看着孩子一天天长大，日子过得倒也还平静。

母亲见大儿子垂头不说话，又抹起眼泪，说："你看你的事也是耽误了。隔壁的小二跟你一般大，还不如你机灵，但他父母有用，在镇上办个大厂，家当多，有钱，他什么事都不耽误，父母将他的事都安排得妥妥帖帖的，在镇上买房，托人给他介绍对象，婚事办下来也是一句话的事。"

夏木抬起头来说："妈，不说这些了。儿子确实也没有什么出息，要是有出息，也不是现在这个样子。我还是要说春秋的事，春秋太老实，见人也说不出几句话，找老婆进门也是很难的。妈这日里夜里为他的事发愁。好在兰花婶热心，给春秋介绍梅家，女孩子长相没得说，她家境好，娘老子也开通，这也是打着灯笼都难找的好事。春秋到他们那边，日子也还是不愁的。现在要结婚，一切还是要讲究礼数，彩礼该要的还是要。至少春秋到梅家，也有个声响。到时候我们这边也配点东西过去，意思一下。我看梅家那亲家为人还是不错的。"

老太太想想，也同意大儿子的意见，又觉得不要彩礼的话她已经说出去了，怎么好意思再收回？夏木出面跟媒人兰花谈了谈，说春秋到梅家那边去，理应是要配点东西的，无奈实在穷。梅家那边的亲家也是礼数周全，给礼金，我妈呢，偏不好意思要，我觉得这个礼数还是要的。兰花婶您说是不是？兰花说，是啊，该要的礼数还是要的，人家给你们礼金，该收的就收。何况梅家的经济条件还不错，礼金也拿得出手，你们要不收的话，他们反倒心里不踏实呢。兰花回头又跟守泰沟通了一下，守泰说，当初老太太说礼金不收，我心里还有点想法，原来还是她老人家客气。其实，真没必要客气嘛，收了大家心里都踏实。

那年农历腊月初八，守泰专门请懂风水的宝山叔给看的吉日，飞燕和春秋在县城颇有档次的城关大酒店举办婚礼。按父亲守泰的安排，飞燕和春秋婚后就住在县城的那套单元房里，大年除夕在梅园吃团圆饭，正月初一到梅园过开年第一天，初二小两口带着礼物到燕家拜年。

正月初八，守泰和女婿春秋商议开店事宜，找人做了个烫金门店匾额"燕春生活超市"，挂在门面房的门额上，订购了几排不锈钢货架，一一整齐地陈列在店房里。元宵前后，守泰又带着春秋去市里的批发市场进了不少日用百货，逐一标记上架。一切准备就绪，请宝山叔帮着择选了一个吉日开业。

第十五章　守泰（二）

便利店开业头一两个月，守泰不时地到店里光顾光顾，看看飞燕和春秋生意做得是否上手。春秋勤快，几乎包揽店里外的活儿，遇到拿不准的就请教请教岳父。飞燕还是以往那种慵懒的老样子，坐在柜台前，任凭春秋一个人忙里忙外，她只顾悠闲自在地刷她的手机。守泰进店来，她也只是欠欠身，说爸来了？依旧低头刷手机。春秋见岳父来，忙搁了手头的活计，给岳父倒茶，拿香蕉给岳父吃。

守泰实在看不惯小女儿的做派，当着小女儿的面，对小女婿说："春秋，你可不要惯着飞燕，惯坏了性子，可不好！你们以后的日子还长着呢。该她做的，要让她插手，你不要事事都替她去做！"

春秋笑笑，"都是些小事，爸，做做累不死人的。"他说的也是老实话。以前他在自己家里，做的都是体力活，成天累死累活，也挣不了多少钱，感觉生活就像陷入了一个泥潭，努力似乎是徒劳的，很难翻身；但到了梅家就是完全不同的感受，老婆清秀，家底又厚，他真是一百二十个心满意足。尤其是新婚之夜，在充满温馨浪漫的卧房里，面对浑身散发着清香的俏丽新娘，他感觉就跟做梦一样，浑身上下的每一个细胞都在激动得战栗，完全沉浸在莫名的幸福当中。他做任何事都心甘情愿。常常他从城里进货，回来卸货，累得满头大汗，还没坐下歇两分钟，飞燕伸了伸懒腰，说有点饿了，他马上起身，下厨房给她做吃的。老丈人总是要他不要惯飞燕，怎么说呢？他的确觉得自己娶飞燕这样的女孩子是捡了便宜，处处讨她的欢心，他习惯于为她干活。有一点他也隐隐有感觉，不论他做什么事，飞燕都觉得理所当然。他转念一想，自己是男子汉，应该有点度量，犯不着跟飞燕计较。

对父亲当春秋的面暗贬自己，飞燕心里有点鼓气，燕春秋做多大的事了？至于说这些话吗？她闷声不吭，垂眼兀自削苹果，水果刀似乎赌着气，削得越来越快。守泰瞅着飞燕手中的水果刀，皱皱眉，"你慢点削，别将手削了！"

"削了才好！"飞燕小声嘀咕。

"你这孩子，说的什么浑话呢？削了你就更不用干活了？"守泰直视着小女儿，"飞燕啊，你已经成家了，不要再耍小孩子脾气！"

飞燕忍不住回嘴："爸，我不是小孩子，是你总将我当小孩子！以前不管我做什么，你都不满意，所以我就懒得做。现在我也成家了，我做什么事是不是该由我自己做主了？春秋愿意做事，我拦着不让他做？他要不愿意做事，我也不会强迫他做，他说一声也就完了。可是他每天做事都开开心心的，你这偏来说他惯我，我不是小孩子，需要他来惯我吗？"飞燕语速极快，根本不容父亲插嘴。

春秋忙在一旁劝飞燕少说两句，"爸说什么是为我们好嘛。"飞燕冲他一斜眼，"我跟你说话了吗？"

守泰脸色铁青，他也知晓小女儿的性情，不太懂事理，但没想到，她竟然当春秋的面回怼自己，还对春秋表现很不屑的样子，他觉得面子上挂不住，禁不住发了火："飞燕，你别太过分了！你就这样跟你爸说话?！跟春秋说话?！你可晓得一点好歹？你爸只是想提醒你：你已经成家了，就不能再像以前那样任性，成天就捧着个手机，刷抖音，玩游戏，追肥皂剧。你要对小家庭有一点责任心！小家庭是需要两个人共同经营的。春秋是愿意做事，那是他明事理，有责任心，并不等于你就可以什么事都不用做，什么事都让他去做，就应该让他一个人去做！这样是不行的！以后你们有了孩子，你这样怎么能将孩子教育好？"

"我不太想要孩子。"飞燕叽咕说。

"你这个孬坏！"守泰也顾不得小女婿在旁，怒气冲冲地训斥，"你不要孩子，你结婚干什么?！"

"我原本就没想着现在结婚，是你和妈妈成天催着我结婚。"飞燕还觉得有些委屈，"二姐男朋友都还没找，你们不催她，偏要催我结婚！"

要不是碍于小女婿在一旁，守泰恐怕要将小女儿拎出去扔到大街上，真是二百五的孬女，也不想想自己是几斤几两！念书不下劲，本事没个本事，机灵没个机灵，有的只是满脑子混沌，他倒是怀疑当初香玲怀她的时候是不是吃多了补品，补得胎儿大脑营养过剩愚钝了！又想好歹小女婿在一旁，小女婿是个本分人，今天不杀杀小女儿的傻气，以后怕是连小女婿都跟着她受累受气。"你能跟你二姐比吗？你二姐是名牌大学毕业的硕士研究生，有名大公司的高管，年薪八十万，压力也大，成天忙工作，没有时间谈男朋友，你成天忙什么?！你成天就忙着耍手机，睡懒觉，闲乐！"

飞燕倒是没再出声，低头摆弄手机。

"你能不能别老玩你那破手机！"守泰将女儿手机夺过来搁在柜台上，"今天爸爸要跟你彻底地谈一谈，你这样下去可不对路！"

飞燕闷闷地出了口气，有点无奈地说："你说吧，我听着就是了！"

春秋往岳丈的茶杯里续了开水，说："爸，您喝点茶。"飞燕瞥了他一眼，表情有点复杂。春秋也表情复杂地看了她一眼，顺手给她倒了杯茶水。要是平素，她会有点不满，你不晓得我不喜欢喝茶吗？我喜欢喝的是果汁和咖啡！眼下她忍着不敢出声。父亲发起威来，她还是有些在乎的。

陆续有人进店来买东西。春秋笑脸相迎，招呼顾客去了。守泰要飞燕一起到楼上，他要跟女儿好好谈谈。有的话必须跟女儿说清楚，以往也时常提醒她如何做人如何做事，她也是心不在焉地听听，一听而过，他说的那些话大都随风而逝，或者说都做了粪土。他觉得自己以往也很有问题，说得太随意了，不顾场合地说，甚至有点絮叨，絮叨多了，就跟往海绵里注水一样，注得再多，她不吸收，不听到心坎里，也等于白说！如今她成家了，他也要改变一下方法，不再絮叨，说一次就是一次，说得深入一点，让她切实听进去，由耳入心，反省反省。

他明显觉得女儿的神情不似先前那样轻狂，想必跟她说的还是起作用了，他略略缓和了口气，"你动不动就跟你二姐比，我还是要好好跟你说说你二姐，她从小到大，念书也好，工作也罢，她主要靠的是她自己，没有让爸妈操一点心。就是去年买房买车，她也没让家里拿一分钱给她。她晓得念书是为她自己好，你呢？你从小就觉得念书是给娘老子念！你总以为娘老子做什么都是应该的。你在靠谁？你从头到尾靠的都还是父母！爸妈给你买了房，操心你成家了，你现在就觉得你长本事了？不需要父母管你了？爸爸说你一句就说不得了？你要是真有志气，该你自己做的事你都能做好，不像以前那样成天懒散地玩乐，你让爸爸管你爸都不想管你呢，爸一句话都不想说你。你看看你现在成家了，是不是该承担起小家庭的责任来？你总还以为担子由春秋一个人来担，你想想，人家春秋也是人，凭什么他要内内外外操持，你就什么都不用做？你以为你找的是一个男工？他是你的丈夫，一辈子的伴侣！你要将他当回事，不能总觉得他做什么都是应该的！"

"爸，他真的是愿意做，我有什么办法？"

"你看你，还是这句老话。"守泰微微皱眉，"因为你什么都不做，他又不想说你，叫你去做，他不就干脆自己去做了？你不明白吗？以后洗衣做饭这种事，你得去做！你看看家里，洗衣做饭不都是你妈妈做的？"

飞燕头似点非点，心下可是不以为然，老观念！谁规定女人必须洗衣做饭？就算是有规定，难道不能改一改？

"你还说不想要孩子，你老了动不得谁管你？"

"不是有养老院的嘛！攒些钱，进养老院怎么不可以呢？"

"那也不可以！你要是无儿无女，一旦你老得动不得了，养老院也照样有人欺负你！上次爸爸在城里进货时，碰见一年多都没有见面的老郝。你晓得他跟爸爸很高兴地说什么吗？"

"就是小时候经常给我买糖的那位郝叔吗？"

"对对，就是他。他说他要当爷爷了！你晓得他之前最烦心的

290

是什么？是他儿子儿媳妇死活不要孩子。怎么突然改变主意了呢？"守泰见女儿看上去很有兴趣的样子，继续说，"老郝说他儿子有一次跟自己的高中同学聚了聚，喝酒期间，那同学提起自己换工作的事，跟别人一起合办了一家乡镇福利院，说起福利院的一些事，颇有感触，说孩子必须要！据老郝儿子的同学介绍，福利院主要有两种老人，一种是子女实在没有时间照顾的，凑钱将老人送到福利院；一种是没有子女的孤寡老人，他们主要是靠政府补贴。福利院的护工大都是从乡下招聘来的中年妇女和汉子，他们目的就是挣点钱，有多少良心？真的不好说。你想想，成天伺候一群老弱多病的人，能有多少好心情？就是亲生儿女伺候自己的父母时间长了，都会产生厌烦，何况伺候跟他们非亲非故的老人，所以这些护工在福利院稍微长了，都不是那么回事，都会长着三只眼看人。同一个护工照顾这两种老人，就不会同等对待：对待有子女的老人，他们该怎样就怎样，一点不敢怠慢，怠慢了，老人的子女就会找麻烦啊；对待那些无儿无女的老人，那他们可就成了大爷大娘了，对老人的一些诉求置之不理，投诉到负责人那里，也没有多大作用。你想，负责人也是需要这些护工的，也不想得罪这些护工，弄不好他们撂挑子不干，一时半会儿上哪里找人顶替？所以福利院的负责人尽管心里同情这些孤寡老人，但也没有什么好办法解决护工怠慢问题，最多提醒提醒，甚至有时候还是会向着护工说话，说他们很辛苦，也不容易。这些孤寡老人还能怎么说？你说你不想要孩子，那你晚年到了动不得的时候，就跟这些孤寡老人一样！"

"爸，说真话，我对养小孩实在没兴趣怎么办？"飞燕吞吞吐吐地说。

"小孩都很可爱的，你怎么会没有兴趣呢？"

"我也不晓得为什么没兴趣。"

说了半天等于白说，守泰实在拿这个小女儿没办法。她一点不像她大姐飞云，飞云就是喜欢孩子，当初婚礼没办，孩子就先要上了。也幸好她有了孩子，要不然跟郑来旺离婚就更郁闷了！孩子就是她的底气，她的寄托！守泰还是竭力开导飞燕说："孩子你还是必须要的嘛。等孩子一生下来，你看那小可爱的劲，肯定也会喜欢的。"飞燕不置可否地笑笑。

守泰又对小女儿说了一番劝导的话，下楼跟春秋打了个招呼。春秋说，爸在这里吃了午饭再回吧。守泰说，跟你妈已说好了，中饭回去吃。回头再过来。关照春秋几句，出店门准备回梅园。

守泰注意到对街的一家店铺正在挂"星星棋牌室"的招牌。他盯着那招牌看了看，不禁心生感慨。这家以前是做饮食的夫妻店，店主老周厨艺精，掌大勺，妻子老付负责跑堂，在厨房打打下手，洗菜，切菜，刷碗筷，洗盘子。守泰每到县城办事，总喜欢坐老周的家常菜馆，吃老周的拿手好菜，跟老周夫妻也比较熟络，时不时也闲聊几句。夫妻俩都讲究经济，生意再忙，也不愿雇帮手，充其量雇个临时短工，房子又是自家的，开支小，守泰估摸这对夫妻这些年赚了不少，他们家在县城还另买了两套门面房出租。也许是这些年为了赚钱不顾惜身体，老周不幸得了急症，医治无效，三个月不到，就撒手人寰，剩下老付一人，独撑不了门面，菜馆暂时关门歇业。

老周的独生子周绍在南方打工，父亲猝逝后，他回来奔丧，之后再也没有出去。老付希望儿子继承父业，找个像她这样任劳任怨的儿媳妇，一起继续开菜馆，但儿子对找对象不上心，对开菜馆也没兴趣，他感兴趣的是下棋玩牌，索性也就投自己喜好，将房子装饰一番，办了个经营许可证，开了个棋牌室。老付为此事跟儿子闹了不小的矛盾，一气之下回了老家。老家也有两列两层楼房，之前也没有闲置，租给旁边学校初三毕业班的几个陪读家长。中考一结束，那房子又空了出来。那阵正是暑假，老付回到老家，收拾房子，将屋后荒废的几块地拾掇拾掇，种菜种瓜，决定从此守住老宅，也免得跟在儿子身后受闲气。

守泰跟老付一样，也很不看好开棋牌室，下棋玩牌多半会小赌，人一沾赌，心思就好不到哪里去，一张四方桌坐四个人，各自都想赢钱进账，赢来赢去，赢的都是同桌的人，彼此都难免互相算计，肚子里装小九九，又有什么意思呢？守泰甚至对周绍没什么好感，一个年纪轻轻的小伙子干什么不好，非要开什么棋牌室！

瞅着棋牌室的招牌很快挂好，不少人围观，守泰觉得自己跟这些人一样无聊，有什么可看的？还不赶紧回家？

守泰开着小金杯回梅园，在城乡接合部的农贸市场附近，看到前面一个身形敦实的男孩对一个上了年纪的老妇人指指点点，嘴里还在骂骂咧咧，骂着骂着，竟然动手推搡老人。守泰一看势头不对，赶紧将车停在路边，下了车，制止男孩："你要干什么?! 你为什么要推她?!"

男孩理直气壮地回应："你管不着！这是我奶奶！"

守泰更是来了火气，"你奶奶？你奶奶你都敢推搡?!"

"关你什么事!"男孩有些豪横。

守泰作势挦袖揎拳，点指着男孩，吼道："小子，你再给我说一遍！"

男孩有些发怵了，声音不由得低了好几个分贝，"我跟我奶奶的事，跟你有关系吗？"

"当然有关系！我告诉你，你做孙子的对你奶奶不恭敬，反倒还推搡你奶奶，你这是太不孝了！我看着超级不舒服，影响我心情了！"

"我没钱了，跟我奶奶要点钱，她不给我，我生气了。"紧接着，男孩弱弱地咕噜了一句，"我不能有脾气吗？"

"你奶奶不给你钱，肯定是有理由的。你就不能有脾气！你得想想你奶奶为什么不给你钱！"

"我们班同学回家要钱，都能要到钱，为什么我要不到钱？"男孩有些不服气，"我都跟同学说好了，去市里公园玩一下，到她这里就卡壳了！同学会说我不讲信用，看不起我的！"

旁边一直隐忍的奶奶万般无奈，开了口："文博，奶奶每天起早贪黑地到处打零工，在餐馆里给人家洗碗刷盘子，在工地上给人家和水泥，只要能干的活都接，累死累活的，也只能挣点小钱，供

293

你日常吃穿用度，都有点紧巴巴的。奶奶哪里还有闲钱供你去玩乐？"

守泰忍不住一旁插话："恕我冒昧，孩子爸妈哪里去了？"

一提孩子爸妈，老妇人就唉声叹气，连连摇头，"都指望不上的！老头子走得早，我那个儿子不争气，这几年沾染上赌博，一年到头在外面漂着，也没见他寄钱回来！家也不顾了，孩子他也不管。我那儿媳妇跟他合不来，赌气走掉了。唉，文博这孩子以前还好，这两年也开始学坏了！"

哦，守泰叹口气，"这个孩子光指望你一个人带，也不是个办法啊。"

"唉，孩子不懂我的苦，动不动跟我较劲，我过两年就是七十岁了，不晓得还能撑多长时间。"

文博不由自主地垂下头，沮丧不已。守泰看了一眼男孩，这个刚才还在神气活现的男孩神情一下子委顿了。他突然想起了少时的自己，有一回也是因为想跟班上的同学坐车到从没去过的县城开开眼，向母亲要点钱，结果不但没要到，还被母亲狠狠地训斥了一顿，他当时也是失落透顶。他将男孩拽到一旁，"文博，你跟叔叔说实话，你要钱真的是跟同学去市里玩？"

文博点头，"我没钱，不去玩了。"

"你今天要是有钱，到市里玩完了，还会像以前那样对你奶奶凶吗？"

文博咬着嘴唇，摇摇头。

"文博，叔叔觉得，你还是跟同学一起去市里玩一玩。"

文博低声说："我没有钱，去不了。"

"你需要多少钱？"

"差不多一百块钱。"

守泰从随身携带的腰包里拿出钱夹子，抽出一张大人图，递向文博。文博奶奶见了，忙过来制止说："谢谢你大兄弟，不能要你给他钱。"文博瞥了奶奶一眼，原本伸出的手又缩了回去。

守泰还是将钱塞到文博手里，转脸对文博奶奶说："老大姐，还是让孩子跟同学去市里玩一玩，他们同学之间约定好的，孩子的要求还是稍微满足一下为好。"

"唉，大兄弟，钱真不能给他！我是怕他跟着别的男孩子学坏。"

"我没有学坏。"文博很不高兴，"我们到市公园游玩之后，是要写作文交给老师的。"

"叔叔相信你。"守泰摸摸文博的头，"文博在哪个学校念书？念几年级？"

"在县二中，念初二。"

守泰想起飞雪有个要好同学叫曹子健的就在县二中，便问："县二中有个叫曹子健的老师教你们吗？"

"曹老师是我们班主任。"

"哦，那很好。曹老师我比较熟悉。"

文博奶奶忙说："大兄弟帮我跟曹老师说说，对我们家文博严格一些。"

"没问题，回头我找曹老师说说，请他关照关照文博。"守泰见文博眼里闪过几分惊喜，趁势开导说，"文博，你看你爸妈都不管你，只有你奶奶管你，奶奶就是你的主要依靠。你以后要多帮奶奶干干活儿，要对奶奶好。要好好念书，只有念书才有出路，晓得吗？"文博点点头。

分别时，守泰又拍拍文博的肩，说："要学好啊，文博。到时候我会问曹老师：文博在学校表现怎么样？相信文博不会让叔叔失望的，是吧？"文博头重重地点了点，眼里闪着光。

文博奶奶抓住守泰的手，不住地道谢，说："大兄弟，今天实在是难为你了，你这帮我说一说，管点用。这孩子小时候被他爸妈宠着，大了又被甩到一边不闻不问，唉，没法说，孩子也很可怜。"文博抹起眼泪。

守泰抚抚文博的肩膀，"文博其实也是个懂事的孩子，以后有什么事，不妨跟叔叔说。"从腰包里掏出便笺和签字笔，写下自己的手机号，递给文博，又嘱咐了文博几句，安抚奶奶，这才开车离去。

回到家里，守泰还在想着文博的事，便跟飞雪发微信语音，借口说有个远亲的孩子叫文博，在你同学曹子健的班上，你有空跟子健说一下，帮着关照关照，鼓励鼓励文博好好学习。这孩子也挺不容易的，爸妈不管，现在只有奶奶一个人带着他，也很可怜的。我看他也还机灵。你就从中帮帮忙，好不好？

他想想又发了一段语音：我和你妈，都很好，家里也都好。你不要挂念。你一个人在外，要多注意身体，不要太拼了。身体好比什么都重要。个人的事呢，也要顾着点。爸爸不多说了，说多了可能也让你烦。嗯，就这样，你有空就跟爸爸妈妈视频视频。

香玲在一旁听着，问起哪个远亲还有叫文博的孩子？她是第一次听说。守泰就跟她大致说了事情原委，对文博的父母有点气愤，"孩子管生不管养，这样的娘老子真是太不负责任！正上初中的男孩子，很容易学坏的。"

香玲也有同感，说："碰上这样的娘老子，孩子就跟着倒霉了。现在像这种不负责任的父母不在少数。我们曹庄凤玉家的儿子儿媳妇，这结婚才三年，前段时间闹离婚，可怜孩子才一岁半，他们根本就不管孩子！"

"凤玉那个儿媳妇，倒是在镇上见过两回，看上去不像乡下出身的女孩子，打扮得很洋气，故作清高的调子，一看就不是过日子的样子。有些不明白，她娘家也不是什么富裕人家，也就是在镇上做小本生意，开个小麻油店，她清高什么呢？"

"唉，现在很多姑娘不都是那样？我们家飞燕又好到哪里去呢？成天不也是文也不文，武也不武的？觉得自己有多大能耐似的，其实什么本事也没有，在家靠娘老子，出嫁后靠夫家。夫家要是靠不住，就不安心过日子了！"

"世道也真是变了。"

"这又说回凤玉家的事，她那个儿子鹏飞呢，也的确不成器，从小被宠坏了坯子，好吃懒做的。念书的时候混日子，没有念出

296

书，出去打工又怕吃苦，也没一个正经职业，这一年到头也挣不了几个钱。这儿媳妇呢，也是家里的独生女，也是被家里人从小惯到大的，十指不沾阳春水，就喜欢穿衣打扮，吃喝玩乐，成天向有钱人家的太太看齐，总怨恨自己没有嫁个好男人，说嫁给曹鹏飞真是倒了八辈子霉了！凤玉跟我诉说，自从儿媳妇生完孩子，跟鹏飞两个人的关系就开始变冷，几乎天天吵，吵着吵着，儿媳妇就带着孩子跑回娘家了。凤玉夫妇开始也没太在意，以为儿媳妇回娘家也是一时赌气。没想到儿媳妇等孩子半岁之后，断掉孩子奶水，将孩子送回曹庄来，自己跟别人出去打工了，就再也不愿意回曹庄，听说在外面又跟别的男人有瓜葛，提离婚！孩子她是坚决不要的，离婚好重新嫁人。鹏飞也不愿意要孩子，说带着孩子将来不好找老婆。你说这做父母的，满心思都为自己盘算，自己的亲生骨肉都不要了，像话吗！"

"唉，怎么说呢？鹏飞也是从小被惯坏的，一个男孩子，成人之后是要担着养家糊口的责任的，成了家还不好好打工挣钱，让女孩子跟你后面喝西北风？那是不成的。现在的女孩子大多注重物质享受，吃喝玩乐要顺她们的心意。你看我们是养了三个闺女，要是养三个小子，小子都像鹏飞那样不好好念书，又不好好挣钱，你就看看，那小日子能过得好吗？过不好！连带着你我做娘老子的都过不好日子！"

"那是肯定的。你就看凤玉他们家，要是儿子鹏飞争气，儿媳妇不闹离婚，一家人能和和气气地过日子，孙子也能好好地长大，多好的事。现在呢，她这个家庭算是一团糟了。"

"要是鹏飞有志气，能从现在就开始好好地努力挣钱，以后还是有指望的，毕竟还很年轻啊。"

"长期养成的懒性子怎么能一下子改得过来？问题是凤玉夫妻俩还像以前那样罩着儿子，什么事都替他担待着。"

"都这个时候了，做娘老子的还不吸取教训，还惯着儿子，那是绝对不成的！"

"我前几天回曹庄，看到凤玉带着小孙子，在地里干活，小孙子拖着鼻涕，在地头玩土疙瘩，赶小蚂蚁，孩子那邋里邋遢的样子也真是叫人心疼。我站在地头跟凤玉聊了聊，劝她以后也要给鹏飞一些压力，上有老下有小的，得让他想着自己肩上的担子，要稳实，要好好地挣钱养家。凤玉就叹气说，娘老子的话，他根本就听不进去！你说麻不麻烦？"

"那还是她狠不下那个心！娘老子的话不听？好！那娘老子也不要管他任何事，他的孩子让他自己带，他自己必须做饭，洗衣服，一切事务让他自己打理，给他弄上一段时间，看他还有没有那个牛皮劲？"

"我也跟凤玉这么说，估计她做不到。"

"这在说别人家的孩子，你再来看我们家的这个飞燕，还是个女孩子，都让娘老子操心，要是个男孩子，肯定也是个成天胡混的货色！我看来看去，就铁着心找春秋这样一个憨厚可靠的女婿，这样好让人放心。常言说，一个女婿半个儿，要是招那种油里滑滑里油的主子进门，不踏实过日子，那也是令人很头疼！"

香玲叹息说，飞燕那丫头，恐怕等有了孩子，她才会变得稳重。

两个人都巴望着很快能有个孙子抱抱。飞燕和春秋倒也没让他们俩失望，那年三月中旬，飞燕就有了喜，一家人自然乐不可支。

飞燕自从有了双身子，变得更加闲逸，每天除了吃饭睡觉，便是玩乐。她喜欢到对街周绍开的"星星棋牌室"消磨，起先是在一旁看别人打牌，跟周绍聊聊天。

周绍对她格外热情，每次她一进棋牌室，不是递吃的，就是递喝的。飞燕看别人打牌看了一段时间，越发对棋牌感兴趣，心也痒痒，手也痒痒，就想坐在桌旁摸摸牌。周绍就怂恿她上去试试手，说他可以私下里帮帮她。飞燕没多想，答应了，上场试手，这一试，就慢慢试上了瘾。

春秋开始也没在意，以为飞燕怀孕了，去棋牌室解解闷，等飞燕打牌打上了瘾，输了钱，回家找春秋拿钱，春秋才意识到有点不妙，也终于理解当初老丈人为何不让飞燕掌管家里的经济大权，看来是提防她乱花钱。他私下将飞燕打牌输钱的事告诉了老丈人。守泰一听，怫然不悦，香玲也很气恼，两人决定将飞燕弄回梅园来，春秋根本管不了她，待在县城时间长了，准会出岔子，箍在娘老子身边，也让她有个好一点的生活习惯，也有利于安胎。守泰跟春秋一说，春秋也很赞同，说那就让爸妈多费心了。

守泰开着小金杯到县城找女儿，结果也是在棋牌室找到的。飞燕正同几个牌友打得火热，根本没注意到父亲正站在自己的身旁。

守泰年轻时有段时间也痴迷过玩麻将，他也知道牌玩上头的时候，就跟掉进泥窟窿里一样难以自拔，是最厌烦旁人打扰的。他沉着脸站在一旁，冷眼看女儿打牌，等她打完一局，才将她轻轻拽拽，"飞燕，爸爸有事要跟你说。"

飞燕沉浸在玩牌的娱乐中，傻乎乎地没反应过来，"爸，您有什么事就在这里说吧。"

守泰眉头大皱，"回家说！"冲模样斯文的周绍颔了颔首，"你帮她上桌顶一顶。"硬是将女儿从牌桌上拉起来。周绍哦哦两声，"没问题的，叔，我顶她一下，等她回来我再让给她打。"守泰没搭理，对这个戴着宽边眼镜的年轻人恨得不行，准是你这个小坏货教唆的，飞燕以前是从不玩麻将的！

回到家，守泰绷着脸瞪着女儿，飞燕这才回过神来，知道父亲的真正意图，也是满脸尴尬，"爸，我也是偶尔玩一下的。"

"你是偶尔玩一下?！我看你都玩上头了！那东西能沾吗?！你是不想过日子了?！"

"爸，其实也就玩玩，也没什么嘛。"

"你都多大了?！你怎么一点不懂事理啊？你现在怀着娃娃，你得自己注意保胎，你看你在那麻将桌旁一坐就是大半天，对肚子里的娃娃好吗?！"

"我觉得没什么吧？"

"你总是无所谓的样子！等娃娃不好的时候，就迟了！"守泰不想跟这个没脑子的女儿多费口舌，吩咐春秋，将飞燕的日用衣物打包，放到车上，他带着飞燕一起回梅园。开始飞燕还不愿意，守泰说："你现在这样胡搞，爸妈不放心，你必须跟我回去！等孩子生下来再回县城。"飞燕也无话可说，只得听凭父亲的安排。

飞燕在山清水秀的梅园待得比较安逸，喝的是甜滋滋的山泉水，吃的是自家种的绿色蔬菜，连鸡鸭鱼之类，都是尽量吃庄里人自家放养的。整个梅园，数柳兰花家禽家畜养得最多，也最好。守泰时常上她那里买，为了照顾柳兰花，价钱比市场上给的还要高一点。柳兰花有点不好意思，说都是本家，怎么好意思要得比市场价还要高呢？硬是不多收一分钱。守泰就从自家店里拿点日用百货送给柳兰花，以示感谢。

每次吃完饭，飞燕在母亲香玲的陪同下，在庄子四围散散步。香玲不时说说自己家族老一辈的趣事，谈谈自己年轻时的有趣经历，飞燕听得也很开心。

春秋心下很感谢岳父岳母，他们将飞燕照顾得无微不至，他这个准爸爸真是没操什么心，有时在老丈人面前表示有些过意不去。老丈人说，都是家里人，春秋啊，等孩子出世，要回到县城住，你这个做爸爸的，就不得闲了。你目下呢，将家里的店守好，其余的事你就不要操心了，有我们呢。

飞燕在梅园一直待了八个月，也是耐足了性子，等预产期到了，进县医院的妇产科，顺产了一个七斤四两的男婴。一家人真是高兴坏了。守泰和香玲觉得小女儿头胎就生得这么顺，实在是懒人有懒福嘛。

小宝宝出世的第二天，守泰去医院看女儿和外孙。走到产房外的走廊上，看见一个小伙子愁眉苦脸，眼圈似乎都红了，有点不忍，便上前试探着问："小伙子，没事吧？家属生了没有？"

小伙子大概也是苦闷憋得很久，眼泪直往下掉。守泰吓一跳，他很少见一个大小伙子当众掉泪，心头一热，总想劝慰劝慰，"有什么难事？叔叔能不能帮你什么？"

"一下子生了俩。"小伙子带着哭腔。

"哦，生了俩？这不是好事吗？"

"家里还有两个，都是小子！"小伙子擦擦眼泪，深深叹气，"怎么养啊？人家都说儿子是建设银行，四个建设银行，让我怎么建啊？我就是周身脱几层皮，恐怕也建不好！"

守泰忍不住笑了，"哦，也是够你养的。"

"我是不想生了，我老婆非要生，她想生个闺女，说闺女是小棉袄，贴心。我那丈母娘也挺多事的，硬找瞎子算命，说我们这胎也是双胞胎，说是一对闺女。我老婆就信以为真。我还说了，别听瞎子乱说！她不听。这下好了，又来两个小要债的，她也在那里掉眼泪。"

守泰耐心地听完，开导说："小伙子啊，这生养的事，你也得想开点。四个儿子抚养起来，确实是很辛苦，但不管怎么说，让孩子吃饱穿暖，总是没有什么问题的吧。至于其他方面，慢慢来，争取让孩子都念出书来，将他们培养成人，就是你们最大的财富啊。小伙子，你要开心才好。孩子妈刚生产，心情不好，也影响她的身体，你不要在她面前愁着眉，你是一个男子汉大丈夫，你要多安抚安抚她才好。"小伙子听了连连点头，站起身来，说进产房看看孩子妈妈。

守泰目送小伙子有点瘦削的双肩，心下也有些同情小伙子，四个桩头一般的儿子，小伙子以后肩上的担子该有多重啊！也难怪小伙子有情绪。又想到自家，虽说是三个女儿，他和香玲这些年也是吃尽辛苦，没少操心。他们的三个女儿也是当三个儿子看待的，先尽量让孩子走念书这条道，老二飞雪靠念书跳出了农门，老大和老小念不出书，就得为她们今后谋划，引导大女儿飞云做生意，也没白引导。麻烦的就是这个小女儿飞燕，为她买房买车，挑选可靠的女婿。好歹也还对上了路。守泰想想自己确实对家庭也还有几分担当，为孩子们铺了厚家底子，他这辈子也算没白活。

第十六章　出　轨

　　守泰那白白胖胖的小外孙随了梅家姓，叫梅燕俊。梅燕俊也就顺理成章地成了梅家的孙子，等到他会开口说话，便喊守泰和香玲爷爷奶奶。守泰和香玲极度感到合意，他们比女儿女婿还要疼爱这个小不点孙子，一刻不见孙子，就觉得少了什么。

　　飞燕哺乳期间，依然住在梅园，等孩子一岁左右断乳，守泰和香玲索性全程带起了孙子，让飞燕回县城和春秋一起住，他们隔三岔五地带孙子到县城转一转，让孙子跟爸妈见见面。

　　这天上午十点左右，春秋刚送走一拨顾客，刚才热闹的门店暂时安静了下来。店外传来喇叭声，他知道是老丈人和丈母娘带着小燕俊过来了，出门将他们迎进店，店面房的气氛一下子就活跃起来。

　　小燕俊走路、说话都比同龄孩子早，才一岁多的小不点，穿着背带裤，活泼好动，爷爷奶奶让他喊爸爸，他就脆生生地叫爸爸。守泰问："飞燕呢？"春秋说："在楼上。"冲楼上喊："飞燕，爸妈带小俊过来了！"没有回应。守泰有些不悦，"是不是还在睡觉？"

　　"哦，昨晚她睡得有点晚。"

　　"肯定又是玩手机吧？"香玲皱眉说，"叫她早点睡。"

　　春秋笑笑不答，自己说的飞燕根本不听，在丈人丈母娘面前，他还是不要多话，免得引发他们的不快。

　　春秋泡了冰糖茶，给丈人和丈母娘各倒了一杯。抱起儿子，亲亲儿子粉嫩的小脸，儿子眉眼有些像自己，他心里像有什么东西在悄然融化，甜甜软软的。

302

小燕俊环顾四围，目光落在正墙上的中堂画上，指着画中披着炫丽霞光的两只老虎，冲爷爷兴奋地说："爷爷，两只，老虎！"守泰笑着点头，"两只老虎是不是很威风？小俊下来玩，不要爸爸抱好不好？"小燕俊嗯嗯点头，从爸爸怀里滑下来，指着爷爷说："放！"春秋有点纳闷，笑着问："放什么？"

香玲眼角顿开菊花瓣，"他要放《两只老虎》呢，可喜欢这首儿歌了！"守泰在手机里找到《两只老虎》儿歌，播放卡通视频："两只老虎，两只老虎，跑得快，跑得快！……"小燕俊马上跟着音乐手舞足蹈起来，还不时跺跺脚，学老虎跑，那投入的样子逗得大家都笑起来。春秋都快笑出了泪，连说"这个聪明的小人精"。

飞燕拿着手机下楼来，听见春秋夸儿子，不以为然，说现在哪家的孩子不聪明？你以为就你儿子这样？

小燕俊瞅瞅妈妈的脸，拽着妈妈，说跳，跳！要他妈妈跟着他一起跳，跺脚喊："两只老虎，跳！跳！"飞燕随意蹦了两下，小燕俊拍巴掌，还要她接着跳。飞燕不愿意跳了，说妈妈有事。小燕俊马上噘起小嘴。香玲赶紧上前，说来来，跟奶奶一起跳好不好？小燕俊不依，坚持要跟妈妈一起跳。飞燕有点不耐烦了，说跳什么呀？别闹！小燕俊很委屈，哇一声大哭起来。守泰一蹙眉，夺过飞燕的手机，搁在柜台上，说你带孩子跳跳玩玩，怎么了？你是他妈妈！

飞燕无可奈何地瞟一眼幼小的儿子，叽咕：真麻烦！不得已又扭了扭身子，说这下行了吧！

小燕俊又拉爸爸和妈妈一起来跳，飞燕甩了甩手，说让奶奶和爷爷跳啊。她自个儿进了厨房，关上厨房的门，吃起春秋给她留的早餐。她不想让父母看到她大半上午还在吃早餐，不想听他们发自己牢骚。

守泰和香玲带小燕俊在门店里待了一个多小时，就离开了。飞燕感觉放松很多。只要父母不在身边拘管，孩子不在身旁拖拽，只有她和春秋两个人，她就彻底潇洒了！店里的生意她可以不管，家务也是想伸手就伸手，不想伸手就懒得干，店里店外全凭春秋一个人做主，春秋倒也忙得舒心。

飞燕闲得发慌，刷手机也觉得无趣了，又想去对街的棋牌室摸几把。周绍经营的棋牌室人不少，看样子很红火，周绍大概一个人忙不过来，还请了一个戴小耳环的年轻人做帮手。

周绍一见她，有意睁大两眼，上下一番打量，一副惊喜不迭的样子，"妹妹，这么长时间不见，是不是做美容了，怎么越来越漂亮了？"飞燕有些不好意思，说："哪里做美容了？吃喝讲究了点罢了。"

周绍推推宽边眼镜，呵呵一笑，"饮食调理身体，这才有真正的自然美。"将她让进后面的小茶室里，招呼他的帮手，"黄山，将昨天刚到货的咖啡弄两杯过来。"黄山应声，很快就端上两杯咖啡，然后又退出去了。周绍说："尝尝。"

飞燕喝了两口，吸吸鼻子，很享受的样子，"什么牌子的？这么好喝！"

"蓝山咖啡，牙买加蓝山的咖啡豆冲泡的，你喜欢喝，以后就过来喝。"

飞燕笑笑，"哦，我自己可以买的嘛。"

"你在家里喝？感觉不一样的。我这边喝有情调。"周绍眼镜后的眼神似乎带着电，电得飞燕心头有点发颤，的确，她爱喝咖啡，燕春秋却只爱喝粗茶，他是不理解她为什么喜欢喝咖啡，他根本不懂喝咖啡喝的就是一种情调。情调这东西，只有周绍懂！

聊了一会儿，一杯咖啡也喝得差不多了。周绍笑说："妹妹怎么着呢？要不要来玩两把过过瘾？"

"我爸最反感我玩牌。"

"这个你也要理解嘛。老年人的世界跟我们是不一样的。他们要的就是四平八稳的生活，一日三餐饱，有自己的房子住，家里人个个都没病无灾，一辈子就像生活在一潭死水里，没有任何波澜，你觉得有什么意思？反正我觉得是没什么意思。"

飞燕说："我也一样啊，只是我又不想让我爸不高兴。"

"这还不简单，玩两把，不让他晓得不就行了？"

"怎么可能呢？这棋牌室到处都是人，保不准就有我们认识的熟人，还有燕春秋肯定也会给我爸打小报告的。"

"咱们换个地方嘛。"

"换什么地方？"

"到我家可以吧？邀几个朋友陪你玩几把没问题的。他们都是我的铁哥们。"

"都是男的？"

"找几个女的也没问题嘛。"

飞燕想了想说："你找几个女的倒也可以。"

"今天招呼她们来不及，明天吧？行不行？你要不今天就在这里玩一下？"起身走到外间，正好有一桌玩完了，正在重新组队，三缺一。周绍笑着推飞燕上场，"妹妹，这边正等着你呢。"

飞燕这一次玩，小赢了一把，更加觉得有兴味了。第二天，周绍也不食言，将棋牌室交给帮手黄山打理。黄山打扮新潮，做事倒踏实，他还是比较放心的。平素对黄山也不亏待，包吃包住，工资之外，还不时给点零花钱。

周绍找了他两个铁哥们的家属，和他一起陪飞燕玩牌。飞燕玩得很尽兴，玩完牌，她和那两个女牌友一同出了门，总还觉得意犹未尽，偏巧周绍来电话说她有钥匙落在他那里，"妹妹是回来取，还是我送下去？"她说："我回去取好了。"

飞燕回周绍家取钥匙，站在门口，要走不走的样子。周绍说："天还早呢，再坐一会儿吧，聊聊天。"这正合她心意，坐在周绍对面的沙发。周绍端来两杯咖啡，"蓝山的，你最爱喝的。"

她心里一动，笑着接过咖啡。

周绍健谈，天南海北的事聊起来真叫她开眼，让她印象最深刻的是他说到某些人聪明绝顶，能制造一些令人脑洞大开的新鲜词。她很感兴趣，"赶紧说来听听嘛。"

"你现在穷得叮当响吧，他不叫你穷人，他说你是个'待富者'。什么意思呢？就是说你现在是个穷光蛋，不等于你永远穷，你还有机会发财的嘛。听起来，是不是有道理？"

"嗯嗯。"

"还有更刷你三观的。前几年，某地发生了轰动一时的'临时性强奸案'，听说过吗？"

"没。"飞燕不由得敛了笑，"这个还是别说了。"

"哦，你别多心。我是好人哦。"周绍搔搔头。

飞燕扑哧一笑，端起咖啡送到自己唇边，直视着周绍，"嗯，那就说说呗。"

"说的呢，是某地两个保安，本来是维护社会治安的对吧？他们邀两个女孩子吃饭，一个女孩职高毕业，另一个女孩私立高中辍学，这两个女孩喝醉了酒，俩小子将她们送到宾馆，起了坏心眼，将她们给玩了！"

"太坏了吧！"

"他妈的就是坏嘛！这事你得人家女孩子愿意才成，对不对？其中一个女孩子的父亲当晚就知道自己女儿喝醉了被弄到宾馆去了，就怀疑女儿可能被侵犯了，于是报了警。这一报警，事情不就来了吗？那两个坏小子尿了，将一切都招供了，照说这罪名可不一般，结果当地法院从轻判了，整出个'临时性强奸'，说嫌疑人不是蓄谋，而是临时起意犯罪。"

"是不是他们动用关系，送礼啊什么的，故意这么轻判的？"

"你先听我说，"周绍喝了一口咖啡，"这判决谁服气啊？这事被整到网络上，网友们都不服，这叫什么事啊？于是大家就开始调侃着造出一溜新鲜词，有网友说，我这喝了酒开车，不小心被查了，也得从轻发落，因为这是'临时性酒驾'；还有网友索性就此接龙，说非法同居叫'临时性结婚'，找情人叫'临时性包二奶'，开会睡着了，是'临时性不发表意见'，等等等等，这事在网上这么一发酵，那就影响大了！引起上面的重视了，这个案子被提到市法院重审，重判了！原来只判三年，改判十一年！"

"活该！"飞燕义愤填膺，"起初办案的那些人是不是也都有问题？"

306

"那是肯定的嘛，都受处分了。据报道，说经过调查，这些人倒没有动用关系，没有吃请与受贿，主要问题是业务素质低，办案程序不规范。说白了吧，就是办案糊涂。我倒也有种猜测，办案的也有可能是心软，两个保安，凑起来也是凑得要死。你想，当保安的，家境肯定都不咋地，家境好，谁还去当保安？"见飞燕很投入地听着，周绍起身从食品柜里拿了一袋干果，搁在茶几上，"来，吃一包。再续点水？"

　　飞燕也不客气，拿了一包，端起杯子递给周绍，"帮我续一点。"

　　周绍走到饮水机旁，续了点凉水，又兑了点开水。此时，夕阳映照到室内，周绍就沐浴在绚丽的霞光中，飞燕盯着他的侧影，有点出神。周绍续完水，转过身，飞燕赶忙收回自己的目光，接过周绍递过来的杯子，笑笑说："还有没有后续？再说说嘛。"

　　"刚才那个，说得差不多了。还有一个新鲜词，叫'垂直错位'，听过没有？"

　　飞燕摇头，"什么叫'垂直错位'？"

　　"你先听我说。我平素有空的时候，喜欢刷一刷大的社交平台，那天我就刷到一个网友抛的一个话题，说某市一轨道交通一百余米在建桥体垂直错位。这网友跟你一样，不明白'垂直错位'是什么意思，下面就有热心网友传上现场视频，才知是桥体断裂了！你琢磨一下，如果直接说'在建桥体断裂'，什么感受？"

　　"真是会用词啊！有没有伤到人啊？"

　　"倒是庆幸，是深夜'垂直错位'，没有人员伤亡。"周绍哂笑着说，"不得不佩服现在有些人真是精明到家了啊！你想不到的，他们绝对能想得出来！"

　　那天飞燕听周绍说了不少她闻所未闻的事，一直待到天色暗下来，才恋恋不舍地归家。她觉得周绍见多识广，很不简单，跟周绍一起生活，一定会充满趣味。而周绍在这之前刚跟女伴分手，空窗期，跟她玩也是很投入，自然让她感觉很是受用。周绍时不时地送她点小饰品，说些令人心跳的暧昧话，飞燕就渐渐沦陷了。

每次飞燕在周绍家玩牌，基本上都是下午三点至五点之间，这点儿既可以避开父母带小燕俊过来，又不引起春秋起疑。每次她跟那两个女牌友一起下楼，佯装回家，等女牌友一走，她又踅身去周绍家。周绍每每也知道她会回来找他，也是心有灵犀地做好相迎的准备，两个人你情我愿，在卧房里玩隐秘玩上个把钟头。

　　自从两人有了瓜葛，飞燕的心思越来越多，她巴望着能长期跟周绍这样处下去，跟周绍一说，周绍心里倒是咯噔一下，嘴角轻扬，"你想我们长期在一起？是想咱们合伙起来经营店铺，赚更多的钱？"

　　"那样不好吗？"

　　"你爸爸能同意？"他很不自在地浅笑，看着躺在床上慵懒的她，那藕白的上胸的确很妩媚。"你这种样子真好看，来，拍一张照。"顺手却滑至手机内置的录音机，不经意地触了一下。

　　"我爸死脑筋，当然不会同意的。"飞燕嘟囔着，"你帮我想想，有什么好办法？让我爸和我妈同意我们俩在一起？"

　　"飞燕，你想得太简单，你老公和孩子怎么办？不要了？你爸妈会同意？"

　　"我刚才不是说要你帮着想想办法嘛。"

　　"我可想不出什么好办法，还是你自己想。我倒是觉得，咱们这样隐秘地处处，挺好。"老实说，他可不想跟飞燕这样一个有诸多牵绊的女人长期纠缠下去，他压根儿就是想跟她玩玩而已。

　　飞燕鼻子哼了哼，"关键时刻你就掉链子！"

　　她不满足于"隐秘地处处"，周绍比燕春秋强了一百倍，知名的重点大学毕业，满肚子学问，长相不赖，有车有房有商铺，他父亲给他留了不少家底，像他这样的条件，找女人也真是随便找，他为什么要找她？她确信他是真喜欢她，他看她两眼都是放着光的。他说她做姑娘时真是清纯秀丽，说她大概念中学吧，有一次跟她父亲来他家店里吃饭，她皮肤可是白嫩得能掐出水来，他印象最深刻；如今成少妇，更是别有一番风韵。她听了咯咯笑个不停，没想到她念中学时他就喜欢上自己。她笃信自己跟他是有缘分的！她现

308

在一定要抓住他才对，豁出去了，她要跟他弄个孩子出来！到那时，生米成熟饭，由不得她爸妈不同意！

飞燕开始彻夜不归。春秋也隐隐感到有些不安，但还是选择隐忍，直到飞燕彻底跟他摊牌，说跟他过不下去了！他如蒙头挨了一记闷棒，打电话告诉老丈人：飞燕要跟他离婚。

守泰正在和孙子嘻嘻哈哈地捉迷藏，接到女婿的电话，气得半晌都说不出话，小孙子在叫：爷爷爷爷！喊了多遍，他才回过神来，将小孙子交给老伴香玲，香玲见他神情不对，说："你这是怎么啦？"

"那死丫头又犯怪了！"也没跟香玲多话，守泰开着车直奔县城，却见不到飞燕的人影，一个劲地打飞燕电话，一直不接。守泰发微信语音吼道：飞燕，你给你老子听着，你为什么要闹着跟春秋离婚？！你给你老子将事情说清楚！

老半天，飞燕才回复，发了一张打马赛克的床照过来，还带着哭腔，说我已怀上他的孩子了。爸，不嫁他不行，只能离婚了！

守泰拿手机的手在发抖，这个孬坏，以前上过一次当，还不吸取教训？！这回又被人骗了，被胁迫了！他有点怨恨老周，怎么教养出这么一个卑劣的混混儿子？！暴怒过后，渐渐冷静下来，对春秋说："这事有点麻烦，你千万不要在外声张。"

春秋叹气，头似点非点。这种事他怎么可能还在外声张？树要树皮，人要脸皮。他一个大男人，老婆给自己戴绿帽不算，还要闹着跟自己离婚，他给外人说，让外人都耻笑他？

守泰又拍拍女婿的肩，"春秋啊，也真是怪我们做父母的从小没有将飞燕教育好，我和小俊奶奶对不住你啊。你放心，我们绝对不会让她跟你离婚的！"

春秋也只是默默听着，老丈人也只是安慰安慰他罢了，梅飞燕要是铁着心离婚，他这个做父亲的也是没有办法改变的。春秋也做好心理准备，一旦真的离婚，别的什么他都不要，就只要孩子，他以后差不多就跟他哥哥一样的命运，也很难再找个合适的人成家，将孩子拉扯大，过一生也就罢了。

守泰觉得这事很是头疼，他现在又不能大张旗鼓地去大闹棋牌室，要周绍将他女儿交出来。外界都有传言，能在这县城开棋牌室并且开得红红火火的，大致跟黑道都有关联。别看周绍这小白脸戴着眼镜，一副斯文样，骨子里可是一个人物啊！

守泰心情沉重地回到梅园，等香玲将小孙子哄睡了，才跟香玲说飞燕的事。香玲痛心疾首，"飞燕这个孬坏，怎么跟小混混扯到一起了?!"

"你小点声，别咋呼了！传出去多丢人！"

"不能让小混混得逞！飞燕人呢?"

"没找到，十有八九被小混混挟持在家里了！"

香玲颓然地坐在椅子上，"现在有什么办法?"

"周绍这样的小混混，背后肯定跟那个黑老黄有瓜葛，可不能硬来。这帮人要是背地里害你，你一点办法也没有！镇西头开蛋糕店的老卡，去年晚秋就因为得罪了那个黑老黄，黑老黄暗地里派人使坏，将他的面包机给毁坏了，后来老卡还是找人将这事给摆平了。老卡开蛋糕店开得心灰意冷，年后干脆关了店铺，将店铺转让了，到广州他闺女那里，帮着闺女看孩子去了。咱们这件事不能草率，还是要好好计议，想个万全的法子。"

夫妻两人怒眼对愁眉，长吁短叹，怨飞燕不检点，怎么跟那个小混混拉扯上了?!

守泰突然想起新近上任的县公安局副局长，叫秦观的，听说跟飞雪是高中同学，让飞雪找找这个秦观?

香玲也很认可，也只能这样了。

估计这当儿飞雪肯定在忙，守泰跟飞雪发语音：飞雪，你什么时候有空给爸来个电话，爸有事跟你说。

过了两三个小时，收到飞雪的回复：好的，爸。旋即又来一条短信：爸，不会又是给我介绍对象吧?

"不是。飞燕的事。"上回有亲戚好心给飞雪介绍对象，结果被飞雪一口回绝。守泰想起这事，心里就老大不快。

飞雪以前每每接到父母的电话，大概率都是催她谈对象。她记忆犹新，清明节前几天，她正在编辑器里编辑图文，将标题"单身的十大好处"放大到微软雅黑 18 号字，其时，手机就唱起歌来，她拿手指滑了一下接听键，那头就响起母亲香玲温软如绵的声音：马上清明节放假了吗？

"嗯，是马上要放假了，我还给您和爸带了杭州特产，很好吃的，都买好啦。"

"不是给你说过了吗？不要给家里买东西嘛，钱省着点。"母亲笑得响响的，"坐高铁回来呢？"

"对，票也在网上订好啦。我还将时间安排了一下，在家可以待上三天半。"

"好好！飞雪啊，妈也给你说个事，你大姐，你小姨，还有你大妈她们，都给你拢了小伙子，你回来一趟不容易，趁你放假这几天，每个都见一见，比较比较，看哪个最合适，最对你的眼。"

"哦，妈，这事，不要那么着急，好啵？"

"飞雪啊，这事可得要抓点紧呢，时间跟流水一样快哟！你看这大年才过多少日子，清明就来踩脚跟了，再眨眨眼，五一，端午，中秋，国庆，元旦，又要过大年了！你也老大不小了，正月里出世的，一岁也是足足的一岁呢。你看你研究生也毕业三四年了，工作也上路了，我和你爸寻思着你工作忙，也没有时间谈朋友，趁早给你拢一个先谈着，你大姐，你小姨，你大妈，她们也都这么想。上次你小姨家孙女百日宴，妈刚一进门，她们就都问起你的事，对你的事很关心呢。女孩子不经老，比不上男孩子耐耗……"母亲喋喋不休。

飞雪干咳一声说："妈，这事回头再说，我手头正忙呢。"

电话挂掉，飞雪不由得有点虚躁起来，每天的生活忙得连轴转，回家本想放松一下的，不想母亲弄出这种事！嗻，这种事又不是没体验过，好没兴味哟。

刚念大学的时候，飞雪暗地里喜欢上一个颇有风度，看上去很年轻的老师，没过多久，看见他洋娃娃般的小女儿，飞雪那份隐秘的小心思就如刚冒头的春芽，被太耀眼的强光一照，受热过度，自行枯萎掉了。随后有外系男生来找，又是送花又是约请喝咖啡，咖啡还没上桌，就要来拉手拥抱，轻浮的男生不可靠，飞雪赶忙找借口逃离现场。

　　之后不久，飞雪又遇到一个超级喜欢文学的工科生，长得也算俊朗，至少第一印象还可以，她业余也经常看看小说，自以为对文学也有自己的理解。那男生一上来就大谈特谈网络文学，说网络文学已经独霸天下，传统文学已经日渐式微，"日渐式微，这个词你懂吧？意思就是日渐衰落。我们这些人呢，也算得上走在世界的前列吧。"她只是听听，也不想跟他理论。她觉得他这种人，活在自我感觉中，书读得极有限，思维也很偏狭，不自觉中给自己设定一个无形的小圈圈，说"井中之蛙"也毫不为过，圈外的世界他是看不到的，要是跟他谈，他自然不认可，那是纯属浪费时间。她想起以前读过的《庄子·秋水》中有几句话，简单说起来就是"井蛙不可语海，夏虫不可语冰，凡夫不可语道"，说的大概就是他这类人。自己跟他根本就不在同一个轨道上，能谈什么呢？跟他谈吃喝玩乐，兴许都有些许障碍。萝卜白菜，各有所爱。他若喜欢喝咖啡，你跟他谈喝茶的妙处，他能感兴趣吗？同样，他如果嗜好喝茶，你跟他大谈咖啡的情调，他可能就比较烦。你用筷子吃惯了中餐，他突然非得要你进西餐店用刀叉吃披萨和牛排，想必你也是很不习惯的。吃喝玩乐算比较低层次的话题，尚且谈不拢，要谈一些稍微深入的东西，那不更费劲了吗？飞雪跟那个男生的交往也就止于那次面谈。

　　在飞雪念大学期间，也记不清有多少男生明里暗里示好的，可惜没有一个让她见了怦然心动。有一个男生看上去倒让她感觉还舒服，偏偏喜欢喷香水，他不知道，在飞雪的眼里，男生喷香水就跌了份儿。等到飞雪毕业工作，父母再三提醒飞雪得考虑找个人，飞雪说，刚工作，工作得先顾着。可父母一心要她先顾着找人的事。

　　麻烦！飞雪嘀咕。她将图文同步到公众号，嵌入音频，保存，预览，单身的每一条好处深得她心。这图文是她从网上捣下来的，转载到自己的"逍遥仙"公众号中。这个公众号是她刚工作的时候抱着玩玩的心态弄的（算是一种业余爱好），没想到关注的人还不少，粉丝圈大都是崇尚逍遥自在生活的青年单身狗，也不乏从婚姻围城中滚爬出来的大叔阿姨们。

图文推送出去，很快就有粉丝留言点赞，有个铁杆粉丝直接来约：逍遥妹子，我们几个姐们预备组织一个清明周边游，爬爬莫干山，走走西溪湿地，怎样？飞雪不假思索地回复：好，回头私信约！

晚上，飞雪给母亲打电话，"妈，有变化了，清明回不去了，公司领导要让加班。还有，妈，我下午已经将特产快递回家了，您和爸注意查收一下啊。"

"什么鬼领导！清明还让加班?!"母亲声腔里裹着硫黄。

那边的电话立马转到父亲手里，"你将你领导的联系方式发我一下，我跟他说一声。"

"嘻，爸，您以为在老家啊，您以为您一个电话就能搞定啊。"

"你这情况特殊嘛，你自己不好请假，爸帮你请假，你们领导肯定也是要讲人情的嘛。"

"爸，您大概不晓得哟，我们这边的领导可比县里的小领导还要领导，您还是别折腾了，别到时候让您讨个没趣，心里不舒坦哟。"

"烦不烦啊！都安排好了，就等你回来了！硬给安排什么鬼加班！"母亲在电话里愤愤不平。

飞雪轻声细语地安慰，妈不要烦啊，又不是什么大不了的事。我自己的事我晓得，逢到合适的，我谈一个就是了。

飞雪原先猜测父亲给自己打电话，大概又是催自己找对象，没想到父亲要说的是飞燕的事。飞燕有什么事？非得找自己说？飞雪心里狐疑，一有空，就第一时间打电话给父亲。父亲唉声叹气地告知目前遇到的烦心事。

飞雪一听，火气一下子就喷上来了，愤愤地说："这都是什么烂事啊?! 姓周的真有那个胆子敢胁迫飞燕?"

"姓周的就是个黑社会! 我们是弄不过他的。那个秦观是你同学，你出面找找他，威慑一下那个姓周的……"

飞雪气得不想再说话了。她向来就不喜欢妹妹飞燕，混沌没脑子，典型的二百五! 要不然怎么被人诱骗?! 那个秦观，她内心也是瞧不上的，油头粉面的，别的女生说他帅酷，她倒没觉得他有什么帅酷，至少不是她喜欢的类型。高三上学期，他还给她塞过小纸条，她完全不理睬。后来他上了警察学院，毕业后进了县公安局，娶了县委副书记的千金，仕途自然也是一帆风顺。前两年高三同学在县城大酒店聚会，她太忙了没有回乡参加。据闺密曹子健说，整个聚会，就数秦观最有派头，官场上混，果然与旁人不一样，连说话的腔调都变得慢条斯理了，显得也比以前深沉不少。有些喜欢拍马屁的同学端着酒盅轮番上去给他敬酒，直呼"未来的秦局长"，说以后有秦局撑腰，走在街上，也不怕被人欺负了，遇事拨一下秦局的电话，问题也能很快迎刃而解嘛，仿佛秦观成了大家最大的靠山。她听曹子健说完，很庆幸自己没有参加，她要是在场，会觉得那种聚会令人很别扭。虽然有很长时间没有见到秦观，但她在脑海中也能想象秦观现在的样子，一定令她感觉很不适。如今父亲要她出面找他，而且为妹妹见不得人的腌臜事，那不等于硬生生撕扯她的脸皮吗! 她甚至都能想象出秦观会以一种怎样的官腔跟她说话!

守泰见飞雪没言语，也知道飞雪很生气，小心翼翼地说："飞雪啊，爸爸也晓得你不喜欢求人，好歹秦观是你高中的老同学，老同学之间，有什么话好说一点吧?"

"爸，"飞雪竭力缓和口气，"暂时就这样。回头我再打电话。"

她跟飞燕语音："将周绍的手机号发我!"

飞燕语音回复说："姐，你要他的号码干吗?"

"别废话! 发过来!!"飞雪怒道，她都懒得跟这个讨人嫌的妹妹多说一句话。

飞燕骨子里还是有点惧怕她的二姐。二姐平素对她也没什么好颜色，上次回来，就将她狠狠地剋了一顿，数落她好吃懒做，成天像个有钱人家的娇小姐一样自恃清高的样子。她极不情愿地将周绍的手机号发了过去。

飞雪拨通了周绍的号码，传来慵懒的男中音：哪位？

"你是周绍?"

"你，哪位?"

"梅飞雪! 梅飞燕二姐!"

周绍打了一个激灵，他也早就耳闻梅飞燕的二姐梅飞雪念书时是个美女学霸，如今是杭州一家名企的高管，顶厉害的一个主子，不由得肃然起敬，说话的腔调都变恭敬了，"你好你好! 久闻梅家二姐大名。"

"知道我为什么给你打电话吗?"飞雪缓和了一下语调。

"哦，不好意思，不太明白。"

"还不太明白?!"飞雪提高了声调，"姓周的，你别给我装聋作哑的! 你跟我妹妹之间，到底是怎么回事?!"

"……"周绍一时语塞。

"你诱骗了她! 还拍腌臜的床照! 将她弄怀孕了! 逼她离婚，跟你结婚! 你知道不知道，你这是在犯罪! 你以为你黑道上有人就无法无天了?! 告诉你，我红道上有人，我一个电话就能让你去蹲班房! 你信不信?!"

"天啦! 二姐，你这些话从何说起!"周绍惊得声音都变了调。

"呸! 谁是你二姐!"

"梅姐梅姐! 事实不是你说的那样的!"

"男子汉大丈夫! 要敢作敢当! 你自己做过的卑鄙事，你不要对姑奶奶推脱! 告诉你! 你要敢对姑奶奶抵赖，有你好看的!"飞雪磨牙凿齿地说道。

"我，我真的没有诱骗她啊。是她自己主动找我的!"

"你还在狡辩?! 她怎么可能主动找你?!"

"我真的没有狡辩啊，梅姐，我说的都是实话! 她想打牌，又不想在我的棋牌室打，怕被你爸知道，就到我家打。"

"好啊，弄到你家里打?! 你安的什么心?!"

"梅姐别发脾气，我没有坏心眼儿，我找的都是我朋友的老婆，过来陪她打，每次打完牌，她和女牌友一起走的，可是等女牌友一走，她自己又回来找我。我刚跟女朋友分手不久，她又那么主动热情，唉，我也就……"

"哼，照你这么一说，全是我妹妹犯贱了?！从头到尾都是你在诱骗！这是你抵赖不了的！最可恨的是你还拍那腌臜的床照，让她怀孕！你就是想逼她跟你结婚！这你能抵赖吗?！"

"唉，我怎么跟你说呢？梅姐，我根本就不想结婚！我更是没有想过要拆散她的家庭，我也没有拍过什么腌臜的床照啊！我只是给她拍过她躺在床上的照片！还有怀孕？她也没有对我说过她怀孕啊！"

"你骗谁呢?！"

"梅姐，你要不信，我给你发一段录音。我，我能加一下你微信吗？我发你微信?"

"手机微信同号！"

周绍加了飞雪微信，给她发了一段录音。飞雪点开听了一下，是飞燕跟周绍两人的对话。

——我爸妈死脑筋，当然不会同意的。你帮我想想，有什么好办法？让我爸和我妈同意我们俩在一起？

——飞燕，你想得太简单，你老公和孩子怎么办？不要了？你爸妈会同意？

——我刚才不是说要你帮着想想办法嘛。

——我可想不出什么好办法，还是你自己想。我倒是觉得，咱们这样隐秘地处处，倒是挺好。

——哼，关键时刻你就掉链子！

紧接着周绍发来他给飞燕拍的所谓"床照"——飞燕盖着被子裸着胳膊的照片，又发了一段语音："梅姐，真的很对不住你们一家，我确实不应该跟飞燕这个有老公有孩子的人扯在一起。我，我向你们赔礼道歉！"

飞雪简直气炸了肺，原来这都是自己没脸皮的妹妹自导自演的丑剧！父母却信以为真，还将事情夸大到受小混混周绍胁迫，说周绍是黑社会，让她出面找秦观，严惩周绍这个流氓。她倒是庆幸自己没有听从父亲的一面之词，鲁莽行事。

飞雪实在难消心中怒气，又拨了周绍手机，怒斥："苍蝇不叮无缝的臭蛋！你要不是臭蛋，苍蝇会叮你?！你骨子里就想玩玩我妹妹！这点你敢抵赖?！"

"我该死，该死！梅姐，你怎么骂我我都接受！"

"哼！骂你?！骂你都脏了我的嘴!！"

"梅姐，梅姐说怎么办?"

"你自己说怎么处置!"

"我，我们私了行吗?"

"私了? 怎么私了?！"

"赔钱?"

"你将人看扁了！谁要你的臭钱!"

"求梅姐，梅姐放过……"周绍的声音带有哭腔。

"梅飞燕是不是还在你家?！"

"嗯，还在。"

"你马上让她滚回家!"

"不好意思，梅姐，我现在在外面，要不，你跟她说?"

"周绍，我告诉你，你是怎么让她到你家的，你就怎么让她回去！这事你脱不了干系，你得给我妥善处理好！处理不好，别怪我对你不客气!！"飞雪断了通话，将周绍发的录音与"床照"转发给父亲，怒气冲冲地发了一段比较长的语音。

爸，你和妈听听，你和妈看看！这都是你们从小娇惯的小女儿干的没脸皮的事！本来我这个做女儿的是不应该发你们的牢骚的，但照这个势头下来，迟早要出乱子！我跟你们说过多少遍，你们不能再由着飞燕的性子！你们得让她做事，做家务，下地种菜，不能让她像个千金大小姐一样坐在柜台前刷手机，打游戏，看霸王总裁之类乱七八糟的烂视频，追小脚老太裹脚布那样又臭又长的肥皂剧。我每次说，你们都口头上应着，之后还是照旧！上次回家，我

317

就看见她还是那个老样子，说真的，我真是看不惯！爸爸在外面搬货，妈妈在厨房里做饭，你们忙得满头大汗，她就跟没事一样地自顾自玩她的！你们就不能歇歇，让她做一做吗?！

你们辛辛苦苦，将她的一切都安排得妥妥帖帖，买房，买车，为她物色上门女婿，如今她也成了家，有了孩子，你们又当起免费的保姆，给她看孩子，她什么事都不用干，一天到晚就当个甩手掌柜，吃香的喝辣的，饱暖思淫欲，心闲就生事！她跑到棋牌室打牌，跟那个姓周的拉拉扯扯，干不要脸皮的丑事，竟然还黏着人家，歪着心思要跟人家结婚，姓周的压根儿就不想结婚，她还不要脸自导自演，说人家胁迫她！姓周的这小子也留了一手，将他们之间的谈话录了音，这就是证据啊！要是没有这证据，我们还不都被她骗了！你们想过没有，就算姓周的迫不得已跟她结婚，要不了多久，肯定是要离婚的！人家本来就是想玩一玩，她这个孬妹还当个真！这件事，不能就这么轻易过去，你们得好好治一治她！以后的日子还长，燕俊还那么小，她这个当妈的总得有个当妈的样子！

你们现在也不要去找她，不要搭理她，就装作没事一样。这事你要冷处理！我要那个姓周的自己跟她妥善解决，解决不好，我再跟他算账！姓周的答应了。

我觉得不能再让她在县城住，春秋太老实，根本就薅不住她。干脆让她到梅园住，她必须自己带孩子，做家务，种菜，爸和妈最多在她忙不过来的时候搭一下手，绝不能再为她包办任何事！

爸，今天该说的我都说了，如果你和妈还不吸取教训，还要像以前那样由着她的性子，惯着她的坏毛病，我丑话说在前头，以后有什么事不要再来找我！我没有那么多闲心思来搭理这种烂事！真是气人！

守泰和香玲对小女儿彻底寒了心，真没想到这臭丫头竟然唱这一出丢人的戏码！飞雪说得一点没错，对她这种性情，以后娘老子就得狠狠心对付她！他们也听从飞雪的建议，暂时不搭理飞燕，让周绍那小子去处理他们之间的腌臜关系。

第十七章　狠　招

周绍被飞雪臭骂一顿，沮丧透顶，跟自己肌肤相亲过的女人有六七个，大都是好合好散的，有两个至今还当朋友相处，轮到这个梅飞燕，怎么就变成这样了？非得处心积虑地让自己泡妞泡成老婆？这个女人太可怕了！他必须尽快彻底跟她划清界限！

梅飞燕不知就里，发语音给他，问他什么时候回家？声音娇柔得很。他很感恶心，不想再搭理。梅飞燕又不停地发起语音通话，他觉得一味回避也不行，还是得想办法解决。梅飞燕手中有他家的钥匙，她要是没脸皮赖着不走怎么办？先让她离开他家，他得换锁！想起以前手机里存过一个修锁师傅的号码，——那次不慎将钥匙丢在屋里，进不去，情急之下，看到有个开锁的在过道的墙壁上贴了一张小广告，打电话叫了过来，开了锁。师傅个子不高，敦实，五十多岁，感觉比较靠谱。他便在通讯录中翻到师傅的手机号，拨了过去，说他家的锁有问题，需要更换个锁芯。师傅下午都有时间吧？师傅说都在，随叫随到。

他给梅飞燕发了一个信息，让她出来，到新世纪酒楼一起喝咖啡，然后带她出去兜兜风。他现在手头有点事，忙完他就过去。那边梅飞燕秒回：好哒好哒。马上出门。还附了两颗红心图标。

他站在自家小区的小花园里，冷眼瞅着盛装打扮的梅飞燕从楼门里走出来，扭着腰肢出了小区，便打电话让那个开锁师傅马上过来。师傅很快就骑着小电驴过来了，三两下就将换锁芯的事搞定。

他心情复杂地进了自家的门，走进卧房，看着宽大的席梦思床上一片狼藉，满床都是她的衣服，她俨然已将这里当成她自己的家，每次出门前都会将衣橱里的衣服全摆出来挑拣。他愤怒地将那些衣服全扔到地上，仰天长叹，倒在床上。

他觉得自己受到了平生以来最大的侮辱。他真想将这个臭女人揍个半死，冷静下来，又觉得没有那个必要。他懂得冲动是魔鬼。去年这个时候，他差点被卷进一场斗殴中。黑老黄的儿子黄蛊跟他是初中同学，约他到新世纪酒楼，参加他爹的生日聚会。这个面子他必须给，他开棋牌室是得到黑老黄的默许的。他去时，孝敬了不薄的生日礼金。整个聚会倒是井然有序。聚会之后，黑老黄几个心腹出酒楼，还要拽着他一起去另一个歌厅消费，他酒喝得不多，头脑清醒得很，知道这些人的德行，他趁他们不注意，给自己开微信通话，说自己家里有事，他必须赶紧回家，随手给了他们一千块钱做喝茶费，这才脱了身。第二天就听说这几个小混混酒后惹事，百般调戏歌厅刚入行的两个小姑娘，一个客人错入了他们的包间，看不过眼，随口就说你们不要为难人家小姑娘，准备退出，被里面的人揪住一顿拳打脚踢。小混混们没有料到这个客人跟县公安局刑侦大队长交好，结果包间里所有人，即便没有动手的，也都被作为肇事者一并拘留了，连黑老黄都救不了他们。周绍庆幸自己没有跟他们一起。他时时告诫自己要保持冷静，眼下也算是他平生遇到的一个大坎，要是处理不好，他就会栽下去的。梅飞雪说她红道上有人可不是随便说的，他也听闻县公安局副局长秦观是她的同学，县城也就这么大，人稍有点名气，会被风传，棋牌室本就是个传播信息的场所，方方面面的一些消息都会过他的耳。

对于梅飞燕，他再怎么恨她，都不能揍她，连她的一根小指头都不能碰，他还得忍着声气哄哄她，将她哄走。他平复心情，索性将手机调成静音，躺在床上睡了一会儿。等他醒来，一看手机，梅飞燕发过长长一溜语音，这个女人大概是太寂寞了。他吁吁气，再晾一晾她！编发了一条信息：对不起哦！活儿还没忙完呢。临时又有事，要不你自己先点咖啡喝？实在等得着急了，就自己出去玩玩，好吧？她马上发了一个沮丧的表情包，说我手头没钱了。他轻蔑地笑笑，鬼才信呢！顺手给她转了488，谐音死吧吧。女人没有明白这个数字的真实含义，就收了，还发了一句：就转这么点？他

320

哼哼鼻子，暗骂：妈的，你将老子当你钱包？

他将她所有的衣服、饰品、化妆品之类的东西都塞在一个准备丢弃的大挎包里，在小区门口找了个快递员，给了十块钱，直接送到"燕春生活超市"。接下来，他将他与梅飞雪的微信聊天截图、同梅飞燕的谈话录音以及梅飞燕的床照，一并发给梅飞燕，随后发了一段语音：梅飞燕，你二姐找我了，我们之间不要再来往了！如果再来往，你二姐就找人搞我，将我搞进班房！你对你家里人说我拍床照，还谎称我将你弄怀孕了，胁迫你离婚，要霸占你。事实上，你明明是想胁迫你家里人答应你离婚，强行跟我结婚！你这样睁眼说瞎话，有意思吗？……算了，算了！我算是看透你的为人！你还是直接回家去吧。房门锁芯我已更换，我也将你所有的东西都打包送到你家。……

周绍突然提出分手，让梅飞燕一下子懵圈了。她原以为自己要点小心眼，她的父母碍于面子，不得不同意她跟燕春秋离婚，没想到她二姐从中横插一杠子，要找人搞周绍，她就一点指望也没有了！她想对周绍解释，发现周绍已将她拉黑，很是羞恼，这个小白脸真够阴诈的！将自己哄骗出来喝劳什子咖啡，原来是使狠招儿抛弃自己！

周绍将梅飞燕扫地出门，一个人窝在沙发上，心意寥落。老家的母亲打来电话，说起她娘家的侄子买婚房，首付还欠点，想借十万。周绍一听就烦躁不已，"上回借的十五万还没还呢！说做什么生意，周转不过来，借两个月就还，这都半年了，也没见他还一分钱！"母亲叹气说："他不好意思跟你开口，就跟我开口。"

"还好意思跟您开口！"周绍气呼呼地说，"您跟他讲，我手头紧得要死，还欠别人的钱呢！"

母亲愣了愣，"绍，你还欠别人的钱？"

"做生意不都这样吗？"

"当初你放着好好的工作不去做，正儿八经的餐饮你也不做，非要耍小性子开什么棋牌室，妈就反对！那不是正经人干的事，你偏不听妈的话！"

周绍闷声不响。

老太太缓和声气，"欠别人多少？要不要利息？"

"妈，这您就不用管了，我自己处理。"

老太太的声气不由得又上来了，"你总是由着自己性子！要有利息，你得想办法赶紧还掉！利滚利，到时候你怎么还？"

母亲当真了，替他担着心。周绍只好说："一个朋友的钱，不要利息。"

"哦，那还好一点，但你也要早点还人家，不能拖欠。朋友之间，讲的就是一个信用。你爸在世，可是最在乎这个信用的。"

"这个我晓得的。"

"你这么大了，也该晓得的。"

"妈，我这边有点事。我先挂了啊。"

"你先别挂！妈还要说几句，那棋牌室，你还是别再开了，做点正经事，找个正经人过日子，是紧要的。"

以往母亲唠叨这些事，他就当闲话听听，根本不当回事。他总觉得母亲那一代人，老思想，守着旧，日子过得四平八稳，跟死寂的湖水一样，毫无意趣。他才不愿意，人生也就那么几十年光阴，该求点新，变点异，生活玩点小花样，才有滋味。不过眼下母亲的唠叨却是入了他的心，他三十一岁了，这几年一直按着自己的意愿，过一种自己想要的生活，回头却又发现，也就那么回事，开始尝尝新鲜，还觉得有意思，时间长了，成了一种习惯，就不觉得有什么新鲜味，甚至还有种腻味感。这次跟梅飞燕之间弄的这等糗事，让他的情绪跌落到谷底。

他想起安哥来，这个在他大一就认识的学长，是值得信任的朋友，每当心情糟糕的时候，就想找安哥说说话。晚上安哥应该是有空的。电话拨过去，果然，只响了两下，电话就通了，"安哥不忙吧？"

"刚忙完。你怎么样？"

"唉，有点迷茫。"

"棋牌室给弄的？"

"嗯，也算是。"

"那你现在什么打算？"

"还没想好。"

"个人的事呢？"

"唉，满地鸡毛。"

"哦，怎么满地鸡毛了？"

周绍将自己眼下遭遇的尴尬事一股脑告诉安哥，安哥略作沉吟，说："这种情况，那你再在县城待恐怕就不太合适了。其实怎么说呢？上次你说要回老家创业，我内心并不是很赞成，老家虽然人熟地熟的，但是格局小，不管怎么弄，就是那么大的一个小地方，外面打拼是很辛苦，但空间大，而且人际关系也不像老家那样盘根错节的。当时你有自己的坚持，我也不好阻拦你。现在你已经尝到真正的滋味了，那你自己再给自己拿拿主意，要不再过来？"

"嗯，我也有这种打算。安哥，那边还能回得去吗？"

"回应该还是能回。这样吧，我明日上班帮你去沟通一下，有消息马上回复你。"

"好的，那就麻烦安哥了。"

"你我都不是外人，就不要客气了。"

"好好，不客气。嫂子和小宝都好吧？"

"都好。小宝马上要上幼儿园了。"

"哦，挺快的。"

"孩子生出来就不愁长。你什么时候也考虑找个合适的，成个家呗。玩了这么久了，也该稳定下来了。一个人老耗着，也不是个事。老婆孩子热炕头，还是蛮好的。"

周绍笑了，说："好的好的，向安哥看齐。"

跟安哥聊过之后，周绍心里平和不少。晚上好歹睡得安稳一些。接下来，考虑处理棋牌室。好歹门面房是自家的，怎么都好说。主要是帮手黄山，将人家小伙子招来没多久，棋牌室又突然不

323

开了，总感觉有点对不住黄山。他想了想，还是找黄山谈谈，给他双倍的工资，让他自己再去找份工作。

黄山一听有点愕然，自己职校毕业在家啃了两年老，好不容易经朋友介绍来周绍的棋牌室。周绍将他当小弟待，工资开得不低，管吃管住，还时常给点小钱让他零花，他比较知足，想着好好干一干，没想到这才干了不到一年，棋牌室就要关门了，他有点不解，"哥，这生意不是挺好的吗？"

"哥打算去深圳。"

黄山也不便再刨问缘由，他倒是滋生了一个新的想法，试探着问："哥，要不这个棋牌室还是别停，我接手试试？哥看行不行？"

周绍看着黄山，摇头说："你太年轻，还是不要干这个。这县城的有些人，你根本薅不住。"周绍知道黄山不懂江湖的深浅与险恶，他是不错的小伙子，要是将这个棋牌室扔给他，等于害了他。黑老黄那帮人欺生，黄山根本不是他们的对手，两种可能的结果：要不屈服，被他们同质化，变成满肚子坏水的混混；要不对抗，被他们作为异己分子排斥，暗地里"修理"一顿，赶出他们的地盘。

黄山还是有点不舍，"要不哥，我也跟你去深圳，行不行？"

周绍笑了笑，拍拍黄山的肩，"黄山，这样吧，等哥在那边安顿好，帮你看看有没有什么工作机会，有的话，我再告诉你。"想了想，又说，"这边呢，咱们暂时也不对外声张咱们的棋牌室不开了，你还是像往常一样帮我打理，我先到深圳那边去，要是别人问起来，你就说我出去旅游了，很快就回来。"

"好好，哥。"黄山连连点头。

第三天上午，周绍戴着墨镜，拖着行李箱离开了县城。

周绍走后不到一周，黑老黄想到新世纪酒楼吃一顿，就打电话给周绍，周绍知道他在玩小花招，目的就是要周绍跟在他身后付账，便说，黄叔，我现在惹了点麻烦，在外先避一避，等风头过去了，回去请您老人家好好撮一顿。黑老黄一听，问哪个道上的？周绍说，红道上的。黄叔您也小点心。黑老黄一听，没言语了。晚上周绍又打电话给黄山，问情况怎么样？黄山说一般般。下午黑老黄带着一帮人过来，好茶好水果招待他们，还要免费供他们吃喝。我挺怕这帮人的，一个个跟大爷一样，他们一来，其他人都不敢来了。

周绍说："先忍一忍。这个月底我回去一趟，将棋牌室的事处理一下。"

"哥，我能去你那边吗？"

"应该也没问题。"

"谢谢哥！"

飞燕那天被周绍拉黑之后，非常颓然，感觉不远处那气派非凡的新世纪酒楼离她越来越遥远。她在大街上晃荡又晃荡，直到天黑，在街边的长条椅上呆坐了一会儿，横横心，进了一家面馆点了一碗牛肉面，边吃边刷手机，刷到一条抖音短视频，主播严肃地分析一些衣食无忧的女人为什么要出轨，一条一条地分析，每一条都仿佛是在说她。主播最后说，这种身在福中不知福的女人如果执迷不悟，一心在情欲的泥沼中不能自拔，等待她的必定是"杯具"结果。看完视频，她失落异常，满心羞愧。

她跟燕春秋摊牌要离婚，料定燕春秋会跟她家里人说，她的父母竟然没有找她，二姐也只气恨恨地向她要了周绍的手机号，之后也没有再给她打电话，仿佛这事没有发生。家里人越是这样，越让她有些不安。

她垂头丧气，最终还是走进了"燕春生活超市"。

春秋正在店里理货，见她进来，没有说一句话，他冷漠的样子让她浑身不自在。以往春秋绝不是这种态度，他会殷勤地问她吃了没有，那语调是讨好的。

春秋下午从快递那里接了写有她姓名的大包裹，没有打开，——但凡是她的快递，他都一律不打开，省得她骂他乱动她的东西，女人喜怒无常，做丈夫的早已领受了。他估猜着她肯定会回来，漫不经心地将包裹搁在门面房显眼的角落。他的感情有些复杂，她的种种作为严重损伤他的自尊，但由于一直受着她家里人的

325

体贴和恩惠，才隐忍下来。丈人丈母娘和大姨子不用说了，就说二姨子飞雪，那么一个大忙人，也还能在百忙之中特意打电话安抚他，让他不要跟飞燕那个二百五计较，等她回来，也不要理会她，冷处理，让她自己好好反省反省。

他瞅着她将角落的大挎包拿上楼，步履不似往日的轻盈，有些沉重，那背影显得有些落寞，他心里不免有几分释然，给老丈人和二姨子分别发了一条信息，告知他们飞燕回家了。老丈人和二姨子的回复表达同一个意思：好。你不要搭理她。对她狠一点！晾一晾她，晾她几天，让她自己面壁思过！他也从骨子里觉得，是该晾一晾她，她实在太不知好歹！

就寝时，他没有上楼去睡，而是躺在一楼库房的沙发床上。这沙发床原是预备给他家里人偶尔来时住的。她在外跟周绍鬼混的这段时间，他忍着气，也赌着气，将他母亲和小侄子小宝接过来住，跟母亲说飞燕外出了，要待一段时间才回来。母亲欣然带着小宝跟着他过来了。他原本让母亲和小宝睡楼上，他睡库房。母亲死活不肯，说你和飞燕的床，妈和小宝是不能睡的，这个规矩妈不能破。他每天都煲养生汤，做母亲和小宝没怎么吃过的新鲜菜肴，让母亲和小宝解解馋。他在厨房忙碌的时候，小宝在店房的小桌上搭积木，或者看看动画片。小宝很乖，搭好积木，会兴高采烈地跑到厨房，让小叔来看他搭的积木好不好看。看完一集动画片，也会跑到厨房，问小叔，还可以再看一集吗？小叔说歇五分钟再看，小宝就嗯嗯说好。而母亲则安静地坐在店房里，帮着他看店，有顾客进来，她就跟儿子招呼一声。他跟母亲和小侄子相处的时光很温馨，也很难得。如果飞燕在家，母亲是不愿带小宝在这里歇夜的，她忍受不了儿媳妇那张冷脸。

下午快递送来飞燕的包裹，春秋随口说，飞燕估计要回来了。母亲说，那你先将我和小宝送回家吧。春秋说，没关系的，您和小宝再待两天。母亲还是决定要走。他也没再坚持，开车将母亲和小侄儿送回家。临上车前，他避着母亲，在自家店里拣了中老年营养麦片、中老年奶粉、芝麻糊、桂圆干、葡萄干、多晶冰糖、干蘑菇、木耳、银耳、雪饼、猴头菇饼干等食品，分装在两个纸箱里，又搬了一箱红富士苹果、一箱皇冠梨和两箱纯牛奶，将车后备厢塞得满满的。到家后，母亲才知道儿子弄回一堆好货，有点不安地念叨，你往家里弄这么多东西，飞燕会不会有意见啊？他笑笑摇头，说不会的。其实，飞燕要是知道，会很不高兴的，她向来不喜欢他往他的家里拿东西。她不在店面房，他倒感觉还自在；她这一回来，他反倒感觉有些压抑。

春秋半夜醒来，神思不定，感觉口渴，去厨房倒水喝，朦朦胧胧中，感觉窗外有个人影在晃动，心一惊，再定睛看去，原来只是窗外的玉兰树在溶溶月色下摇曳。他暗自叹叹气，回到库房躺在沙发床上，有一种恍然入梦的感觉。

翌日早晨，春秋只做了一个人的早餐，闷声闷气地吃完，收拾了碗筷。往日，就是再累再忙，他都会给她做好吃的，满足她的口欲，但现在他必须改变一下，不再像以前那样无条件地讨好她，甚至他都不想跟她说话。

上午将近十一点，她下楼来，神情有些倦怠，分明是昨夜没有睡踏实。她进厨房，掀开锅盖，锅里空空的，灶台上什么吃的都没放，她有点不适应，故意弄出很大声响。他仿佛没有听见，默寂着坐在柜台旁，不时有顾客进来，他招呼招呼顾客，看看手机，随手理理货架上的商品。

屋里的空气有些沉闷。她从厨房里出来，冷着脸，在货架上拿了一袋营养麦片，又到厨房拿了一个汤碗和汤勺，上楼去了。

她那不饶人的样子让他很不适，明明是她做了丑事，却没有一点愧疚，她为什么不反省自己？她真的不明白他为什么不给她做早餐？他一定要继续晾一晾她！他现在一点也不惧怕她提离婚，岳父母和两个姨子都在背地里给他撑腰，他们就是他的底气。

中饭他也只想做自己的一份。从冷冻室拿出头天熬制的排骨汤，搁在微波炉解冻，倒入汤锅里，开灶火加热；与此同时，洗了一根甜玉米棒子和一根胡萝卜，将玉米棒上的玉米粒切下来，胡萝卜切成碎丁丁，打入两个鸡蛋，搅拌，将它们倒入煮沸的排骨汤中，中火熬了一会儿；又将早餐做的煎饼切成小条放入锅里，加适量盐与味极鲜酱油，几分钟后关火。这种玉米胡萝卜煎饼排骨汤以前他也经常做，每次做好，他都盛两碗放在餐桌上，喊她一起来吃。她吃了，还会挑剔说不太好吃。他就笑说，下次我再改进。如今他自个儿做自个儿吃，也不再顾及她了。

中午她没有下楼，估计还是拿电水壶烧开水冲泡麦片吃。

晚饭他依然兀自一个人吃。八点左右，有外卖小哥送了一份盒饭上门，搁在柜台上，她下楼取了上去，依旧冷若冰霜，眼神里满是蔑视。

这样的冷战持续了三天。他非常不理解，她除了长得还可以，其他方面真的没有什么可圈点的，她凭什么自高自大？她跟别人胡搞，还一直这样给他摆脸子！他想着这样下去，就算有老丈人丈母和两个姨子为他撑腰，也丝毫没什么意思。他也不会为她这样不明事理的女人屈尊。散伙就散伙！他想自己不笨，车技也好，就算不开店，他可以开大货车跑物资运输，也能养家糊口。

打定主意，晚上九点半，春秋将商店打烊，躺在一楼库房的沙发床上，准备给老丈人打电话。许是老丈人那边有感应，手机号码还没拨完，老丈人的电话先打过来了，"春秋，该休息了吧？"

"嗯。准备休息。"

"飞燕怎么样？态度可有改变？"

"还是那样吧。"沉默了一下，春秋说，"我和飞燕有可能也就那样了。实在不行，就分开吧。我只有一个请求，到时候，能不能将小俊让我带走？我这辈子也不打算再成家了，就带着小俊一起过，我会努力将孩子带好。"

守泰叹气说："春秋，你别着急。这才刚开始，再过一段时间，她会醒悟的。看在小俊的分上，你也给她一个机会。小俊需要一个完整的家，才能健康成长。你一个人带他，肯定也带不好。这周边离异家庭的孩子，我见过不少，大都有这样那样的问题，有的甚至就半废掉了。我不希望我的孙子因为家庭原因而影响成长……"

守泰说了很多劝导的话。春秋安静地听完，说："现在这种样子，也实在没什么意思，我想还是离开一下，回我妈那边待一段时间。"

守泰略作沉吟，"这样也行。你先回去待一待，这边的事由我来处理。"

翌日一大早，春秋离开的时候，飞燕还在睡觉。等到她百无聊赖地起床，守泰已经到了店铺前，掏出备用钥匙，进了屋。看到女儿穿着松松垮垮的睡衣，一副刚睡醒的惺忪模样，满心恼怒，但他还是竭力克制自己的情绪，"从今天起，店由爸爸来照看，你回梅园。"

飞燕有点发蒙，"爸，怎么一下子改了？"

守泰没有搭理女儿，坐在柜台前，生着闷气。

"那，爸，燕春秋呢？"

"回他家去了！不想在这边待了！"守泰怒气冲冲点指着小女儿，低吼："你看你那吊儿郎当的鬼样子！你不是一岁两岁，也不是十岁十八岁，你看你都奔三了，都当孩子妈了！你还这么混混沌沌！人家燕春秋巴心巴意地跟你过小日子，你是怎么对待人家的?！你对人家有没有一点尊重！你跟姓周的拉拉扯扯，你还骗我和你妈，说是姓周的逼迫你的，分明就是你嫌弃春秋，算计着跟姓周的一直混下去！你这个没脑子的猪坯，你以为姓周的对你是真心？到头来自己被人家耍了，还不晓得是怎么回事！我和你妈怎么就养你这么一个不争气的猪坯！"

飞燕平素还时不时地跟父亲顶嘴，这阵子满脸羞愧，不敢有半点哼哈，上午就收拾衣物灰头土脸地回到梅园。香玲也不像往日那样勤快，不再洗衣、做饭，甚至连菜园也不再管了，都要飞燕去弄。面对凛若冰霜的母亲，飞燕也只得将家里的摊子管起来。她在厨房做饭菜，或者在菜地浇水，摘菜，香玲就带着小燕俊在店里玩一玩，有顾客来，香玲顺便招呼一下。等飞燕将家务活和菜园活都弄得差不多了，香玲又将店里的活计推给飞燕，她自己带着小燕俊出去闲逛了。飞燕觉得母亲分明是在治自己，也无话可说。

每天忙忙碌碌的，根本没有时间玩手机，这样一周弄下来，飞燕对手机也不像以前那样依赖了。她也意识到，还是忙点好，人一忙起来，就没有那么多闲心思，不会想一些不着调的事。

她对孩子也比以前要耐心一点。以前晚上小燕俊是跟母亲香玲一起睡的，她可以玩游戏玩到夜深，玩到累了才歇止，一睡往往就睡到第二天上午十一二点，完全将白天黑夜颠倒过来。如今香玲将小燕俊放到她这里歇夜，她必须在晚上八九点带孩子睡觉，不良的作息习惯不得不给改过来。

守泰不时打电话给香玲，私下询问飞燕现在什么样，香玲说："锻炼锻炼，比以前好多了。"

守泰说："你还要坚持当你的甩手掌柜，让她当好这个家。"

"还是之前飞雪说得没错，咱们这么多年就一味惯着她，惯坏了坯子！"

"现在扳一扳她，还为时不晚。"

"昨天春秋打电话来，说想孩子，他想过来看孩子。"

"暂时别让春秋过来看孩子！飞燕那丫头还没被晾够，得过一段时间。"

"我同你想法一样。我跟春秋说，这段时间你有空就跟小俊视频视频。过两天我带小俊去县城，他爷爷也想小俊，你也回县城。"

"这样更好。"

香玲在便利店跟守泰通话的时候，飞燕正弯着腰在菜园里拔草，施肥，她身穿宽松的藏青色长裤，戴着乳白色宽檐凉帽，披着宽松的藏青色披肩，两只胳膊上套着藏青色冰袖。

守顺从一旁经过，一见飞燕的装束，不由得暗叹现在年轻人很会担待自己，大热天干个活儿，都生怕自己被晒黑了，将自己弄得也很时髦，他们这老一辈人干活儿，哪有这么多讲究呢？顶多头戴一顶大草帽，身着短袖短裤，就那么裸着胳膊和大腿在太阳底下挥汗呢。

守顺对一向慵懒而又故作清高的侄女现在能下地干活，倒是颇有好感，便笑着招呼说："飞燕，要是累了，就歇会儿。"飞燕闻声抬头，笑着回应："这点手上活儿，不累的。大伯，我妈在家，您上我家喝点茶。"她嘴上说不累，只是好面子罢了，其实她还是感觉腰酸背疼的。

守顺说："我正要上你家买点东西。你忙完了，早点回家歇息。"飞燕爽脆地应了。

进便利店，一见香玲，守顺就感叹说："刚看见飞燕在菜地侍弄呢。这孩子到底变稳实了，也晓得做事了，做得还有板有眼的，不赖。"

"那么大的人了，也该变稳实了！不当家不晓得柴米贵，只有让她当家理事，她才晓得怎样生活。"

"你还别说，以前也是你和守泰包办太多，什么事都替她弄得熨熨帖帖的，她不用操一点心，可不就是指望着你们？"

"是的哟。我家飞雪就经常说是我和她爸惯坏了飞燕，现在我们也不惯她，该她做的她必须做。"香玲边说边给守顺倒了一杯八宝茶，顺手拿起带奶嘴的小水壶，给一旁搭房子的小燕俊喝。

守顺摸摸小燕俊的小脑袋，夸说："小俊真乖啊，一个人玩房子玩得起劲，也不吵奶奶。"

"是挺乖的，喜欢搭房子，一搭能搭上两个钟头。"香玲看着孙子，满眼都是慈爱。

"现在你在家，守泰守着城关的店，春秋呢？"

"哦，春秋家里有事，他临时回去处理一下。"飞燕在县城跟人胡搞，闹着跟春秋离婚的家丑对外也是瞒得死死的，连大伯守顺也不例外。

守顺点点头，"你们和女婿还是处得不错。"

"春秋也是个老实本分的孩子，当自家儿子待，没有处不好的嘛。"

"明白人就应该这样。"

龙宝出现在店门口，说："守顺也在呢。"香玲招呼龙宝进来坐坐喝点茶。

守顺回头，笑说："赶得巧。还想着今天什么时候去看看你。这两天怎么没见你？又上哪里忙去了？"

"也没忙。这两天人不大舒爽，在家歇着呢。"

"是不是太累了？我看你气色没有以前好，也瘦了一些。你也上了年岁，比不得壮年时期，别将自己弄得太辛苦了，也该歇歇了。"守顺说。

"前段时间曹庄那边整什么蓝莓园，看龙宝哥也在那里使劲呢，龙宝哥一刻也不闲喽。"香玲插话。

龙宝笑笑，"那活儿干着也还行，不大累人，每天还能挣八九十块钱，我想在家闲着也是闲着，去做做也还合算。"

守顺点头，"我那阵也想去，家里有事走不开。"

三个人聊了聊蓝莓园，聊起镇里招商引资，一个女老板想扩大蓝莓种植产业，带人来曹庄、胡庄一带细细考察，说这里黄色酸性土壤，适合种植蓝莓，跟镇里签相关合同，租下曹庄、胡庄、柳园等清水湾周边一带大片的荒田、坡地种蓝莓。坡地需要平整，原先那些枞树、灌木丛和杂草等要全部清除掉。龙宝干的就是清除坡地草木的活儿。

"这些年出去打工的人多，清水湾周边有很多田地都荒在那里，也委实可惜。"香玲说，"现在能有人愿意改种蓝莓，倒不是坏事。"

"种蓝莓能卖得出去么？我们这边有种西瓜，种蟠桃，种甜瓜的，还没有见谁种过蓝莓。"守顺笑笑，"我还没有吃过蓝莓呢。市面上倒是见过蓝莓，一盒盒装着，卖得还挺贵。"

"哦，大哥还没吃过呀？"香玲冲守顺笑笑说，"下回让守泰给大哥带点回来尝尝。"

龙宝接茬说："蓝莓我倒是吃过。那次去县里，枣红塞给我一盒蓝莓，说让我尝尝鲜。放在嘴里也不用嚼，汁水挺多，味道酸甜，还很合口。"

"蓝莓是好东西。"香玲说，"守泰有个朋友就是种蓝莓的，他说这个蓝莓营养价值非常高，含有大量花青素，有个厉害的外号，叫'水果皇后'，所以市面上价格高。"

龙宝问："哦，那花青素是什么东西？"

香玲说："具体我也不清楚，说这东西能预防很多病，像癌症、关节炎、心脏病、高血脂之类的毛病，它都能预防。"

"哎，人到了一把年纪，得病也是免不了的，预防不预防倒也没有什么大用。"龙宝说，"就说这蓝莓，吃那么一盒就能预防疾病了？"

守顺说："那得多吃，才能起预防作用。那也是有钱人才吃得起的东西。"

香玲点头说："也确实是，一般平头老百姓吃不起。"

龙宝说："那些什么营养价值高的东西，也不见得非得要吃。你看我现在，饭量好像还越来越大了，吃得下，睡得着，身体能有什么毛病？"

香玲说："龙宝哥，你饭量大，怎么还越来越瘦呢？"

守顺端详龙宝的脸，说："气色也不太好，你最好还是去医院查查。"

龙宝说："没大碍，我就是吃不胖的体质。"

正聊着，飞燕进来，跟大伯和龙宝叔打了招呼。龙宝笑说："飞燕现在勤快了，你妈开始享福了。"

飞燕喝了两口凉白开，说："我妈还帮着带孩子，看店，也不轻松嘛。"

香玲听了心里舒坦，飞燕终于懂些事了，也开始体会父母的不易了。

第十八章 落 愿

守顺跟香玲和龙宝聊了一会儿天，回到家，雨生来电话，说他准备月末回来。守顺有点意外，"家里也不忙，回来做什么？"

雨生说刘老板一家移民澳洲，那厂子转让给他的侄子小刘。之前小刘在刘老板手下当副手，他跟小刘有过节，想着小刘以后就是这个厂子的老大，自己待着怎么也不舒服，所以再三考虑还是决定回老家。

"刘老板国内待着好好的，为什么要跑到国外去？"

"这是别人家的事，咱们也管不着。刘老板是个精明人，做事从来都是想着做的，他肯定有他自己的想法呗。"

"你雪笋哥呢？也回来吗？"

"雪笋哥说再待上一年，到时候看情况。"

"你要是回来，上哪里找事做？"

"爸您不用操心，我已经通过我的一个高中同学联系了一家木制工艺品有限公司，离县城只有十来里路，好好干，薪水也不会差。"

"哦，能找到地方做事就好。"守顺提着的心略略放下了，还是应了以前说的那句话，一技在身天下行，走到哪里都从容。想当初让儿子学手艺是对路的。

守顺倒有些盼望雨生早点回来，至少雨生做工离家比较近，回家也很方便，他随时能看到小儿子，不用像以前那样时时惦记。

那边的新老板小刘不同意雨生走，说厂子需要雨生这样的技术工，已经出国的刘老板也打电话劝雨生留下，但雨生去意已决，还找了很合适的理由，说自己在老家找了个女朋友，女朋友希望自己回老家工作，她已经给他联系好单位。小刘有点不爽，说要走可以，那也得过了这个季度，才能结清工资。雪笋也劝雨生不要那么着急走，再不济也不过再等一个月。雨生也不想跟小刘过多纠缠，就耐着性子等到季度末，结清薪水，再返乡。

雨生回乡后，进的是本县一家有名的木制工艺品厂，主要是做寿盒之类的殡葬用品，厂子虽规模不大，员工六十多人，但管理井井有条，效益很不错。雨生适应能力比较强，进厂不到一周，基本上就能适应工作环境了。

雨生的婚事还没有着落，让守顺和木棉很是着急。木棉四处打听，在柳园娘家打听到一个姑娘，愿意跟雨生交往。等雨生下班回来，她就将媒人发来的照片给雨生看，说姑娘真标致，配你是绰绰有余的。

雨生看了一下女孩子的照片，皮肤白嫩得如同婴儿一般，两只大眼睛堪比一对黑宝石——除了这个词，雨生想不出更合适的词来形容，笑得很妩媚，也比较标准，只露八颗牙齿。这种模样的女孩子雨生在短视频中见得多了，都是深度美颜过的，浑身上下都散发着虚假的气息。但他不想跟母亲直说，母亲看中的女孩子他要说不好，母亲会斥他有眼无珠，他又不愿意跟母亲较劲。在这个家庭生活了这么多年，他已经学会如何对付母亲的蛮横，那就是跟母亲弯弯绕，"妈，我忘了跟您说了，我在外已经找了个女孩子。"

"什么时候找的？怎么从来没听你说过？"木棉又惊讶又不满，"这么大的事你都瞒着你妈？你说像话吗？"

"这不是还在跟人家谈着嘛，等确定了肯定会跟家里说的。"

"你是不是在诳你妈？"

"诳您干什么？您说我诳您，除了挨您骂之外，能得什么好处呢？"

"那你将照片给妈妈看看！"

"妈，照片暂时不能看。"

"你这个货绝对是在骗你妈！你这个促狭鬼！"木棉忍不住骂道。

"妈，您要改掉骂人的习惯！不能动不动就骂人啊。"

"你骗你妈，当然该骂！"

"妈，您听我说嘛，女孩子非常靠谱，也非常谨慎，她已经跟我约法三章了，其中第一条就是确定恋爱关系之前，不能将双方的照片随意晒。您说，我能随意晒吗？您又是个肚子里装不住话，心中藏不住秘密的人，您会到处跟人说我家雨生找了标致女孩子。妈，您想，万一这事成不了，您这么一宣扬，那不是让我掉底子吗？您也没面子是不是？"

"这个姑娘真有点怪，照片让别人看一下，能看掉什么东西嘛！"木棉怏怏不悦，还是一个劲要求看一下，"妈保证不跟外人说行不行？你让妈妈看一下嘛。"

"说了妈您不要生气，就您那性格，您怎么可能不跟外人说呢？"

守顺从外面进来，木棉气呼呼地将事情跟老伴说了一下，守顺瞅一眼小儿子，"你现在说什么都不算数，什么时候将女孩子带回来让我和你妈瞧一瞧，那才真算数。"雨生朝父亲笑了笑，没吱声。

木棉瞪了小儿子一眼，将手机里的女孩子照片给守顺看，"老头子，你看看，这女娃娃多标致！不比电视上的明星差吧？"

守顺瞧了瞧，点点头，"嗯，是挺不错的。"

雨生没搭腔，将手机对着母亲拍了一张照片，坐到母亲身旁，"妈，这是给您刚拍的照片。"

"拍的这是什么东西！我有这么老，这么丑吗？"

"不老，不丑，看上去也就不到五十岁的样子。"守顺恭维说。

木棉瞪一眼老伴，"别拍马屁！没问你，我问的是雨生！"

雨生嘻嘻笑着说："妈，您别生气啊。您看好了啊，我一会儿就能将您变成一个又年轻又漂亮的美女。"

"呵呵，你会像孙悟空变戏法？"木棉笑起来，"你别又来骗你妈！"

雨生打开手机相册下的"编辑"，点"美颜"，"妈，您看好了呗。"先后点"一键美肤""去除亮斑""去除眼袋""眼眸增强"

336

"美白牙齿"，只眨眼的瞬间，原图由一个满脸皱纹的老大妈变成了一个细皮嫩肉的妙龄少妇，"妈，怎么样？是不是比您年轻时候还漂亮？"

木棉对着深度美颜后的照片瞅了又瞅，不敢相信自己的老眼，"还有这戏法？我这手机怎么不能玩这些戏法？"

"那是您不会玩。哥给您买的手机档次不低，这种让人变漂亮的功能手机本身就有。"雨生又拿母亲的手机给父亲拍了一张照片，也同样进行一番美颜，"看看，这是爸爸的美颜照片。"

木棉一看，拍拍大腿，大笑起来，"梅守顺，你被你小儿子变成这么一个标致的男人啊，比电视上的那些男明星还要鲜肉！"将照片给老头子看，"你瞅瞅你这个糟老头子，一下子全变样了，比年轻时不晓得标致多少倍！"

"这是我吗？"守顺也咧嘴笑了笑，"这东西还挺好玩的嘛。"

雨生摸摸鼻子说："妈，您刚才让爸看的那个女孩子的照片，大概就是这么搞出来的。"

"不会吧？人家女孩子年轻好看，还用搞这种戏法？"

"您又没有见过她本人，您怎么晓得她就一定年轻好看？"

"要是她本人真的年轻好看，你见不见？"

"您想想，要是真的生来就漂亮的女孩子，犯得着这么狠狠地给自己美颜么？"雨生摇头，"美颜出来的照片，一看就很假。您还是不要费那个心了。"

守顺看看自己的英俊照片，又瞅瞅老婆子的漂亮姿容，笑笑摇头感慨说："如今这年月，蒙人的把戏真不少呐！"

雨生笑嘻嘻地说："爸，您和妈要是将这两张美颜照片放到征婚网上去征婚的话，保准能吸引一批人！"

"那不是骗人吗？"

"现在就有些心术不正的人专门用这伎俩来骗人入套的。"雨生说，"去年我的工友小曹就差点上了当。"

"怎么上的当？"木棉有些好奇。

"小曹也是一时兴起，上了一家征婚网，看到一个女孩子贴上的照片和自我介绍，对这个女孩子很有好感，就找这个女孩子聊，两人还互相加了微信，聊着聊着，小曹觉得这个女孩子说话什么的，很得人心，觉得可以继续交往下去。大概聊了两个月吧，有一天，那女孩子发来一条短信，说她妈重病住院，急需一大笔钱，她手头的钱一时凑不够，问小曹能不能暂时借她点钱，她以自己的人格担保，等有了钱一定还。小曹也没多想，问需要多少钱？女孩子说，你手头有多少？有多少就借多少。真的很紧急，要不然，也不会跟你开口的，家中亲戚朋友能借的都借了一个遍，实在没有办法。女孩子还发来哭泣的表情图。小曹也是个软心肠，见这女孩子说得可怜巴巴的，也有心要帮帮她。他兜里只有五千，可他又好面子，觉得只拿五千给女孩子显得有点太小气了，就跟我和雪笋哥借，凑个一万，说等下月发了工资就还。我和雪笋哥都对借钱很慎重，问小曹借钱做什么用，小曹也就实话实说。我忍不住问，你跟她本人见过面吗？他说没有，只在网上看过照片，后来也是发微信短信聊的。雪笋哥问他，你晓得她的根儿底细吗？比如她是哪里人？家里都有什么人？她妈是不是真的生病住院？小曹也说不太清楚。我和雪笋哥初步猜测十有八九是不靠谱，便提醒他，要多个心眼，不要相信网上的什么女孩，弄不好是个油腻老男人换张漂亮美女脸，冒充女人骗你，也有可能是个老大妈美颜成年轻美女诳你，都不好说。小曹将信将疑。我说，要不然你试探试探？看她到底是什么底细。雪笋哥也支持我的建议。"说到这里，雨生停了停，喝了两口温开水。

　　"后来呢？"木棉饶有兴趣地追问。

　　"那小曹试探出什么结果来了？"守顺显然也有些感兴趣。

　　"这个说起来就有点话长了。我跟雪笋哥觉得小曹太老实了，弄不好还会被女孩子忽悠，我们俩一合计，还是来帮帮小曹。雪笋哥将他的微信名改为大哥，我将我的微信名改为二哥，我们俩假装是小曹的大哥和二哥，跟小曹在微信里聊借钱的事。我发短信给小曹，说：'弟你是个好心肠，帮帮人家也是应该的，二哥非常支持你！只是那姑娘你也没有见过面，也不了解她的具体情况，我和大哥更是完全不了解。为了稳妥起见，你让那姑娘将手机号、身份证和跟身份证绑定的银行卡发过来看一下，大哥好歹是搞公安的，跟姑娘交流一下，是丁是卯，也就知晓了。如果确定没有问题，别说你借钱，我和大哥也可以考虑借钱帮她渡过难关。'雪笋哥以小曹大哥的名义，也发了一条短信给小曹："弟弟，你二哥说得没错！你就按你二哥说的，让姑娘发一下手机号、身份证和银行卡，让大哥看一下。大哥马上要出去执行任务，最近网络诈骗有些猖獗，唉，大哥也是忙得焦头烂额的。'我们让小曹将我们三个人聊天的截图发给那女孩子。如果是骗子，根本就不敢回复。果然不出我们所料，对方始终没有回复，小曹还有点不甘心，一再催促对方回复，催促第四遍的时候，小曹有点气恼，说你不是在线急等用钱吗？你妈不是在医院快不行了吗？我大哥和二哥都怀疑你是骗子，看来你真是大骗子！这一回信息没有发出去，对方已经将小曹拉黑了！"

"那这个女孩子真是骗子了？"木棉说。

"那肯定是骗子啊，她不敢再玩了，再玩就彻底露馅儿了！"

"这骗子也是遇上你和雪笋这样的精明主子，要不然还真将小曹给骗了。"守顺说，"小曹也真是有些轻信人了。连个面都没见，就准备借钱给人。要是真借出去了，那就相当于肉包子打狗，有去无回。"

雨生摇头说："哪里是什么借？根本就是骗他的嘛。这件事也让小曹心情有些不好，他原来还想着要跟这个女孩子继续谈下去呢！"

"找对象还是要找知根知底的，那样才放心。"守顺说。

木棉哼哼鼻子说："哪有那么多知根知底的？很多年轻人找对象还不都是靠别人介绍的？"

雨生没有吱声，父亲说的他很有共鸣。找对象，他不太喜欢别人从中介绍，也基本上不太愿意跟人家见面。只有一次例外，他跟一个女孩子相过亲，那次相亲给他留下极为不良的印象，从此，他就对相亲相当抗拒。

雨生那次相亲的对象是刘老板介绍的。刘老板说女孩子是他的小老乡，跟他同姓，五百年前算是一家的。他喊她小刘，说小刘看上去温温热热的。你要是愿意呢，给你和小刘牵个线，怎么样？

自己单着身，刘老板又好心介绍，自然不能拂人家刘老板的面子，雨生笑说："谢谢刘老板。让您多费心了。"刘老板将小刘的微信号给了雨生，让雨生自己去联系，说你是男子汉，找女朋友，要主动大方一些啊，毕竟人家女孩子脸皮薄，你要不主动的话，八成就没戏了，人家女孩子总不能倒追你吧？真要让人家女孩子倒追你，那这味儿就可能变了，你估计也有想法，这女孩子这么开放，靠不靠谱？

刘老板说得也是。雨生就主动加小刘微信，大概刘老板那边也跟小刘通了气。雨生刚发出添加微信好友的请求，小刘那边立马就通过了。雨生跟人沟通的能力还是比较强的，跟小刘聊得渐渐热络起来，微信聊了不到两周，雨生觉得女孩子还可以，就提出想跟小刘见见面，小刘倒也没有犹豫，欣然同意。见面的具体时间和地点由小刘定。

等到约会的那天，雨生精心地收拾了一下自己，预想着跟小刘一起吃吃饭，逛逛街，给女孩子买点什么小礼物。他也清楚初次见面，自己不能太小气，他出门前还特意看了一下自己的微信零钱，八百五十元，应该够两人吃饭吧。他的微信钱包绑定了一个农行储蓄卡，卡里有六千多元。工友小曹曾经怂恿他办一张信用卡，他没办。这种信用卡的确好用，能提前消费，而且一个月免息使用，刷起来很爽快，但不留神就容易超支。他要学学雪笋哥，雪笋哥从不随意花钱，能省则省，每个月工资一发，先存上一半，剩下的一半大多打回老家，自己留点钱开销。雪笋哥要攒钱在城里买套房，为以后小孩在城里上学做准备。雨生也想跟雪笋哥一样，计划在城里弄套房子。平素他有意控制自己用钱。不过，这次跟小刘约会，属于刚需，该花的还是要花的。这么一想，他心下还是比较放松。

按小刘发来的定位，雨生前往一家看上去很有档次的饭店，走进包间一看，心里不免咯噔一下，我的乖乖！满满的一桌子陌生人，都是些俊男靓女。雨生是第一次跟小刘见面，感觉她本人跟照片上那可人的小女生形象反差还是有点大，瞬间感觉就不大自在了：明明本人是丹凤眼，圆形脸啊，干吗非要在照片上将自己弄成杏核眼，桃形脸？但他还是克制住自己的不快，做出热情好客的样子，"这么多美女帅哥，真是幸会幸会！"转向小刘，"麻烦介绍一下，可好？"

小刘娇羞地扭捏了一下，"大家都自我介绍一下吧。"

一个头发染得雌黄，晃着大耳环的女孩子，眯缝着细长眼，笑着朝三个打扮时尚的女孩子指了指："我们这几个都是刘美眉的闺密。"又指指染发打耳钉奶油样的四个男孩子，"这几位是我们的饭友。"

雨生强打笑脸，环顾着朝大家点点头，拿过菜谱翻了翻，心下不免有些空落，不论荤菜和素菜都比较贵，奈何已经坐在桌旁了，只得硬着头皮陪侍下去。他示意小刘他们点菜。小刘依然一副娇羞的样子，"你们就自己点吧，想吃什么就点什么呗。"将头朝细长眼女孩子身上倚靠了一下，"敏姐，这家是你推荐的，你吃过，要不你来点菜好不好？"

"好，那我就来点。"敏姐拿过菜谱，"很多菜都很好吃。"她一口气点出一串菜名：红烧牛尾、宫保虾球、松鼠桂鱼、羊肉串、芫爆散丹、砂锅鱼翅、红烧蹄筋、白蹦鱼丁、咖喱牛肉酥……一桌子菜，雨生一一听在耳里，记在心里，整整二十道菜！还有主食、饮料之类，这一下子吃下来，怕是一两千都打不下来。

席间俊男靓女吃吃喝喝，嬉笑喧闹，雨生也勉强附和着笑，整顿吃下来，跟小刘也没说上几句话，事实上，他跟她也没有什么好交流的，平素两个人在微信里聊，还觉得聊得来，以为见面都能激动一下，结果一见面，竟是这样的嘈杂场景。席间他们还跟他一本正经地开玩笑，说姐妹兄弟们之所以肯赏脸来吃这顿饭，主要还是看在刘美眉的面上，来替她把把关，来考验考验他的度量和财力。

他真心不喜欢她的这些闺密饭友，明显就是一帮热衷于吃喝玩乐的闲人，他们当他的面聊的都是他并不感兴趣的话题，诸如哪儿有好吃的，哪儿有好玩的，哪个酷帅的男明星出轨了，哪个女明星偷偷生娃了！……他跟他们根本不在一条道上。小刘跟这些人成天搅和在一起，必定要受这些人的影响，也注定她不是他希望的那种会过日子的女人。两人没见面之前，他对她还有一点兴趣，也愿意投入自己的热情跟她交往，但这第一面见下来，这一顿吃下来，让他感觉浑身上下都酸溜溜的，索然寡味。

吃到尾声，满桌狼藉一片，喧闹更甚，他一个人悄然离席，去前台结账，心下更是有种被骗的感觉，明明是约她一个人出来小聚，她竟然不跟他商量，带来一帮子人，这一顿竟然吃掉两千多块！他骤然满心嫌弃，账都不想结了，一走了之，让他们自己掏钱应付去罢了！但他很快冷静下来，这个小刘是刘老板牵的线，这顿饭也是他先约的小刘，哪怕再肉痛，这个单他还是必须结一下的，也算是花钱看清一个人。

结完账，他也没有再回包间，而是直接坐车回家具厂。中途，跟小刘发了一个短信，称自己临时有事，就先走了。小刘说，以后再约嘛。他半天之后才回了两朵玫瑰花。之后再也不主动联系，小刘发消息过来，他也是要回不回的。小刘似乎不以为意，国庆节前夕，还发来消息，约雨生国庆出去玩一玩。这回雨生不含糊了，直接回复：抱歉，我忙。祝你玩得愉快！小刘旋即发来一条：人家男朋友都带女朋友出去玩的。雨生说，抱歉，我觉得我们其实并不合适，你还是找别人出去玩好不好？

彻底跟小刘摊牌之后，雨生倒觉得有些轻松。女孩子那边可就不淡定了，想不出哪里不招男孩子待见了。之前微信聊得那么热乎，怎么现在成这种样子？女孩心下颇不甘心。后来这事被刘老板知道了，就私下问梅雨生怎么回事？小刘很喜欢你的。雨生说，谢谢您这么关心我的事。跟您说实话，我觉得我跟她还是不合适，感觉她的性情、价值观什么的，跟我不太一样。刘老板哦一声，说我其实也不是特别了解这个小刘，跟她叔倒比较熟，那回老乡会，她叔带着她一起来了，闲谈中，她叔问我这边可有合适的好小伙子？帮着介绍介绍什么的。我看你跟她年纪差不多，看上去也还般配，这也是成人之美的事嘛，就从中牵牵线吧。你要是觉得不合适，那也就算了。回头我跟她叔说一下。找终身伴侣，的确要性情合得来，三观对路才成。说着还拍拍雨生的肩膀，说小伙子没事没事，这个不合适，等以后有合适的，我还会给你牵线的。雨生笑笑，说那太不好意思了。您那么忙，还劳您为我的事费心。雨生心下并不希望刘老板再给自己介绍女孩子，感觉这种经人介绍认识的还是不太靠谱。

第一次跟小刘见面吃饭的事，雨生烂在自己肚子里，不愿跟别人说，他总觉得这种事有点说不清，外人不晓得底细的，认为请女孩子吃顿饭，嫌花钱多，就跟人家女孩子分手，这也未免太小气，小格局了吧？交女朋友花点钱，不也是很正常的吗？连雪笋他都没有说，他怕雪笋跟家里人说这种事，传着传着，就会传进自己父母耳里，父母会心疼半天的，他们一辈子都精打细算，到他这里，就这么海着花钱？跟女孩子见面吃顿饭，就要吃掉两千多块？说白了，像他这样贫寒人家出身的人，又没有挣大钱的本事，手脚必然要缩着一点才行。

其实，在雨生的心底，早已印刻着一个朦朦胧胧的身影，那就是枣红。他和她也算是从小一起长大，小时候也一起玩得开心，兄妹一般。到了念初中，不知怎么的，他突然对她有了异样的好感，这种好感一直藏着掖着，成为他的小秘密。自从她进殡仪馆工作之后，他跟她很少接触，偶尔见面，也是隔着一段距离，他跟她打招呼，她也只是朝他浅笑着点点头。他原以为已将她淡忘，没有想到，跟那个小刘拜拜之后，又在不经意间想起她来，而且那种情感异常强烈。后来龙宝叔将她的微信号给了他，他添加她为微信好友，她没有通过，更让他一直念念不忘。他时常翻看手机相册中那张初三师生毕业合影照，她就在他前排站着，清秀的脸上有那么一点忧郁，别人都是笑容灿灿，只有她与众不同。他每每端详着老照片，就浮想联翩。

如今雨生之所以愿意进现在这家厂子，主要还是为了枣红。他琢磨枣红为什么不愿意跟自己交往，主要还是跟她的职业有关。他想自己要是在职业上跟她靠近，她肯定也会改变对他的态度。

在工作差不多安顿下来之后，一天下班回到家，雨生又向枣红发起了微信好友添加请求，不过，这回他还是留了点心眼，不像上回在附言中只说"我是雨生"，而是简要告知枣红他的近况，想向她咨询那边的房子，"枣红，我是雨生。我现在在祥云木制工艺品厂上班，想在县城看看房子，你可不可以帮我推荐一下好一点的小区？"

大约过了半个小时，枣红通过了他的好友添加请求。雨生赶紧发微信语音："枣红忙吧？是不是打扰你了？"

"没事，已忙完。"

"听龙宝叔说你现在住在环城路西边，那边的房子怎么样？"

"嗯，一般般。有点偏僻，不过，价格比较便宜，上班也比较近。"

"哦，那也不错。"

"你在祥云上班，新世纪酒楼、县二中那一带的房子，你可以考虑，而且那边的房子有升值空间。"

"那一带价格比较贵。我还是先到你那边看看房子。买房不是小事，多比较比较，你觉得怎么样？"

"可以。"

"你什么时候有空？想请你帮我参谋参谋，可行？"

那边枣红沉吟了一下，"我对房地产这块也不太懂，还有，我的工作很特殊，一般很少同人外出。要不你还是咨询地产中介，可好？"

"没有关系的，枣红你不要有顾忌。我们不是外人，从小在一起长大，你的工作我很理解。每个人最终都要离开这个人世，谁也逃脱不了的。你的工作就是让走的人走得体面。说实在的，我这次回来，进的这个工艺品厂，主要做寿盒等一些殡葬用品，外界不理解的人是不是也有偏见？但我自己觉得很有意义，不管别人是什么看法，自己安心就好。你说是不是？"

"嗯，你说得没错。"

"你有空帮我参谋参谋，可行呢？"

"回头再说好不好？"

"好。时间也不早了，你早点休息。晚安。"

"晚安。"

枣红并没有"晚安"，而是辗转反侧。她是个很敏感的人，雨生的用意她明白，但她还是很有顾虑。社会上有不少人对她的工作存有偏见，认为她成日跟死人打交道，身上阴气重。连她舅舅也曾经一度这么看。自从毕业走上工作岗位以来，她几乎跟外界断绝来往。连梅园她都很少回，舅舅那边，她也只是打打电话、网购营养品和实用的物品给舅舅。她的微信好友屈指可数，除了舅舅等几个至亲，便是以前上大学的老师、同学以及她现在单位的一些同事，那些中小学同学她一个也没有添加。

刚毕业那年，枣红上班没几天，在路上碰见小学同学牛铃子。牛铃子只念了高二，和申涛涛谈情说爱，谈出了"纰漏"，后来两个人被退学，索性奉子成婚，在外打了几年工，回来在镇上弄了个快递点，挣钱也还马马虎虎，但内心里还是觉得不如那些考上大学的同学体面。牛铃子很是羡慕枣红念了大学，便热情洋溢地问她在哪里上班，枣红如实说殡仪馆，牛铃子脸上的笑马上就凝固了，说话的腔调都有些变了："啊，那鬼地方阴森森的，吓死人了！你怎么跑到那里上班呢？"

枣红觉得跟牛铃子这样肤浅的人是没什么可说的，即便说了她也不懂，便淡淡一笑，也不回应，就自个儿先走了。

那之后，枣红在牛铃子心目中的地位一落千丈，她觉得自己和申涛涛干的差事比她要体面百倍。牛铃子还到处逢人说枣红的"落魄"，说真没想到，当年的学霸郝枣红竟然成天跟死人打交道！我的天，她怎么沦落到这般田地？枣红昔日的那些中小学同学无不为枣红深感惋惜与不解，有人揣测她一定是受到重大打击心灰意冷，才不得不在殡仪馆上班。有好事者还臆测她到底受到什么重大的打击，臆测来臆测去，归结到她的情感问题，十有八九是被人欺骗了感情，更有人胡乱臆测她被诱骗失身！

这些恶意猜测传到枣红的耳里，枣红很恼怒，将手机上牛铃子和中小学同学的联系方式全部删除，不搭理你们这帮喷子总可以吧！人们总说，唾沫星子能淹死人！现实生活中，确实有人被那些饶舌者恶意吐的唾沫星子淹死，因为他们时刻活在别人的目光中，为别人的舆论所左右，他们总是看别人的眼色而活着。当别人造谣中伤、污蔑他们，他们总是想着如何为自己辩解，努力自证清白；但他们忽视了一点：那些可恶的喷子们永远都怀抱恶意，随时更换喷枪，对他们来新一轮的污蔑。枣红觉得，对于这些蛆虫一样肮脏的喷子们，根本就没有必要理会！喷子们就跟那些幼稚无知的毛猴子一样，你越理会，他们就越蹬鼻子上脸。她想自己活着从来都是为自己而活，别人怎么说，那是别人的事！舌头都是长在别人的嘴里，爱怎么饶舌就怎么饶舌！

她打算过独身生活，对于外界诸多不善的猜测与种种不理解，她更是嗤之以鼻，无所谓了。

她很清醒，她的未来生活还是要有保障的，至少她需要一处安身之所，开始她在城郊租了一居室，租房居住心里总不踏实，毕竟不是自己的房，没有归属感。她还是决定买一套属于自己的房子。等工作几年有了点积蓄，她就买了一套八九成新的二居室，城郊稍微偏僻点的房价还是比较便宜的，弄到手，所有费用加起来，花了将近二十万。

房子是南北通透的两层单元房，底层是客厅和厨房，客厅与厨房连接处有楼梯，楼梯口有卫生间，顺着楼梯上到二层，是走廊式的封闭阳台，并排安有四扇防盗钢化玻璃窗，二层有两间卧房，每间卧房各有南北两扇推拉窗。早晨起床，拉开淡蓝色窗帘，晨光柔和亮丽，一切都是那么静谧，新的一天又开始了。黄昏时分，站在阳台上，推开窗，西天如锦似缎，如此美好的夕照也只是短暂的，要不了多久，夜的大幕徐徐拉开。她喜欢夜，夜是静谧的，深邃的，总是在悄然滋生一种令人着迷的神秘感。每天的时光就是伴随太阳的东升西落，伴随着一种难以言说的神秘感，悄悄地流逝。她每天在家和单位之间往返，过着平平淡淡甚至单调得有点乏味的生活。她也早已习惯了这种生活，因为清净，也因为真实无伪，一个人的世界能容得下她所有的念想。

她曾经花了很多心思为她念念不忘的人画像。先是给自己的父母画像。她找到父母所有留存的照片，看着那些有点发黄的照片，她禁不住泪眼婆娑。如果父母一直健在，她断然不是现在这个样子，也不会选择现在的职业，她十有八九会专职从事绘画（她从小就对线条和色彩敏感，业余时间也一直在不断练习画画）。她擦去眼泪，将父母的照片一张张反复端详，反复尝试着画她念想中的父母，画父亲和母亲富有烟火气的日常生活，画一家三口游山玩水的愉快情景。她还为她最好的姐妹来喜画像，画她和来喜流连于小果园的种种难忘的记忆。

她也想为舅舅画像，曾经跟舅舅提过，但舅舅颇为不悦，她想舅舅大概是有点忌讳吧。不过，昨晚她做了一个梦，梦见舅舅看到她陈列在橱窗里的那些绘画作品，眼含泪花，良久没有说话。她说舅舅，我也给您画一张，好不好？舅舅却频频点头。

翌日晨起，看了看窗外，晨曦如梦，似烟非烟，似雾非雾，面前的一切似乎笼罩在朦胧的梦幻当中。有鸟影从窗前飞鸣而过，闹铃声响起，她这才意识到自己比预定时间早起了片刻。

接下来的一切都是那么日常而又实在：卫生间洗漱。厨房烧开水，做牛奶麦片鸡蛋，煮玉米棒子。在阳台上做健身操。坐在餐桌旁边听音乐边吃早餐。换装出门。骑电动车上班。

枣红所供职的单位枕山臂水，环境清幽雅致，属于典型的园林式殡仪馆。每天上午八点之前，她至少会提前一刻钟到那里，将电动车放在固定的车棚里，在幽静的林间小道走一走，什么也不想，让整个身心处于一种放空状态。八点，她一如往常地穿上白大褂，戴上口罩和无菌手套，进入工作状态，她那颀长的身影在冷藏室和整容室之间穿梭。

冷藏室宽敞，灯光柔和，室内一条通道，两侧各陈列着一米多高银灰色的不锈钢冰柜。冰柜有上下两层，每层有一格格的冷藏柜，用来存放逝者的遗体。室内弥漫着比较浓烈的消毒水气味，一般常人难以忍受，但枣红早已习以为常。她踩在结实的垫脚凳上，用力拉出上层冰柜的一具遗体。这是即将要火化的年轻女孩子，年仅二十六岁，不幸罹患胃癌病逝。

面对眼前这张冰冷的年轻脸庞，枣红满脸肃容，打开工具箱，动作娴熟地为她化妆，很快妆就化好了，女孩原先有些发黑的脸部变得柔和红润，神情也似乎生动起来，给人的感觉如同熟睡一般安详。枣红闭了闭眼，垂了垂头，轻声说，妹妹，我将你化得漂漂亮亮的，一路走好。每次给逝者化妆，她在心里都将逝者当成自己的亲人，这样她就能理解家属的丧亲之痛，面对遗体，她也丝毫没有恐惧感。

美容过的女孩遗体被推进了旁边的小房间，瞬间传来女孩父母撕心裂肺的哭喊声。白发人送黑发人，世间再也没有比这更凄惨的事。枣红鼻子酸酸地走出工作间。在殡仪馆这样特殊的环境待的时间长了，见证了太多的死亡——因病而殁的，意外身亡的，让枣红深刻地感受人如蝼蚁，命如草芥，不管是年幼的，年轻的，还是年老的，死神都有可能随时随地来"垂青"。

给因病而殁的逝者美容起来一般比较容易，比较有难度的是给那些因车祸不幸意外亡故的人化妆，因其大多数头部严重损伤，甚至面目全非，必须先参照亡者遗照进行整容，整个整容过程比较复杂，花费的时间也比较长，常常需要三四个钟头。

那天上午，枣红给那个年轻女孩子化过妆之后，接下来，就给一位不幸遭遇车祸的中年男子整容。男子死得惨烈，头颅被车轮轧扁，面部血肉模糊。她面对这个死得惨烈的男子，不由自主地想起自己可怜的父母，当年他们就是双双不幸葬身于车轮之下，让年幼的她成为遗孤，这是她永远都无法抚平的伤痛。她将对父母的深切思念投放到对车祸男子的整容上。她参照他生前的照片，非常用心地清除他面部凝结的血污，一丝不苟地将他的头骨拼合、粘连，根据需要进行填充——凹陷之处垫高，鼓凸的地方整平，尽可能让这个不幸的人恢复原有的容貌。她一直忙到中午。整完容的男子俨如安详沉睡，她垂头默哀，心里念叨：大哥，我将你恢复到你原来的样子，让你能够体体面面地上路。走好大哥！

上午的工作结束之后，枣红神色凝重地走出整容室，脱下白大褂，摘下口罩，拿下无菌手套，走到清洁房，用洗手液反复搓揉双手，从口袋里摸出一小包面巾，抽出一张擦干手，又摸出一瓶维生素E护手霜，拧开盖，挤出一些膏体，将双手仔细涂抹了一遍。她所从事的就是手上的活儿，必须对自己的双手做好防护。

中午歇息的当儿，吃过午饭，枣红掏出口袋里的手机看了一下，雨生发来一条信息：枣红，今日下午下班可有空呢？如果可以的话，我想去你那边看看房子。信息是他早上九点多发的。

枣红想了想，回复：上午手机静音，一直在忙，刚看到信息。雨生，房子的事你还是联系中介吧。我还是不参谋了。

雨生秒回一个表示沮丧的卡通图片。

枣红也就没再回复。她不想跟雨生来往，哪怕他和她算得上"青梅竹马"。她预感她要是和他交往，会惹上一系列的麻烦事，他的父母跟她舅舅一样，是很忌讳她的工作的。她甚至都有点怀疑，雨生嘴上说理解她的工作，内心未必就是真的理解。她想自己现在一个人自在得很，业余时间也很充实，除了练习画画，她还听听音乐，看看美剧，自得其乐，实在没有必要讨那种无谓的烦恼。

晚上，一位大学同学给她转发来一篇微信推文，标题是"为什么现在越来越多的年轻人喜欢单身"，字里行间都在宣称一个关键词：自由无拘束。她阅读后，颇有感触地在下方留言：人自呱呱坠地，面临最大的事就是活着。摸着自己的良心，有价值、有尊严、自由自在地活着，活出属于自己的精彩人生，是一个堂堂正正的人应有的立世姿态。她注意到这篇推文是发在"逍遥仙"微信公众号上的，这不是梅飞雪创建的公众号么？之前关注过的嘛，只是近期忙，没有顾得上看推文。

很快，她的这条留言被加为"精选留言"并被置顶，"逍遥仙"号主回复：精辟之论！感谢分享留言！

枣红骨子里很欣赏飞雪，在"逍遥仙"公众号的后台发私信：飞雪好！我是枣红。很喜欢你这个公众号，很多观点感同身受。

不多会儿，收到飞雪从后台发来的复信：谢谢枣红的认可！飞雪对枣红也颇有好感，曾经也提出添加好友的请求，但枣红没有通过。飞雪猜测枣红可能不愿意加自己，也就不再勉强。

那天黄昏时分，雨生下班骑电动摩托回到家，带回一兜新鲜水果。原先他想以看房子为由头见见枣红，以为枣红通过微信好友添加，这事儿不成问题，他还预备带些应季的水果过去，没想到后来还是被枣红拒绝了。

他下班出了厂子的大门，经过水果摊，水果摊的大姐记忆力超好，还记得他早晨从她摊前经过时咨询葡萄和石榴怎么卖，便笑漾漾地跟他招呼："大兄弟！"雨生两脚支地，停了摩托，问："大姐有事？"

大姐说："早上你问过葡萄和石榴，看大兄弟你急匆匆地要去上班，估计来不及买，这下班了，是不是带点回去哟？上午的葡萄和石榴都卖得差不多了，这两箱是下午新上的，来点吧？"顺手揪了两个葡萄，塞到雨生手里，"大兄弟尝尝，好吃得很。"旋即又将掰了三分之一的石榴递给雨生，"这个石榴，买过的人都说好吃，大兄弟也尝尝。"

架不住大姐快言快语热情招徕，雨生要了两大挂葡萄和两个大石榴。母亲木棉说："买葡萄和石榴做什么？"

雨生一皱眉，"买给你和爸爸尝尝嘛。"守顺接茬说："这东西贵吧？"木棉说："家里树上有桃有梨，多得都吃不掉，没必要花钱买水果。"

雨生撇撇嘴，"又不是天天买。"

守顺看出儿子一进门就有些闷闷不乐，猜想儿子是不是在厂子里遇到什么不开心的事，便问："单位待着不合意吗？看你好像有情绪？"

雨生挤了点笑，"爸，上班做好自己该做的事，能有什么情绪？"

守顺瞧了儿子一眼，没再说话。平素雨生回家都是笑漾漾的，今天明显神情委顿，守顺断定儿子心里有什么事，儿子不愿意说，他也不便再追问，怕招儿子烦。

吃晚饭时，守顺和木棉闲聊起龙宝，说龙宝怕是有些不好，馋得很，吃得多，却那么瘦，脸色也乌秋秋的，还便血。

雨生听了大吃一惊，说这绝对不好！他之前在北京家具厂上班时有个工友就是这种症状，到医院一查，直肠癌，幸好还没有发展到晚期，到肿瘤医院做手术，比较成功，如今五六年了，状态不错。

守顺和木棉听儿子这么一说，也都有些忧心。木棉说："得赶紧提醒龙宝去医院查查。"守顺锁着眉头说："我之前就提醒他去查查，他总不听。"

木棉说："得跟枣红说！舅舅都这样了，她也该顾一顾了！"

守顺说："我昨天还在跟他说这事，他不愿意跟枣红说。"深深叹气，"枣红这孩子也是的，当初非得要念什么殡葬专业，到殡仪馆上班。龙宝一直为这事心里不痛快。"

"为了这个外甥女，龙宝也算是搭进了大半辈子心血，到头来，还是这种样子！"木棉有点为龙宝抱不平。

"你也别这么讲，是龙宝自己放不开，枣红并没有推脱不顾舅舅，她平素总是给她舅舅买这买那的，都是些营养的东西。"守顺说。

雨生一直在一旁埋头吃菜扒拉饭，不插话。吃完饭，他跟父母说出去转转，转到龙宝家。

龙宝刚吃完晚饭，饭桌上的碗筷还没收，见雨生进来，有些高兴，"雨生吃饭了没有？"

"吃过了，龙宝叔。"雨生坐在龙宝的对面，看着桌上两个空盘和两个空碗，笑着说："看来龙宝叔挺能吃的啊。"

"还行。两盘菜，一大满碗饭，还有一碗汤，全干掉了。"龙宝嘿嘿一笑，"就这么吃，晚上还会饿。"

"龙宝叔，我以前在北京有个工友也是跟您这种情况差不多，他自己觉得不太正常。"

"哦，后来呢？"

"后来他上医院查了查，是肠道有问题。"

"什么问题？"

"肠道严重发炎，不过，没关系，治疗治疗就好了。"

"为什么肠道发炎，吃得还多？"

"我那工友也有这个疑问，就问大夫，大夫就跟他讲，说你这个肠道里有一种吞噬细菌，就喜欢抢你吃进肚子里的食物。也就是说，你吃下去的东西都被它们给抢吃了，你自己根本就没有得到什么营养，当然容易饿，人也容易瘦。"

"哦，这么回事。"龙宝叹叹气，"实在不想去看大夫，医院里那种味道闻着就不舒服。"

"没办法啊，大夫您还得去看的。龙宝叔，枣红也很忙，我明天能抽出空，我陪您去市立医院看看，怎么样？"

"这不是给你添麻烦了吗？"

"没事的，龙宝叔，都是家里人，您就不要客气了。看大夫，需要带您的身份证和医保卡。"

"大概带多少钱？"

"钱，您就暂时不用管。我近期办了张信用卡，可以先预支着用一下。"

"那怎么行？"

"龙宝叔不客气的。咱们先好好查一查。钱的事回头再说。您今晚早点歇息，明早尽量早点去排队挂号，找一个好一点的专家看，我约辆车来接您。"

"大概几点？"

"我们明早大概五点出发，到市立医院估计六点能到。您早上先不要吃饭，检查可能要求空腹。等检查之后，我们再吃东西。"

雨生又安抚了几句，说龙宝叔别担心，治治就会好的。龙宝笑笑说，我都六十多岁了，不担心的。

雨生回到家，也没有跟父母说带龙宝叔去医院看病的事，怕父母多话。他跟厂长发了个短信，说自己的叔叔病重，明后天想请一下假，带叔叔去看大夫，恳请厂长批准。又补充一句：您放心，该我做的活计我回头抽时间补做。厂长对这个初来的小伙子印象很好，能干，也肯干，自然一口应允雨生请假。雨生又跟之前熟悉的一个出租车师傅联系，约好第二天早上五点在梅园村口等。他躺在床上想了又想，觉得龙宝叔十有八九跟他以前的工友一样，是直肠癌，他怕龙宝叔受不了这个打击，明日检查时，还是先跟大夫打个招呼为妙，他提前写了一张小便条：大夫您好！如果我叔叔查出结果很不好，请您帮着隐瞒一下，就说是一般炎症。给您添麻烦了！万分感谢！

第二天一大早，雨生就带着龙宝坐出租车去市立医院检查，排队挂上一个颇有口碑的专家号。等叫号进门诊室的时候，雨生预先将挂号条同小便条一同交给大夫，大夫看了一眼，朝雨生微微点了下头。雨生冲大夫哈哈腰，说让您多费心了！

大夫详细地问了问龙宝的一些症状，听到龙宝说自己近期大便老带血，大夫眉头微蹙了蹙，给龙宝做了直肠指诊，神情凝重，朝雨生看了一眼，雨生心领神会。大夫对龙宝说："您这呢，问题不大，肠道炎症，不过，比较严重，需要住院治一治，这样会好得快一些。"

龙宝说："可以带药回家吃吗？"

大夫耐心地解释："是这样的，你这肠道里呢，炎症严重，凝结成一个硬块了，需要将它切掉。光吃药，这个硬块是很难消掉的。这样说，你就懂了吧？"

龙宝点点头。雨生说："龙宝叔，我们就听大夫的。尽快住个院，好得快。"

龙宝说："等我先将家里安顿一下，再回来住院，行不行？"

大夫说："还是建议尽快住院做手术。"

雨生说:"龙宝叔,您家里的事,回头我让我爸妈临时照应一下,您还是先安心住院。"

"那不是麻烦你爸妈了吗?"

"都是家里人,您就别客气了哦。"

雨生办理完住院手续,安顿好龙宝叔,已是下午两点多。他给枣红发了个语音,说了龙宝叔的病情,初步确诊为直肠癌中期,要尽快做手术切除肿瘤,还是很有希望的。目前跟大夫串通瞒着龙宝叔,只说是肠道严重炎症。你方便的时候来个电话。

枣红那边似乎有感应,一般工作时间她很少看手机,但今天老觉得有事,稍有空就掏出手机看看,雨生语音发出没两分钟,她就看到了,立马点开听了一下,周身如同遭受电击一般,心里透凉透凉,语音回复说,我马上过去。雨生听她语音带着哭腔,忙安慰说,不要急,有我在这边。

枣红赶紧跟馆长请了假,跟同事交代了一下手头的工作,收拾了一下,换了衣服,打车赶往医院。雨生在医院门口接应她。枣红一见雨生,哭着说:"怎么成这样了?我早就让他到我这边来,他忌讳我身上阴气重,总不肯来!"

雨生叹叹气,"你也别着急,应该不是很糟糕。待会儿见了你舅舅,可不要这个样子,要装出什么事没有,别让他起疑心。"

枣红揩揩泪,"真的很谢谢你。住院费预交了多少钱?我微信转给你。"

雨生有点生气了,"你一来就提钱!"

枣红愣了愣,"已经让你费心很多,怎么能让你破费呢?"

雨生摇摇头,"真的不晓得怎么说你才好!你舅舅也是我叔,虽然不是亲叔,但我感觉比亲叔还亲。"

枣红避开雨生似嗔非嗔的目光,微低了低头,"那钱的事,回头再算。亲归亲,钱是一定要算分明的。我舅舅在哪个病房?"

雨生带她去住院部见龙宝叔。

龙宝一见外甥女,不禁老泪纵横,只抓住她的手,半晌说不出话。

枣红抚摸着他瘦骨嶙峋的手，“舅舅，以后就跟我一起住，好不好？我手很干净的。”她朝他伸出一只手，“您看，我每天下班回家前，都将手洗了又洗，我还抹上护手霜。”将舅舅的手跟她的手放在一起，“您比比，谁的手更显得干净呢？”

龙宝轻轻拍拍外甥女白白柔柔的手，依然流着泪。

“舅舅，我每天下班都要换下工作服，穿自己的衣服回家，进门前我都要站在阳面的风口吹吹风。回家我马上洗头，洗澡，弄得干干净净的，我身上没有一点阴气。您放心好了。”

龙宝哑着声音说：“舅舅放心，舅舅放心。”

“舅舅，等您出院，就到我那里去住啊。”

“嗯，到时候看情况。”

“不要看情况，一定要到我那里去。您一个人在家，我不放心！”枣红垂着嘴角，眼里含着泪，“您这回一定要听我的！”

“你要我到你那里去住，我看你一个人进进出出，心里闷得慌啊，你什么时候给我弄个人回来？”

“舅舅，这事，急不得的，不是上街买小菜瓜果啊，急不来的嘛。”

“龙宝叔，的确是的，这事要靠缘分的，不是急的事。”说话时，雨生感觉自己的脸有点发烧。

龙宝擦擦眼，“雨生啊，你呢，也是这样，老是一个人，你爸妈也很着急，到处托人给你介绍姑娘，你都不见，你，你们俩这是怎么回事呢？”瞅瞅自己的外甥女，又瞅瞅雨生，眼睛里渐渐有了神采，“雨生啊，你是个好小伙子，哪家的姑娘跟了你，真是有福气的。我家枣红要找，就要找你这样的。”

这回雨生脸红了，“龙宝叔太高抬我了，都不好意思了！枣红才是百里挑一的好女孩呢！”

枣红噘了噘嘴，“这是医院，都不要说这种话了嘛，让别人听了去，笑话呢！”

“哦，眼下这病房只有我们仨。”雨生笑笑说。

龙宝又惦记家里菜地还没有收拾完，还有几只鸡，还有白猫需要照应。

不等枣红开口，雨生抢着说："龙宝叔别担心，您将家里的钥匙给我，我现在就回去一趟，跟我爸妈说一下，让他们帮着照应一下。"

"那好。"龙宝这回不客气了，将钥匙交给雨生。

枣红说："那就麻烦叔和婶了。"

雨生说："家里人，这么客气，就见外了。龙宝叔，那我就先回去了啊，你别着急，安心住院。我安顿好马上就回来。"

"枣红，你送送雨生。"龙宝脸上带着笑意，"我睡一下，我困得很呢。"

"嗯。"枣红应了。雨生说："您好好睡一下。"

枣红轻轻带上病房的门。两个人坐电梯下楼，在医院门口准备分别，枣红两眼红红的，"你说我舅舅要不要紧？"

"应该不要紧。我之前有个工友也跟龙宝叔差不多的情况。做手术做得比较成功，好几年了，现在恢复得不错。"

"你那工友年轻，我舅舅都是六十多岁的人了，做手术会不会……我很担心！"枣红说着，泪水禁不住流下来。

"没事没事的，你舅舅不会有事的。"雨生抚抚她的肩。

"我真的很担心……"枣红哭得稀里哗啦的。雨生忍不住将她揽在怀里，"不哭不哭，真的不会有事的。"

医院门口，人来人往的。枣红抽噎着，突然意识到自己这样不妥，从雨生怀里轻轻挣脱出来，"不好意思了，雨生。"

雨生轻轻抚抚她的肩，说："真的不要担心。我先回去了，将家里处理好，就回来。你先好好陪陪舅舅。"枣红点点头，目送着他离去。雨生走了几步，回头，见枣红还站在那里看自己，心动得不行，忙冲她扬扬手。他的步履轻快，他终于断定，枣红心里已经将他装下了！

坐了辆出租车回家，雨生将龙宝叔的病情跟父母说了。守顺一个劲长吁短叹。木棉不大高兴，"这么大的事，你事先都瞒着我们，就自个儿带龙宝叔去医院，跟我们说，一起去不好吗？"

"唉，妈，您说您跟着去干吗？"雨生说，"本来这事就得瞒一瞒，龙宝叔到现在都不晓得自己的真正病情，我跟大夫串通说是严重肠炎，您和爸爸千万不要在外声张。记住了，妈！您别到时候忍不住跟别人说哦，龙宝叔叔要是晓得了，那就麻烦了！"

木棉一皱眉，"你怎么老不相信你妈，你妈不会在外说的！"

"嗯，是得瞒一瞒。"守顺说，"龙宝住院，他家里的事是不是我们帮着顾及一下？"

"您说得没错。龙宝叔就是放心不下他家的菜地，还有白猫和几只鸡。我回来，就是想让爸爸妈妈帮着照应一下。"

守顺说："钥匙带回来了没有？"

雨生从夹包里拿出龙宝叔家里的钥匙，递给父亲。

"这么重的病，必须跟枣红说！"木棉一脸凝重地看着雨生，"你是不能代她尽孝的。"

雨生微微皱眉，"已经跟枣红说了，她现在已请假，在医院照顾龙宝叔。"

守顺微微颔首，"你龙宝叔不忌讳枣红身上有阴气了吧？"

"不再忌讳了。其实枣红身上哪有什么阴气嘛！下班换衣服，回家马上洗澡，干干净净的！"雨生索性挑明了说，"我要找，就找枣红这样的女孩子！"

守顺微笑着哦哦两声。木棉恍然开悟，"难怪给你介绍这个姑娘那个姑娘，你都一律不见，原来你还存着这份心思哟。"雨生也不搭腔，端起桌上的杯子，喝了几口温开水，急匆匆出了门。

木棉目送儿子的背影，表情复杂，"这事就这样了？"

守顺笑笑，"不这样，还能怎样？"

木棉沉默了一下，叹叹气，"小子认准的事，十头牛都拉不回来！"

"他不早就说过，他的事不要咱们操心吗？说实在的，咱们这小子不孬，心里有一本明白账。"

"倒也让咱俩省心。龙宝那边，应该没什么事吧？"

"幸好坏细胞没有扩散，雨生说做手术，好好调养，应该没什么事。还有，只要枣红的事让龙宝落了愿，他心情好，身体也会跟着好起来的。"

守顺看看外面的天色渐晚，去了趟龙宝家，安顿了一下鸡和猫，又给龙宝家的菜园子浇灌了一番。回头给雨生发语音：你龙宝叔家里我都侍弄好啦，你让龙宝叔放心啊，安心住院。你看哪天方便，我和你妈去看望他，也顺便看看枣红。

后　记

　　一直觉得自己是个城市的"边缘人"。从皖西南那个叫金拱的小乡镇来到京城，真真切切过了二十多年的活，始终没有融入这个光怪陆离的大都市，最深的记忆依然定格在故乡那遍眼闪绿的田畈、飘着槐花清香的幽静林间小径，依然定格在那家家户户随意敞开、随意可去闲串的温馨木质门庭，依然定格在那炊烟袅袅、鸡鸣犬吠、呼儿唤女的热闹村暮场景……"人间烟火气，最抚凡人心。"记忆中，故乡的每一个日常都充满人间烟火气，那是一种接地气的寻常生活，让人感觉踏实，感觉欣慰。

　　曾经天真地以为，从故乡走出来，终究还是能回去的，甚至还念想着有朝一日退休一定要回乡安度晚年。念想着建一个不小的庭院，在院四围栽上各种绿植，让它们自然形成绿色篱笆墙；请掘土机在院角落挖一湾小池塘，塘里放点鱼花（鱼苗），种点莲藕；在院里整一个小园，种些应季的菜蔬；在小院中间搭建一个藤萝架，架下垒一方石桌，再摆放几张石椅，没事的时候，坐在那里喝喝老家的绿茶，看看天上的游云；念想着会不时有笑微微的乡亲过来串门，闲聊一些乡间遗闻逸事……只要自己愿意，这样的农家小院生活可谓唾手可得。然而，不知从什么时候开始，自己的这些具象感十足的念想渐渐变得支离破碎，渐渐抽象成一片"混沌"。

　　前些年回乡，"混沌"感越来越强烈。脚下还是原先那块一如既往的敦实土地，头顶还是那穹一如曩昔的广袤天空，一样的和风，一样的星辰，要说不一样的，是人境与人心。

　　记忆中那些通连四方的路，原是光敞敞的，不知何时被埋葬在各种疯长的杂草丛中，难觅往昔影踪。鲁迅先生曾说，地上本没有路，走的人多了，也便成了路。可是现实的模板却被悄悄地翻到反面：地上原本有路，走的人没了，也渐渐没了路。

回乡的那些日子，白天走在被冠以"新农村"美称的村落间，大半天竟然见不到一个人影，看不到家禽家畜的活动迹象，偶尔撞入眼帘的，是从附近草莽中蹿出来的野兔，从棕树林中悠闲飞鸣而出的鸟雀。

偶尔也能稀稀拉拉见到三五个乡亲，那多半是留守的老人，或是（由于家庭原因）不得已暂时留乡的中年人，有意上前与之闲聊，他们聊的多半是些生活的苟且和混日头的无奈。

一位老人说起他带的孙子，不时摇头叹息，说小狗日的如何如何淘气（不争气），书不好好念，成天就恋着那个"屁壳子"（电子游戏），他娘老子不在身边，管狠了（管教严厉了），小狗日的就跟他妈他家婆（外婆）告爹爹（爷爷）的黑状。老人倒是羡慕自己的老伴舒服，早睡到黄土堆里，留他在这个世间熬活。

不知道怎么去宽慰老人，只是安静地听老人诉说。或许是有人倾听也是一种安抚，道别时老人笑了，说看我净扯些什么白，让你笑话。

在乡间，像他这样皱巴巴过活的老人，为数不少。

老人们爱念叨过年，说过年才感觉有点人情味。每年年关（除夕）前后那几天，乡间人来人往，热闹非比寻常。

春节是一道"诏令"牌，诏令城里捞生活的乡亲们返乡过年，跟一家老小团圆几天，他们又像候鸟一样离乡，飞散到四处觅食。生存永远是大家的第一要著，长期对物质的巴望在不经意中萎缩了精神需求，昔日那些传统节日娱乐样式（如舞狮子灯之类）被普遍视为"没有意思"。

如今乡间过年不过是形式，过得很虚浮，年夜饭吃过，从荧屏上找找乐子——看看电视娱乐节目，追追无厘头影视，玩玩手机游戏，或者凑几个牌友围坐在一起通宵达旦地打打麻将，倏忽间，旧年历就彻底"翻篇"了。

最近两三年，因为种种原因，没有回乡。听说老家那边变化很大，基本上被城镇化了。家宅后的那片坡地被推掉，整平，原先的一些灌木丛、枞树已经被一些观赏花草所替代。家宅附近的那口大水塘周边也被加以改造，修建了供人休憩的长廊凉亭。

今年暑期，定居城里的二姐回了趟老家，随手将水塘与长廊凉亭拍成短视频，发布在她的快手号上。每一个镜头记录的都是并不稀见的风物，呈现一派宁静与祥和的景象：清凌凌的水塘微波轻漾；塘边一排低矮的女墙上垒着一对白色墙墩，墩上安放着一条红色龙舟，龙舟造型小巧端庄；两三米开外，是褐色的仿古长廊凉亭，亭顶的木梁上有间隔地悬挂着古朴的方形六角宫灯，每盏灯面上印有"金山银山 绿水青山"字样，在夏风的吹拂下，宫灯红色的流苏穗子悠悠荡荡……

二姐在视频下配了点文字：故乡的风景/美丽家乡/不管是多少年过去，家乡都是最熟悉的地方……她选的配乐是那首令人百听不厌的陶笛版《故乡的原风景》，伴随美妙的旋律，长廊凉亭，龙舟宫灯，南风轻舞，分明感受到一种诗意美，但又觉得似乎少了生机与活气，因为长廊凉亭里没有一个乡亲，水塘里没有一只鸭鹅，天空没有一只飞鸟……

随后跟二姐微信语音通话，聊了聊她回老家的情景，她也不无遗憾地说，美是美，可惜周围看不到一个人。

置身于钢筋混凝土浇筑的大都市，又心心念念记忆中那个自然、纯朴而又富有烟火味的人气旺旺的故乡，只是如今的故乡披上了城镇化的外衣，也早已不是昔日记忆中的模样，难以再安放孤独漂泊的灵魂。

每每想起故乡的诸多人事，昔日的，如今的，有种难以言说的寥落感，总希望能用有形的文字将它们记录下来，以求得精神的慰藉，于是便有了《梅园烟火》的问世。小说的人物、事件等大都是虚构的，但氤氲于字里行间的情感没有任何虚构，是从肺腑中直接掏出来的。只是这种真实的情感未必所有人都能理解，没有深刻乡村生活体验的人，或许还有可能对这种情感生发隔膜。

不由得想起曾经在课堂上讲沈从文先生及其作品，就有学生在课后跟我讨论"乡下人"的问题：沈从文先生成名之后，生活在大都市，为什么还要以"乡下人"自居？学生毕竟是生长于大城市，自然不太理解沈从文先生的"乡下人"情结。对于土生土长于苗乡的沈从文先生来说，"乡下人"情结是深植入他生命命脉的一种根深蒂固的自然情感状态，对此我有深切感受，因为我也是个地地道道的"乡下人"。

有一点不得不说，我是一个籍籍无名的"乡下人"，始终游离在主流文学圈子之外，业余时间闷着头写自己想写的作品，多半是聊以自慰。在当下这个商业化时代，没有外来强有力的支持，著作出版实在是一种奢望。衷心地感谢中国文史出版社资深责编程凤老师对我写作的鼎力支持！

自2016年春经散文家徐迅老师诚荐，我与程凤老师开启了愉快的合作之路，迄今已顺利出版了三部长篇拙著（《木兰花》《青青果》《低落尘埃》）。如今在她的热心敦促下，拙著《梅园烟火》如期脱稿，即将由中国文史出版社付梓。对程凤老师和中国文史出版社致以最诚挚的谢意！

作者
2022年孟秋于北京